JP Delaney wurde mit seinem ersten Thriller »The Girl Before« weltweit zum Star: Der Roman erschien in 45 Ländern und stand an der Spitze der internationalen Bestsellerlisten. Seitdem setzt JP Delaney mit seinen genialen Ideen und rasanten Romanen neue Standards im Thriller-Genre.

Du gehörst uns in der Presse:
»Fesselnd und überraschend.« Münchner Merkur
»Ein Albtraum, packend in Szene gesetzt.« Publisher's Weekly

Außerdem von JP Delaney lieferbar:
The Girl Before. Sie war wie du. Und jetzt ist sie tot.
Believe me. Spiel dein Spiel. Ich spiel es besser.
Tot bist du perfekt

JP DELANEY

DU GEHÖRST UNS

THRILLER

Aus dem Englischen von Sibylle Schmidt

PENGUIN VERLAG

Die Originalausgabe erschien 2020
unter dem Titel *Playing Nice*
bei Ballantine Books, New York.

MIX
Papier | Fördert
gute Waldnutzung
FSC® C014496
FSC
www.fsc.org

Klimaneutral*
Druckprodukt
ClimatePartner.com/14044-1912-1001

Penguin Random House Verlagsgruppe FSC® N001967

1. Auflage 2022

Redaktion: Ulla Mothes
Covergestaltung: www.buerosued.de
Covermotiv: Getty Images/TommL
Satz: Greiner & Reichel GmbH, Köln
Druck und Bindung: GGP Media GmbH, Pößneck
Printed in Germany
ISBN 978-3-328-10753-8
www.penguin-verlag.de

Da nun sagte die Mutter des lebenden Kindes dem König – es regte sich nämlich in ihr die mütterliche Liebe zu ihrem Kind: Bitte, Herr, gebt ihr das lebende Kind und tötet es nicht! Doch die andere rief: Es soll weder mir noch dir gehören. Zerteilt es!

1. Buch der Könige, 3,26

1

PETE

Es war ein ganz normaler Tag.

In einer Reportage oder einem Feature, wie ich sie früher täglich schrieb, hätte mir die Chefredakteurin diesen ersten Satz um die Ohren gehauen. *Der Einstieg muss die Leute catchen, Pete,* hätte sie gesagt und mir den Text auf den Schreibtisch gefeuert. *Ein Bild muss vor Augen entstehen, eine Szene. Sei dramatisch! Vor allem beim Reisejournalismus muss man sich fühlen, als sei man vor Ort.*

Also: Es war ein ganz normaler Tag in Willesden Green im Norden von London.

Und bis es an der Haustür klingelte, war der Tag wirklich ganz normal gewesen, vom herrlichen Wetter abgesehen. Strahlender Sonnenschein, die Luft wunderbar frisch. An manchen Stellen lag noch ein bisschen Schnee, aber er sah schon so matschig aus, dass nicht mal die Kinder, die in der Acol Road in den Kindergarten strömten, daraus noch Schneebälle machen wollten.

Nur eine Sache war merkwürdig an diesem Morgen. Als ich Theo in den Kindergarten brachte – oder vielmehr ihm folgte, weil er auf dem dreirädrigen Roller fuhr, den er von uns zum zweiten Geburtstag bekommen hatte –, fielen mir auf der anderen Straßenseite zwei Männer und eine Frau auf, die uns beobachteten. Der eine Mann war wie ich etwa um die dreißig, der andere sicher über fünfzig. Beide trugen dunkle Anzüge und dunkle Wollmäntel. Die Frau, eine Blondine im Alter des jüngeren Mannes, war in einen Kunstfellparka gehüllt, der in ein Nobel-Skigebiet gepasst hätte. Auf den ersten Blick wirkten die drei zu elegant für diesen Stadtteil von London. Doch dann bemerkte ich den Aktenkoffer in der Hand des älteren Mannes und folgerte: ein Immobilienmakler, der künftigen Kunden den Kindergarten zeigen wollte. Die Jubilee Line fährt von unserer U-Bahn-Station bis Canary Wharf, und heutzutage können sich nicht mal mehr die Banker West Hampstead leisten.

An dem Paar kam mir etwas vage bekannt vor. Aber dann wurde ich von Jane Tigman abgelenkt, deren Sohn Zack in ihren Armen zappelte und schrie, weil er nicht abgesetzt werden wollte. Jane hatte immer noch nicht kapiert, dass ein Kind lieber selbstständig in den Kindergarten aufbrechen sollte. Wenn man es trägt, erschwert man nur den Moment der Trennung.

Dann entdeckte ich ein neues Plakat an der Tür, zum Welttag des Buches – oh Gott, schon wieder ein Kostüm besorgen! Anschließend musste ich Theo von Helm und Jacke befreien und die Handschuhe so tief in die Taschen stopfen, dass die Fäustlinge nicht rausfielen, in die ich immer noch keine Namensschilder genäht hatte. Dann beim Jacke aufhängen helfen und Ansprache halten. Ich ging vor Theo in die Hocke und sagte:

»Okay, mein Großer. Und heute bist du ganz lieb zu den anderen?«

Er nickte und sah mich treuherzig an. »Ja, Dad.«

»Also nichts wegnehmen. Und immer schön abwechseln mit dem Spielzeug. Das ist ganz doll wichtig. So wie wir jetzt beim Lunch immer abwechseln. Heute bist du dran, morgen ich. Was magst du heute zum Lunch?«

»Baubär-Muvie«, verkündete Theo nach kurzem Überlegen.

»Blaubeer-Smoothie also«, wiederholte ich korrekt. »Geht klar. Ich wünsch dir viel Spaß, ja?«

Ich gab ihm ein Küsschen, und er spazierte quietschvergnügt davon.

»Mr. Riley?«

Ich drehte mich um. Susy, die Kindergartenleiterin. Sie hatte offenbar abgewartet, bis Theo weg war. »Können wir kurz sprechen?«, fragte sie.

»Ach herrje.« Ich schnipste mit den Fingern. »Der Trinklernbecher. Tut mir leid, ich kauf heute einen neuen ...«

»Nein, darum geht es nicht«, unterbrach sie mich. »Kommen Sie, gehen wir in mein Büro.«

»Sie müssen sich keine Sorgen machen«, sagte Susy, als wir uns setzten, womit natürlich klar war, dass sehr wohl Grund zur Sorge bestand. »Es gab aber gestern einen weiteren Vorfall. Theo hat wieder ein Kind geschlagen.«

»Ah«, erwiderte ich. Das kam zum dritten Mal in diesem Monat vor. »Also, wir arbeiten zu Hause daran. Ich habe auch im Internet recherchiert. Das kommt wohl in diesem Alter manchmal vor, wenn die motorische Entwicklung weiter ist als die Sprachentwicklung.« Ich lächelte bedauernd, um zu zeigen, dass ich nicht jedes pädagogische Konzept blindlings schluckte, aber ein Vater war, der nicht alles dem Kindergarten überließ, sondern sich selbst engagierte. Und dass ich selbstverständlich nicht zu den Eltern gehörte, die ihre kleinen Lieblinge für makellos hielten. »Und ja, in der Sprachentwicklung liegt er etwas zurück, aber ich bin jederzeit dankbar für Anregungen.«

Susy schien sich zu entspannen. »Ja, wie Sie schon sagen, sind das Themen, die bei Zweijährigen häufiger auftreten. Es ist Ihnen bestimmt klar, aber es hilft, wenn Sie ihm mit Ihrem Verhalten ein Vorbild geben. Wenn Theo Sie wütend oder aggressiv erlebt, hält er das automatisch für die richtige Reaktion in Konflikten. Wie sind denn seine Fernsehgewohnheiten? Ich fürchte, für dieses Alter wäre nicht mal *Tom und Jerry* angebracht, zumindest bis die Hau-Phase vorbei ist. Und falls Sie selbst gewalttätige Videospiele …«

»Ich spiele so etwas überhaupt nicht«, sagte ich entschieden. »Mal ganz abgesehen von allen anderen Gründen, habe ich für so etwas gar keine Zeit.«

»Natürlich. Es ist nur so, dass wir uns manchmal über Folgen einfach keine Gedanken machen.« Susy lächelte, aber ich konnte mir lebhaft vorstellen, was sie dachte: Stay-at-Home-Dad heißt automatisch aggressives Kind. Susy hätte garantiert nicht Jane Tigman gefragt, ob sie *Call of Duty* spielte.

»Und wir üben auch das Teilen«, fügte ich hinzu. »Jeder darf abwechselnd sagen, was es zum Lunch gibt und so.«

»Das hört sich sehr gut an, Sie haben bestimmt alles im Griff.« Susy stand auf, das Gespräch war beendet. »Wir behalten Theo genau im Auge, und dann hoffen wir, dass sich das Thema bald erledigt.«

Es lag nahe, dass ich nicht mehr an das teuer gekleidete Paar und den Immobilienmakler dachte, als ich aus dem Kindergarten kam. Ich grübelte darüber nach, warum es Theo so schwerfiel, sich mit den anderen Kindern gut zu vertragen. Aber wenn ich jetzt zurückdenke, bin ich auch sicher, dass die drei gar nicht mehr da waren.

2

Fall Nr. 12675/PU78B65.
BEEIDETE AUSSAGE von D. Maguire

Ich, Donald Joseph Maguire, sage unter Eid das Folgende aus:

1. Ich bin Besitzer und Hauptermittler von Maguire Missing Persons, einer in London ansässigen Detektei, die pro Jahr im Auftrag unserer Klientel über zweihundert vermisste Personen aufspürt. Wir werben nicht für uns, sondern bekommen unsere Aufträge ausschließlich über persönliche Empfehlungen.

2. Vor Eröffnung meiner Detektei war ich Senior Detective bei der Metropolitan Police. Diese Stellung hatte ich dreizehn Jahre inne, zuletzt im Rang eines Detective Inspector.

3. Im letzten August wurde ich von Mr. Miles und Mrs. Lucy Lambert kontaktiert, wohnhaft 17 Haydon Gardens, Highgate N19 3JZ. Das Ehepaar beauftragte mich mit der Suche nach ihrem Sohn.

3

PETE

Zu Hause stellte ich die Kaffeemaschine an und klappte meinen Laptop auf. Mein Kaffeevollautomat ist von Jura, der Laptop ein erstklassiges MacBook. Diese zwei Geräte waren Voraussetzung, als Maddie und ich die schwierigen Gespräche führten, wer von uns beiden zu Hause bleiben und für Theo sorgen sollte, nachdem ihre Elternzeit vorbei war. Wir einigten uns, dass ich Teilzeit zu Hause arbeiten sollte, sobald Theo im Kindergarten war. Ein exzellenter Computer und ein Kaffeeautomat mit Mahlwerk gaben mir das Gefühl, als Stay-at-Home-Dad auf der Karriereleiter nach oben gestiegen zu sein, anstatt mich verschlechtert zu haben.

Ich kann den Ausdruck an sich nicht leiden. Hört sich so negativ an, als fehle etwas. Keiner nennt eine Frau in meiner Position eine Stay-at-Home-Mum, oder? Das ist dann eine Fulltime-Mum, was sofort positiver klingt, nach engagierter Mama. Bei Stay-at-home-Dad denken doch die meisten vermutlich, der Mann sei zu faul oder zu ängstlich, um sich einen Job zu suchen. Bei mir vermuten das auch einige Leute insgeheim. Oder sogar ganz offen, wie Maddies Eltern zum Beispiel. Ihr Vater, ein australischer Geschäftsmann mit politischen Ansichten rechts von Dschingis Khan, ist der Meinung, ich ließe mich von seiner Tochter durchfüttern. *Verdammter Schnorrer, der Bursche,* würde das wahrscheinlich im O-Ton lauten.

Der Frühstückstisch musste sauber gemacht, der Müll sortiert und Spielsachen weggeräumt werden, aber während die

Jura Bohnen mahlte und Milch aufschäumte, setzte ich eine Wäsche auf und loggte mich dann bei DadStuff ein.

Grade ein Plakat für den Welttag des Buches im Kindergarten gesehen. 7. März. Aargh! Hat jemand eine Idee? Will kein fertiges Kostüm kaufen, Mütter machen mich sonst noch mehr fertig.

Binnen Sekunden kam eine Antwort. Es gibt einen harten Kern von etwa hundert Vätern, die fast immer online sind und zwischen den Pflichten chatten. Nachdem ich mich an die ganzen Abkürzungen gewöhnt hatte – *TT* bedeutet zum Beispiel »Tolle Tochter«, *TS* »Toller Sohn« –, war es mir eine große Hilfe, Fragen stellen und andere Meinungen hören zu können.

Die Maus aus dem Grüffelo. Braunes Hemd, weiße Weste, Ohren auf Haarreif.

Das war Wirrfuß6. Ich schrieb:
Öhm, Haarreif? Ist was für deine TT, wir haben nicht mal einen.

Greg87 schrieb:
Wie wär Peter Hase? Blaues Jäckchen, Papierohren auf Basecap, Schnurrbart aufmalen.

Greg dachte praktisch, wie immer. *Klasse*, antwortete ich, während ich schon überlegte, ob Peter Hase irgendwo aggressives Verhalten an den Tag gelegt hatte, das Susy missfallen könnte. Bei Beatrix Potter war Vorsicht geboten.

Dann klingelte es an der Tür, ich stellte meinen Cappuccino ab und machte auf.

Vor der Tür stand die Gruppe, die ich am Kindergarten gesehen hatte. Mein erster Gedanke war, dass ein Irrtum vorlag, denn unser Haus stand nicht zum Verkauf. Aber dann merkte ich, dass die Frau nicht mehr dabei war, also warben die Männer vielleicht für eine Partei – oder waren gar Journalisten. Und mein dritter Gedanke, der sofort alle anderen verdrängte, war, dass der jüngere Mann Theo frappierend ähnlich sah.

Die Haare des Mannes waren dunkel, eine Strähne fiel ihm, geformt wie ein Komma, in die Stirn. Er hatte ein markantes Kinn und tief liegende blaue Augen und strahlte eine Jungenhaftigkeit aus, die bei Theo liebenswert wirkte, bei diesem Mann aber latent bedrohlich, obwohl ich nicht erklären konnte, warum. Er war über eins achtzig, wuchtig, breitschultrig. Sportlerfigur. Es gibt ein Foto des Dichters Ted Hughes als junger Mann, wo er finster in die Kamera blickt und genau diese Frisur hat. Daran musste ich denken, als ich dem Mann gegenüberstand. Ein scharf umrissenes, kantiges Gesicht, aber nicht unfreundlich.

»Hallo«, sagte er. »Könnten wir mal reinkommen?«

»Warum?«, fragte ich verblüfft.

»Es geht um Ihren Sohn«, sagte er ruhig. »Das sollte man lieber im Haus besprechen.«

»Okay.« Er wirkte so entschieden und bestimmend, dass ich beiseitetrat und dabei sofort dachte: *Hat Theo sein Kind geschlagen? Werde ich jetzt gleich angebrüllt?*

»Ähm – Kaffee?«, fragte ich, als ich vorausging ins Wohnzimmer, das bei uns direkt hinter der Haustür beginnt. Wie viele Leute in unserer Straße hatten wir im Erdgeschoss Wände rausreißen lassen, um einen schönen großen Raum zu bekommen. Der ältere Mann schüttelte den Kopf, aber ich sah, dass der jüngere einen Blick auf meinen Cappuccino warf. »Frisch gemahlen«, fügte ich hinzu, weil ich mir dachte, dass Kaffee einen Konflikt vielleicht abmildern könnte.

»Ja, okay.« Es entstand ein unbehagliches Schweigen, während ich Milch aufschäumte.

»Ich bin übrigens Miles Lambert«, fügte der Jüngere hinzu. »Dieser Herr hier ist Don Maguire.« Lambert nahm die Tasse entgegen. »Danke. Wollen wir uns setzen?«

Ich nahm den einzigen Sessel, Lambert ließ sich auf der Couch nieder, nachdem er behutsam Spielsachen beiseitegeräumt hatte. Maguire setzte sich auf meinen Drehstuhl am Schreibtisch und warf einen bewundernden Blick auf mein MacBook.

»Es gibt keine angenehme Methode für das, was jetzt gleich kommt.« Lambert beugte sich vor und legte die Fingerspitzen aneinander. »Schauen Sie, wenn ich an Ihrer Stelle wäre, würde ich wollen, dass man mir klipp und klar die Wahrheit sagt. Das werde ich jetzt tun. Aber Sie sollten auf einen Schock gefasst sein.« Er holte tief Luft. »Ich bedaure, Ihnen sagen zu müssen, dass Theo nicht Ihr Sohn ist, sondern meiner.«

Ich starrte Lambert fassungslos an, und wirre Gedanken schossen mir durch den Kopf. *Das kann nicht sein.* Dann: *Deshalb sieht der Typ aus wie Theo.* Entsetzen, Ungläubigkeit, Grauen brachen über mich herein, und ich war wie gelähmt. Leider bin ich in Krisen langsam; Maddie ist die Schnelldenkerin.

Maddie. Oh Gott. Wollte dieser Mann mir gerade mitteilen, dass die beiden eine Affäre hatten? *Ist es das? Will er mir sagen, dass ich »gehörnt« wurde?* Dieses sonderbar altertümliche Wort kam mir plötzlich in den Sinn. Maddie und ich hatten schon unsere Probleme, wie vermutlich jedes Paar, und im letzten Jahr hatte ich manchmal das Gefühl gehabt, dass sie sich von mir entfernte.

Aber das hatte ich immer für eine Folge der traumatischen Umstände von Theos Geburt gehalten …

Theos Geburt. Konzentrier dich, Pete. Theo war vor gut zwei Jahren auf die Welt gekommen. Dann hätte Maddie neun Monate vorher die Affäre haben müssen, und das war quasi ausgeschlossen. Vor drei Jahren waren wir gerade aus Australien zurückgekommen, wo wir uns kennengelernt hatten.

Ich merkte, dass Lambert und Maguire mich abwartend ansahen. Bisher hatte ich kein einziges Wort geäußert. »Was wollen Sie mir sagen?«, fragte ich benommen.

Lambert wiederholte lediglich: »Theo ist mein Sohn, nicht Ihrer.« Die blauen Augen betrachteten mich besorgt. »Es tut mir leid. Ich weiß, das ist ein schlimmer Schock. Lassen Sie sich Zeit, das zu verarbeiten.«

Maguire hüstelte und sagte: »Ihr Kind und der Sohn der Lamberts sind ja laut meinen Informationen beide zu früh geboren. Beide Kinder wurden auf die Neonatal-Intensivstation ins St. Alexander's gebracht und waren dabei kurzzeitig von ihren Müttern getrennt. Es ist vorstellbar, dass die falschen Babys während dieses Vorgangs mit dem falschen Identifikationsband ausgestattet wurden. Das ist jedenfalls unsere Arbeitstheorie.«

Doppelte Verneinung, hörte ich meine Redakteurin zetern. *Ein »falsch« zu viel, Blödmann.* Woran man sieht, dass man in Krisensituationen auf die bizarrsten Gedanken kommen kann.

4

PETE

»Sie glauben also, dass Sie unseren Sohn haben. Unseren *leiblichen* Sohn.« Das war der einzige halbwegs klare Gedanke, den ich in dem ganzen Chaos fassen konnte.

Lambert nickte. »David. Wir haben ihn David genannt.«

»Und was …« *Was soll jetzt passieren*, wollte ich fragen, aber mein Gehirn weigerte sich. »Woher wissen Sie das? Dass die Babys vertauscht wurden, meine ich?«

Lambert deutete auf Maguire. »Dieser Mann ist Privatdetektiv, spezialisiert auf vermisste Personen.«

»Aber trotzdem: Wie können Sie sicher sein?«, beharrte ich.

»Ich war so frei, einen Gegenstand mit Theos DNA aus seinem Kindergarten mitzunehmen«, sagte Maguire etwas betreten. »Es tut mir leid, dass ich das tun musste. Aber wir wollten Sie nicht diesem Stress aussetzen, solange wir nicht hundertprozentige Sicherheit hatten.« Während er sprach, nahm er etwas aus einem wattierten Umschlag. Es war Theos verschwundener Trinklernbecher.

»Gestern kamen die Testergebnisse«, fügte Lambert hinzu. »Es gibt nicht den geringsten Zweifel.«

Maguire stellte die Plastiktasse so behutsam auf meinen Schreibtisch, als sei sie aus zerbrechlichem Porzellan.

»Herrgott, das kann doch nicht wahr sein! Sie haben ohne meine Erlaubnis die DNA meines Sohnes …«

»Strikt genommen, meines Sohnes«, sagte Lambert. »Aber ja, und wir entschuldigen uns dafür, dass das nötig war.«

Meines Sohnes. Die Worte dröhnten in meinem Kopf.

»Hier ist eine Kopie der Testergebnisse für Sie«, erklärte Maguire, zog einen Umschlag aus einer Aktenmappe und legte ihn neben den Becher. »Wie Mr. Lambert schon sagte: Es gibt keinerlei Zweifel. Theo ist sein biologischer Sohn.«

Theo. Unvorstellbar, was das für ihn bedeuten würde. Ich stützte verzweifelt den Kopf in die Hände.

»Und was schlagen Sie jetzt vor?«, brachte ich mühsam hervor. »Was wollen Sie tun?«

Wieder antwortete Maguire. »Bitte verstehen Sie, Mr. Riley, dass wir keine konkreten Vorschläge machen wollen. So etwas kommt so selten vor, dass es kaum Präzedenzfälle gibt – rechtliche, meine ich. Es gibt gewiss keinen Anlass, ein Familiengericht einzuschalten. Am besten wäre es, wenn beide Elternpaare selbst eine Lösung erarbeiten.«

»Eine *Lösung?*«

»Ob Sie die Kinder tauschen wollen oder nicht«, antwortete Maguire.

Die Worte hingen in der Luft, schlicht und brutal.

»Wie gesagt: Ich weiß, dass es ein Schock ist«, fügte Lambert in entschuldigendem Tonfall hinzu. »Das war es für mich und Lucy natürlich auch, aber wir hatten bereits mehr Zeit, um ihn zu verarbeiten. Sie müssen jetzt auch gar nichts weiter sagen. Und Sie sollten sich natürlich professionellen Rat holen.«

Ich starrte ihn an. Aus seinem Tonfall schloss ich, dass er bereits Anwälte eingeschaltet hatte.

»Wir verklagen das Krankenhaus«, setzte er hinzu. »Nicht St. Alexander's, sondern die Privatklinik, in der Lucy geboren hat. Vielleicht wollen Sie es uns gleichtun, aber … wie gesagt, das können wir alles in Ruhe erörtern. Es hat keine Eile.«

Mein Blick fiel auf rote Duplo-Steine neben Lamberts Fuß. Theo hatte sie zu einer Maschinenpistole zusammengesteckt, die prompt beim Versuch, mich abzuballern, weil ich ihm die Zähne putzen wollte, auseinandergebrochen war. Eine Welle der Liebe für den Kleinen erfasste mich. Und Grauen vor dem Abgrund, der sich gerade vor uns aufgetan hatte.

»Möchten Sie ein Bild von David sehen?«, fragte Lambert.

Wortlos nickte ich. Er zog aus der Innentasche seiner Jacke ein Foto hervor und reichte es mir. Ein kleiner Junge in einem Kinderstuhl war darauf zu sehen. Er hatte ein zartes Gesicht, blonde Haare, hellbraune Augen. Und sah Maddie enorm ähnlich.

»Wenn Sie wollen, können Sie das Bild behalten«, sagte Lambert. »Vielleicht haben Sie auch ... eines für mich, von Theo ...«

»Ja, natürlich«, hörte ich mich mechanisch sagen. Ich schaute mich um, aber meine Fotos waren alle auf dem Handy. Bis auf ein Bild, das jemand nach einer Geburtstagsfeier geschickt hatte. Ich hatte es mit einem Magnet am Kühlschrank befestigt. Theo als Pirat, mit Augenklappe, Dreispitz und Pappsäbel, den er verschmitzt grinsend Richtung Kamera schwang. Ich nahm das Bild ab und gab es Lambert.

»Danke.« Er betrachtete es einen Moment gerührt. »Und das bin ich«, sagte er dann rasch und reichte mir eine Visitenkarte. »Handynummer und E-Mail-Adresse. Melden Sie sich, wenn Sie den Schock etwas verdaut haben, ja? Und wenn Sie sich mit Madelyn besprechen konnten natürlich. Kein Druck, aber – ich bin da. Wir beide.« Er warf einen Blick auf Don Maguire und fügte hinzu: »Ich und Lucy, meine ich. Don brauchen wir wohl ab jetzt nicht mehr.«

Ich schaute auf die Karte. *Miles Lambert, Chief Executive Officer, Burton Investments.* Eine Büroadresse in der Innenstadt.

Miles bückte sich, hob einen Schaumstoff-Fußball vom Boden auf und drückte ihn prüfend. »Ist Theo sportlich?«, fragte er. »Kann er den hier schon fangen?«

»Meist ja. Er ist körperlich sehr weit entwickelt. In mancher Hinsicht etwas zu weit.«

Lambert zog fragend die Augenbrauen hoch, und ich erklärte: »Er wird manchmal handgreiflich mit anderen Kindern. Wir arbeiten daran.«

»Ach ja? Deshalb würde ich mir an Ihrer Stelle keine Sorgen machen. Ich war in seinem Alter genauso. War später beim Rugby-Spielen von Vorteil. Damals hat sich keiner beklagt.« Sein Tonfall hatte etwas Vertrautes, Familiäres, und mir wurde schlagartig bewusst, dass ich mit dem Vater meines Sohnes sprach. Dem *echten* Vater. Meine Welt war auf den Kopf gestellt worden, nichts würde mehr wie vorher sein.

»Sie sollten mal beide zu uns kommen«, sagte Lambert. »Damit wir uns besser kennenlernen. Wenn Sie das alles verarbeitet haben.«

Ich versuchte etwas zu erwidern, brachte aber kein Wort hervor. Einen furchtbaren Moment lang hatte ich das Gefühl, als würde ich gleich in Tränen ausbrechen. Lambert überspielte die Situation und hielt das Foto von Theo hoch. »Jedenfalls vielen Dank dafür. Lucy wird begeistert sein. Endlich etwas Konkretes.«

Er steckte das Foto in die Innentasche seines Jacketts und streckte mir die Hand hin. Sein Händedruck war energisch. »Und versuchen Sie sich keine Sorgen zu machen. Wir sind doch alle vernünftige Menschen. Es ist natürlich furchtbar, dass das überhaupt passiert ist, aber jetzt ist ausschlaggebend, wie wir alle damit umgehen. Ich bin sicher, dass wir gemeinsam den besten Weg finden werden. Und jetzt lassen wir Sie erst mal in Ruhe.«

Maguire schüttelte mir auch die Hand, dann verschwanden die beiden. Lambert hatte seinen Cappuccino nicht angerührt, ich schüttete ihn in den Ausguss. Die Waschmaschine piepte, ich machte sie auf, zog wie in Trance die nassen Sachen heraus. Ganz oben auf dem Wäscheberg landete Theos senfgelbes T-Shirt mit der Aufschrift *ICH BIN ZWEI. WAS IST DEINE AUSREDE?* Einen Moment lang spürte ich fast seinen erhitzten Körper an den Händen, das vertraute Gezappel, wenn ich ihn mir auf die Schulter lud. Tränen brannten in meinen Augen, und meine Kehle wurde eng. Aber ich durfte jetzt nicht kollabieren, noch nicht. Zuerst musste ich Maddie anrufen.

5

Fall Nr. 12675/PU78B65, BEEIDETE AUSSAGE
von D. Maguire, Fortsetzung

4. Gemeinsam mit meinem Klienten, Mr. Miles Lambert, suchte ich Mr. Riley zu Hause auf. Dort setzten wir ihn darüber in Kenntnis, dass das Kind, das er für seinen Sohn hielt, in Wahrheit der Sohn meines Klienten ist, und dass entsprechend das Kind, das meine Klienten großzogen, wohl der Sohn von Mr. Riley ist.

5. Mr. Riley war erwartungsgemäß erschüttert über diese Information. Während des anschließenden Gesprächs brach er mehrfach in Tränen aus.

6. Während er um Fassung rang, nutzte ich die Gelegenheit, mir einen Eindruck vom Haus zu verschaffen. Dies wurde erleichtert durch die Tatsache, dass der kleine Raum gleichzeitig als Wohnzimmer, Spielzimmer, Küche und Esszimmer genutzt wird.

7. Es gab diverse Anzeichen dafür, dass Mr. Riley Schwierigkeiten hatte mit der Ausübung seiner häuslichen Pflichten. Auf dem Esstisch türmten sich schmutziges Geschirr und anderes Küchenzubehör. Ungewaschene Kleidungsstücke hingen über Möbelstücken, auf dem Boden im Küchenbereich standen zwei leere Weinflaschen. Auf Mr. Rileys Laptop sah ich, dass er offenbar gerade in einem Internetforum für Väter Rat suchte. (Nachfolgende Ermittlungen ergaben, dass Mr.

Riley unter dem Forennamen HomeDad85 in diesem Forum bereits über 1200 Posts ähnlicher Art gemacht hatte.) Ein anderer Tab war bei einem Videospiel geöffnet, das angehalten worden war. Obwohl Mr. Riley bei LinkedIn ein Profil als freiberuflicher Journalist hat, wies in seiner häuslichen Umgebung nichts auf eine derartige Tätigkeit hin.

8. Mein Klient wiederholte mehrfach, seine Frau und er wünschten, diese Situation mit sachlichen Gesprächen in gutem Einvernehmen zu bewältigen. Mr. Riley zeigte sich nicht empfänglich gegenüber diesen Vorschlägen. Als sein Verhalten feindselig wurde, brachen mein Klient und ich auf.

6

MADDIE

Ich bin gerade in einer Sitzung, bespreche mit dem Kunden Casting-Aufnahmen für einen Doritos-Spot, als mein Handy aufleuchtet. Wir sind mitten in einer hitzigen Diskussion – der Regisseur will die Teenager bockig, rebellisch, unabhängig, der Kunde will sie strahlend und natürlich, eine Debatte, die ich mir bestimmt schon hundertmal anhören musste. Wir sehen gerade endlich Land, weil der Regisseur sich mit der dritten Wahl zufriedengibt, die immerhin die zweite des Kunden ist, als der Anruf kommt. Ich schaue aufs Display. Pete. Oder vielmehr: *PETER RILEY.* Als wir uns vor vier Jahren zum ersten Mal begegnet waren, speicherte ich ihn mit vollem Namen in meinen Kontakten, und aus irgendwelchen Gründen habe ich das seither nicht geändert.

Das Handy ist stumm gestellt, die Nachricht geht auf Mailbox. Aber Pete ruft sofort wieder an. Das ist unser Zeichen für etwas Dringendes, deshalb entschuldige ich mich, eile raus und rufe an.

»Was ist los?«

»Nichts Schlimmes. Theo geht es gut, er ist im Kindergarten. Aber …« Stockende Atemzüge. »Gerade eben war hier ein Mann mit einem Privatdetektiv. Der Mann behauptet, unsere Babys seien in der Intensivstation verwechselt worden. Deshalb glaubt er, dass sein kleiner Sohn unserer ist, und Theo … Theo …«

Es dauert einen Moment, bevor ich das erfasst habe. »Das kann man doch mit einem DNA-Test abklären«, sage ich.

»Ist schon passiert. Die haben uns eine Kopie dagelassen. Mads, dieser Typ sieht genau wie Theo aus.« Schweigen. »Ich glaube, der Mann sagt die Wahrheit.«

Ich bleibe stumm, kann das eigentlich nicht glauben. So etwas kommt doch gar nicht vor. Es muss irgendeine andere Erklärung geben. Aber Pete ist eindeutig völlig fertig und braucht mich. Ich treffe schnell eine Entscheidung. »Ich komme sofort nach Hause.«

Durch die Glaswand des Konferenzraums sehe ich auf dem Bildschirm eine rotwangige Vierzehnjährige, die sich angesichts einer Tüte Tortilla-Chips übertrieben begeistert aufführt. An sich müsste ich wieder reingehen, mich entschuldigen und dem Kunden erklären, dass ich wegen einer familiären Krise wegmuss; nein, nichts Lebensbedrohliches, aber ich sollte mich doch lieber kümmern. Doch das tue ich nicht. Fast ohne zu überlegen, entscheide ich, was wichtiger ist. Ich schreibe einem Kollegen eine Nachricht, bitte ihn, für mich einzuspringen, und breche auf.

Bevor ich schwanger wurde, war ich fest davon ausgegangen, dass hauptsächlich ich für unseren Lebensunterhalt sorgen würde. Die Schwangerschaft war nicht geplant, das Timing in jeder Hinsicht schlecht. Wir erwogen sogar einen Abbruch, aber Pete war nicht wohl bei der Vorstellung, und mir ging es letztlich genauso; ich bin nicht immer so sachlich und nüchtern, wie meine Freunde vermuten. Die internationale Werbeagentur, bei der ich unter Vertrag war, hatte alle Umzugskosten von Sydney nach London finanziert. Mit im Paket war eine einjährige private Krankenversicherung, die auch Geburtskosten abdeckte. Statt eines überbelegten staatlichen Krankenhauses konnte ich mir den Luxus einer Privatklinik in der Harley Street leisten, mitsamt persönlicher Hebamme, Kaiserschnitt auf Wunsch, ärztlicher Betreuung rund um die Uhr und Nachsorge. Eigentlich ist die Vorstellung einer Geburt unter luxuriösen Bedingungen kein akzeptabler Grund, um ein Kind zu bekommen. Aber da es sich nun mal eingefunden hatte – warum nicht?

Im Rückblick denke ich, dass ich in Wirklichkeit längst beschlossen hatte, das Kind behalten zu wollen, und nur nach einer Rechtfertigung suchte. Es der Agentur mitzuteilen, war ziemlich unangenehm – ich hatte vor vier Monaten erst angefangen und würde jetzt für ein Jahr ausfallen. Aber da die Leitung ohnehin keine andere Wahl hatte, war man professionell genug, freundlich zu sein und mir zu versichern, dass man meine Stelle selbstverständlich freihalten würde.

Es sah also alles erstaunlich rosig aus. Doch das Leben hatte andere Pläne.

Ich war in der siebenundzwanzigsten Schwangerschaftswoche, als Pete und ich an der Hochzeitsfeier unserer Freunde Andy und Keith teilnahmen. Und wenn man bei einer schwulen Party nicht heftig feiert, wann dann? Später machte ich mir schreckliche Vorwürfe. War es das Glas Champagner gewesen, das ich mir während der Reden genehmigt hatte? Oder das wilde Tanzen zu Aretha Franklin und Madonna in der Menschenmenge? (Ich zucke heute noch zusammen, wenn ich irgendwo *Respect* höre.) Oder dass ich auf dem Weg zur Toilette im Dunkeln über das Seil des Festzelts stolperte und ins Taumeln geriet? Der Arzt meinte, das alles sei vermutlich nicht die Ursache gewesen. Aber da er mir den wirklichen Grund nicht nennen konnte – wer weiß?

Am nächsten Morgen hatte ich schreckliche Kopfschmerzen, was ich auch auf das Glas Champagner zurückführte, denn ansonsten trank ich keinen Alkohol mehr. Aber mir fiel auch auf, dass ich schon länger keine Kindsbewegung gespürt hatte, und als ich mich erbrach, fühlte sich das anders an als die Morgenübelkeit der ersten drei Monate. Es war Sonntag, aber da uns in der Klinik jederzeit erfahrene Hebammen zur Verfügung standen, schlug Pete vor, wir sollten einen Check machen lassen und danach an der Marylebone High Street brunchen gehen.

Wie sich dann zeigte, rettete dieser Plan unserem Baby das Leben.

Aus »wir machen rasch einen Ultraschall« wurde »ich hol mal schnell den Arzt«, und dann wurde rasant ein Teil des Raumes abgesperrt, und ich war umringt von Menschen. Jemand rief »Action vorbereiten«, und man bombardierte mich mit Fragen, während man mir meinen Schmuck abnahm (mein vietnamesisches Armband sah ich nie wieder) und einen Katheter legte. Jemand maß meine Beine für Kompressionsstrümpfe aus, als gäbe es nichts Wichtigeres, und Pete wies man an, sich die Hände zu waschen und einen Kittel überzuziehen, wegen Präeklampsie müsse ein Notkaiserschnitt gemacht werden. Man gab mir eine Spritze für die Lungenfunktion des Babys und eine Infusion für irgendetwas anderes, was ich nicht mitbekam. Dann erschien der Chirurg, warf einen einzigen Blick auf die Werte und sagte nur ein Wort: »Sofort.« Danach habe ich nur noch ein Wirrwarr aus Fluren, Gesichtern, hastigen Erklärungen in Erinnerung. Es bliebe keine Zeit für eine Periduralanästhesie, sagte mir eine Ärztin. Sekunden später war ich bewusstlos.

Im Aufwachraum kam ich wieder zu mir. Stille, kein schreiendes Baby, kein Pete, nur das Piepen einer Maschine. Und ein Arzt, der auf mich herunterschaute.

»Ihr Baby lebt«, sagte er. »Ein Junge.«

Gott sei Dank. »Kann ich ihn sehen?«, krächzte ich.

Der Arzt – dessen Gesicht ich nicht sehen konnte, nur die Augen über der Maske – schüttelte den Kopf. »Er ist mit einem Spezialtransport sofort auf die NICU gebracht worden. Er ist sehr klein und schwach.«

Der Begriff NICU sagte mir damals nichts, aber kurz darauf war ich nur allzu vertraut mit den verschiedenen Leveln der Frühgeborenenbetreuung. NICU, Neonatal Intensive Care Unit oder auch Neonatalintensivpflege, war das höchste Level.

»Schwach? Inwiefern?«

»Babys, die so früh auf die Welt kommen, haben Atemprobleme. Er wird vermutlich ein Beatmungsgerät brauchen. Es ist möglich, dass es eine Sauerstoffunterversorgung gibt.«

»Was bedeutet das? Ist das tödlich? Wird er leben?«

Von diesem Mann, den ich nie zuvor gesehen hatte und auch nie mehr wiedersehen würde, habe ich nur seine mitfühlenden braunen Augen in Erinnerung, obwohl er dann seine Maske abnahm, bevor er behutsam sagte: »Es bedeutet, dass das Gehirn des Babys nicht ausreichend mit Sauerstoff versorgt wird. Aber die NICU vom St. Alexander's ist ganz nah, und Ihr Baby ist dort gut aufgehoben. Wenn irgendwer helfen kann, dann die Ärzte dort.«

Ich starrte ihn voller Grauen an. Mir wurde schlagartig klar, dass diese luxuriöse hotelartige Klinik durchaus kein idealer Ort war, um ein Kind zu gebären. Denn sie war nicht für Notfälle ausgerüstet.

Alles war schiefgegangen, und ich wurde von dem Gefühl überwältigt, mein Kind im Stich gelassen zu haben. Ich hätte meinen kleinen Jungen noch für weitere dreizehn Wochen im Bauch versorgen müssen, um Himmels willen. Stattdessen hatte mein Körper ihn abgestoßen und in eine Welt hinausgeworfen, für die er noch nicht bereit war.

»Wo ist Pete?«, krächzte ich.

»Ihr Mann ist mitgefahren. Tut mir leid, es blieb keine Zeit für Abschied.«

Ich brauche mich nicht von Pete zu verabschieden, wollte ich sagen, *und wir sind übrigens auch nicht verheiratet.* Doch dann wurde mir etwas klar. Der Arzt meinte den Abschied von meinem Kind. Wenn ich meinen Sohn zum ersten Mal sah, würde er leblos und kalt sein.

Ich begann zu weinen, Tränen strömten mir übers Gesicht, während der Arzt meinen Unterleib untersuchte; Tränen des Zorns und der Reue und Trauer um diesen winzigen Menschen, der in mir gewesen war und nun sterben würde, bevor seine Mutter ihn auch nur ein einziges Mal im Arm gehalten hatte.

7

MADDIE

Als ich aus der U-Bahn-Station Willesden Green komme, schießen mir so viele Fragen durch den Kopf, dass ich Pete anrufe, obwohl ich gleich zu Hause bin.

»Ich kann mir nicht vorstellen, dass auf der NICU zwei Babys vertauscht wurden«, sage ich. »Theo lag die ganze Zeit im Inkubator, an all diese Schläuche angeschlossen. Und er hatte das elektronische Identifikationsband am Bein. Da kann so was doch gar nicht passieren.«

»Dieser Lambert sagte, er verklagt nicht das St. Alexander's, sondern die Privatklinik, in der seine Frau war. Vielleicht ist das die Erklärung.«

Das war wahrscheinlicher. Wenn zwei Babys gleichzeitig im St. Alexander's ankamen, konnten sie vertauscht worden sein, bevor man die Identifikationsbänder angebracht hatte. Das war denkbar. »Aber warst du denn nicht die ganze Zeit bei ihm? Ich bin übrigens schon an der Haustür.«

Pete macht mir auf und lässt das Handy sinken. »Nicht die ganze Zeit. Da waren so viele Leute, die sich um ihn gekümmert haben … Blutproben, die Schläuche … Und später haben sie mir einen Raum gezeigt, in dem ich schlafen konnte. Ich hab nicht gesehen, wann man das Band angebracht hat.«

Er nagt an seiner Unterlippe, sieht völlig verstört aus. Ich weiß, was er denkt.

»Du musstest doch irgendwann schlafen, Pete.«

»Aber ich frag mich trotzdem – wieso habe ich das nicht

mitbekommen? Wie kann unser Kind mit einem anderen vertauscht worden sein, ohne dass ich es bemerkt habe?«

»Weil sie alle nicht wie Babys aussahen«, sage ich nüchtern.

Pete starrt mich an. An meine spätere Reaktion auf die NICU will er noch immer nicht erinnert werden.

»Aber du hast es gespürt, Mads«, sagt er leise. »Du hast keine Muttergefühle für Theo empfunden. Und sogar mal geäußert, ob er überhaupt unser Kind ist. Auf irgendeiner Ebene hast du es *gespürt.*«

Ich zögere, schüttle dann den Kopf. »Ich hatte nicht deshalb Probleme, eine Bindung zu ihm aufzubauen, weil er nicht unser Kind war. Sondern weil er keinerlei Ähnlichkeit mit dem Baby hatte, das ich mir vorgestellt hatte. Die ganzen Frühchen nicht. Das wäre mir mit allen anderen dort genauso gegangen. Ich fand sie so *abstoßend.*«

Das hatte ich mir jedenfalls immer selbst gesagt. Genauso wie *Du bist eine unfähige Mutter* und *Irgendwas ist falsch mit dir*. Aber obwohl ich gerade zu Pete das Gegenteil gesagt habe, frage ich mich jetzt unwillkürlich: Habe ich vielleicht doch von Anfang an gespürt, dass etwas anderes nicht stimmte?

Das erste Bild von meinem Kind war ein unscharfes Foto, das Pete mir aufs Handy schickte, als ich noch im Aufwachraum lag. Offenbar war das Foto über die Schulter vom Klinikpersonal aufgenommen worden. In einem Inkubator lag eine winzige blasse Gestalt, verkabelt mit Schläuchen und Sonden. Auf der Brust war etwas zu sehen, das wie Luftpolsterfolie aussah, aus der weitere Schläuche herausragten. Später erfuhr ich, dass die Ärzte eine vorsätzliche Unterkühlung herbeigeführt hatten, um Schwellungen im Gehirn zu verhindern. Auch aus der Nase ragten Schläuche. Das Baby sah abgemagert, krank und kaum menschlich aus.

Als ich neun Jahre alt war, bekam unsere Labradorhündin Maya Junge. Fünf wurden gesund und lebendig geboren, aber dann entstand eine lange Pause. Wir glaubten, das sei der gesamte Wurf, aber Maya schien noch zu kämpfen. Schließlich flutschte ein letzter Welpe heraus – ein winziges haarloses Würmchen. Es zeigte sich bald, dass es zu kraftlos war, um sich zwischen seinen Geschwistern zu behaupten und an die Zitzen zu kommen. Und Maya half auch nicht nach, so wie sie es bei den anderen machte. Ich zog immer wieder andere Welpen von den besten Zitzen und legte den Kümmerling an, aber er schaffte es nicht zu saugen. Zwei Tage später starb er.

Als ich dieses Foto sah, war ich endgültig überzeugt davon, dass unser Kind tot sein würde, wenn ich auf der Intensivstation ankam. Die Worte des Arztes gingen mir wieder durch den Kopf. »Er ist sehr schwach.«

Ich starrte immer noch auf das Bild, als Pete anrief. »Ich bin kurz rausgegangen, auf der Station darf man nicht telefonieren«, sagte er atemlos. »Wollte nur hören, ob du das Foto bekommen hast.«

»Ja. Hab ich.«

»Alles okay mit dir?«

»Er wird sterben, oder?«, sagte ich dumpf. Es fühlte sich surreal an, das auszusprechen. Vor vierundzwanzig Stunden hatten wir mit unseren Freunden Hochzeit gefeiert, das Kind hätte erst in drei Monaten kommen sollen, und jetzt war ich plötzlich Mutter eines Sohnes auf seinem Sterbebett.

Pete klang ruhig, aber ich merkte, wie viel Kraft ihn das kostete. »Das muss nicht sein, Mads. Hier sind Kinder, die noch kleiner sind als er. Die Ärzte sagen, die nächsten drei Tage seien entscheidend. Wenn er die übersteht, sind die Chancen wohl nicht schlecht.« Langes Schweigen. »Möchtest du, dass ich zu dir komme?«

»Nein. Bleib dort. Einer von uns sollte bei ihm sein.«

»Okay. Aber sie wollen ihm Vormilch von dir geben. Ich komme in ein paar Stunden mit einer Milchpumpe vorbei.«

»Oh Gott.« An Stilltechnik hatte ich in dieser Lage noch keinen Gedanken verschwendet, aber Pete schien im Bilde zu sein.

»Man wird die Milch erst mal einfrieren, er wird bisher über eine Magensonde ernährt.« Wieder Schweigen. »Sie möchten wissen, wie er heißen soll.«

Ein Name für einen Grabstein. Der Gedanke tauchte auf, ich konnte ihn nicht abwehren. Plötzlich fühlten sich alle Namen, die wir uns überlegt hatten – kraftvolle witzige Jungennamen wie Jack, Sam und Ed – falsch an. Ich konnte sie mir nicht mit einem Todesdatum vorstellen. »Wie wäre Theo?«

»Aber Theo wolltest du doch nicht.«

»Aber dir gefiel der Name, oder?«

»Ja.«

»Dann Theo.« *Weil ich einem Kind, das sterben wird, keinen Namen geben möchte, den ich mag.*

Ich stand natürlich noch unter Schock. Und wie sich dann herausstellte, starb Theo nicht. Als Tag für Tag verging und immer mehr Schläuche entfernt werden konnten, erlaubten wir uns ein bisschen mehr Hoffnung. Und nach fünf Tagen machten die Ärzte einen Gehirnscan und verkündeten, sie seien vorsichtig optimistisch.

Das hieß aber noch lange nicht, dass der Rest ein Spaziergang gewesen wäre. Wenn Pete mich besuchte, brachte er jede Menge fremde Wörter mit. Sauerstoffentsättigung: zu wenig Sauerstoff im Blut, weil die Lunge von Frühgeborenen noch nicht selbstständig arbeitet. Apnoesyndrom: Atempausen, weil Theo trotz des Beatmungsgeräts, das Luft in seine Nase blies, vergaß einzuatmen. Bradykardie: ein gefährlicher Abfall der Herzfrequenz, bei dem plötzlich das Herz zu schlagen aufhörte. Kam das vor, kraulten die Schwestern Theo behutsam am Fuß oder rieben seine Schulter, um den Herzschlag anzuregen. Es sei wie Zauberei, berichtete Pete mit großen Augen, wenn sie ihn durch diese kleinen Berührungen wiederbelebten.

Sie zögern doch nur das Unvermeidliche hinaus, dachte ich immer noch, trotz der besseren Prognosen.

Erst nach einer Woche konnte ich zu den beiden kommen. Der Kaiserschnitt war nur langsam verheilt, und ich hatte einen Virus, der erst verschwunden sein musste, bevor ich die NICU betreten durfte. Aber schließlich wurde ich in einen Rollstuhl gesetzt und per Taxi ins St. Alexander's verfrachtet. Es war, als wolle mich die teure Privatklinik so schnell an das staatliche Krankenhaus loswerden, wie man Hundekot von seiner Schuhsohle kratzt.

Ich hatte geglaubt, auf die NICU innerlich vorbereitet zu sein. Pete hatte sie mir immerhin beschrieben, und ich hatte Fotos gesehen. Dennoch hatte ich mir die Inkubatoren nicht wie Kapseln voller Elektronik vorgestellt. Ich musste an Science-Fiction-Filme denken, in denen Leute in solchen Kapseln durchs Weltall flogen. Aber die sahen wenigstens interessant futuristisch aus, wohingegen diese Plexiglasboxen hier mit einer Unzahl von Kabeln und anderem Zubehör versehen waren. Es war so warm und feucht in dem Raum wie in der Umkleidekabine eines Schwimmbads. Tageslicht gab es nicht, einige Inkubatoren waren mit violettem UV-Licht angestrahlt. Diese Babys hatten Gelbsucht, erklärte Pete mir später. Doch am schlimmsten waren für mich die Geräusche. Frühchen können nicht schreien, bestenfalls wimmern, und die meisten hatten ohnehin Schläuche in der Nase, die jeden Laut verhinderten. Stattdessen hörte man ein Wirrwarr aus Piepen, dumpfem Dröhnen und Klingeltönen. Erst später wurde mir klar, dass es sich nicht um Alarmtöne handelte, sondern um die normalen Laute der Geräte, die unterschiedliche Funktionen hatten. Wie Mutterschafe, die das Rufen ihres Lamms inmitten einer großen Herde identifizieren können, kannten die Schwestern die jeweiligen Töne von Geräten, die für ihre kleinen Patienten zuständig waren, und konnten sofort reagieren, wenn sich etwas veränderte.

Ich hatte keine Ahnung, wo ich nach meinem Baby suchen sollte, doch dann entdeckte ich Pete in einer Ecke und ließ mich dorthin bringen. Die meisten Inkubatoren waren durchsichtig und hatten seitlich Öffnungen zum Hineingreifen, aber Pete stand neben einer Kapsel ohne Deckel und steckte gerade eine Kanüle, die mit etwas Weißem – meiner Milch vielleicht – gefüllt war, in das Ende eines Schlauchs.

Als ich bei ihm war, blickte Pete auf und warf mir ein liebevolles Lächeln zu, unterbrach aber seine Tätigkeit nicht. »Mummy ist da«, sagte er zu dem durchsichtigen Kasten. Ich spähte hinein und sah Theo zum ersten Mal.

Es hätte ein ergreifender Moment sein sollen. Mutterliebe soll ja angeblich dieses berauschende Gefühl von überwältigender Liebe für das kleine Wesen sein, das man hervorgebracht hat. Wenn man das nicht empfindet, stimmt etwas nicht mit einem.

Das war wohl bei mir der Fall, denn ich schreckte zurück. Wegen Petes positiver Nachrichten hatte ich erwartet, dass Theo inzwischen wie ein echtes Baby aussehen würde. Aber er war so schrumpelig und runzlig wie ein Hundertjähriger. Dunkler Haarflaum bedeckte seine Schultern, was an ein Äffchen erinnerte. Er trug eine winzige Windel und lag in einer Art Nest aus Decken. Elektroden klebten auf seiner Brust, und ein Ring an seinem linken Fuß leuchtete rot – das war die Anzeige für den Sauerstoffsensor, erfuhr ich später. Theos Arme und Beine waren so dünn wie Stöckchen, er sah aus wie kurz vorm Hungertod.

Ein durchsichtiger Plastikschlauch führte in ein Nasenloch, und in diesen Schlauch spritzte Pete gerade behutsam meine Milch. »Sollte das nicht lieber eine Schwester machen?«, fragte ich beunruhigt.

»Die sind gerade zu beschäftigt. Und ich tu das auch gerne für ihn. Gibt mir das Gefühl, mich nützlich zu machen.«

»Hast du den pH-Wert überprüft, Pete?«, hörte ich eine Frauenstimme mit irischem Akzent. Ich blickte auf. Eine dunkelhaarige und sehr hübsche Schwester stand an einem Inkubator in der Nähe.

»Zwei Komma fünf.«

»Guter Mann«, sagte die Schwester lobend. »Und du bist die Mummy?«, fragte sie dann.

Ich fand es viel zu vertraulich, dass sie mich auf Anhieb duzte, wollte aber nicht kleinlich sein. »Ja. Maddie.«

»Willkommen auf der NICU, Maddie. Ich weiß, erst mal ist es immer schlimm, aber der kleine Theo macht sich prächtig. Und dein Pete ist ein richtiger Goldschatz. Wenn nur alle Ehemänner so gut mit der Ernährungssonde umgehen könnten.«

»Wir sind nicht verheiratet«, sagte ich automatisch.

»Entschuldigung, das wusste ich nicht. Also: alle Partner. Aber den solltest du nicht entwischen lassen. Das ist ein echter Glücksfall.«

Mir war eigentlich klar, dass es nur freundliches Geplauder war, das mich entspannen sollte. Aber irgendetwas daran ärgerte mich. Vielleicht weil ich mich als Versagerin fühlte, da ich Theo zu früh geboren hatte. Außerdem wurde mir plötzlich klar, dass Pete sich in diesem brutalen Ambiente nicht nur wacker geschlagen, sondern offenbar Herausragendes geleistet hatte, während ich in einer Privatklinik verhätschelt worden war. An sich ist Pete in Krisen nicht unbedingt ein Held. Aber in Situationen wie dieser, in denen Durchhaltevermögen und Entschlossenheit gefragt sind, läuft er zur Hochform auf. Ich hätte dankbar und stolz sein können. Stattdessen fühlte ich mich nur noch schlechter.

Pete bemerkte, wie ich auf die Monitore starrte. »Irgendwann versteht man sie«, sagte er.

Das hatte ich gar nicht beabsichtigt. »Inwiefern?«

Er deutete auf einen. »Die Wellenlinie ist der Herzschlag, die große Zahl die Herzschläge pro Minute. Alles unter hundertzwanzig ist eine Herzrhythmusstörung – wenn das passiert, solltest du Theo durch Tätscheln oder Streicheln anregen. Am häufigsten meldet sich der Sauerstoffsensor. Wenn diese Zahl sinkt, schau nach, ob der Stift aus der Nase gerutscht ist, das passiert manchmal. Dann kannst du ihn selbst wieder reinstecken. Aber wenn das nicht der Fall ist: gleich die Schwester holen.«

Ich konnte mir nicht vorstellen, überhaupt irgendetwas von alldem zu machen. »Hast du ihn schon mal im Arm gehalten?«, fragte ich.

Pete nickte. »Einmal, heute Morgen, vorher war seine Körpertemperatur nicht stabil genug. Es ist ein überwältigendes Gefühl, Mads. Man muss natürlich aufpassen wegen der ganzen Schläuche und allem. Aber als er auf meiner nackten Brust lag und die Augen aufschlug, kamen mir die Tränen.«

»Das ging uns wohl allen so.« Die irische Schwester schaute lächelnd herüber. »Das ist der schönste Teil meiner Arbeit – zu sehen, wie das Baby zum ersten Mal Körperkontakt mit den Eltern kriegt.«

Wieder spürte ich einen kleinen unwürdigen Anflug von Ärger bei der Vorstellung eines halb nackten weinenden Pete, neben dem diese hübsche dunkelhaarige Schwester kniete, auch zu Tränen gerührt. Aber ich versuchte, mir nichts anmerken zu lassen. Es war enorm wichtig, gut mit dem Personal zurechtzukommen. Deshalb sagte ich nur: »Ich kann es kaum erwarten.«

8

PETE

Während Maddie auf dem Heimweg war, hatte ich eine schnelle Internetrecherche gemacht. Einen Moment lang war ich versucht, im Väterforum zu fragen, ob jemand sich mit so einer Situation auskannte, ließ es dann aber bleiben. Ich googelte *Miles Lambert, Burton Investments.* Er hatte ein Profil bei LinkedIn, was aber nicht viel hergab. Ich erfuhr nur, dass er drei Jahre älter war als ich, an der Durham University studiert hatte und am Berkeley Square arbeitete. Seine Leistungen waren von sechzehn anderen Nutzern als *exzellent* bewertet worden. Aber zumindest bestätigte mir die Seite, dass es sich nicht um einen grausamen Scherz handelte. Der DNA-Test schien auch echt zu sein. Jede Menge Zahlen und Fachausdrücke und am Ende die Aussage: *Wahrscheinlichkeit der Vaterschaft 98%.*

Als Nächstes recherchierte ich *nach Geburt vertauscht.* Das kam offenbar sehr selten vor – oder wurde zumindest sehr selten aufgedeckt. Falls eineiige Zwillinge vertauscht wurden, war die Wahrscheinlichkeit, dass es auffiel, natürlich höher. 1992 erkannte ein Kanadier, Brent Tremblay, an der Uni seinen Zwilling, der nun George Holmes hieß. Auf den Kanarischen Inseln passierte das Gleiche 2001, und 2015 wurden in Bogotá zwei Paar eineiige Zwillinge wiedervereint. Anhand dieser Fälle und der statistischen Häufigkeit eineiiger Zwillinge hatte jemand errechnet, dass die Rate weniger leicht zu identifizierender Babys bei eins zu tausend lag, nicht häufiger als das Downsyndrom.

Einige Fälle wurden bemerkt, als Paare sich trennten und Gentests machen ließen. Bei einer Familie in Charlottesville, Virginia, waren die Kinder bereits drei Jahre alt, und die Sorgerechtsprozesse zogen sich über viele Jahre hin.

2006 wurden zwei neugeborene Mädchen in Tschechien vertauscht, was man ein Jahr später bemerkte. Alle vier Elternteile waren sich einig, und die Mädchen wurden peu à peu mit ihren leiblichen Eltern vertraut gemacht, um zu ihnen zurückzukehren.

Der Sohn eines britischen Staatsbürgers wurde 2015 in einer Klinik in El Salvador vertauscht und konnte nach einem Jahr zu seinen biologischen Eltern zurückkehren.

In manchen Ländern führten solche Fälle zu einem öffentlichen Aufschrei und strengeren Vorsichtsmaßnahmen, wie Kennzeichnung von Neugeborenen mit zwei Bändchen. Das galt nicht für Großbritannien, aber da es Fälle von Babyentführungen gegeben hatte, waren die Security-Maßnahmen in den staatlichen Krankenhäusern des NHS, des National Health Service, verschärft worden.

Von britischen Privatkliniken war nirgendwo die Rede.

Ich recherchierte weiter und stellte fest, dass die Frage, ob die Kinder zu ihren biologischen Eltern zurückkehrten, häufig vom Alter abhing. In den meisten Fällen lief es so: Waren die Kinder über drei, blieben sie oftmals bei ihren bisherigen Familien. Waren sie ein Jahr alt oder jünger, wurden sie üblicherweise zurückgegeben.

Aber was war mit Zweijährigen? Einem Kind, das zwei Jahre und zwei Wochen alt war? Für dieses Alter schien es eine bedrohliche Grauzone zu geben.

Maguires Bemerkung fiel mir wieder ein. *Es gibt gewiss keinen*

Anlass, ein Familiengericht einzuschalten. Am besten wäre es, wenn beide Elternpaare selbst eine Lösung erarbeiten.

Wenn es uns nicht gelang, eine Lösung zu finden, würde also ein Gericht entscheiden? Ein knöcherner Bürokrat würde Theos Schicksal bestimmen? Allein beim Gedanken daran gefror mir das Blut in den Adern.

Mit alldem platzte ich heraus, als Maddie zur Tür hereinkam.

»Aber was schlägt dieser Mann vor?«, fragte sie, pragmatisch wie immer. »Will er wirklich, dass die Kinder zurückgetauscht werden?«

»Hat er nicht gesagt. Aber das Gegenteil auch nicht.« Als ich an das Gespräch zurückdachte, fiel mir auf, dass Lambert überhaupt nicht viel gesagt hatte. »Hat sich nicht konkret geäußert.«

»Vielleicht wollte er dir einfach keinen zusätzlichen Stress machen«, mutmaßte Maddie. »Wie ist der denn so?«

»Schon okay, glaube ich. Sofern man das beurteilen kann, wenn man so was zu hören kriegt. Hat gesagt, er wisse, was für ein furchtbarer Schock das sei, ihm sei es genauso gegangen.«

»Immerhin ganz einfühlsam. Aber wie ist er überhaupt darauf gekommen? Ich meine, wie kam er auf die Idee zu denken, dass sein Kind nicht sein Kind ist?«

Ich überlegte. »Dazu hat er sich nicht geäußert.«

»Und er hat überhaupt nicht durchblicken lassen, was sie vorhaben?«

Ich schüttelte den Kopf. Der Schock saß mir noch immer in den Knochen. »Aber er hat ein Foto von Theo mitgenommen, um es seiner Frau zu zeigen. Und hat uns eines von David dagelassen.«

»Wo ist es?«

Ich reichte es Maddie. Zuerst sah sie überrascht aus, dann trat ein gerührter Ausdruck in ihre Augen.

»Er ähnelt dir sehr, oder?«, fragte ich behutsam.

»Schon, ja. Und er sieht genau aus wie Robin in diesem Alter.« Maddies Brüder lebten alle in Australien, aber ich wusste, dass sie Robin, den jüngsten, am meisten vermisste. Maddie holte tief Luft. »Wow. Ist wohl schon was dran, wie?«

Mein Laptop piepte, und ich schaute auf den Bildschirm. *Miles Lambert möchte mit sich mit Ihnen auf LinkedIn vernetzen.*

»Schau mal, soll ich annehmen?«, fragte ich Maddie.

»Warum nicht? Wir müssen ja ohnehin in Kontakt bleiben, wie das jetzt auch weitergeht.«

Ich setzte mich an den Schreibtisch und klickte auf *ANNEHMEN*. Ein paar Sekunden später hatte ich eine Nachricht.

Pete,

danke, dass Sie mich heute empfangen haben. Und noch mal Entschuldigung, dass ich mit dieser sicher verstörenden Nachricht so in Ihr Leben geplatzt bin. Sie wollen bestimmt alles mit Madelyn besprechen, bevor Sie beide Entscheidungen treffen. Aber meine Frau Lucy und ich haben uns überlegt, ob Sie beide uns nicht besuchen wollen, damit wir uns alle vier kennenlernen – und Sie auch David treffen können. Wir überlassen es ganz und gar Ihnen, ob Sie Theo mitbringen, würden uns aber natürlich sehr darüber freuen.

Es ist eine schwierige und schreckliche Situation, mit der wir alle nicht gerechnet haben. Aber wir hoffen, dass wir Lösungen finden, die für alle Beteiligten – vor allem für unsere Kinder – das Beste sind.

Herzliche Grüße

Miles

»Das ist eine gute E-Mail«, sagte Maddie, die mir über die Schulter geschaut hatte. Ich hörte die Erleichterung in ihrer Stimme. »Scheint wirklich so, als wollten sie uns nicht zu irgendetwas drängen.«

»Ja«, sagte ich, aber mir war dennoch mulmig. Trotz des freundlichen Tons der Mail hatte ich das Gefühl, dass die Ereignisse bereits ins Rollen gerieten und ich keinerlei Einfluss darauf hatte. Wenn wir David erst kennengelernt hatten und die Lamberts Theo, würde alles viel komplizierter werden. Der Zug fuhr schon aus dem Bahnhof, und ich war nicht der Lokführer.

9

MADDIE

Erst nachdem ich die E-Mail von Miles gelesen habe, in der seine Frau Lucy erwähnt wurde, löst der Name Lambert eine Erinnerung aus. Auf der NICU hatte es damals einundzwanzig Inkubatoren gegeben. Einundzwanzig Elternpaare mit winzigen unterentwickelten oder kranken Babys. Einige waren ein paar Tage dort, andere – vor allem die Frühchen – monatelang. Von den meisten Erwachsenen habe ich nur ihre erschöpften verzweifelten Mienen in Erinnerung. Ins Gespräch kam man höchstens, wenn jemand an den Inkubatoren in der Nähe stand oder neben mir auftauchte, wenn ich an den Waschbecken meine Milchpumpe säuberte. Beim Sprechen konnten wir Anspannung abbauen, den permanenten Kloß im Hals ein wenig lindern.

Nach einer Weile gewöhnte ich mich an die Situation. Ich fühlte mich zwar immer noch wie eine Versagerin, aber hier waren noch andere Menschen in der gleichen Lage – anders als in der Privatklinik, in der überall kräftiges Babygeschrei zu hören war. Die Babys hier schrien nicht, auch nicht die größeren, die keinen Schlauch im Hals hatten. Wenn es ihnen nicht gut ging, zuckten sie mit den Gliedern, krümmten den Rücken oder niesten einfach nur. Auf diese Zeichen war man geeicht, weil sie auf den Beginn einer »Episode« hinwiesen – der verklärende Ausdruck der Schwestern für Todesgefahr, wenn der Alarm anging und Theos Herz oder Atmung angeregt werden musste.

Dass ich meinen Sohn ständig so genau beobachtete, änderte mein Verhältnis zu ihm. Ich empfand zwar nicht Liebe, das sicher nicht, aber ein überwältigendes schmerzhaftes Verantwortungsgefühl. Ich hatte ihn schon einmal im Stich gelassen, das durfte kein zweites Mal passieren.

Der Hautkontakt – die sogenannte Kängurumethode – war auch eine Hilfe. Als Bronagh, die irische Schwester – die ich dann doch gar nicht so übel fand, nachdem ich mich an ihre saloppe Art gewöhnt hatte –, das zum ersten Mal vorschlug, war ich skeptisch. Es schien mir Irrsinn zu sein, dieses winzige verletzliche Wesen der schützenden Kapsel zu entreißen und auf denselben Bauch zu legen, der es schon einmal im Stich gelassen hatte. Aber Bronagh blieb hartnäckig. Während Pete rundum die Vorhänge schloss, zog ich meine Bluse aus, und Bronagh legte Theo mitsamt all den Schläuchen auf meine Brust.

»Wenn du magst, kannst du ihn mal zum Stillen anlegen«, schlug die Schwester dann vor.

Stillen? Im Ernst? Ich wagte es ja kaum, ihn im Arm zu halten. Er war so klein – nicht einmal anderthalb Kilo bei seiner Geburt und drei Wochen später keine zweieinhalb. Ich wusste, wie ein Baby sich anfühlen musste – proper und mit Pölsterchen. Theo dagegen kam mir so leicht wie ein ausgeblasenes Ei vor. Aber ich schob gehorsam meinen BH beiseite und bewegte Theos Köpfchen vorsichtig an meine Brustwarze. Zahnlose Kiefer, weich wie ein Fischmäulchen, berührten meine Haut. Und dann, ganz plötzlich, saugten sie sich fest, und ich wurde von einem Glücksgefühl überflutet. Theo verschluckte sich einmal, keuchte, saugte dann weiter.

»Schau nur«, hauchte Pete. Dann: »Aber die Anzeige …«

Ich schaute auf den Monitor. Die Herzfrequenz sank. »Ist er okay?«, fragte ich ängstlich.

»Okay?«, wiederholte Bronagh. »Er kuschelt sich gerade an, um schön zu trinken und dann ein Schläfchen zu machen. Willkommen an deinem neuen Lieblingsort, Theo.«

In diesem Moment hatte ich zum ersten Mal den Gedanken, dass der Arzt in der anderen Klinik sich geirrt haben könnte. Dieses Kind schien leben zu wollen.

Lucy fiel mir damals auf, weil sie auf der Station so fehl am Platz wirkte. Sie war supergepflegt und hatte lange blonde Haare. Das war entweder ihr Naturton, oder aber sie waren exzellent gefärbt. Die hübsch fransige Frisur sah nach Hairstylisten aus und erinnerte mich an die Mähnen von Showpferden. Lucy war immer elegant gekleidet, trug nie Fleecejacke oder Jogginghose wie andere Mütter, sondern weiße Leinenblusen, schicke Jäckchen oder Kaschmirstrickjacken und Designerjeans, die ihre langen schlanken Beine betonten. Sie musste in meinem Alter sein, wirkte aber älter.

Eines Tages standen wir bei den Waschbecken nebeneinander. Sie spülte Milchspritzen aus, ich Fläschchen. Lucy schaute zu mir herüber und sagte mit Blick auf die Flaschen: »Das ist für mich noch ein ferner Traum.« Sie hatte den kultivierten Akzent der Oberschicht, wirkte aber nicht überheblich, sondern freundlich. Ich merkte, dass sie nicht klagen, sondern einfach ein bisschen sprechen wollte.

»Das kommt schon noch«, sagte ich, um sie aufzumuntern.

Ihr Lächeln verblasste. »Da bin ich mir nicht so sicher. Die Ärzte wollen mit uns darüber reden, ob man die Pflege einstellt.«

»Das tut mir sehr leid für Sie«, sagte ich hastig. Jeder auf der Station wusste, was diese Formulierung bedeutete. Erst vor einigen Tagen hatte es so einen Vorfall gegeben, bei einem zauberhaften indischen Paar, das immer selbst gekochtes Essen für die Schwestern mitgebracht hatte. Die Tochter war ein Mikrofrühchen, ein Kind, das unter achthundert Gramm wog. Das kleine Mädchen hatte mehrere Infektionen überstanden, war aber zunehmend schwächer geworden. Man hatte bereits zerebrale Kinderlähmung bei ihr festgestellt, sie war halb blind und hing am Beatmungsgerät. Wenn die Ärzte ihre Runde machten, standen sie lange an dem Inkubator und sprachen ganz leise. Danach weinte die Mutter immer, manchmal auch der Vater. Und dann kam der Tag, an dem die Eltern einfach nur noch erschöpft und hoffnungslos aussahen und der Inkubator mit allen Gerätschaften aus der Intensivstation entfernt wurde. Jemand sagte, man habe die Eltern in einen Raum gebracht, wo sie das Baby im Arm halten konnten, während es starb. An diesem Tag blieben alle auf der Station stumm, auch die Schwestern.

»Ja, so ist es eben manchmal, nicht wahr«, sagte Lucy. Was eine vollkommen ungenügende Reaktion auf den möglichen Tod ihres Kindes zu sein schien, aber ich verstand sie. Alle Eltern hier mussten irgendwie durchhalten. Manche taten es, indem sie laut schluchzten oder leise weinten, andere, indem sie sich verpanzerten. Ich gehörte zur letzteren Sorte und Lucy wohl auch.

Als ich mit ihr über unsere Kinder sprach, stellten wir schnell fest, dass sie beide am selben Tag hier aufgenommen worden waren. Sie hatten also am selben Tag Geburtstag, obwohl David neunundzwanzig Wochen alt gewesen war, als er zur Welt kam. Doch im Gegensatz zu Theo machte David keine Fortschritte. Die Ärzte konnten keine positive Entwicklung feststellen.

Ich empfand ein Mischmasch aus Gefühlen. Freunde schrieben mir oft *Schrecklich, was du durchmachen musst* oder *Großartig, wie stark du bist.* Aber weil ich auf dieser Station von so vielen Menschen umgeben war, die weitaus Schlimmeres erlebten, kam ich mir die meiste Zeit privilegiert vor. Und als ich diese gepflegte kultivierte Frau ansah, die versuchte, Haltung zu bewahren, empfand ich Mitleid und Erleichterung zugleich, weil mein Baby auf einem guten Weg war.

Danach lächelten Lucy und ich uns zu, wenn wir uns sahen, und grüßten, und dann war sie einmal dabei, als ich Theo stillte. Sie betrachtete ihn gerührt. »Er wirkt so zufrieden«, bemerkte sie. »Wie ein Hund auf seinem Lieblingssessel. Ich bin übrigens Lucy.«

»Maddie.« Wir hatten bisher nur die Namen unserer Kinder erwähnt, nicht unsere eigenen. »Und mein Partner heißt Pete«, fügte ich hinzu.

»Oh, ich habe Pete schon wahrgenommen. Er kann so toll mit dem Kleinen umgehen, das sagen die Schwestern auch.«

»Genannt auch der heilige Peter«, erwiderte ich trocken. Ich wusste immer noch nicht recht, was ich davon halten sollte, dass Pete auf der Station so offensichtlich bewundert wurde – oder zumindest sein Umgang mit Theo. Ich lernte dazu, war zumindest beim Stillen jetzt entspannter, aber auf keinen Fall so vernarrt in Theo wie Pete. »Und bei dir? Ist dein Partner hier?«

Lucy schüttelte den Kopf. »Er hat einen dieser stressigen Jobs, bei denen man gefeuert wird, wenn man zehn Minuten nicht am Schreibtisch ist. Ich denke, er wird nach der Arbeit herkommen.«

Später sah ich einen attraktiven jungen Mann im Anzug neben Davids Inkubator stehen. Der Mann hatte eine Hand auf den durchsichtigen Deckel gelegt, als wolle er ihn statt des Babys streicheln. In der anderen Hand hielt er ein BlackBerry.

Die Schwestern hängten immer kleine bunte Karten an die Inkubatoren, auf denen Fortschritte vermerkt waren. *Heute hab ich mit Daddy gekuschelt. Heute hab ich bei Mummy getrunken. Heute bin ich in einen offenen Kasten umgezogen.* Theos Kasten war mittlerweile rundum beklebt mit Kärtchen, aber als ich einmal auf dem Weg zur Toilette an Davids Inkubator vorbeikam, sah ich bestürzt, dass dort keine Kärtchen hingen.

In diesem Moment fiel mir auf, dass der Arterienkatheter an Davids Knöchel falsch aussah. Flüssigkeit sickerte durch den Mull, und die Zehen waren weiß. Der Katheter musste bei einer Bewegung herausgerutscht sein.

Einer der Gründe, weshalb Pete sich auf der Station so gut bewährte, war seine journalistische Neugier – er stellte ständig Fragen. Deshalb wusste ich, dass ein herausgerutschter Arterienkatheter keinen Alarm auslöste, aber Durchblutungsprobleme verursachen konnte. Ich ging zu der Schwester, die am Inkubator direkt neben David beschäftigt war. »Entschuldigung – ich glaube, der arterielle Zugang bei David Lambert hat sich gelöst.«

Die Schwester warf mir einen kurzen unfreundlichen Blick zu. »Ich schau gleich nach.«

»Es muss aber sofort sein«, insistierte ich. »Seine Zehen sehen schon weiß aus.«

»Ich kümmere mich in ein paar Minuten darum«, versetzte die Schwester gereizt. *PAULA* stand auf ihrem Namensschild, und ihr Verhalten war das komplette Gegenteil von Bronaghs heiterer kompetenter Art.

Als ich wieder zu David zurückging, waren seine Zehen violett angelaufen. »Ich löse jetzt den Alarm aus«, verkündete ich und zog an der roten Schnur neben Davids Kasten. Schrilles

Läuten hallte in der Station wider. Paula fluchte, als sie ihre Tätigkeit unterbrach und zu mir eilte.

Wie aus dem Nichts erschienen mehrere Ärzte. »Was ist los?«, fragte einer.

»Diese Frau hat den Alarm ausgelöst«, antwortete Paula mürrisch.

»Der arterielle Zugang ist lose«, sagte ich.

Der Arzt warf einen Blick darauf. »Das trifft zu. Lässt sich schnell beheben«, sagte er. »Und Ihnen vielen Dank«, fügte er hinzu, als er mit seinem Team in Aktion trat.

10

PETE

Ich schaute auf meine Uhr. Es war schon halb zwölf, um zwölf musste ich Theo vom Kindergarten abholen. Das normale Leben musste weitergehen, vor allem wegen Theo. Ich holte tief Luft. »Soll ich Lambert schreiben, dass wir die Einladung annehmen?«

Maddie nickte. »Ja, sollten wir. Aber vorher müssen wir uns über unsere eigene Position im Klaren sein. Wir müssen wissen, was wir erreichen wollen.«

»Und was ist das?«, fragte ich hilflos.

Maddie sah mich an. »Pete … es steht fest, dass du Theo näher bist als ich. Nein …« Sie schüttelte den Kopf, als ich widersprechen wollte. »Lass uns ehrlich sein. Wir lieben ihn beide sehr, aber du verbringst den ganzen Tag mit ihm. Deshalb ist es wichtig, was deine Intuition dir jetzt sagt.«

»Wenn eine Entscheidung getroffen werden muss, dann müssen wir beide einwilligen.«

»Natürlich. Aber mach du jetzt mal den Anfang. Sag mir, was du denkst.«

»Tja, also …« Ich versuchte meine Gedanken zu ordnen. Wie bei dem Wort *Lösungen*, das Don Maguire benutzt hatte, tat sich auch bei der Vokabel *Entscheidung* ein Abgrund vor mir auf. »Es ist natürlich ein furchtbarer Schock, und ich kann vielleicht noch nicht richtig klar denken. Aber wenn ich ganz ehrlich bin, glaube ich, dass biologische Vaterschaft und Gene nicht so wichtig sind. Viel wichtiger ist Liebe. Würden wir Theo weniger lieben, wenn wir ihn adoptiert hätten? Natürlich nicht. Solchen Wert darauf zu legen, ob jemand dein eigen Fleisch und Blut ist, anstatt einen Menschen als eigenständige Person wahrzunehmen – das ist ziemlich neunzehntes Jahrhundert, findest du nicht? Oder noch vorsintflutlicher, Neandertaler. Und dann Theo. Was würden wir ihm antun, wenn wir ihm sagen ›Ach, wir haben aus Versehen das falsche Kind aus der Klinik mitgenommen, tschüss, das war's dann?‹ So nett die Lamberts vielleicht auch sein mögen – das wäre doch eine Katastrophe für Theo.« Bei der Vorstellung, ihm sagen zu müssen, dass er nicht unser leiblicher Sohn war und wir ihn wegen eines anderen Kindes verlassen würden, wurde mir die Kehle eng, und ich konnte nicht weitersprechen.

»Ich mach das nicht, Mads«, sagte ich schließlich und starrte sie entschlossen an. »Das ist meine Ansicht, und ich werde nicht davon abrücken.«

Als Antwort trat Maddie zu mir und küsste mich.

»Und deshalb liebe ich dich, Pete Riley«, sagte sie ruhig. »Deshalb.« Sie deutete auf die Stelle, an der mein Herz saß.

»Du siehst das also auch so?«

»Selbstverständlich. Ich empfinde allerdings ein Mischmasch aus Gefühlen. Als du mir das Foto von David gezeigt hast, habe ich einen Moment …« Sie schüttelte den Kopf. »Aber nein, du hast vollkommen recht. Die vorrangige Frage muss sein: Was ist das Beste für Theo? Und die Antwort darauf kann nur lauten: vom besten Dad der Welt großgezogen zu werden, nämlich von dir.«

»Und von der besten Mum. Aber glaubst du, die Lamberts sehen das auch so?«

»Ich wüsste nicht, weshalb nicht. Sie hatten schließlich schon mehr Zeit, sich alles zu überlegen. Und ich könnte mir denken, das meint Miles auch in seiner E-Mail – als er schrieb ›im Interesse der Kinder‹. Er scheint uns ja nicht zu irgendwas zu drängen, sondern will offenbar alles mit uns gemeinsam so lösen, dass es für die Kinder gut ist. Und da gibt es doch nur die eine Möglichkeit, oder? Dass wir alles so lassen, wie es ist. Den Kindern zuliebe.«

Ich nickte. »Man sollte auch gar nicht so drastisch denken, von wegen zurücktauschen oder so. Wir sind zivilisierte Menschen in einer zivilisierten Gesellschaft, um Himmels willen. Vielleicht gibt es andere Möglichkeiten, am Leben der anderen teilzuhaben.« Mir kam eine Idee, und ich schnippte mit den Fingern. »Wir haben doch schon oft gesagt, wie schade es ist, dass Theos Cousins und Cousinen alle in Australien sind. Wir könnten die beiden zu Cousins erklären.«

»Tolle Idee! Oder wie wär's mit Patenkindern? Wir wollen doch Theo bald taufen lassen, nachdem wir jetzt in die Kirche eingetreten sind. Wir könnten Miles und Lucy fragen, ob sie Paten sein wollen, und wir könnten Davids Paten sein. Dann wäre die Beziehung offiziell.«

»Großartig.« Die Erkenntnis, dass es Kompromisse geben konnte, erleichterte mich enorm. »Und die beiden Jungs könnten sich zum Spielen treffen. Sie sind ja gleich alt …«

»Ganz genau.« Maddie nickte. »Das ist exakt der richtige Umgang mit dieser Situation. Dialog, Kooperation, gute Kommunikation … Was machst du da?«

Ich durchstöberte den Kühlschrank. »Es soll Blaubeer-Smoothies zum Lunch geben. Das hab ich Theo versprochen. Er war dran mit Auswählen.«

11

MADDIE

In gewisser Weise war der Abschied von der NICU dann beinahe so traumatisch wie meine erste Begegnung mit der Station. Schwestern und Ärzteschaft waren inzwischen wie Freunde für mich. Aber der Platz wurde dringend gebraucht, und Theo erfüllte alle Voraussetzungen, um »zum Aufpäppeln«, wie die Schwestern sagten, in eine andere Station verlegt zu werden.

»Euer Kleiner ist ein Kämpfer«, sagte Bronagh, als sie Theos Werte zum letzten Mal aufschrieb. »Wir haben eine gute Erfolgsbilanz hier mit den Frühchen. Aber ich hab noch nie eines erlebt, das so schnell aufholt.«

»Wie geht es denn David Lambert inzwischen?« Es hatte mich immer wieder beschäftigt, wie unterschiedlich die Entwicklung der beiden Jungen verlaufen war.

»Paula hat mir erzählt, dass er auf dem Weg der Besserung ist. Eine Gefäßverbindung am Herzen war nicht geschlossen, und nachdem das operiert wurde, hat er Fortschritte gemacht.«

»Das freut mich! Sag der Mutter bitte liebe Grüße.«

»Mach ich. Und das hier ist für dich, Pete.« Etwas verlegen reichte Bronagh Pete eine Karte mit der Aufschrift *Alles Liebe zum Vatertag!* »Am Vatertag bekommen alle Väter von ihrem Baby eine Karte, das ist Tradition hier. Aber der ist am Sonntag, und da seid ihr nicht mehr da …« Pete sah sehr gerührt aus.

In der Babystation war Theo nur noch eine Woche. Er legte rasch an Gewicht zu und bestand den Kindersitztest. Dafür wurde er so lange, wie die Heimfahrt dauern würde, in einen

Kindersitz geschnallt und an die Monitore angeschlossen. Pete und ich lernten Herz-Lungen-Wiederbelebung für Säuglinge und bekamen eine Sauerstoffflasche mit Maske geliehen, für den Fall, dass es zu Hause Probleme mit der Atmung geben sollte. Und dann lag das Krankenhaus plötzlich hinter uns, elf Wochen, nachdem ich mit mörderischen Kopfschmerzen und bleiernem Gefühl im Bauch aufgewacht war, und immer noch zwei Wochen vor meinem errechneten Entbindungstag. Endlich waren wir eine richtige Familie.

»Die Welt heißt dich willkommen, kleiner Mann!«, sagte Pete überschwänglich, als wir aus dem Krankenhaus ins Freie traten, und drehte sich mit Theo langsam im Kreis, damit er alles sehen konnte. »Von jetzt an wird alles besser.«

Doch so einfach war es eben nicht. Vorher hatte ich mir nichts so sehr gewünscht, wie endlich mit Theo zu Hause zu sein. Aber als es so weit war, fühlte ich mich überfordert. Es verwirrte mich, keine Monitore zu haben, auf denen man alles überprüfen konnte. Ich war so an die Töne der Geräte gewöhnt, dass ich trotz der Stille im Haus überall das Piepen hörte. Statt mich in meiner vertrauten Umgebung zu entspannen, wurde ich ängstlich. Ich hatte Angst, dass wir Theo den Mund verbrennen würden, wenn das Fläschchen zu heiß war. Dass wir ihn beim Baden zu weit unter Wasser drücken oder danach fallen lassen würden, weil er nass und glitschig war. Wenn er schlief, schaute ich alle zehn Minuten nach, ob er noch atmete. Und als er ein paarmal schniefte, war ich sicher, dass er einen Infekt hatte, und zwang Pete dazu, sofort mit Theo wieder ins Krankenhaus zu fahren.

Der Arzt untersuchte ihn und fragte mich dann ruhig: »Und Sie? Wie kommen Sie zurecht?«

»Gut. Bin nur ein bisschen gestresst.«

»Fühlen Sie sich bedrückt? Deprimiert?«

Ich schüttelte den Kopf. Deprimiert fühlte ich mich überhaupt nicht, im Gegenteil: eher rastlos und voll nervöser Energie.

»Sollten Sie depressive Zustände bei sich bemerken, ignorieren Sie das bitte nicht. Ihre Gynäkologin kann Ihnen gegen die postnatale Depression Medikamente verschreiben, die Sie auch in der Stillzeit nehmen dürfen.«

Ich sagte ihm nicht, dass ich schon angefangen hatte, mit Flaschennahrung zuzufüttern. Stillen erinnerte mich zu sehr an die NICU. Die Sauerstoffflasche hatte ich auch so verstaut, dass ich sie nicht sehen musste. Schon der Anblick verursachte mir Übelkeit.

Aber vor allem fühlte ich mich furchtbar einsam. Mit Pete konnte ich nicht darüber sprechen, dass ich immer noch keine Muttergefühle für Theo empfand, nur schreckliche Hilflosigkeit. Ich hatte einmal versucht zu erklären, dass ich mir ständig vorkam, als sei ich Babysitter bei einem fremden Kind, dessen Eltern mich bestrafen würden, wenn ich etwas falsch machte. Pete hatte mich verblüfft angeschaut.

»Aber natürlich ist Theo unser Kind, nicht das von Fremden.«

»Ich wollte damit nicht sagen, dass ich das *glaube*. Sondern dass es sich für mich so *anfühlt*.«

Ich erzählte auch nicht, dass ich die Erschöpfung, die wunden Brustwarzen, die emotionale Dumpfheit als gerechte Strafe dafür empfand, dass ich eine schlechte Mutter war. Pete liebte seinen Sohn ganz offensichtlich so sehr, dass ich mich geschämt hätte, diese Themen anzuschneiden.

Wenn Pete auf die Intensivstation zu sprechen kam – »Erinnerst du dich noch an die Eltern von …« oder »Ich weiß noch, wie der Arzt sagte …« –, unterbrach ich ihn sofort. »Ich will nicht mehr daran denken. Lassen wir das hinter uns, okay?«

»Na klar. Gesunde Einstellung, Mads. Schauen wir in die Zukunft.«

Ich hatte gelesen, dass es bei manchen Frauen länger dauert, bis sich Muttergefühle einstellen. Deshalb nahm ich an, dass ich wohl eine von dieser Sorte war. Und tatsächlich änderte sich etwas, als Theo etwa drei Monate alt war. Ich war allmählich vertraut mit dem halben Grinsen und den Grimassen, die er schnitt, wenn er konzentriert die Windel vollmachte. Pete meinte, Theo sei eben ein fröhliches Kind, aber ich war einfach der Meinung, dass er Kacken sehr befriedigend fand. Doch einmal, als ich ihn nach dem Baden in ein Handtuch gehüllt auf den Wickeltisch legte, schaute er zu mir hoch und grinste. Einerseits wusste ich, dass er bestimmt nur froh war, im Warmen und Trockenen zu sein. Andererseits dieser zufriedene, verschmitzte Blick aus den kleinen blaugrauen Augen … Zum allerersten Mal spürte ich eine Beziehung zu meinem Sohn. Ich war nicht mehr nur Milchmaschine, sondern Mittelpunkt seines Universums. Und obwohl ich das von mir umgekehrt nicht behaupten konnte, war doch klar, dass wir uns auf einer gemeinsamen Umlaufbahn befanden, in einer Beziehung auf immer und ewig. Ich dachte, *Wenn ich alt und grau bin, wirst du mein erwachsener Sohn sein*, und diese Vorstellung von Dauer erschreckte mich.

Wenn ich auf mein bisheriges Leben zurückblickte, wunderte es mich nicht, dass dieser Prozess so lange dauerte. Ich verliebe mich nie Hals über Kopf. Um mich in Pete zu verlieben, brauchte ich fast ein ganzes Jahr. Wir witzelten immer, dass er mich regelrecht belagern musste. Weshalb sollte ich also dann Liebesgefühle für ein wildfremdes Wesen in einem Plexiglaskasten entwickeln, das vielleicht ohnehin nur ein paar Wochen in meinem Leben sein würde? Wenn ich überhaupt irgendwelche Mutterinstinkte in mir hatte, dann rieten sie mir, mich selbst zu schützen und keine emotionale Bindung einzugehen. Ich musste abwarten, bis Theo außer Gefahr war und eine Zukunft hatte, bevor ich mir den Luxus erlauben konnte, ihn zu lieben.

12

Fall Nr. 12675/PU78B65, Anlage 14B:
E-Mail von Peter Riley an Miles Lambert

Lieber Miles, liebe Lucy,
erst einmal vielen Dank für Ihre E-Mail, Miles, und dafür, dass Sie mich persönlich aufgesucht haben, was sicher nicht einfach für Sie war. Wie Sie schon sagten: Es ist für alle Beteiligten eine enorm schwierige Situation, aber wir sind sehr dankbar, dass Sie beide Wert legen auf eine gute Kommunikation. Das wollen wir auch tun.

Sehr gern würden wir die Einladung zu Ihnen annehmen und finden es gut, wenn Theo und David sich kennenlernen. Maddie erinnert sich noch an Lucy von der NICU und lässt herzlich grüßen.

Diesen Samstag würde bei uns gut passen. Theo ist meist vormittags am besten drauf, was halten Sie also von 10.30?
Herzliche Grüße
Pete

13

PETE

Am Samstag verfrachteten wir Theo auf den Rücksitz unseres Golfs und fuhren nach Highgate. Ich hatte reichlich Zeit für Parkplatzsuche eingeplant, was dann, wie sich herausstellte, nicht nötig gewesen wäre. In unserem Viertel ist es so voll, dass man manchmal lange keinen Platz findet. Aber in der Gegend, wo die Lamberts wohnten, sah man so gut wie keine Autos an der Straße. Sie standen offenbar auf den riesigen Grundstücken der viktorianischen Villen, Mehrfamilienhäuser schien es hier kaum zu geben. Deshalb hielten wir ein paar Meter vom Haus entfernt an und warteten ab, bis die Uhr auf dem Armaturenbrett auf halb elf vorrückte. Theo trötete unterdessen auf einem Plastikkazoo herum.

»Man hätte vielleicht ein anderes Spielzeug einpacken sollen«, sagte Maddie nach einer Weile.

»Ich hab das nicht eingepackt, er hat es auf dem Rücksitz gefunden«, erwiderte ich. »Und es ist gut fürs Sprechenlernen, weil es die Mundmuskulatur trainiert. Aber David hat sicher jede Menge andere Spielsachen.«

Danach verstummten wir beide. Wir waren völlig fertig. Die letzten Tage waren extrem anstrengend für uns gewesen. Wir schwankten ständig zwischen Hoffnung und Angst – Hoffnung, dass wir das alles irgendwie hinkriegen würden, Angst, dass es nicht gelingen würde. Manchmal schreckte ich nachts keuchend aus dem Schlaf hoch, spürte fast körperlich, wie unsere kleine Familie auseinandergerissen wurde. Dann sagte ich mir wieder, es würde schon gut gehen, wir hätten doch einen Plan. Und den Lamberts ging es ja bestimmt genauso.

»Warum machen wir das überhaupt?«, fragte Maddie plötzlich.

Ich warf ihr einen Blick zu. »Das Treffen heute? Oder überhaupt?«

»Beides. Vielleicht hätten wir einfach ... ich weiß nicht ... uns höflich weigern sollen. Vielleicht wäre das langfristig für alle am besten gewesen.«

»Es ist nicht zu spät. Wir können uns immer noch eine Ausrede einfallen lassen ...«

Sie schüttelte den Kopf. »Nein, nein, Unsinn. Und entschuldige, dass ich wegen dem Kazoo gemeckert habe. Ich glaube, ich bin einfach nervös.«

»Wegen des Treffens? Oder wegen Theos Cousin?« Wir hatten verabredet, in Theos Hörweite auf keinen Fall *unser Sohn* zu sagen. Er hätte das vermutlich nicht verstanden, aber wir wollten vorsichtig sein.

»Wegen beidem. Aber hauptsächlich wegen David. Ich meine, er ist unser ... *Nachkomme.* Er war in meinem Bauch, und ich habe nicht die geringste Ahnung, wie er ist. Das ist doch einfach verrückt, oder?«

»Auto groß«, sagte Theo. Ich drehte mich zu ihm um. Er deutete auf einen BMW SUV auf der Zufahrt der Lamberts.

»Sehr großes Auto, ja. Aber die sind nicht immer besser. Machen ganz viel Schmutz in die Luft.«

»Los, wagen wir's.« Maddie nahm meine Hand und drückte sie fest. Dann stieg sie aus.

Was bringt man in so einer Lage als Geschenk mit? Wir hatten schließlich einen Blumenstrauß für Lucy gekauft und Theo erlaubt, eine Süßigkeit für David auszusuchen. Die Wahl war auf Schokochips gefallen, und ich hatte sofort in Gedanken die potenziellen Einwände durchgespielt, weil einige Mütter bei Süßkram sehr streng sind. Aber die Schokochips waren kalorienarm, Fairtrade, und ich wusste, dass die Tüte genau zehn Stück enthielt, eine ideal teilbare Menge also.

Wir stiegen die Stufen zur Haustür hoch, was Theo sogar allein schaffte, und klingelten. Dabei merkten wir, dass die Gegensprechanlage eigentlich außen am Tor vor der Zufahrt gewesen wäre. Aber kurz darauf stand Miles Lambert vor uns, lässig gekleidet mit gemustertem Hemd, Chinos und Segelschuhen ohne Socken. »Kommt rein, kommt rein, schön dass ihr da seid«, sagte er, ging dann in die Hocke und bot Theo die Hand zum Abklatschen.

»Hey, Theo«, sagte er freundlich.

Theo beschloss, die offerierte Hand als Fläche zum Boxen zu nutzen. »Puff!«, sagte er und haute zu. Miles lachte und richtete sich auf.

»Kommt, Lucy ist hinten.«

Im hinteren Teil des Hauses führte er uns in eine Küche mit Schieferboden, die so groß war wie unser gesamtes Erdgeschoss. Die blonde Frau, die ich zuletzt auf dem Weg zum Kindergarten gesehen hatte, stand an einem roten Aga-Herd und bereitete Tee zu. Auch jetzt war sie elegant gekleidet, trug enge weiße Jeans und ein Umschlagtuch aus Mohair oder Angora.

»Hallo!«, sagte Lucy fröhlich, kam zu uns und küsste uns beide auf die Wange. Ich spürte, dass sie genauso nervös war wie wir. »Oh, danke, wie lieb von euch.« Sie nahm den Blumenstrauß in Empfang und holte unter der Spüle eine Vase hervor.

»Und das ist David«, sagte Miles hinter uns. Maddie und ich drehten uns gleichzeitig um.

Miles hielt David auf dem Arm, sodass wir ihn direkt vor uns sahen. Er war viel kleiner als Theo, mit fast fragilem Körperbau, und hatte feine Haare. Sein Gesicht war zart, beinahe mädchenhaft, was die Ähnlichkeit mit Maddie noch betonte. Er sah uns ängstlich und so verstört an, als sei er gerade aus dem Schlaf gerissen worden.

»Hi«, sagte ich und schüttelte ihm behutsam die Hand, indem ich sein Handgelenk umfasste. »Ich bin Pete.«

»Und ich bin Maddie.« Sie streckte verlangend beide Hände aus, als wolle sie ihn auf den Arm nehmen, und David schreckte zurück.

»Er ist recht schüchtern, fürchte ich.« Miles ging in die Hocke, ohne David loszulassen, damit die beiden Kinder auf Augenhöhe waren. »Bis vor wenigen Monaten durfte er gar nicht in die Nähe anderer Kinder, weil er immer noch immunsupprimiert ist. Ihr seid so ziemlich die ersten Gäste, von denen Lucy nicht gleich verlangt, dass sie sich Hände und Arme desinfizieren.«

»Theo«, begann ich, weil ich ihn auffordern wollte, David zu begrüßen. Aber Theo war schon auf ihn zugegangen. Durch den Kindergarten war er sehr unbefangen mit anderen Kindern, und jetzt hielt er David die Tüte Schokotaler vor die Nase wie ein Polizist den Ausweis. »Ho!«, sagte Theo stolz dazu. David starrte ihn verständnislos an.

»Er darf leider keine Schokolade essen«, sagte Lucy.

»Ach, tut mir leid«, sagte ich. »Ich hatte nur gedacht, bei diesem besonderen Anlass …«

»Der Grund ist, dass er sie nicht verdauen kann. Er leidet an Reflux, was durch jede Form von Fett verschlimmert wird. Wenn er einen Anfall hat, muss er sofort wieder an die Sauerstoffflasche, was er hasst.«

»Ich nehm das, Theo«, sagte ich hastig und riss ihm die Tüte weg. Er fuhr wütend herum, aber ich hatte sie schon in meiner Tasche verschwinden lassen. Wahrscheinlich hatte ich gerade sein Kindergarten-Training ruiniert, aber das war jetzt zweitrangig. »Frag David doch mal, ob er dir seine Spielsachen zeigt«, forderte ich Theo auf.

Miles ließ David vorsichtig los. Er war so unsicher auf den Beinen wie ein Kind, das seine ersten Schritte macht. Man konnte auch sehen, dass er noch große Windeln trug statt Windelhöschen.

»Michaela?«, rief Miles.

»Ja, Mr. Lambert?« Eine etwa zwanzigjährige junge Frau kam herein. Auch sie hatte blonde Haare, die am Ansatz aber schwarz waren. Ihr Akzent klang osteuropäisch.

»Nimmst du David bitte mit und zeigst Theo Spielsachen?«

»Natürlich. Komm, Theo, sie sind alle da drüben.«

»Welche Spielsachen magst du, David?«, fragte Maddie sanft, als Michaela ihn hochhob. David wandte den Kopf in Maddies Richtung, antwortete aber nicht. Mit Schrecken wurde mir klar, dass er die Frage nicht verstanden hatte.

Er war hirngeschädigt. Auf der NICU hatte man uns immer klargemacht, dass die Wahrscheinlichkeit hoch war. Doch nachdem Theo sich so gut entwickelte, hatten wir unser Glück gar nicht mehr infrage gestellt.

Oder vielmehr Theos Glück. Denn jetzt wurde mir schlagartig klar, dass der Arzt, der Maddie gesagt hatte, unser Sohn würde den Sauerstoffmangel wohl nicht unbeschadet überstehen, recht gehabt hatte. Damit hatte er David gemeint, der eindeutig geistig beeinträchtigt war.

»David ist nicht so gesprächig«, sagte Lucy nervös. »Er ist noch nicht so weit entwickelt wie Theo.«

Ich sah sie bestürzt an. War es möglich, dass sie nichts ahnte? Oder benutzte sie nur einen beschönigenden Ausdruck für den Zustand ihres Sohnes? Es musste Letzteres sein, sagte ich mir. Lucy musste doch ständig mit Ärzten sprechen.

Aber dann fiel mir wieder ein, wie auch die Ärzteschaft auf der NICU immer wieder schulterzuckend gesagt hatte: *Wir können nicht die Zukunft voraussagen. Langzeitprognosen kann man erst ab dem dritten Geburtstag machen.*

Jedenfalls wurde mir klar, dass dieser Umstand das Gespräch, das wir hier führen wollten, sehr viel komplizierter machen würde.

14

MADDIE

Lucy gießt Tee in Becher, und dann stehen wir alle am Eingang zum Spielzimmer und schauen den Kindern zu. Die beiden spielen nicht zusammen. David sitzt vor einem Spieltrapez und bewegt die hängenden Plastiktiere hin und her, Theo marschiert herum und inspiziert Sachen, die er aus den Regalen nimmt. Michaela bringt ihm einen Holzzug, den Theo in Berge krachen lässt, die er vorher aus Duplosteinen gebaut hat. Michaela sammelt die Steine immer wieder ein.

Ich kann den Blick nicht von David abwenden. *Mein Sohn.* Als ich nach ihm greifen wollte, geschah das unbewusst, ich konnte mich nicht bremsen. Und obwohl David zurückgeschreckt war, hatte ich kurz seine Rippen gespürt. Diese Berührung fühle ich jetzt noch in den Fingerspitzen.

Kurz schaue ich zu Miles und Lucy hinüber. Miles verschlingt Theo förmlich mit Blicken, so wie ich David. Und jedes Mal wenn der Zug auf den Berg kracht, spielt ein Lächeln um Miles' Lippen. Lucy ist schwerer zu deuten. Sie schaut von einem Kind zum anderen. Wenn sie Theo ansieht, lächelt sie über seine Wildheit, wirkt aber auch ängstlich. Und wenn sie David anschaut, ist ihr Blick ganz anders. Traurig vielleicht.

Schließlich sagt Miles »Wollen wir …?«, und wir gehen in die Küche zurück und lassen uns auf Barhockern an dem gigantischen Küchentresen nieder. Miles und Lucy sitzen uns gegenüber. Ich komme mir ein bisschen vor wie bei einer Arbeitssitzung mit einer hochkarätigen Filmfirma.

»Also«, beginnt Miles, »erst einmal danke, dass ihr heute hergekommen seid. Und fühlt euch bitte nicht unter Druck, es geht uns jetzt erst mal darum, dass wir Paare uns kennenlernen und die Jungs auch.« Er streicht sich die schwarze Strähne aus der Stirn. »Wichtig ist nur, dass wir miteinander sprechen. Das ist ein guter erster Schritt.«

Obwohl er ein wenig nervös wirkt, fällt mir auf, wie souverän er das alles hinbekommt. Er wirkt charmant, aber nicht selbstgefällig, selbstsicher, aber nicht arrogant. Er sieht gut aus, aber auf eine sympathische, jungenhafte Art, die ihn uneitel erscheinen lässt. Ich kann mir vorstellen, wieso man ihm so viel Geld bezahlt, dass er sich eine solche Villa leisten kann. Und ich spüre bei ihm auch die gleiche ungestüme Energie wie bei Theo.

Die unterschwellige Aussage von Miles' Ansprache ist: *Genug Gefühle für heute, belassen wir's erst mal dabei.* Ich vermute, er macht das auch für Lucy, die enorm angespannt wirkt, noch mehr als vor zwei Jahren auf der NICU. Mir ist aufgefallen, dass Miles sehr fürsorglich mit ihr umgeht. Als sie die Teebecher verteilte, wies er sie ganz leise darauf hin, dass sie vergessen hatte, ob Pete oder ich Milch wollten.

Einen Moment lang bin ich enttäuscht. Ich finde es frustrierend, wenn ich mich innerlich auf ein kompliziertes Gespräch eingestellt habe, und es findet dann gar nicht statt. Aber Miles hat wahrscheinlich schon recht – lieber nichts überstürzen.

Pete spürt das offenbar nicht oder fühlt sich so gestresst, dass er nicht anders reagieren kann. Er wirft mir einen Seitenblick zu, schaut dann wieder Miles und Lucy an. »Ihr hattet schon länger Zeit, über diese Lage nachzudenken«, sagt er unverblümt. »Habt ihr eine Vorstellung, wie es jetzt weitergehen soll?«

Ein ausgedehntes Schweigen entsteht. Miles und Lucy sehen sich nicht an.

»Wenn ihr es natürlich lieber nicht sagen wollt …«, fügt Pete hinzu.

»Nein, das ist nicht …«, beginnt Miles, und Lucy sagt gleichzeitig: »Also, für uns …«

Beide verstummen. Dann wendet sich Miles seiner Frau zu und sagt: »Du zuerst.«

»Ich könnte es nicht ertragen, ihn zu verlieren«, platzt Lucy heraus und schaut mich eindringlich an, von Mutter zu Mutter. »Es spielt doch keine Rolle, in welchem Schoß sie herangewachsen sind, oder? Wichtig ist, wer täglich für sie sorgt. Und wenn sie Probleme haben, wie David … man hört manchmal, dann sei man als Mutter überbehütend. Das gehört vielleicht dazu.« Sie wirft einen Blick auf ihren Mann. »In jedem Fall ist es eine ganz besondere Bindung.«

»Es ist nur so, Liebling, dass Pete sich hauptsächlich um Theo kümmert«, wirft Miles ruhig ein.

»Na ja, dann wisst ihr ja sicher beide, was ich meine.« Lucy schaut uns beide an. »Miles und ich würden sehr gern an Theos Leben teilhaben und fänden es wunderbar, wenn die beiden Jungs das Gefühl hätten, Teil einer großen Familie zu sein. Details haben wir uns noch keine überlegt. Aber tauschen könnten wir nicht. Das könnten wir einfach nicht ertragen.«

»Das empfinden wir ganz genauso«, sagt Pete. Er wirft mir einen Blick zu, und ich nicke bekräftigend. »Pete hat Recht. Wir *beide* empfinden das so.«

Lucy legt erleichtert die Hand auf ihr Dekolleté. »Oh, Gott sei Dank. Einen Moment lang habe ich gedacht, ich hätte alles zerstört, weil ich so herausgeplatzt bin …«

Miles legte ihr die Hand aufs Knie. »Du hast das sehr gut gemacht.«

»Wir haben auch darüber gesprochen«, erklärt Pete und spricht leiser, damit Theo ihn im Spielzimmer nicht hören kann. »Wie ihr uns geraten habt, wollten wir keine Entscheidung überstürzen. Dennoch sind wir uns einig, dass Theo und David nicht aus ihren bisherigen Familien gerissen werden dürfen. Aber wir sind hundertprozentig eurer Meinung, dass beide Jungs am Leben des anderen teilhaben sollten. Wir haben uns zum Beispiel überlegt, dass ihr doch Theos Paten sein könntet. Und wir die von David.«

»Das ist eine *wundervolle* Idee«, sagt Lucy.

»Es ist nur so, dass David schon Paten hat«, wendet Miles entschuldigend ein. »Billy Cortauld – der Kapitän der Saracens – und Lucys Freundin Gemma. Und ich bin mir recht sicher, dass man bei der Church of England nicht nach der Taufe noch Paten hinzufügen darf. Lebenslange Verantwortung und all so was. Aber ich schau mal nach …« Er gibt nebenbei etwas in sein Handy ein. »Nein, kann man tatsächlich nicht. Tut mir leid, das verkünden zu müssen. Aber es wäre uns eine Ehre, Theos Paten zu sein, wenn er noch keine hat.«

Pete nickt. »Und wir hatten auch überlegt, dass die beiden sich regelmäßig zum Spielen treffen könnten. Wir könnten Theo sagen, David sei sein Cousin. Wir haben kaum Verwandtschaft hier in London, Maddies Familie ist in Australien und meine im Norden. Das wäre für uns auf jeden Fall eine erfreuliche Aussicht. Und bald ist Ostern, vielleicht könnten wir da alle mal einen ganzen Tag zusammen verbringen. Aber das war jetzt nur mal so ein Vorschlag. Man muss sich natürlich alles in Ruhe überlegen. Irgendwie werden wir das jedenfalls hinkriegen.«

»Das hört sich großartig an«, sagt Miles und schaut seine Frau an. »Was meinst du, Lucy?«

»Absolut, sehe ich genauso.« Sie faltet die Hände. »Wir haben so ein Glück. Alle vier, meine ich. Andere Leute würden das vielleicht ganz anders sehen.«

Miles schaut auf seine Uhr. »Es ist zwar noch früh am Tag, aber ich finde trotzdem, darauf sollte mit einem guten Tropfen angestoßen werden.«

Alle sind sichtlich erleichtert und entspannt, und die Themen der Unterhaltung ändern sich kurz darauf. Als Pete sich bewundernd über das Haus äußert, bietet Miles an, ihn herumzuführen, und Lucy und ich setzen uns zu den Kindern ins Spielzimmer.

»Kann ich ihn mal im Arm halten?«, höre ich mich fragen.

»David? Natürlich.«

Ich nehme ihn hoch. Er fühlt sich viel leichter an als Theo, eher wie ein zartes Mädchen als wie ein kräftiger Junge. Und Theo würde – sogar an seinen ruhigeren Tagen – auf jeden Fall herumzappeln und sich über meinen Arm nach hinten beugen, um zu sehen, was dann passiert. David dagegen lehnt sich ganz ruhig in meinen Ellbogen. Dann wendet er den Kopf und sieht mich ernsthaft an. Seine Augen sind heller als meine, aber etwas daran ist mir geradezu unheimlich vertraut. Ich lächle ihn an und wiege ihn ein bisschen hin und her. Das Lächeln erwidert er nicht, schaut mich aber weiter nachdenklich an.

»Sie sehen beide einem Elternteil so ähnlich, nicht?«, sagt Lucy. »Theo ist Miles wie aus dem Gesicht geschnitten, und David dir.«

»Ja.« Ich schaue Lucy an. »Wie seid ihr überhaupt darauf gekommen, dass David nicht euer leibliches Kind ist?«

»Ah.« Lucy nestelt eine Perlenkette unter ihrem Wolltuch hervor und spielt nervös damit. »Davids Probleme haben die Ärzteschaft vor ein Rätsel gestellt, und irgendwann wurde überlegt, ob vielleicht eine Genmutation vorliegt. Er wurde getestet, und dabei hat man festgestellt, dass er tatsächlich ein verändertes Gen hat, was von beiden Elternteilen stammt, der sogenannte autosomal-rezessive Erbgang. Aber dieses veränderte Gen haben weder Miles noch ich. Da wurde dann klar, dass er nicht unser leiblicher Sohn sein kann. Miles wandte sich an einen Privatdetektiv, der sofort darauf verwies, dass ich in einer Privatklinik entbunden hatte. Er vermutete, dass die Kinder beim Wechsel zwischen den Kliniken vertauscht worden waren. Doch dann hat es trotzdem Monate gedauert, bis wir euch gefunden haben. Beide Kliniken weigerten sich unter Berufung auf den Datenschutz, Namen herauszugeben. Aber ich wusste noch deinen Vornamen und dass unsere Jungen am selben Tag geboren wurden. Das waren Anhaltspunkte für Don Maguire.«

»Pete sagte mir, dass ihr die Klinik verklagt.«

Lucy nickt. »Aber nicht wegen des Geldes. Er wollte damit bewirken, dass sie die Namen herausgeben.«

»Also lasst ihr die Anklage jetzt fallen?« Ein bisschen widerstrebend setze ich David wieder auf den Boden, damit er sich mit dem Spieltrapez beschäftigen kann.

»Ich weiß nicht genau«, antwortet Lucy ausweichend. »Miles findet, dass die bezahlen sollen für das, was sie getan haben. Damit so was in Zukunft nicht mehr vorkommt. Und selbst wenn wir das Geld nicht unbedingt brauchen, könnte es ja für euch nützlich sein.«

»Was meinst du damit?«

»Hat Pete dir das nicht gesagt? Miles hat ihn eingeladen, bei der Klage miteinzusteigen.« Sie wirft mir ein Lächeln zu. »Wir werden natürlich nicht offenbaren, dass wir uns alle prima verstehen. Denn es ist ja trotzdem schrecklich. Beide Paare haben ihr leibliches Kind verloren. Da sind bei mir viele Tränen geflossen, das kann ich dir sagen.«

»Das lief ja gut«, sagt Pete, als wir ins Auto steigen, und winkt Miles und Lucy zum Abschied, die in der Haustür stehen.

»Ja.«

Er schaut mich an, beunruhigt über meinen zögernden Tonfall. »Was ist?«

Ich ziehe meinen Mantel enger um mich. »Ich weiß nicht recht. Aber Lucy hat mir gegenüber erwähnt, dass bei David ein Gendefekt gefunden wurde. Ich bin keine Expertin, aber für mich hört sich das so an, als würden dann weitere Kinder von uns auch so wie David sein.«

Pete bleibt einen Moment stumm. Schließlich sagt er: »Dann sollten wir vielleicht auch einen Gentest machen.«

»Und sie hat erwähnt, dass wir alle durch diese Klage womöglich viel Geld bekommen.«

»Ich weiß. Miles hatte das erwähnt, als er zu mir kam. Aber das fühlt sich irgendwie falsch an, oder? Eine Klinik zu verklagen, obwohl wir uns ja im Alleingang einigen?«

»Vielleicht sollten wir das schon erwägen, für Theos Zukunft. Und wer weiß, welche Probleme David später haben wird. Vielleicht braucht er Pflege rund um die Uhr. Wir können uns da eigentlich nicht querlegen.«

»Stimmt wohl.« Pete hält an einer Ampel und betrachtet mich forschend. »Du findest es schwierig, oder?«

»Ja«, gebe ich zu. »Nicht die beiden – die machen einen sympathischen Eindruck, und Lucy hat recht, wir können von Glück sagen, dass wir alle vier so auf einer Linie liegen. Aber … als ich jetzt da wegging … kam es mir vor, als würde ich David im Stich lassen. Ich stelle mir einfach vor, wie mir zumute wäre, ganz allein im Haus von Fremden.«

»Aber sie sind doch keine Fremden, sondern seine Eltern.«

»*Wir* sind seine Eltern.«

»Du weißt, wie ich das meine«, sagt Pete vorsichtig. »Sie sind die Menschen, die David liebt. Es ist alles gut, Mads. Wir werden David oft sehen, und die Lamberts werden Theo oft sehen.«

»Vom Verstand her weiß ich, dass das so richtig ist. Aber ich kann nichts gegen meine *Gefühle* tun.« Petes Ansicht, dass es keine Rolle spielt, finde ich irgendwie frustrierend. Ich habe nichts Grundsätzliches gegen das Konzept einzuwenden, dass Liebe das Wichtigste ist und Familien nicht im Bauch, sondern im Herzen entstehen. Aber es gibt eben auch einen Ruf der Gene. Ich ertappe mich bei dem etwas bösartigen Gedanken, dass Pete womöglich Gefallen findet an der Situation, weil damit bewiesen ist, dass seine Liebe zu Theo nichts mit Biologie zu tun hat. Pete hat mir sogar im Internet eine Studie gezeigt, der zufolge Adoptiveltern sich meist besser um ihre Kinder kümmern als biologische Eltern.

»Als ich gemerkt habe, dass mit David etwas nicht stimmt«, füge ich hinzu, »habe ich im ersten Moment gedacht …« Ich verstumme.

»Was denn?« Ich höre seiner Stimme an, dass er genau den gleichen Gedanken hatte.

»Dass wir großes Glück hatten. Dass wir …« Theo ist am Einschlafen, aber ich wähle meine Worte dennoch mit Vorsicht.

»Dass bei uns alles normal ist. Die beiden haben die ungleich schwierigere Situation. Man könnte es ihnen nicht mal übel nehmen, wenn sie das ungerecht fänden.«

Pete schnaubt. »Ich glaube nicht, dass sie so denken. Die haben eine Villa, einen nagelneuen BMW und ein Kindermädchen. Die können sich ein Kind wie David leisten. Und man merkt doch, wie sehr sie ihn lieben. Wir sollten einfach alle glücklich und zufrieden sein, dass wir uns so einig sind.«

15

PETE

Auf der Heimfahrt versuchte ich Maddie zu beruhigen und betonte, wie viel Glück wir doch hatten, dass wir mit den Lamberts auf einer Wellenlänge lagen.

Das empfand ich wirklich so. Wir hätten es in dieser Lage viel übler erwischen können. Aber ich ahnte auch, dass uns trotzdem allerhand bevorstand.

Bei der Hausführung hatte Miles mir auch den Keller gezeigt – seine Männerbude, wie er ihn scherzend nannte. Die Räume waren gigantisch. Die vorherigen Hausbesitzer hatten den Garten unterkellern lassen, und es gab da unten ein klimatisiertes Weingewölbe, ein Fitnessstudio und sogar ein kleines Schwimmbad.

»Wow«, sagte ich. Etwas anderes fiel mir nicht dazu ein.

»Nicht schlecht, oder? Aber das sind nur materielle Dinge, Pete. Ich würde alles dafür geben, dass David normal gehen und sprechen kann.«

»Gibt es denn die Chance, dass er noch aufholt?«

Miles zuckte mit den Schultern. »Die Ärzte sagen immer wieder, wir sollten abwarten. Im besten Fall ist er leicht zurückgeblieben, sagen sie. Aber ein Spitzensportler wird nicht aus ihm, so viel steht fest.«

Zurückgeblieben klang ziemlich hart. Auf der NICU hatte man dazu *beeinträchtigt* gesagt.

»Da haben wir bei Theo Glück«, erwiderte ich. »Er entwickelt sich ziemlich gut. In allem bis aufs Sprechen jedenfalls.«

»Ja.« Miles zögerte. »Hör mal, ich wollte das eigentlich heute nicht erwähnen, aber da wir uns alle so gut verstehen ... Als Lucy schwanger wurde und wir erfahren haben, dass es ein Junge wird, habe ich eine Anzahlung bei meinen früheren Schulen gemacht, dem Radley College und der Dragon School in Oxford. Ich weiß, das hört sich etwas albern an, aber man muss Kinder sofort nach der Geburt dort anmelden, sonst bekommt man da heutzutage keinen Platz mehr. An solchen Schulen könnte David sich natürlich nicht behaupten, aber ich würde Theo gern dort anmelden. Er ist auf jeden Fall intelligent genug, und man merkt jetzt schon, dass ein Sportler in ihm steckt. Ich denke, er könnte von dieser Chance profitieren.«

»Oh«, sagte ich etwas bestürzt. »Das ist nett gemeint, aber ich denke nicht, dass wir Theo jemals auf ein Internat schicken wollen. Wir haben eine angesehene Grundschule der Church of England ganz in der Nähe und gehen jetzt regelmäßig zur Kirche.« Miles sah so erstaunt aus, dass ich hinzufügte: »Die Schule ist total überlaufen, aber wenn man regelmäßig zur Kirche geht, kann einem der Vikar einen Platz besorgen.«

»Ah.« Miles nickte. »Ihr habt ja offenbar alles geregelt. Internat wirkt heutzutage ein bisschen antiquiert, wie? Aber ich kann Theo doch einfach mal eintragen lassen, und solltet ihr es euch noch anders überlegen, hat er Anspruch auf die Plätze. Wer weiß, vielleicht wird er noch Harry-Potter-Fan und findet es toll, auf ein Internat zu gehen.«

Von diesem Gespräch erzählte ich Maddie im Auto nichts, betonte nur das Positive. So machte ich das eigentlich seit Theos Geburt – ich war stark für Maddie. Die Leute glaubten immer, sie sei wahnsinnig tough und kompetent. Die wussten eben nichts von ihren Problemen in Theos erstem Jahr, vor allem, als ich an dieser Spendenradtour teilnahm. Und letztlich war das auch der Grund, warum hauptsächlich ich für Theo sorgte. Maddie brauchte dringend ihre Arbeit, um seelisch wieder gesund zu werden, und nur ich wusste, wie labil sie noch immer war.

16

MADDIE

In den ersten vier Monaten nach Theos Geburt hatte ich alles im Griff. Meine Eltern kamen aus Australien. Ihre Flüge waren für meinen errechneten Geburtstermin gebucht gewesen, die Tickets nicht übertragbar. Die beiden boten zwar an, neue zu kaufen und uns zu besuchen, während Theo noch auf der NICU war, aber das fand ich nicht sinnvoll. Als sie dann da waren, wollten sie natürlich Zeit mit Theo verbringen, aber auch ein liebender Opa hält es mit einem kleinen Baby meist nicht lange aus, ganz zu schweigen von einem ruhelosen Mann wie meinem Vater, Jack Wilson. Sie erwarteten Stadttouren und Sightseeing und hielten uns ziemlich in Atem. Wenigstens wohnten sie im Hotel, und nur Pete bekam mit, wie gestresst und übermüdet ich war. Ich war dauernd gereizt und fuhr grundlos aus der Haut, und obwohl meine Gynäkologin sechs Wochen nach der Geburt sagte, Sex stünde nichts mehr im Wege, kam das überhaupt nicht infrage für mich. Pete sagte ich nicht mal, dass Sex wieder erlaubt war. Ich vermute aber, dass er die Zeiträume gegoogelt hatte, denn etwa drei Monate nach Theos Geburt machte er einen Annäherungsversuch. Als ich stocksteif dalag, ließ er mich wieder los.

»Macht nichts, es eilt ja nicht«, sagte er.

»Allerdings«, fauchte ich wütend. In diesem Moment fand ich es ungeheuerlich anmaßend, dass er über meinen Körper bestimmen wollte.

Er betrachtete mich forschend von der Seite. »Mads? Was ist los? Ich wollte doch nur sagen, das ist kein Problem.«

Aber es *war* eben ein Problem – für ihn vielleicht nicht, aber für mich. Sex war mittlerweile für mich verbunden mit Kaiserschnitt, mit Leuten, die *Jetzt!* schrien und mir mit einem Skalpell den Bauch aufschnitten. Sex war verbunden mit affenähnlichen Babys, die auf der Intensivstation über eine nasogastrische Sonde ernährt werden mussten. Sex bedeutete, meine Kaiserschnittnarbe zu entblößen und all die anderen unsichtbaren Narben. Sex bedeutete permanente Alarmbereitschaft und ein namenloses Grauen im Bauch.

Aber das alles verschwieg ich Pete, weil ich nicht darüber sprechen wollte.

»Ich überlege, an einer Radtour für die NICU teilzunehmen«, verkündete Pete, kurz nachdem meine Eltern abgereist waren.

»An *was*?«

»Es gibt eine Facebook-Gruppe – Väter hinter der NICU. Wir wollen den Spendenaufruf publik machen und Gelder sammeln.«

Ich hatte nichts von einem Spendenaufruf mitbekommen. »Warum brauchen die denn zusätzliche Gelder? St. Alexander's ist doch eine staatliche Klinik.«

»Ja, aber sie sammeln für Zwecke, die vom NHS nicht übernommen werden. Das Hauptprojekt ist derzeit, eine Wohnung beim Krankenhaus zu kaufen, in der Eltern übernachten können, um in der Nähe ihres Babys bleiben zu können. Bronagh und die anderen Schwestern haben einen Spendenlauf gemacht und Sponsoren an Land gezogen, aber es fehlen immer noch dreißigtausend Pfund.«

Ich sah ihn überrascht an. »Hast du immer noch Kontakt zu Bronagh?«

»Sie ist auch Mitglied der Facebook-Gruppe.« Als Pete meine Miene bemerkte, fügte er geduldig hinzu: »Es geht nur um Spenden, Mads. Wir treffen uns nicht zum Kaffeetrinken oder so.«

»Mir war nicht klar, dass dir deine NICU-Groupies so sehr fehlen.« Kaum war das über meine Lippen, als ich über meine giftige Bemerkung erschrak. Was war los mit mir?

»Also die Väter haben jedenfalls vor, von Edinburgh nach London zu radeln«, sprach Pete nach einem Moment Schweigen weiter. »Das ist eine tolle Gelegenheit, dem Krankenhaus unsere Dankbarkeit zu zeigen und es zugleich ganz konkret zu unterstützen.«

Dagegen konnte ich eigentlich nichts einwenden. »Und was ist mit deiner Arbeit? Ich dachte, du hättest allen Urlaub aufgebraucht.«

»Man hat mir angeboten, meine Fehlzeiten als Urlaub aus familiären Gründen anzurechnen. Die Redaktion steht voll hinter der Tour. Die Chefredakteurin hat schon zweihundert gespendet, dann werden die Kollegen bestimmt mindestens zwanzig pro Kopf beisteuern. Ich könnte über tausend Pfund zusammenkriegen.«

»Na, dann ist ja alles geregelt«, sagte ich erbittert. Was idiotisch von mir war, das weiß ich wohl. Ich merkte, wie ich immer mehr zu einer Person wurde, die lieber aggressive Bemerkungen macht, als ihrem Partner ihre wahren Gefühle anzuvertrauen.

Deshalb sagte ich auch nicht, *Ich glaube, ohne dich werde ich nicht zurechtkommen*, sondern: »Schreib mir eine Karte aus Schottland, ja?«

Pete stürzte sich in die Vorbereitungen. Er baute sich ein eigenes Rad aus Teilen zusammen, die er bei eBay ersteigerte. Die Väter trafen sich zu Übungstouren, die allesamt im Pub endeten, wo die Männer über ihre schmerzenden Waden jammerten und sich gegenseitig bestätigten, was für Helden sie doch waren.

Ich war neidisch. Für mich gab es keine Gruppe. An meinem gebuchten Geburtsvorbereitungskurs hatte ich nicht teilnehmen können. Es gab eine Selbsthilfegruppe für Mütter von Frühchen, aber ich steckte immer noch den Kopf in den Sand, und die Vorstellung, ständig wieder über diese schreckliche Erfahrung zu reden, machte mir Angst. Ich wollte nichts mehr mit der Vergangenheit zu tun haben! Ich schaute nach vorn! Vor Theo hatte ich ein lebhaftes soziales Leben gehabt – in der Werbebranche wird heftig gearbeitet und ebenso heftig gefeiert. Dreharbeiten fanden häufig im Ausland statt, und dann musste man auch oft um fünf Uhr morgens oder früher am Set sein, aber ich hatte immer noch genug Energie für Drinks in der Hotelbar am Abend, und die Abschlussfeste nach dem letzten Drehtag waren legendär. Daraus hatten sich enge und intensive Freundschaften entwickelt, aber für Treffen mit einer frischgebackenen Mama hatte niemand Zeit. Man verabredete sich und machte Termine, aber dann kam immer irgendeine Krise oder etwas anderes dazwischen. Und in der Werbebranche gibt es die eiserne Regel, dass ein abgesagtes Treffen nicht wiederholt wird. Wenn man noch mal nachhakte, bedeutete das, dass man es dringend nötig hatte. Es heißt immer, man braucht ein ganzes Dorf, um ein Kind großzuziehen, aber bis auf Pete stand ich allein da.

Pete setzte sich zum Ziel, zwölfhundert Pfund aufzutreiben, und schrieb E-Mails an Kollegen. Binnen einer Woche hatte er zweitausend Pfund zusammen. Er las mir Kommentare von den Spendern vor und musste dabei vor Ergriffenheit immer wieder innehalten. *Lasst euch nicht unterkriegen, Pete, Maddie und kleiner Theo, wir denken an euch, ihr werdet gestärkt daraus hervorgehen* oder auch ganz simple Nachrichten wie *So toll, dass ihr das macht* rührten ihn zu Tränen. Zu Anfang unserer Beziehung hatte es mir gut gefallen, dass Pete sich nicht schämte, vor mir zu weinen. Aber seit Theos Geburt war er furchtbar nah am Wasser gebaut, während meine Gefühle ganz anders aussahen.

Als ich mir am Ende die Spendenliste anschaute, fand ich einen Beitrag von zehn Pfund von Bronagh. *Du machst immer noch alles so toll, Pete!*, hatte sie geschrieben. Diese Nachricht hatte er mir nicht vorgelesen.

Wenn ich Theo manchmal mitten in der Nacht stillte, skypte ich mit meinen Eltern. Es war seltsam, sie auf der sonnigen Terrasse zu sehen, während ich in einem dunklen Zimmer in London eingesperrt war, in das nur fahles gelbliches Licht von den Straßenlaternen drang. Einmal hatte ich meine Eltern angerufen, nachdem ich Theo wieder hingelegt hatte, aber nach ein paar Minuten hörte ich ihn weinen. »Bleibt dran«, sagte ich müde zu meiner Mutter. »Ich hole ihn rasch her.«

Da hörte ich die Stimme meines Vaters, der nicht im Bild war. »Sie verwöhnt den Kleinen zu sehr, Carol. Sag ihr das. Man muss Babys weinen lassen, sonst lernen sie nicht, damit aufzuhören.«

Ich erwartete, dass meine Mutter ihm sagen würde, heute mache man das nicht mehr so. Doch sie schwieg, und danach skypte ich nur noch selten mit meinen Eltern.

Zum Schlafen kam ich kaum. »Schlafen, wenn das Kind schläft«, kriegt man immer zu hören. Aber das konnte ich nicht. Ich hatte das Gefühl, Theos Geräte ersetzen zu müssen, und schaute alle paar Minuten nach ihm. Wenn ich mich hinlegte, rasten meine Gedanken; wenn ich aufstand, fühlte ich mich wie benebelt und funktionierte kaum noch.

Pete brach Ende Juli nach Schottland auf. Es war ein kühler Sommer mit stabiler Wetterlage, ideal zum Radfahren. Und obwohl es sich beschwerlich anhörte, von Edinburgh bis nach London zu radeln, war es das wohl letztlich nicht. Die Route bestand größtenteils aus Radwegen und ehemaligen Schienentrassen, und die Gruppe hatte einen Coach dabei, der jeden Nachmittag Räder und Fahrer in seinen Anhänger lud und sie ins Hotel chauffierte. Sie planten, fünf Stunden pro Tag zu radeln und jeweils den vierten Tag freizunehmen. Ich konnte nachvollziehen, dass sie es entspannt haben wollten, war aber genervt über das ständige Selbstlob in den sozialen Medien. Wenn eine Gruppe junger Männer bei jeder hübschen Aussicht anhalten konnte, um sich grinsend mit Helmen und Radhosen ablichten zu lassen, fuhr man schließlich nicht gerade die Tour de France. Deshalb gab ich es nach kurzer Zeit auf, das ganze Spektakel zu verfolgen, und zog mich in meine Privathölle zurück.

Es kam mir vor, als müsse ich jede Minute irgendetwas erledigen. Fläschchen sterilisieren. Strampler waschen. Haus putzen. Nach dem Kind schauen. Hatte ich den Sterilisator eingeschaltet? Die Waschmaschine geleert? Atmete Theo noch? Ich zitterte und rang mit Übelkeit, ein gefangenes Tier, das im Käfig herumhetzte, von unbestimmtem Grauen verfolgt. Ohne Pete sorgte niemand dafür, dass ich etwas aß, und niemand unterbrach meinen inneren Monolog. Die Gedanken wurden lauter und aufgebrachter. Was anfänglich meine eigene innere Stimme gewesen war, entwickelte sich zu einer donnernden despotischen Autorität. Ich gab ihr den Namen »der Arzt«. *Ist das Kind gewickelt*, brüllte er. *Vielleicht erstickt es, und du bist schuld? Vielleicht lässt du es fallen, und der Kopf platzt auf?* Ich wagte es nicht mehr, spazieren zu gehen, weil der Kinderwagen unter ein Auto kommen könnte. Ich ließ Theo nicht aus den Augen, berührte ihn aber nicht mehr, um ihn nicht versehentlich zu verletzen. Ständig hatte ich Herzrasen und war kurzatmig. Als wegen des Routinechecks eine Krankenschwester zu uns kam, wollte ich von ihr wissen, ob Theo schielte und ob das bedeuten konnte, dass er hirngeschädigt sei. Sie sah mich seltsam an, und ich konnte förmlich ihre Gedanken hören: *Diese Frau ist eine schlechte Mutter.* Danach gehörte diese Schwester auch zu dem Chor innerer Stimmen, die ständig schrien, ich sei eine Versagerin.

Und dann fingen die Ärzte an, mich permanent zu beobachten.

In der Psychiatrie versuchte man später herauszufinden, ob ich Wahnvorstellungen oder echte Halluzinationen gehabt hatte. Das spielte offenbar eine Rolle für die Behandlung. Hatte ich die Ärzte, die schrien, *Doch nicht so, Sie machen alles falsch*, tatsächlich im Fernsehen oder auf meinem Handy gesehen, oder nur geglaubt, dass sie da seien? Beides, sagte ich. Warum hätte ich sonst eine volle Windel auf den Fernseher geschleudert, damit er endlich ruhig war? Oder mein iPhone an die Wand gefeuert? Es war ohnehin eine Erleichterung, Petes zunehmend besorgte Nachrichten nicht mehr lesen zu müssen – *Bist du böse auf mich? Bitte ruf an* –, aber dann waren die Handysplitter wohl in die Wand gedrungen, denn die Ärzte benutzten sie als großen Bildschirm für ihre Nachrichten. Ich stellte fest, dass ich die Mikrowelle auf höchste Stufe stellen musste, um die Radiowellen zu blockieren und Ruhe zu finden.

Und dann kam Pete zurück.

Er hatte die Tour in York abgebrochen und war mit dem Zug nach London zurückgefahren. Wo er mich eingerollt auf dem Küchenboden vorfand, bedeckt mit Alufolie, um mich vor den Nachrichten der Ärzte zu schützen. Theo lag ohne Windel zwei Meter entfernt von mir auf dem Boden. In Reichweite hatte ich zwanzig Milchflaschen aufgereiht. Das Radio war bis zum Anschlag aufgedreht, um das Babygeschrei zu übertönen, und ich hatte einen Taschenrechner mit der Mikrowelle verkabelt, um Theos Vitalzeichen zu überprüfen.

An das, was danach geschah, habe ich nur verschwommene Erinnerungen. Pete rief einen Krankenwagen, und die Sanitäter lieferten mich bei der psychiatrischen Notaufnahme ein. Ich wurde auf eine Station gebracht und bekam Antipsychotika und Stimmungsstabilisierer. Es gab keine Plätze in der Mutter-Kind-Abteilung, deshalb sorgte Pete für Theo, bis ich wieder nach Hause konnte. Das dauerte drei Wochen, und auch dann wurde ich nur entlassen, als ich mich verpflichtete, regelmäßig zu den Treffen der Selbsthilfegruppe zu gehen, die ich zuvor verschmäht hatte, und eine Verhaltenstherapie zu beginnen. Als ich nach Hause kam, müde, aber wieder bei Sinnen, war das Haus voller Blumensträuße, und an der Haustür hing ein Banner mit der Aufschrift *WILLKOMMEN ZU HAUSE MUMMY.* Pete hatte das Haus in Ordnung gebracht – er erzählte mir später, dass er mehrere Flaschen Desinfektionsmittel gebraucht hatte, um den Gestank der vollen Windeln zu vertreiben, die ich vor den Blicken der Ärzte unter Betten und Sofas versteckt hatte – und größere Strampler für Theo gekauft. Als ich ihn aus Petes Armen nahm, roch mein Baby nach Weichspüler, warmer Milch und Liebe.

»Es tut mir leid wegen der Radtour«, sagte Pete leise.

Ich schüttelte den Kopf. »Du musst dich nicht dafür entschuldigen. Schließlich konntest du nicht wissen, wie es um mich stand. Das hat nicht mal die Schwester gemerkt, die den Gesundheitscheck bei Theo gemacht hat.« Ich sah mich um. »Sieht toll aus hier.«

»Wir sind gut klargekommen.« Pete streichelte Theos Wange, die jetzt so rund und rosig war, wie eine Babywange sein soll. »Aber er hat natürlich seine Mummy vermisst«, fügte Pete rasch hinzu.

»Du musst mich nicht mehr mit Samthandschuhen anfassen, Pete. Die schreckliche wütende Maddie hab ich in der Psychiatrie zurückgelassen.«

Er nickte. »Aber ich habe schon mal dafür gesorgt, dass ich eine Zeit lang im Homeoffice arbeiten kann.«

»Hat Karen nichts dagegen?« Karen war die Chefredakteurin, eine Frau, die Pete angeblich bewunderte. Aber wenn er von ihr erzählte, hatte ich immer den Eindruck, dass sie eigentlich launisch und passiv-aggressiv war.

»Sie unterstützt mich. Es bedeutet natürlich, dass ich mehr Reisetipps machen muss, aber …« Pete zuckte mit den Schultern. Die Zeitungen hatten zu sparen begonnen, und im Reiseteil wurden die Reportagen zunehmend durch Listen ersetzt. Es gab inzwischen eine wöchentliche Liste *Zwölf fun-tastische Soundsos*. In den letzten Monaten hatte Pete bereits Zwölf fun-tastische Strände, Weihnachtsmärkte, Tapasbars und toskanische Villen zusammengestellt. Dafür musste man natürlich nicht reisen, er suchte sich die Tipps im Internet zusammen. Es waren meist leicht veränderte Bewertungen von TripAdvisor, und mit der Formulierung *Es erwarten euch …* – zum Beispiel »hellgelbe

Zimmer und Barbecue am Pool« – wurde verschleiert, dass die Verfasser nicht dort gewesen waren. Es war öde, mechanische Arbeit, und dass Pete sich dem freiwillig aussetzte, um mehr Zeit mit mir und unserem Kind verbringen zu können, erfüllte mich mit Dankbarkeit.

»Der heilige Peter. Bronagh hatte recht. Ich hab wirklich großes Glück mit dir.«

»Und ich erst, Mads. Ich hab dich und Theo.« Er streichelte Theos Köpfchen und sah mich dann an. »Einer der Väter von der Radtour, Greg, geht nicht mehr zur Arbeit zurück. Er hat vor, nur noch Hausmann und Vater zu sein.«

»Das ist mutig.«

»Komisch, er hat erzählt, dass er das dauernd zu hören bekommt. ›Aber was soll daran mutig sein?‹, hat er zu mir gesagt. ›Niemand bezeichnet eine Frau als mutig, wenn sie ihren Beruf aufgibt.‹« Pete hielt inne. »Greg und seine Partnerin Kate sind übrigens in der gleichen Lage wie wir. Sie verdient auch mehr als er.«

Ich runzelte die Stirn. »Hm, ich war davon ausgegangen, dass wir beide arbeiten werden. Die Hypothekenraten sind hoch.«

»Na ja … ich hab ein paar Berechnungen angestellt, es würde schon gehen.« Er fügte hastig hinzu: »Aber damit müssen wir uns jetzt nicht beschäftigen. Ich fand die Idee nur ganz interessant.«

17

Fall Nr. 12675/PU78B65, Anlage 14C:
E-Mail von Miles Lambert an Peter Riley

Lieber Pete, liebe Maddie,

Lucy und ich möchten euch sagen, wie sehr wir uns gefreut haben, euch heute Morgen zu treffen – und natürlich Theo. Offen gestanden, waren wir nervös, weil wir uns nicht vorstellen konnten, in welcher Familie unser leiblicher Sohn bislang aufgewachsen ist. Jetzt wissen wir, dass sowohl wir als auch Theo großes Glück haben. Wir haben wirklich das Gefühl, nicht einen Sohn verloren, sondern neue Freunde gewonnen zu haben.

Euer Angebot, dass wir Theos Paten werden sollen, rührt uns sehr, und wir möchten es sehr gern annehmen, falls ihr euch das noch immer wünscht.

Und, Pete, wie wär's, wenn wir uns mal auf ein Bier treffen? Diesen Mittwoch nach der Arbeit vielleicht? Lucy will sich, glaube ich, auch bei Maddie melden.

Liebe Grüße

Miles

18

PETE

Als ich später an diesem Tag auf mein Handy schaute, fand ich die E-Mail von Miles. Er hatte sie um zwei Uhr mittags geschrieben, kurz nachdem wir bei ihnen aufgebrochen waren.

»Der will dranbleiben«, bemerkte Maddie, als ich ihr die Nachricht zeigte.

»Soll ich das machen? Also, mit ihm ein Bier trinken gehen?«

»Warum nicht? Du sagst doch immer, dass es dir fehlt, mit deinen Kollegen nach der Arbeit auszugehen. Und Mittwochabend passt prima, da kann ich um sechs zu Hause sein.«

Am nächsten Morgen waren wir zum Skypen mit Maddies Eltern verabredet. Uns war beiden etwas mulmig. Ihr Vater ist ein ziemlicher Despot, und die beiden haben eine komplizierte Beziehung. In Maddies Jugend sind sie heftig aneinandergeraten. Maddie war impulsiv und eigensinnig, er autoritär und dominant. Aber sie spricht viel über ihn, und irgendwie ist er ihr auch wichtig. Manchmal überlege ich, ob sie mich gewählt hat, weil ich in jeder Hinsicht weit von ihm entfernt bin, sowohl geografisch als auch vom Naturell.

Anfänglich lief alles prima mit dem Anruf. Theo war gut drauf und zeigte den Großeltern mit Maddies iPad einen Turm, den er aus Duplo gebaut hatte. Dann brachte er ihn mit Tritten zum Einstürzen.

»Bumm, krach! Aufräumen, Mika!«, schrie er.

Jack lachte. »Wer ist denn Mika?«

»Das ist Michaela, das Kindermädchen von Leuten, die wir gestern besucht haben.« Ich holte tief Luft. »Jack, Carol, wir müssen euch etwas erzählen. Bleibt bitte dran, ich geh mit dem iPad nach oben.« Unser Schlafzimmer war der einzige Ort im Haus, wo Theo nicht mithören konnte. Was leider auch bedeutete, dass ich ihnen die ganze Geschichte im Alleingang erzählen musste.

»Was ist denn?«, fragte Jack, und als ich die Tür hinter mir geschlossen hatte, legte ich los. Sie sagten nicht viel, Jack rief nur manchmal »Herr im Himmel!« oder »Heiliger Strohsack!« Als ich schließlich berichtete, dass wir uns mit den Lamberts geeinigt hatten, die Kinder nicht zurückzutauschen, war Jack fassungslos.

»Was? Aber die haben euren Sohn!«

»Ja. Und wir ihren.«

»Also, wenn das mein Kind wäre, dann wäre ich damit nicht glücklich«, sagte Jack entschieden. »Was denkst du, Carol?«

»Glücklich sind wir natürlich auch nicht«, erwiderte ich geduldig. »Wir sind schockiert und verstört. Aber wir sehen keine andere Lösung. Sollen wir Theo etwa weggeben?«

»Nein, wohl nicht«, begann Carol, aber Jack sagte im gleichen Moment: »Ach, in dem Alter sind sie doch im Nu drüber weg.«

»Das halte ich nicht für zutreffend«, sagte ich kühl.

»Habt ihr mit Kinderpsychologen gesprochen?«

»Nein, bisher nicht«, musste ich zugeben.

»Und mit einem Anwalt?«

»Die Lamberts haben wohl einen, aber weil sie die Klinik verklagen wollen …«

»Damit haben sie verdammt recht.«

»Wir sind eben der Meinung, dass wir die Situation am besten mit Dialog und Kompromissen bewältigen können«, sagte ich. Aber irgendwie hörte sich das aufgeblasen und herablassend an, was nicht beabsichtigt war. Ich probierte eine andere Taktik. »Ihr sagt doch immer, wenn erst mal Anwälte im Spiel sind, geht alles den Bach runter. Wieso sollte das jetzt hier anders sein?«

»Ist ja schon einer im Spiel«, antwortete Jack düster. »Nur nicht eurer.«

Carol wollte etwas äußern, aber Jack ließ sie nicht zu Wort kommen. »Also, Pete, jetzt sag mir mal, *was genau* ihr unternommen habt, seit ihr durch diesen DNA-Test erfahren habt, dass unser Enkel, unser *leiblicher* Enkel, bei einer anderen Familie lebt?«

»Wir haben uns mit dem Paar getroffen. Und viel geredet.«

»Großer Gott«, knurrte Jack.

»Können wir mit Maddie sprechen?«, fragte Carol.

»Natürlich«, antwortete ich und verkniff mir einen Seufzer. Ich ging nach unten, reichte Maddie das iPad und verdrehte dabei die Augen, damit sie verstand, dass es nicht gut lief.

»Hi, Mum, hi, Dad«, sagte sie munter. »Ich geh mal rasch nach oben, ja?«

Ich hörte, wie sie die Schlafzimmertür schloss, sicher nicht nur wegen Theo, sondern auch damit ich nicht hörte, was ihr Vater von sich gab.

Ganze zehn Minuten später kam sie herunter. Theo ließ inzwischen auf seiner Spielzeugeisenbahn Züge zusammenknallen. »Am Ende war es ganz okay«, bemerkte Maddie angesichts meines fragenden Blicks. »Sie waren eben erst mal schockiert.«

»Schockiert darüber, wie wir damit umgehen, meinst du sicher.«

»Na ja, ich glaube, sie finden, dass wir das Ganze zu locker nehmen.« Womit sie bestimmt sagen wollte, dass sich die Meinung ihres Vaters, dass ich ein fauler erfolgloser Versager war, wieder mal bestätigt hatte. »Aber komischerweise haben sie sich dann beruhigt, als ich …« Sie stockte und sah mich an, und ich war wieder nicht sicher, ob sie Theo oder mich schonen wollte. »Als ich von dem anderen Kind erzählt habe«, sagte sie schließlich.

Ich starrte sie fassungslos an. »Willst du damit sagen, Jack Wilson ist jetzt zufrieden, weil er findet, dass wir klar im Vorteil sind? Dass wir das große Los gezogen haben?«

»Er kann eben auch nicht aus seiner Haut«, sagte Maddie leise.

Und ich blieb stumm, weil ein Teil unserer ungeschriebenen Gesetze ist, dass ich Maddies Vater nicht kritisiere, obwohl sie selbst es tut und er es meistens verdient hat.

»Er will uns Geld für einen Anwalt schicken«, fügte sie hinzu. »Und für psychologische Betreuung, wenn wir welche wollen.«

»Nein, das möchte ich nicht. Ich weiß selbst, was für meinen Sohn am besten ist.«

Ich merkte erst gar nicht, was ich gesagt hatte. Erst als Maddie nicht reagierte, fiel mir die Formulierung auf. »Er *ist* unser Sohn«, sagte ich. »Wir können jetzt nicht für den Rest unseres Lebens dieses Wort vermeiden.«

Maddie nickte.

»Allerhöchstens werde ich erwägen, dass man die Privatklinik verklagt«, fügte ich hinzu. »Natürlich nur, wenn es wirklich deren Fehler war. Ich sprech mal mit Miles darüber, wenn ich ihn am Mittwoch sehe.«

19

MADDIE

Mein Vater fing an, Pete abzulehnen, nachdem ich damals erzählt hatte, dass ich schwanger war. In Australien hatten die beiden sich noch recht gut verstanden, hauptsächlich wohl, weil Pete als Brite höflich und respektvoll war, was mein Dad immer gut findet. Auch als ich mit Pete nach London zog, war mein Vater noch der Ansicht, das sei nur eine etwas verspätete Reise, wie man sie sonst nach Schule oder Studium macht.

Als er dann hörte, dass wir zusammen ein Haus kauften – wovon ich erst berichtete, als es schon so weit war –, reagierte er empört und gekränkt. Wer war dieser stille zurückhaltende Brite überhaupt, mit dem ich offenbar mein Leben verbringen wollte? Was war an dem besser als an all den anderen jungen Männern, die in meinem Leben aufgetaucht und wieder verschwunden waren?

Dass wir nicht verheiratet sind, besänftigt meinen Vater etwas, weil er sich dann einreden kann, ich würde mir vielleicht doch noch jemand anderen suchen. Er würde auch erwarten, dass Pete bei ihm um meine Hand anhält. Was Pete lächerlich altmodisch finden und ablehnen würde.

Aber vielleicht ist das ganze Thema noch komplizierter. Jack Wilson ist ein Mann, der die bombastischste Hochzeit organisieren würde, die es in Adelaide je gab. Er würde mit seiner Rede Eindruck schinden und mich mit strammer Haltung und Träne im Auge zum Altar führen wollen. Indem ich nicht heirate, teile ich meinem Vater also indirekt mit, dass ich auf all das keinen

Wert lege – und somit auch nicht mehr das kleine Mädchen bin, das seinen Papa anhimmelt.

Als ich damals zu Hause anrief und berichtete, dass ich schwanger war, sagte mein Vater locker: »Na, dann komm mal schnell nach Hause, Mädel, und schließ den Bund der Ehe, bevor sie dich nicht mehr ins Flugzeug lassen.« Da sagte ich ihm, dass wir das nicht vorhatten, jetzt nicht und später nicht. Pete neben mir sah etwas überrascht aus. Aber bislang war er auch nicht auf ein Knie gesunken, um mir einen Heiratsantrag zu machen.

Als ich dann nach der NICU-Zeit psychisch krank wurde, gab Dad Pete die Schuld daran. Was irrational und ungerecht war, denn – von der Radtour abgesehen – hatte er sich exzellent um mich und Theo gekümmert. Und Pete war der Einzige von vierzehn Vätern, der die Tour abbrach und nach Hause zu seiner Partnerin fuhr. Aber mein Dad wollte sich unbedingt einreden, die Belastung nach der Geburt habe mich in diesen schlimmen Zustand versetzt, und diese Version der Geschichte funktionierte nur, wenn Pete ein fauler unfähiger Typ war.

An dieser Sichtweise hielt mein Vater auch hartnäckig fest, während Pete zur Hauptbetreuungsperson wurde. Pete und ich hatten das immer wieder erörtert und Berechnungen angestellt. Ich brauchte noch einige Monate, um mich vollständig von der Psychose zu erholen, und schluckte weiterhin Antidepressiva. Pete übernahm in dieser Zeit den größten Teil von Haushalt und Erziehung. Ich dagegen musste mir eingestehen, dass ich nicht so mütterlich und geduldig war wie andere Frauen, obwohl ich Theo inzwischen sehr liebte.

Ich war seit jeher ein Adrenalinjunkie gewesen. Die erste große Liebe meiner Jugend war mein Pferd, Peach. Wir nahmen in ganz Australien an Wettbewerben teil. Deshalb funktioniere ich auch so gut in einem extrem stressigen Job, glaube ich: Ein Teil von mir genießt diese ständigen Krisen – wahrscheinlich, weil ich dabei einen klaren Kopf behalten und schneller handeln kann als andere. Aber die Kehrseite war eben, dass ich den monotonen Alltag dieses ersten Lebensjahrs von Theo unerträglich langweilig fand und mich schmerzhaft nach meiner Arbeit sehnte.

Deshalb ging ich allerdings nicht davon aus, dass Pete zu Hause bleiben würde; ich hatte immer gedacht, wir würden uns eine Tagesmutter oder einen Babysitter nehmen, bis Theo in den Kindergarten gehen konnte. Und es überraschte mich auch, dass Pete seine neue Rolle so sehr genoss. Sogar wenn er gerade von der Arbeit nach Hause kam, liebte er es, Theo zu versorgen. Ich dagegen konnte es dann kaum erwarten, das Kind abzugeben und mir ein Glas Wein einzugießen.

Am intensivsten diskutierten wir die Planung, als die Zeitung beim Sparkurs dazu aufrief, freiwillig die Festanstellung aufzugeben. Pete sagte mir, er könne doch selbstständig werden, die Zeitung bräuchte dann ohnehin langfristig mehr freie Mitarbeiter. Und seine Reisetipps aus dem Internet konnte er nun wahrhaftig auch von zu Hause aus schreiben. Aber als wir alles durchrechneten, stellten wir fest, dass das Geld nicht reichen würde. Weshalb wir bedauernd weitermachten wie bisher.

Und dann wurde ihm ohnehin gekündigt.

Es stellte sich heraus, dass niemand freiwillig auf seine Stelle verzichten wollte. Festanstellungen für Journalisten waren so rar geworden, dass jeder daran festhielt. Und die Zeitung musste wesentlich radikalere Sparmaßnahmen ergreifen, als sie offenbart hatte. Pete berichtete mir später, dass einige seiner Kollegen mit Zähnen und Klauen gekämpft hatten, indem sie zweifelhafte Sensationsstorys schrieben oder sich bei Vorgesetzten einschleimten. Das alles hatte Pete nicht getan, und dann war er verblüfft, als genau diese Leute behalten wurden. Es war nun mal so – und da musste ich widerstrebend einräumen, dass mein Vater nicht ganz falschlag mit seiner Einschätzung –, dass Pete einfach nicht der Typ Mann war, der sich in einer feindseligen Umgebung behaupten konnte, vor allem wenn auch noch mit unlauteren Mitteln gekämpft wurde.

Danach waren wir ein paar Monate beide zu Hause, und Pete versuchte, als Freelancer zu überleben. Es war eine gute Zeit, aber auch beunruhigend, denn die Zeitung beschäftigte keine freien Mitarbeiter, sondern beutete im Gegenteil die Arbeitskraft der Festangestellten noch härter aus. Petes Abfindung schmolz dahin wie Schnee in der Sonne, sodass ich den unbezahlten Teil meiner Elternzeit gar nicht mehr in Anspruch nehmen konnte. Nach knapp zehn Monaten begann ich wieder zu arbeiten.

An Theos erstem Geburtstag hatte Pete geplant, mit dem Kleinen und einer Torte auf der NICU zu erscheinen. Das war so üblich, weil es die Moral des Pflegeteams stärkte zu sehen, was aus ihren kleinen Schützlingen geworden war. Dummerweise hatte ich zum selben Zeitpunkt einen Dreh mit einem berühmten Fußballer in Barcelona. Nichts konnte verschoben werden, der Agent des Fußballers gestattete uns vier Stunden pro Tag, damit mussten wir auskommen. *Liebe Grüße an dein irisches Groupie*, schrieb ich Pete vom Set aus. Aber inzwischen war ich längst nicht mehr bitter oder wütend darüber, dass Pete mit den Schwestern so gut klarkam, es amüsierte mich nur noch.

Und da hatte ich meinen ersten Ausrutscher.

Nach dem Dreh war das Team in einer Tapasbar, danach feierten wir an der Hotelbar weiter. Irgendwann fing der attraktive Kameraassistent mit mir zu flirten an, was Spaß machte, nachdem ich so lange Milchmaschine und Waschfrau für Strampler gewesen war. Ein Schlummertrunk führte zum nächsten, und schließlich raunte er mir seine Zimmernummer ins Ohr. »Wenn du dich traust, natürlich nur«, fügte er hinzu und lehnte sich zurück.

Und ich war so dumm, mich tatsächlich zu trauen.

Danach fühlte ich mich mies, hatte aber seltsamerweise kein schlechtes Gewissen. Da war eher so ein Gefühl von emotionaler Distanz, wie damals auf der NICU.

Die unschöne Wahrheit war auch, dass seit Theos Geburt zwischen Pete und mir etwas erloschen war. Der furchtbar nette Pete, der heilige Peter, der Windeln wechselte und Fläschchen wärmte und Spenden eintrieb, war einfach nicht mehr sexy für mich. Ich liebte ihn, ich liebte meine Familie, aber es war eine andere Art von Liebe. Als ich damals in dem stillen schummrigen Hotelflur auf die Zimmertür des Kameraassistenten zuging, fühlte ich mich wieder wie mit siebzehn, wenn ich mit Peach auf eine Hürde zu galoppierte.

Aber ich sagte mir, so ein Seitensprung würde nicht wieder vorkommen. Ein dummer Fehler, Reaktion auf all die belastenden Erlebnisse der letzten Zeit. Es war vorbei, und es gab keinerlei Grund, mit Pete darüber zu sprechen, es würde ihn nur verletzen.

Also schwieg ich mich darüber aus.

20

PETE

Ich traf mich mit Miles in einer Sportsbar in der Nähe der Marylebone Station. Neben der Bar war eine französische Handelsbank, und es wimmelte von lauten jungen Männern in teuren Anzügen, die auf Französisch die übertragenen Fußballspiele kommentierten. Miles beachtete die anderen Gäste nicht, fühlte sich aber sichtlich wohl in diesem Ambiente.

Er reichte mir ein Glas und hob sein eigenes. »Auf Familie und Freundschaft.«

Ich stieß mit ihm an. »Auf Familie und Freundschaft.«

»Und ich hab dir was mitgebracht.« Miles reichte mir eine Einkaufstüte. »Na ja, nicht direkt dir, genau genommen.«

Ich spähte in die Tüte. Ein Rugby-Ball für Kinder – kein Spielzeug, sondern ein echter. Als ich ihn herausholte, sah ich, dass er von Gilbert, dem offiziellen Ballhersteller der englischen Nationalmannschaft, stammte. Und er war mit Autogrammen übersät.

»Spieler der Nationalmannschaft von 2003«, erklärte Miles. »Die beste, die wir je hatten.«

»Das ist ja nett von dir«, sagte ich, überrascht und gerührt.

Miles winkte ab. »Man kann gar nicht früh genug anfangen. Und vielleicht …«

»Ja?«

»Vielleicht könnte ich Theo mal ein paar Würfe beibringen? Wenn ihr nichts dagegen habt, natürlich nur.«

»Klar, gerne. Ich verbringe ja den größten Teil des Tages mit Theo. Es tut ihm bestimmt gut, mal Abwechslung zu haben.«

»Wie wäre gleich Samstag? Wir könnten einen Ausflug in den Gladstone Park mit ihm machen.«

»Klingt gut, aber ich möchte vorher noch Maddie fragen.«

»Sie führt wohl deinen Terminkalender, wie?« Weil er dazu grinste, wirkte die Bemerkung nicht anmaßend.

»Maddie hat unter der Woche eben kaum Zeit, die sie mit Theo verbringen kann«, erklärte ich.

Miles klopfte mir auf die Schulter. »Keine Sorge, ich kenn das. Ist bei uns genauso. Lucy macht die Pläne, ich bin dann zur Stelle. Apropos …« Er holte sein Handy heraus. »Weißt du noch, wir hatten doch darüber gesprochen, Ostern gemeinsam zu verbringen? Ich dachte mir, wir könnten nach Cornwall fahren. Am Trevose Head gibt es fantastische Häuser direkt am Strand. Man geht aus dem Haus und ist sofort in den Dünen und am Meer.« Er scrollte mit dem Daumen Fotos durch. »Sand, Felstümpel – wird recht kalt sein, aber wir können kleine Taucheranzüge besorgen. Und irgendwas sagt mir, dass Theo ein Junge ist, der gerne eine Sandburg bauen und dann zuschauen würde, wie die Wellen sie zerstören. Hier, schau mal.«

Er zeigte mir ein riesiges Haus mit Aussicht auf einen Strand, der wie eine perfekte Postkartenansicht wirkte. »Sieht toll aus«, sagte ich beeindruckt.

»Super. Dann buch ich das gleich.« Er scrollte zum Buchungs-Button.

»Aber ich sollte trotzdem vorher mit Maddie sprechen«, sagte ich rasch. »Wir können uns das vielleicht nicht leisten.«

Miles schüttelte den Kopf. »Kein Thema, Pete. Das übernehm ich. Außerdem können wir immer noch absagen.« Er bestätigte die Buchung.

»Aber wir können dich doch nicht alles bezahlen lassen.«

»Müsst ihr auch nicht, wenn die Kliniken abgedrückt haben.« Er steckte das Handy wieder in die Tasche.

»Glaubst du, das passiert?«

»Auf jeden Fall. Der NHS kann sich keine panischen Mütter erlauben, die fürchten, dass ihr Baby vertauscht wurde. Die werden uns eine Geheimhaltungsvereinbarung unterzeichnen lassen und dann eine fette Summe überweisen.«

»Der NHS?«, sagte ich stirnrunzelnd. »Ich dachte, du wolltest die Privatklinik verklagen.«

Miles zuckte mit den Schultern. »Unser Anwalt meint, es sei taktisch besser, gleich beide zu verklagen. Wir können ja auch nicht beweisen, wo die Vertauschung stattgefunden hat. Das können die dann unter sich ausfechten. Der NHS hat jedenfalls tiefere Taschen.«

»Ich weiß nicht, ob ich damit so glücklich bin«, sagte ich unbehaglich. »Der NHS wird schließlich vom Steuerzahler finanziert.«

Miles betrachtete mich wohlwollend über den Rand seines Bierglases. »Weißt du was, Pete? Mir wird gerade klar, dass du so ein richtig anständiger Kerl bist. So was bewundere ich. Aber ich weiß auch, dass du für Theo alles tun würdest, nicht? Und ich denk mir, wenn ich dafür sorge, dass ihr ein bisschen wohlhabender seid, Maddie und du, dann tu ich ja gleichzeitig auch was für Theo. Und beseitige nebenbei auch noch eines der größten Probleme an der ganzen Situation.«

»Und das wäre?«

»Na ja.« Miles wirkte etwas verlegen. »Dass … die Verhältnisse asymmetrisch sind.«

»Asymmetrisch?«, wiederholte ich.

»Ja. Oder, deutlicher gesagt: Wir haben eben einfach mehr

Geld als ihr. Und es wäre mir natürlich gar nicht recht, wenn Theo wegen Finanzmangel seine Möglichkeiten nicht ausschöpfen könnte. Mit der Entschädigungssumme auf eurem Konto werden Gespräche wie das über die künftige Schule wesentlich unkomplizierter.«

»Dass ich Theo nicht auf ein Internat schicken möchte, hat nichts mit Geld zu tun.«

»So denkst du vielleicht jetzt. Aber wenn ihr euch die beste Ausbildung leisten könnt, die man mit Geld kaufen kann, siehst du das vielleicht ganz anders. Ich will damit nur sagen: Ihr hättet mehr Entscheidungsfreiheit, und das ist doch immer gut, nicht?«

Ich hatte das Gefühl, dass wir auf gefährliches Terrain gerieten. »Hör zu, ich werde mit Maddie über diesen Rechtsstreit sprechen. Aber nicht über Schulen. Ein Internat kommt unter keinen Umständen infrage.«

Miles hielt entschuldigend die Hand hoch. »Na klar. Ganz allein eure Entscheidung, Pete. Also ja zur Klage, aber nein zu Hogwarts. Noch ein Bier?«

»Ja. Aber diese Runde zahle ich«, sagte ich entschieden.

Von dieser Unstimmigkeit abgesehen, verstanden wir uns gut, was angesichts unserer unterschiedlichen Milieus wirklich erstaunlich war. Nach dem dritten Bier wurde mir allerdings klar, dass Politik als Gesprächsthema gemieden werden sollte. Als ich Wladimir Putin erwähnte, sagte Miles stirnrunzelnd: »Man mag ja von den Oligarchen halten, was man will, Pete, aber sie haben jedenfalls wieder für Ordnung gesorgt im Land.«

Meist redeten wir über unsere Kinder. Miles wurde nicht müde, mich nach Theos Fortschritten zu fragen: »Kann er schon mit beiden Füßen hüpfen? Auf einem Bein stehen? Wie kommt er mit Klettergerüsten klar?« Mir fiel allerdings auf, dass Miles wesentlich mehr Interesse an Theos körperlicher Entwicklung zeigte als an seinem Sozialverhalten. Ich fühlte mich natürlich verpflichtet, auch nach David zu fragen. Damit beim Thema Fortschritte keine schwierige Situation entstand, fragte ich, wofür David sich denn interessiere.

»Ach, na ja, Sachen, die sich bewegen«, sagte Miles. »Kreisel und solches Zeug. Armer kleiner Kerl.«

»Ja«, sagte ich. Mehr fiel mir dazu nicht ein.

»Weißt du, das Schlimmste ist, was das alles mit Lucy gemacht hat«, fügte Miles hinzu, plötzlich ernst. »Sie ist nicht wie deine Maddie. Lucy ist … fragil. Und ein Kind wie David zu haben verstärkt ihre Ängste. Deshalb ist sie jetzt wohl auch so überbehütend.«

Um kein Schweigen entstehen zu lassen, erwiderte ich: »Maddie ist übrigens gar nicht so tough, wie sie wirkt. Sie hat nach der NICU eine ganz schwierige Zeit gehabt. Ich möchte da nicht ins Detail gehen, aber … es war nicht einfach für sie. Und letztlich sind doch alle Eltern irgendwie überbehütend, meinst du nicht? Ich hab Theo mal zwanzig Minuten im Supermarkt verloren, und das gehört zu den furchtbarsten Erlebnissen, die ich je hatte. Es stellte sich dann heraus, dass er nur zum Regal mit den Cereals spaziert war, um sich die Rückseiten anzugucken, aber …« Ich schüttelte den Kopf. Inzwischen war ich ein bisschen angetrunken, und es fiel mehr schwer, dieses Grauen von damals zum Ausdruck zu bringen, diese furchtbare Angst, dass Theo womöglich entführt oder draußen auf dem Parkplatz überfahren worden sei. »Es war so was wie eine urtümliche instinktive Angst«, fügte ich hinzu. »Und da ist mir auch klar geworden …

die Gene sind letztlich nicht entscheidend. Es geht darum, wen man liebt.«

»Darauf lass uns trinken.« Miles stieß mit mir an. »Auf die Liebe.«

Wir tranken einen Schluck. »Obwohl Sozialwissenschaftler das wahrscheinlich als interessantes Experiment sehen würden«, fügte Miles hinzu.

»Was meinst du damit?«

»Ach, du weißt schon – die Debatte über Anlage oder Umwelt. Werden unsere Kinder durch ihre Umwelt geprägt, oder werden sie sich so entwickeln wie ihre biologischen Eltern? Oder, konkreter: Wird Theo ein leistungsbesessener ehrgeiziger Typ wie ich oder ein rundum anständiger Kerl wie du?« Miles nickte sinnend. »Darüber solltest du schreiben. Gäbe bestimmt eine spannende Reportage.«

»Vielleicht bekommen beide das Beste aus beiden Welten«, erwiderte ich. »Ehrgeiz *und* Moral.«

Miles lachte. »Genau diese Antwort hätte ich von einem rundum anständigen Kerl erwartet. Komm, trinken wir noch eins.«

Und dann, beim vierten und letzten Bier dieses Abends, kam der Moment, als wir – inzwischen ziemlich angeschickert – auf das Drama unserer ersten Begegnung zu sprechen kamen. Im Rückblick hatte das fast etwas Komisches.

»Weißt du, was ich dachte, als du mir eröffnet hast, Theo sei dein Sohn?«, fragte ich.

Miles schüttelte den Kopf. »Nee, aber du wirst es mir bestimmt gleich sagen. Was war das denn, Pete?«

»Nur einen Moment lang hab ich gedacht, dass du … eine Affäre mit Maddie gehabt hättest.« Ich schüttelte den Kopf, noch im Nachhinein fassungslos. »Dass das nicht stimmt, ist jedenfalls ein Lichtblick.«

»Auf jeden Fall«, sagte Miles langsam. »Für dich jedenfalls. Aber ich sag dir was, Kumpel.« Er beugte sich vor und raunte mir ins Ohr: »Vorstellen könnte ich mir das. Sie ist eine Wucht. Sieht sexy aus und hat Power. Du hast verdammt viel Glück, Pete.« Er streckte mir die Hand hin. »Gratuliere. Du hast die Frau. Du hast den Jungen. Gut gemacht.«

21

Fall Nr. 12675/PU78B65, Anlage 15:
Auszüge aus Peter Rileys Suchchronik

Geheime Fluchten, aufgerufen 23.12 Uhr

Tremerrion House, Trevose Head, Cornwall: Dieses wunderschöne Anwesen bietet bis zu zehn Gästen luxuriöse Unterbringung mit Selbstversorgung, in direkter Nähe zum Strand und dem South West Coastal Path. Ab £ 8400 pro Woche (in der Off-Saison). Verfügbarkeit hier prüfen.

Washington Post, aufgerufen 23.18 Uhr

MUTTER VON VERTAUSCHTEM BABY KLAGT AUF 31 MILL. $

Die Mutter eines nach der Geburt vertauschten Mädchens verklagt das Krankenhaus in Virginia, das nach Ansicht der Mutter für diesen Vorfall verantwortlich ist, auf 31 Millionen Schmerzensgeld wegen erlittener psychischer Schäden. Die andere betroffene Familie hat bereits vom Bundesstaat eine Entschädigung in Höhe mehrerer Millionen erhalten.

The Guardian, aufgerufen 00.14 Uhr

ENORMER ANSTIEG BEI NHS-SCHMERZENSGELDZAHLUNGEN DURCH ERFOLGSHONORAR-ANWÄLTE

Eine Summe von £ 22.7 Milliarden – fast ein Fünftel des jährlichen Budgets des NHS – wird jedes Jahr vorsorglich für Entschädigungszahlungen angespart, haben neue Zahlen ergeben.
Gestern Abend gaben Experten bekannt, dass diese »enorm hohen« Zahlungsverpflichtungen des NHS durch Klagen zu den höchsten der Welt gehören.
Parlamentsmitglieder und andere Kommentatoren erklären dafür die Gerichte verantwortlich, deren großzügige Auslegung von Behandlungsfehlern, in Kombination mit dem vermehrten Einsatz von Anwälten, die auf Erfolgsbasis arbeiten, Schmerzensgeldforderungen nahezu »lächerlich einfach« machten.

22

MADDIE

Als Pete ziemlich angetrunken von seinem Treffen mit Miles nach Hause kommt, liege ich schon im Bett. Ich schlafe zwar noch nicht, habe mir aber selbst fast eine ganze Flasche Wein genehmigt und keine Lust auf reden, geschweige denn auf kuscheln. Deshalb stelle ich mich schlafend, als Pete flüstert: »Bist du noch wach, Schatz?«

Etwa um halb sechs krabbelt Theo zu uns ins Bett. Wir versuchen, ihn nicht beachten, was nicht lange klappt, weil wir mit einem Plüschhasen auf den Kopf gehauen werden. Irgendwann gebe ich auf und drehe mich zu ihm. Zum Glück hat Pete schon früher kapituliert. Theo hockt jetzt rittlings auf Petes Bauch und zappelt ärgerlich, wenn sein Pferd müde wird.

»Wie war's gestern Abend?«, frage ich groggy.

»Okay.« Pete scheint einen Moment zu überlegen. »Er hat wieder mit dem Schulthema angefangen.«

»Krass. Was hast du gesagt?«

»Hab ihm eine klare Absage erteilt. Autsch! Sachte, Theo!«

»Meinst du, er hat es jetzt endgültig kapiert?«

Pete gähnt. »Ja, ich denke schon. Hat es akzeptiert. Das ist so bei diesen Businesstypen – die haben kein Gespür für Nuancen. Bei denen muss man deutlich werden.«

»Freut mich, dass du das hingekriegt hast.«

Pete wirft mir einen Blick zu, etwas unsicher, ob ich mich über ihn lustig mache. »Wir haben auch über die Klage gegen das St. Alexander's gesprochen.«

»Weiter, Daddy!«, fordert Theo, und Pete spielt wieder buckelndes Pferd.

»Und?«

»Vielleicht ist die Idee gar nicht so schlecht. Von allen anderen Vorteilen abgesehen, wären wir dann eher gleichauf mit den Lamberts.«

Ich überlege. »Mein Dad wäre bestimmt froh darüber. Er will uns ja auch Geld für einen Anwalt schicken, hat er gesagt.«

»Das werden wir wahrscheinlich gar nicht brauchen. Die Anwälte von Miles werden nur bezahlt, wenn sie gewinnen. Er meint, wenn wir jemanden aus derselben Kanzlei nehmen, können die unsere Interessen so koordinieren, dass sie für uns alle das Beste erreichen.«

Ich nicke. Petes Skrupel, ein Krankenhaus zu verklagen, habe ich ohnehin nicht verstanden. Wie viele Briten verbindet ihn wohl mit dem National Health Service eine Art Hassliebe; einerseits ist er auf das Grundprinzip stolz, andererseits aber frustriert über die konkrete Realität. Für mich ist es nicht anders, als würde man irgendeine andere große Organisation anklagen. Ich wundere mich nur etwas, dass es Miles gelungen ist, Petes Zweifel so schnell aus dem Weg zu räumen.

23

Fall Nr. 12675/PU78B65, Anlage 16 A-C:
E-Mails von (A) Miles Lambert an Peter Riley,
(B) Peter Riley an Miles Lambert,
(C) Miles Lambert an Peter Riley

Hey, Pete,

hat Spaß gemacht gestern. Hatte bisschen Schädel heute Früh in der U-Bahn (sogar das Joggen vorher ausgelassen) …

Gerade Sportunterricht für Zweijährige recherchiert und das hier gefunden. Check mal Kinderrugby und Teddytennis.

LG Miles

Hi, Miles,

danke für die Tipps. Ehrlich gesagt, sind wir grade ziemlich ausgebucht mit musikalischer Früherziehung, Schwimmstunden und Kinder-Pilates. Merke ich aber vor, falls mal wieder Luft ist!

Habe mit Maddie gesprochen wegen Klage – wir sind dabei. Was passiert als Nächstes? Sollen wir mit deinem Anwalt reden?

LG Pete

Ich ruf dich an, Pete

M

24

MADDIE

Gegen Mittag bekomme ich eine Facebook-Freundschaftsanfrage von Lucy. Ich bin nicht aktiv in den Social Media, schaue höchstens vorm Einschlafen kurz rein, als Alternative zum Lesen. Aber dann schaffe ich es auch nie, alle neuen Posts zu lesen. Ich bestätige die Anfrage und schaue mir auf dem Handy Lucys Seite an, während ich an meinem Schreibtisch im Büro ein Sandwich esse.

Mir fällt sofort auf, dass Lucy nur achtunddreißig Freunde hat. Obwohl ich mich selten auf Facebook blicken lasse, habe sogar ich ein paar hundert Freunde – Leute aus dem Studium, Freundinnen, Kollegen, Nachbarn, Leute, die ich bei Dreharbeiten kennengelernt habe, ein paar Kunden. Wundert mich sehr, dass jemand nur so wenige Freunde hat. Gepostet hat sie auch nicht viel, hauptsächlich Fotos von David. Auf einer Matte in einem Raum, der ein Sinnesraum zu sein scheint. In einem Spezialstuhl zum Sitzenlernen, mit dem Kommentar: *Gibt sich ganz viel Mühe!* An einem Beatmungsgerät: *Wieder Intensivstation – hoffentlich nur kurz!* Reglos in einem Bällebad, mit ängstlichem Blick. Sobald ich das elfenhafte Gesicht sehe, habe ich dieselben sehnsüchtigen Gefühle wie in dem Moment, als ich David auf dem Arm hatte. Mir fällt wieder ein, wie wir mit Theo in einem Bällebad gewesen waren. Er hatte wie wild herumgekickt, die bunten Bälle flogen durch die Gegend, bis er dann anfing, ein blondes Mädchen damit zu bewerfen, das in einer Ecke saß und spielte. Wir mussten durch die Bälle waten und Theo rauszerren, wobei er sich so trotzig wehrte und wand, dass wir am Ende sein T-Shirt in den Händen hatten.

Ich scrolle weiter, begierig auf mehr Fotos von David. Die meisten Posts von Lucy sind gar keine echten, sondern nur millionenfach angeschaute Videos, Warnungen vor Betrügern oder Aufrufe, krebskranken Kindern Weihnachtskarten zu schicken. Aber dann finde ich ein Bild von David in seinem Bettchen zu Hause, vor etwas über einem Jahr gepostet. Er hat einen Sauerstoffschlauch in der Nase – die Flasche sieht man unter dem Bett hervorragen –, und die Kabel, die aus der Decke herausragen, gehören vermutlich zu einem Monitor. David sieht so verletzlich aus und ähnelt mir so sehr, dass mir das Herz wehtut. *Das ist mein Baby*, denke ich mit schmerzhafter Sehnsucht. *Mein erstgeborenes Kind, in meinem Schoß herangewachsen*, und plötzlich kämpfe ich mit den Tränen, mitten in unserem Großraumbüro. *Das ist der kleine Junge, den mein Körper zu früh in die Welt geworfen hat.* Und ich denke besorgt, dass dieses fragile hellblonde Geschöpf vielleicht niemals imstande sein wird, sich unter einem Haufen bunter Plastikbälle zu verstecken und dann herauszuspringen wie ein Schachtelteufel, so wie Theo es getan hat.

Und noch trauriger macht mich, dass ich nie mit David kuscheln und schläfrig den Duft seines Köpfchens einatmen kann, so wie manchmal mit Theo.

Ich zögere einen Moment, dann klicke ich auf den Gefällt-mir-Button.

Abends zeige ich Pete das Bild. »So hätte das auch bei uns aussehen können.«

Pete betrachtet das Foto. »Er sieht süß aus, oder?«

»Mir sind im Büro die Tränen gekommen.«

»Echt?« Er wirkt überrascht.

»Du spürst das auch, oder?«, sage ich drängend. »Schmerzt es dich nicht, wenn du ihn so siehst?«

Pete runzelt die Stirn. »Ich sehe einen süßen kleinen Jungen, mehr nicht.«

»Aber glaubst du, dass die Lamberts ihn lieben? *Richtig* lieben, meine ich, so wie wir Theo? Oder meinst du, seine …« Ich zögere. »Seine … Probleme erschweren das?«

»Mads, natürlich wird er von den Lamberts geliebt«, antwortet Pete geduldig. »Wir würden David doch auch lieben, wenn es diese Verwechslung nicht gegeben hätte, oder? Warum soll das bei den beiden anders sein? Außerdem – du hast doch gehört, was Lucy gesagt hat. Manchmal ist die Bindung noch stärker, wenn man mehr gebraucht wird.«

»Hmm.« Ich frage mich, ob Pete vollkommen ehrlich zu mir ist. Oder ob er meine Gefühle für David als Problem empfindet, das er lieber nicht genauer anschauen will, aus Angst vor weiblicher Gefühligkeit.

Als ich das iPad wieder an mich nehme, sehe ich, dass ich vierzehn Benachrichtigungen habe. Lucy hat alle meine Posts durchgesehen, jedes Foto von Theo geliked und kommentiert. *So ein hübsches Kerlchen! Sooooo süß!* Ich stelle mir vor, dass sie – wie ich – begierig nach den Fotos von ihrem leiblichen Sohn gesucht und sie dann förmlich mit den Augen verschlungen hat. Und ich frage mich, ob sie wohl auch dabei geweint hat.

25

MADDIE

Am Samstag verschluckt Theo Salz.

Wir machen uns einen gemütlichen Vormittag. Pete und Theo backen in der Küche Pancakes, mit Butter und Zitrone für Pete, Nutella für Theo, extradick mit Vanille und Ahornsirup für mich, wie ich es aus Australien kenne. Den Geräuschen von unten nach zu schließen, hat Pete alle Hände voll zu tun, weil Theo Eier auf den Boden werfen oder aus Nutella und Ahornsirup eine interessante Pampe herstellen will. Ich liege faul im Bett und denke, was ich doch für ein Glück habe, einen Haushaltsgott als Partner zu haben, als ich Pete plötzlich »Nein!« brüllen höre.

»Was ist?«, rufe ich runter.

»Verdammt noch mal!« Pete flucht normalerweise nicht vor Theo, deshalb renne ich schnell nach unten.

Pete hält die Kochsalzpackung in der Hand. Theo, der mit einem Stuhl auf den Küchentisch geklettert ist, sieht zufrieden, aber auch ein bisschen besorgt aus. In der Mitte des Tischs liegt ein Löffel neben einem Salzberg.

»Ich hab mich umgedreht, und da hat er das Zeug löffelweise geschluckt«, sagt Pete, der ziemlich blass ist.

»Ich ruf den Notarzt«, sage ich, kriege aber nur eine Ansage, dass zurzeit alle Leitungen belegt sind. »Dann lass uns lieber in die Notaufnahme fahren, für alle Fälle.«

»Man soll viel Wasser trinken.« Während ich am Handy war, hat Pete gegoogelt. »Aber das scheint auch nicht ganz klar zu sein. Warte, vielleicht weiß jemand auf DadStuff was.«

»Ein Forum ist jetzt vielleicht nicht so hilfreich.« Ich versuche, nicht panisch zu klingen, bringe Theo zum Spülbecken. »Hör zu, Schatz, dieses Zeug ist nicht gut für dich, du musst jetzt unbedingt ein ganz großes Glas Wasser trinken, ja?«

Ich nehme ein Bierglas aus dem Schrank, mache es fast randvoll. Theo trinkt ein Drittel aus, hat eindeutig einen Riesendurst.

»Ich tu noch Limo rein«, sagt Pete. Limonade bekommt Theo nur selten, das ist ein Ansporn.

Die Leitung ist immer noch belegt.

»Es ist Samstag«, sagt Pete. »Da warten wir in der Notaufnahme nur ein paar Stunden.«

Wir schauen uns an, ich weiß genau, was er denkt. Der spontane Check vor zwei Jahren hat unserem Baby das Leben gerettet.

»Okay, dann Notaufnahme«, sage ich.

»Mmmh«, sagt Theo, leckt sich die Lippen und verzieht das Gesicht. »Mehr Limo?«

Während ich uns zum Krankenhaus fahre, muss ich daran denken, dass ich vor nicht allzu langer Zeit jetzt an die NICU gedacht und eine Panikattacke bekommen hätte. Doch die Zeit ist wirklich eine große Heilerin. Außerdem hat Theo wohl nur ein paar Löffel Salz geschluckt. »Ich hab ihm höchstens eine Minute den Rücken zugekehrt.« Pete dreht sich zu Theo um.

»Mach dir keine Vorwürfe. Er ist nun mal erst zwei. Hat wahrscheinlich gedacht, es sei Zucker.«

Theo ist sehr still, und als ich die beiden an der Notaufnahme absetze, erbricht er.

Es dauert, bis ich einen Parkplatz finde. In der Notaufnahme finde ich Pete im Gespräch mit einer Krankenschwester vor. Theo liegt kreidebleich und matt in Petes Armen.

»Keine Sorge«, sagt die Schwester. »Salz kann nicht viel Schaden anrichten. Es ist allerdings ein Brechmittel. Ihm viel Wasser zu geben, war genau richtig. Wir können natürlich einen Arzt holen, aber ich vermute, Theo wird sich einfach noch ein bis zwei Stunden übergeben. Geben Sie ihm viel Flüssigkeit, und machen Sie's ihm bequem.« Theo wählt diesen Moment, um schwungvoll auf den glänzenden Krankenhausboden zu kotzen. Pete entschuldigt sich, die Schwester lacht nur.

»Das werden Sie noch öfter erleben an diesem Wochenende. Ich sag dem Putzdienst Bescheid und bringe Ihnen ein Gefäß.«

Sie kommt mit einer Bettpfanne aus Pappe zurück. Theo schwitzt inzwischen und klammert sich an Pete, deshalb halte ich das Pappteil. Erst nachdem Theo sich noch dreimal übergeben hat, wirkt er etwas lebhafter.

»Ich glaube, jetzt können wir es wagen heimzufahren«, sagt Pete.

Bei uns finden wir nur eine Straße weiter einen Parkplatz und müssen zu Fuß zu uns gehen. Pete trägt den erschöpften Theo, und erst als wir uns dem Haus nähern, sehen wir, dass Miles und Lucy vor der Tür stehen. Miles hält einen Rucksack in der Hand.

»Was zur Hölle?«, raune ich.

»Keine Ahnung, was das soll«, murmelt Pete erstaunt. »Miles hat erwähnt, er wolle Theo Rugby-Würfe beibringen. Aber wir hatten uns noch nicht verabredet.«

»Mist.« Ich setze ein Lächeln auf. »Hallo, ihr zwei!«

»Hallo, Großer!«, sagt Miles zu Theo. »Hey, Pete, hallo, Maddie. Lucy hat Kekse gebacken.«

»Und wir haben euch eine Flasche Wein mitgebracht«, sagt Lucy scheu. »Ich hoffe, es macht euch nichts aus, dass wir so unangekündigt auftauchen. Wir waren gerade in der Nähe, und David ist beim Kindermädchen, deshalb dachten wir …«

»Nein, alles gut. Schön, euch zu sehen!«, sage ich munter. »Aber ihr habt Glück, dass ihr uns antrefft, wir kommen gerade aus der Notaufnahme.«

»Nichts Schlimmes hoffentlich?«, fragt Miles besorgt.

»Theo hatte ein bisschen Salz verschluckt. Wir sind alle ziemlich verschwitzt und ein bisschen vollgekotzt, fürchte ich.«

»Dann passt es natürlich nicht.« Miles versteht den Hinweis. »Wir kommen ein andermal wieder.« Er holt einen Schaumstoff-Rugbyball aus seinem Rucksack. »Ich lasse euch den hier. Hab ich im Internet bestellt. Die Sorte lässt sich besser fangen als die aus Leder.«

Theo greift sofort begeistert nach dem Ball, und Pete sagt: »Na, vielleicht können wir ihn ganz kurz ausprobieren. Der Park ist ja gleich um die Ecke.«

»Sollte Theo sich nicht lieber ausruhen?«, wende ich ein.

»Wir bleiben nicht lang«, erwidert Pete gelassen. »Die zwei Stunden Ruhe, zu denen die Schwester geraten hat, haben wir ja schon hinter uns. Was möchtest du denn, Theo? Ausruhen oder Park?«

»Park!«, antwortet Theo wie aus der Pistole geschossen, was Pete garantiert geahnt hat.

»Die drei verstehen sich bombig, nicht?«, sagt Lucy, während ich für uns beide Tee koche.

Ich nicke. Den Ausdruck fand ich immer schon unangenehm, da Bomben nun mal nichts Erfreuliches sind.

»Miles mag Pete sehr«, fügt Lucy hinzu. »Und ich freue mich für Miles. Er hat nicht viele männliche Freunde.«

»Ach ja?« Das wundert mich. Ich hätte erwartet, dass ein gut aussehender kommunikativer Typ wie Miles einen riesigen Freundeskreis hat.

»Früher war er viel mit seiner Rugby-Mannschaft zusammen, den Mayfair Mayflies. Aber dann hat er sich eine Knieverletzung zugezogen und konnte nicht mehr spielen. Und seit er bei Hardings aufgehört und sich selbstständig gemacht hat, arbeitet er in einem kleinen Büro, nur mit drei Leuten.«

Ich nicke. »Ja, das ist bei Pete auch so, er arbeitet ja von zu Hause aus. Manchmal trifft er sich mit ein paar Vätern, die er auf der NICU kennengelernt hat. Aber meist tauschen die sich auch nur über DadStuff aus.« Ich sehe Lucy an. »Danke übrigens, dass du die Fotos von Theo geliked hast.«

»Oh, die sind so schön. Wenn Miles seinen Feierabenddrink nimmt, schaut er sie immer wieder an. Die meisten Likes sind von ihm.«

»Miles benutzt deinen Facebook-Account?«, frage ich überrascht.

Lucy nickt und lächelt. »Er hat gar keinen eigenen. Hat immer nicht eingesehen, wozu das gut sein soll, aber jetzt sieht er das anders, glaube ich.« Sie zögert einen Moment, überlegt, platzt dann aber heraus: »Also, es wäre so schön, wenn du ... ich meine, ich weiß, dass Pete hauptsächlich mit Theo zusammen ist ... wenn ihr vielleicht pro Tag ein Foto posten könntet ... und wir würden das für euch natürlich auch machen. Damit kann man gut auf dem Laufenden bleiben, findest du nicht auch? Die Zeit, wenn Kinder klein sind, ist so kostbar und geht so schnell vorbei ...«

»Ich werd's Pete sagen. Er findet das bestimmt toll.« Ich habe einfach zu viel zu tun, um mir alle Fotos von Theo anzuschauen, die Pete ständig macht. Deshalb schickt er mir inzwischen nur noch die allertollsten. Aber jetzt scheint er ein dankbares Publikum gefunden zu haben.

Irgendwann fliegt die Tür auf, und die Horde kommt hereinmarschiert. Miles trägt den strahlenden Theo huckepack, Pete hat den Rugbyball unterm Arm und ist ziemlich schlammbeschmiert.

»War's schön?«, frage ich.

»Theo könnte fast gegen die Nationalmannschaft von Neuseeland antreten«, verkündet Miles stolz. »Sein Tackling ist schon ziemlich gut.«

»Wow. Aber beim Rugby in der Schule wird das handgreifliche Tackling doch inzwischen vermieden, oder nicht?«, erwidere ich. »Ich dachte, man soll nur auf Berührung spielen?«

»Wird ihm guttun, was von seiner Energie abzulassen«, erwidert Miles ungerührt, setzt Theo ab und wuschelt ihm durchs Haar. Theo hechtet sich sofort auf Miles' Beine und umklammert sie. »Arrgh! Erwischt! Na, jedenfalls kann ich mir für einen Zweijährigen nichts Tolleres vorstellen, als mit seinen zwei Dads im Park herumzutoben.«

»Ich mach mal noch mehr Tee«, sage ich.

»›Seinen zwei Dads‹?«, sage ich in der Küche leise zu Pete, als die Lamberts weg sind und Theo Kinderfernsehen schaut. »Hast du da zugestimmt?«

»Ich konnte Miles ja schlecht vor Theo kritisieren. Aber nein, wir haben nicht darüber gesprochen, wie Miles sich nennen soll.« Pete sieht mich an. »Wie war Lucy?«

»Wirkte angespannt und nervös.« Ich berichte von dem Fotowunsch. »Wir sollten mit den beiden über Grenzen sprechen, meine ich.«

»Im Ernst?« Pete scheint überrascht zu sein.

»Na ja … als entschieden wurde, ob ihr in den Park geht oder ob das zu früh ist für Theo, habe ich mich irgendwie überrumpelt gefühlt. Als hätte er plötzlich zwei Elternpaare.«

»Aber die Lamberts haben gar nichts dazu gesagt, das war mein Vorschlag.«

»Schon, aber du hast gespürt, dass Miles das wollte.«

»Okay«, sagt Pete. Er denkt ganz sicher, dass ich überreagiere, will mich aber unterstützen und widerspricht deshalb nicht. »Ich rede mal mit Miles darüber. Die beiden wollen sicher auch klare Verhältnisse. Aber wir haben zugesagt, dass Theo an ihrem Leben beteiligt sein soll.« Pete steht auf und streckt sich. »Jedenfalls war es wirklich super mit den beiden. Ich hatte ganz vergessen, wie viel Spaß es macht, einfach nur einen Ball durch die Gegend zu werfen … das kann ich mit Theo alleine nicht so gut.«

»Lucy hat mich übrigens gefragt, ob ich mir für die Osterwoche schon Urlaub genommen habe«, berichte ich. »Ich musste sie erst mal vertrösten, weil ich keine Ahnung hatte, wovon sie redete.«

»Doch, hast du. Der Plan, am Ostersonntag etwas gemeinsam zu unternehmen? Daraus ist jetzt die Idee geworden, ein paar Tage zusammen nach Cornwall zu fahren. Miles hat so eine gigantische Villa am Meer gefunden.«

»Ich weiß nicht, ob ich ein langes Wochenende mit den beiden verbringen möchte«, sage ich zweifelnd. »Klar, scheinen so weit nette Leute zu sein, und es wäre schön, mehr Zeit mit

David zu haben. Aber ich finde, wir sollten nichts überstürzen. Das ist alles viel zu heikel und darf uns nicht um die Ohren fliegen. Außerdem hat Lucy sich angehört, als ginge es um eine ganze Woche.«

Pete zuckt mit den Schultern. »Ich denke, es wäre lustig. Und mir fällt manchmal schon die Decke auf den Kopf, hier die ganze Woche in diesem kleinen Haus alleine mit Theo. Aber die Lamberts werden schon einwilligen, wenn wir nur für zwei Tage wegwollen. Ich kläre das nächste Woche mit Miles.«

26

Fall Nr. 12675/PU78B65, Anlage 17:
Auszug aus DadStuff.net

HILFE! KLEINKIND HAT SALZ GESCHLUCKT, WAS TUN?

HomeDad85
Weiß nicht, wie viel. Er hatte großen Haufen auf den Tisch geschüttet. Hab ihm viel Wasser zum Trinken gegeben

Actiondad
Notaufnahme, sofort

Darren
Ja, 111 anrufen, schnell

HomeDad85
Leitung belegt. Ins Krankenhaus fahren?

Thedadinator
Mehr Wasser geben

VierTolleTöchter
Schmeckt doch scheußlich, kann nicht viel gewesen sein, oder? Frag ihn, ob er mehr will – wenn er Ja sagt, mag er das und ist in echter Gefahr. Auf jeden Fall RICHTIG VIEL Wasser geben!

VierTolleTöchter

Bin aber kein Arzt, bitte mehr Rat einholen

Darren

Nur aus Interesse – was hast du denn jetzt gemacht?

Darren

HomeDad85? Alles okay????

HomeDad85

Sorry. Grade nach drei Stunden Notaufnahme wieder zurück (so weit alles okay, nach krasser Kotzerei, Schwester sagte, wir haben alles richtig gemacht), dann Gäste vor der Tür. Musste im Park mit TS und seinem neuen erwachsenen Freund Miles – von TS »Moles« genannt – Rugby spielen. Spannende und aufbauende Story übrigens – wie man mit Freundschaft, positiver Haltung und guter Kommunikation eine potenziell extrem schwierige Lage erfolgreich bewältigen kann.

Darren

Klingt interessant @HomeDad85 – erzähl!

27

MADDIE

»Weißt du, aus dieser Geschichte mit Miles und Lucy könnte man eine großartige Reportage machen«, sagt Pete beim Abendessen. »Ich könnte mal einen Pitch an ein paar Redaktionen schicken.«

Ich schaue ihn skeptisch an. »Findest du das nicht zu früh für so was?«

»Wenn jemand sich dafür interessiert, brauche ich ohnehin eine Weile zum Schreiben. Und ich muss es natürlich vorher mit Miles und Lucy abklären. Aber ich denke mir, das könnte gut ankommen – spannende familiäre Konstellation, ein Musterbeispiel an Kooperation in Zeiten weltweiter Vereinzelung und so.«

»Wirst du diesmal unsere Identität verbergen?«

»Ja, sicher.« Pete bemerkt meinen Blick. »Ich weiß, das war ein Fehler damals«, sagt er leise. »Aber ich bin nun mal Vollblutjournalist, Mads.«

Nach seiner Entlassung hatte Pete Probleme. Vollzeit-Dad zu sein fand er wunderbar – aber beruflich konnte er nicht mehr Fuß fassen. Es stellte sich heraus, dass die Redaktionen keine Reisetipps aus zweiter Hand mehr haben wollten, sondern echte Reportagen: zwei Wochen Wandern durch Patagonien oder ein Feature über ein Hotel aus Eis in der Antarktis. Dergleichen kam für Pete als Home-Dad natürlich nicht infrage. Deshalb fing er an, über diese Erfahrung zu schreiben und die Texte im Familienteil anzubieten.

Zunächst hatte er mir verschwiegen, dass er auch über meinen Kollaps geschrieben hatte, sagte nur ausweichend, es ginge um die NICU und alles, was wir nach Theos Geburt durchgemacht hatten. Erst als er mir eine erste Fassung des Textes zeigte, wurde mir klar, wie detailliert er alles geschildert hatte: den kotverschmierten Fernseher, das zersplitterte Handy, mein wirres Gerede über die Ärzte, die mich beobachteten. *Meine Partnerin ist enorm beeindruckend*, stand da. *Unser Gesundheitssystem funktionierte exzellent, als es darum ging, unser Frühchen am Leben zu halten. Aber hinsichtlich der Psyche der Mütter ist es so rückständig wie im Mittelalter. Meine Partnerin war ganz auf sich allein gestellt.*

»Und, was meinst du?«, fragte Pete, nachdem ich den Text gelesen hatte.

»Er ist stark«, sagte ich zögernd. »Toll geschrieben. Aber ich habe nicht damit gerechnet, dass er so … ehrlich sein würde.«

»Wir sagen doch immer, dass psychische Erkrankungen nicht stigmatisiert werden sollten«, wandte Pete ein. »Wie soll man dagegen angehen, wenn man die Wahrheit nicht ausspricht?«

»Ich bin nur nicht sicher, ob ich dabei Aushängeschild sein möchte, das ist alles.«

»Du weißt doch, wie schwer es ist, Themen zu finden, die nicht schon völlig ausgelutscht sind«, erwiderte Pete damals ruhig. »Und ich glaube wirklich, dass ich die Story verkaufen könnte, Mads. Das könnte der Durchbruch werden, mit dem ich mir als freier Journalist einen Namen mache. Aber wenn du nicht willst, dass ich den Artikel anbiete, lasse ich das natürlich.«

Wir einigten uns dann darauf, dass er meinen Namen nicht benutzen würde, wir hatten ohnehin nicht den gleichen Nachnamen. Und Pete hatte recht, die *Sunday Times* kaufte das Feature für die Wochenendbeilage, und es wurde sofort in mehreren Blogs gepostet. Eine bekannte junge Medienmama mit über hunderttausend Instagram-Followern postete mit einem dankbaren Kommentar einen Link zu dem Artikel. Die Frau hatte Frühchen-Zwillinge geboren, die drei Wochen auf der Intensivstation waren, und danach massive psychische Probleme gehabt. Ich fand die ganze Entwicklung toll, weil wir genau das taten, was Pete angestrebt hatte: ein Bewusstsein für postnatale psychische Prozesse zu erzeugen. Etwa eine Woche lang fand ich es spannend, alle paar Stunden Blogs und Twitter zu checken, Posts zu lesen und zuzuschauen, wie sich die Likes vermehrten, wie eine Welle von Unterstützung und Solidarität entstand. Der Konsens war, dass nicht viele Männer die emotionale Reife und Geduld gehabt hätten, ihre Partnerin so aufzufangen, geschweige denn, in Vollzeit die Kinderbetreuung zu übernehmen.

Dann merkte ich, dass der Artikel auch von Kollegen von mir gelesen worden war, die von Pete wussten, mich also zuordnen konnten. Es gab ein paar verständnisvolle Kommentare, worüber ich mich freute. Aber dann bekam ich mit, dass in der Kreativabteilung ein neuer Spitzname kursierte: Mad Maddie. Und ich wurde wütend auf Pete, weil er meine Identität nicht besser verborgen hatte.

Bei Dreharbeiten in Prag – ein Weihnachtswerbespot für einen Elektrowarenkonzern – hatte ich einen Seitensprung mit dem Art Director. In meiner nächsten Sitzung bei meiner Verhaltenstherapeutin, Jenny, hatte ich das Gefühl, darüber reden zu müssen. Sie hörte geduldig zu, während ich meine ganze Verwirrung und meinen Abscheu vor mir selbst rausließ.

»Hatte Ihr Vater Affären?«, fragte Jenny, als ich endete.

Ich starrte sie an. Diese Frage hatte ich nicht erwartet. »Ja. Von dreien wussten wir.«

»Und Ihre Mutter hat das akzeptiert?«

»Na ja, glücklich war sie damit nicht. Aber es schien, als überließe sie meinem Vater die Entscheidung, ob er uns verlassen wollte oder nicht. Ich glaube, meine Mutter hat ihm vermittelt, dass sie so oder so für ihn da sein würde.«

»Eine Heilige also. Oder eher eine Märtyrerin. Und jetzt wiederholen Sie, die für das Einkommen der Familie sorgen, genau dieses Muster. Nur als Frau.« Jenny ließ eine lange Pause entstehen. »Ich denke, Sie sollten mit Pete sprechen. Vielleicht auch eine Paartherapie machen. Ich vermute, es gibt da eine unbewusste Ablehnung der jetzigen Rollenverteilung.«

Pete versuchte inzwischen, den Erfolg des NICU-Features zu wiederholen. Er hatte festgestellt, dass Männer in der Pizzeria in unserem Viertel den Wickelraum nicht benutzen durften, weil er zur Damentoilette gehörte. Darauf begann er eine Social-Media-Kampagne, damit das Lokal seine Geschäftspolitik änderte. Die Petition wurde von vielen auf Facebook unterstützt, aber die Leute fanden die Aktion nicht so bewegend, dass sie ermutigende Kommentare schrieben wie bei dem NICU-Thema. Nur eine Lokalzeitung interessierte sich dafür, und als der Artikel dort erschien, war er um die Hälfte gekürzt worden.

Im Lauf der Zeit redete Pete immer weniger von Ideen für Artikel und immer mehr über seine Erlebnisse als Vater. Theo hatte auf den Schnee gedeutet und »weiß« gesagt. Theo war Karussell gefahren. Theo hatte im Supermarkt eine Szene gemacht. Wenn ich abends nach Hause kam, brauchte ich als Erstes ein Glas Rotwein, um vom rasenden Tempo der Agentur runterzuschalten auf die Kinderwelt von Pete und Theo. Manchmal klappte es. Aber häufiger war ich noch mit Problemen bei der Arbeit beschäftigt, während ich lächelnd nickte und so tat, als höre ich mir die Spielplatzabenteuer an.

Deshalb habe ich jetzt volles Verständnis dafür, dass Pete über die Erfahrungen mit den Lamberts schreiben will. Es ist seine Chance, wieder der alte Pete zu werden, der Journalist, dessen Texte von vielen Menschen gelesen werden. Und eine Gelegenheit, erneut NICU-Pete zu sein, der heilige Peter: sich in der Zuwendung des Internet-Publikums zu aalen, dieser unsichtbaren Menschenmenge, die klickt und liked und teilt und ihm schreibt, wie hilfreich er ist.

Ich will ihn natürlich nicht daran hindern. Aber eine Stimme in mir raunt, dass die Heiligen früher etwas nicht hatten: Partner, auf die sie Rücksicht nehmen mussten.

28

Fall Nr. 12675/PU78B65, Anlage 18: gelöschte und wiederhergestellte Datei von Peter Rileys Festplatte

Diese Geschichte handelt von zwei geschädigten Familien, die auf Heilung hinarbeiten.
Diese Geschichte handelt von einem Schock, der zu Hass und Zwietracht hätte führen können, aus dem jedoch Dialog, Freundschaft und Vertrauen entstanden.
Diese Geschichte handelt von vier jungen Menschen, die eine moderne Lösung für ein uraltes Problem finden wollen.
In der Bibel hatte König Salomo mit einem fast unlösbaren Fall zu tun. Zwei Frauen behaupteten, die Mutter eines männlichen Säuglings zu sein. Sie hatten ihr Kind etwa um die gleiche Zeit geboren, aber eines war gestorben. Beide beschuldigten sich gegenseitig, den kleinen Jungen gestohlen zu haben.
Salomo verlangte nach einem Schwert und erklärte entschieden, es gäbe nur eine Lösung: das Kind zu zerteilen und jeder Frau eine Hälfte zu geben. Sofort fiel eine der beiden auf die Knie und verzichtete auf ihren Anspruch. Lieber solle das Kind von der falschen Mutter großgezogen werden, als durch Salomos gnadenlose Rechtsprechung den Tod zu finden. Darauf befahl Salomo, das Kind ihr zu überlassen, denn damit hatte sie sich als die wahre Mutter erwiesen.

Was hätte König Salomo wohl getan, wenn keine der Frauen sich verwehrt hätte – oder beide? Womöglich hätte er sein Urteil vollstreckt. Diese Geschichte verdeutlicht uns eine uralte Wahrheit: Unsere Kinder bedeuten uns mehr als wir selbst.
Doch wenn man plötzlich erfährt, dass dieses Kind, das man großzieht, das Kind, für das man seit zwei Jahren sorgt, gar nicht das eigene ist? Wenn man mit der Tatsache konfrontiert wird, dass nach der Geburt zwei Kinder vertauscht wurden?
Meine Partnerin und ich haben genau das erlebt …

29

PETE

»Ach, mein lieber guter Petey-Pete …«

Miles rief mich an. Ich hatte ihm meinen Artikel geschickt und um ein paar Zitate gebeten. Aber ich hörte an seiner Stimme, dass Miles alles andere als zufrieden war.

»Ist ja nur ein erster Entwurf«, sagte ich. »Wenn dir irgendetwas nicht gefällt, sag es mir ganz offen.«

Ein kurzes Schweigen. »Der ganze Text geht so nicht. Tut mir leid, Pete.«

»Aber warum denn nicht?«, fragte ich verwirrt. »Ich meine, es stimmt doch alles so, oder nicht? Wir kommen doch gut miteinander zurecht?«

»Selbstverständlich. Aber wir müssen das Ziel im Auge behalten, verstehst du nicht? Überleg doch mal, wie das auf die Leute wirken würde, die uns entschädigen sollen. Das sieht doch nach *Schadensminderung* aus, Pete. Statt wegen der Vertauschung psychisch zerrüttet zu sein, sind wir eine große glückliche Familie. Das liest sich, als sollten *wir* das Krankenhaus entschädigen und nicht umgekehrt.«

»Ach so.« Daran hatte ich nicht gedacht. »Also meinst du, ich sollte gar nicht darüber schreiben?«

»Das will ich damit nicht sagen. Im Gegenteil: Ein Zeitungsartikel könnte uns sogar sehr nützlich sein. Aber du musst ihn komplett anders aufbauen. Nämlich wie folgt: Seit ich vor deiner Tür stand, ist euer Leben die Hölle. Wenn du in Theos süßes Gesicht schaust, blickst du in die Augen eines fremden Mannes.

Deiner Familie wurde Gewalt angetan, die Beziehung zu deinem Kind zerstört …«

»Augenblick«, unterbrach ich ihn beunruhigt. »Was im Internet landet, bleibt ewig drin. Ich möchte auf keinen Fall, dass Theo das eines Tages liest und glaubt, ich hätte ihn nicht mehr geliebt.«

»Leuchtet ein«, pflichtete Miles mir bei. »Dann ein anderer Ansatz. Du hattest erwähnt, dass Maddie nach der NICO psychisch krank war. Der Schock über die Vertauschung könnte zum Beispiel zu einem Rückfall geführt haben.«

»Darüber muss ich mit ihr sprechen«, erwidere ich. »Ich glaube kaum, dass sie dem zustimmen wird.«

»Sag ihr einfach, damit kann man eine weitere halbe Million rausschlagen. Das sollte doch reichen, um sie zu überzeugen.«

30

Fall Nr. 12675/PU78B65, Anlage 18B:
Datei im Anhang, von Peter Riley an mehrere Zeitungsredaktionen gesendet

Diese Geschichte wird das Herz aller Eltern berühren.

Diese Geschichte handelt von zwei zerstörten Familien, die sich gerade von Leid, Tragödie und psychischer Krankheit erholten, als unsägliches Grauen sie erneut heimsuchte.

Denn die schockierende Wahrheit ist: Jeden Augenblick könnte ein wildfremder Mensch vor Ihrer Tür stehen und behaupten, Ihr Kind, das Sie großziehen, für das Sie als Eltern seit zwei Jahren sorgen, sei in Wirklichkeit gar nicht Ihr Kind. Von einem Moment auf den anderen wird Ihr Bild von Ihrer Familie zerschlagen.

Das weiß ich, weil genau das meiner Partnerin und mir widerfahren ist …

31

PETE

Ich berücksichtigte Miles' Meinung und schrieb den Artikel um. Er wurde nicht so gut wie der erste. Denn meine Motivation war ursprünglich gewesen zu feiern, wie wir alle mit der Situation umgingen. Menschen wie Maddies Vater zu demonstrieren, dass Zynismus und Misstrauen in dieser Lage nicht die einzig möglichen Haltungen waren. Aber Miles' Argument leuchtete mir ein, und weil ich den Artikel als Nachfolger des erfolgreichen NICU-Textes anbieten konnte, wurde er tatsächlich sofort von der *Daily Mail* gekauft, wenn auch ohne Angabe von einem Erscheinungsdatum. Als der Faktencheck-Redakteur ihn mir mit einigen Fragen zurückschickte, war die Überschrift schon hinzugefügt: *VOR ZWEI JAHREN WURDE MEINE FRAU NACH EINER FRÜHGEBURT PSYCHOTISCH. JETZT ENTHÜLLT EIN DNA-TEST: DAS KIND IST GAR NICHT UNSER KIND.*

In einem schimmernden Büroturm mit Blick auf die Tower Bridge traf ich mich mit einem Anwalt von der auf Behandlungsfehler spezialisierten Kanzlei, die auch für Miles tätig war. Irgendwie hatte ich Anwälte, die nur Erfolgshonorar verlangen, grundsätzlich für zwielichtig gehalten. Aber Justin Watts war sympathisch und liebenswürdig, eindeutig ein Endergebnis des teuren Privatinternats, auf das Miles Theo gern schicken wollte.

Der Anwalt forderte mich auf, die ganze Geschichte von vorn zu erzählen. Als ich fertig war, sagte er: »Aus juristischer Sicht ist das eine ziemliche klare Angelegenheit. Ich schicke einen Brief und verlange Schadensersatz, dann warten wir ab, was die uns anbieten. Sie haben sicher mitbekommen, dass die NICU von St. Alexander's auf Level 2 runtergestuft wurde?«

»Nein, warum? Was ist passiert?«

»Die Sterblichkeitsrate war um fast zwei Prozent höher als im nationalen Durchschnitt. Das scheint erst mal nicht viel zu sein, bedeutet aber konkret, dass sie statt vier Todesfälle pro Jahr neun hatten. Da stimmt irgendetwas nicht, Ermittlungen sind im Gange. Die Versorgung auf Level 1 wurde vorerst ins Guy's Hospital verlegt. Für Ihren Fall ist das von Vorteil. St. Alexander's hofft natürlich, so schnell wie möglich die Level-1-Versorgung wieder anbieten zu können. Deshalb legen die garantiert keinen Wert darauf, dass Sie für schlechte Presse sorgen. Für mich sieht das sehr nach einem schnellen Vergleich aus.« Er tippte auf meinen Artikel, der auf dem Schreibtisch lag. »Aber warten Sie vorerst noch mit der Veröffentlichung, ja? Das Krankenhaus will diese Sache sicher lieber vertuschen. Deshalb ist uns der Artikel nur nützlich, solange er nicht erschienen ist.«

Ich nickte. Die *Mail* würde zwar sicher sauer sein, dass sie ihn noch nicht bringen konnte. Aber man war es bei Zeitungen gewöhnt, auf juristische Belange Rücksicht zu nehmen. »Und ich muss Ihnen wirklich nichts bezahlen?«

»Es wird voraussichtlich Ausgaben geben, die beglichen werden müssen. Aber wenn wir die Vergütungsvereinbarung abschließen, werden Sie mich für meine Dienste nur bezahlen müssen, wenn wir gewinnen. In diesem Fall berechnen wir unsere vollen Gebühren sowie eine Erfolgsprämie. Diese Kosten müssen vollständig von der Gegenpartei getragen werden, die auch Ihre Ausgaben bezahlen muss.«

»Und wenn wir nicht gewinnen?«

»Dann hat sich das Blatt gewendet, und Sie müssen rein theoretisch deren Kosten bezahlen. Praktisch jedoch sind Sie dagegen gewappnet, indem Sie eine Rechtsschutzversicherung abschließen, die das dann übernehmen wird. Wenn wir gewinnen, können Sie die Versicherungskosten auch der Gegenpartei in Rechnung stellen.«

Das klang alles zu einfach, um wahr zu sein, und ich musste mir klarmachen, dass wir das jetzt durchziehen sollten. Wir waren schließlich durch das Versagen anderer in diese Situation geraten. »Und wissen Sie …« Ich zögerte. Es kam mir irgendwie unwürdig vor, mich nach der Summe zu erkundigen, aber Watts hatte mich auch ohne Worte verstanden.

»Wir verlangen erst mal zwei Millionen. Das werden wir wohl nicht kriegen, aber es ist taktisch sinnvoll, hoch einzusteigen. Im Gegensatz zu dem, was die Lamberts verlangen werden, ist das allerdings Pipifax.«

»Warum?« Ich hatte angenommen, dass die Ansprüche etwa gleich sein würden.

»Wegen Davids Behinderungen. Der Arzt, der bei Ihrer Partnerin den Kaiserschnitt durchgeführt hat, sagte ihr doch, dass das Baby an Sauerstoffmangel gelitten hat, nicht wahr?«

Ich nickte.

»Und später, als Sie ihr das Foto aus der NICU schickten, war darauf Theo zu sehen, der wegen möglichem Sauerstoffmangel mit einer Kühldecke behandelt wurde. Aber falls die Babys zu diesem Zeitpunkt bereits vertauscht worden waren, wurde das falsche Baby gekühlt. Die Lamberts haben gute Chancen zu beweisen, dass Davids Probleme durch eine Fehlbehandlung verschlechtert wurden. Und da Menschen mit Behinderungen heutzutage länger leben und deshalb mehr Kosten verursachen, könnte durchaus die Rede von zig Millionen sein.«

Den zweiten Termin an diesem Tag hatte ich nachmittags mit der Pfarrerin, die Theo taufen sollte. Reverend Sheila Lewis wohnte in einem schlichten kleinen Pfarrhaus neben der Kirche, ein extremer Gegensatz zum protzigen Bürogebäude der Kanzlei. Ich hatte Theo dabei, aber er war ausnahmsweise recht friedlich und spielte am Boden mit einer alten Weihnachtskrippe.

»Stellt es ein Problem dar, dass Theo älter ist als die anderen Täuflinge?«, fragte ich.

Die Pfarrerin, eine freundliche und energische Frau, schüttelte den Kopf. Von anderen Eltern hatte ich gehört, dass sie vor ihrer geistlichen Laufbahn Biochemikerin gewesen war. »Einzige Bedingung ist, dass die Paten getauft sein müssen. Und dass sie bereit sind, ihre Pflichten ernst zu nehmen. Können Sie sich dafür verbürgen?«

»Ich muss sie fragen – ob sie getauft sind, meine ich. Dass sie ihre Pflichten ernst nehmen werden … davon bin ich überzeugt.« Etwas veranlasste mich dazu hinzuzufügen: »Wir kennen sie noch nicht so lange.«

Die Pfarrerin zog die Augenbrauen hoch. »Die Auswahl der Paten sollte nicht leichtfertig erfolgen.«

»Das war auch nicht so. Ganz im Gegenteil.« Ich schaute mich nach Theo um, aber er war versunken in sein Spiel. Der Ochse spießte gerade die Jungfrau Maria auf die Hörner. »Die Situation ist sehr ungewöhnlich, aber so etwas kommt auch vor«, sagte ich leise. »Die beiden sind Theos biologische Eltern.«

Und ich schilderte zum zweiten Mal an diesem Tag die Hintergründe. Reverend Lewis hörte aufmerksam zu, sah dabei aber zweifelnder aus als der Anwalt. Als ich endete, sagte sie: »Erst einmal ist es großartig, dass Sie alle vier mit dieser schwierigen Situation so positiv umgehen. Aber ich muss Ihnen sagen, dass sie kein Grund für eine Taufe oder die Wahl der Paten sein sollte. Paten haben sehr spezielle Verantwortungen. Sie zu ernennen ist nicht nur eine freundschaftliche Geste, auch wenn es oft so zu sein scheint. Mir bereitet Sorgen, dass Theo und Sie beide auch nicht geschützt sein werden, falls in diesem Arrangement etwas schiefläuft.«

»Wir hoffen natürlich, dass alles gut geht. Deshalb wollen wir auch diesen Schritt machen – um unser Engagement zu zeigen. Und wir hatten Theo ohnehin schon länger taufen lassen wollen.«

»Hmm.« Die Pfarrerin sah keineswegs überzeugt aus. »Wie wäre es denn mit einem Segensgebet für beide Familien? Das erscheint mir eine passendere Form, Gott in diese spezielle Konstellation einzuladen.«

»Wir haben tatsächlich niemand anderen, den wir bitten könnten, die Patenschaft zu übernehmen«, antwortete ich. »Und die Lamberts sind ganz bestimmt gläubig.« Ich wusste es zwar nicht, war mir aber sicher, dass Miles kein Problem mit einer kleinen Notlüge hätte.

»Angesichts dieser ungewöhnlichen Situation werde ich mit dem Paar sprechen, bevor ich eine Entscheidung treffe.« Reverend Lewis griff nach einem Block. »Geben Sie mir doch bitte die Nummer der Familie Lambert.«

32

PETE

Auf dem Heimweg bestand Theo noch auf einem Abstecher in den Park, und danach war es Zeit fürs Abendessen. Es gab Arancini-Reisbällchen – gebacken, nicht frittiert – mit selbst gemachtem Paniermehl. Deshalb dauerte es eine ganze Weile, bis ich Miles anrufen konnte, um ihn vorzuwarnen.

»Pete!«, sagte er fröhlich, als er abnahm. Er hatte mich eindeutig in seinen Kontakten abgespeichert. »Wie geht's dir?«

»Gut, danke. Hör mal, ich wollte nur rasch Bescheid sagen, dass eine Pfarrerin, Reverend Sheila Lewis, euch anrufen …«

»Schon geschehen.«

»Ach, echt?« Sie hatte keine Zeit vergeudet. »Und wie war das Gespräch?«

»Alles geklärt. Sie macht am nächsten Sonntag während des Gottesdiensts ein paar Taufen und würde uns dazunehmen. Passt euch das?«

»Ähm … ja, ich glaube schon. Ich sollte aber noch …«

»Maddie fragen. Klar. Tolle Pfarrerin übrigens. Gefiel mir sehr gut.«

»Es war echt erstaunlich«, berichtete ich Maddie, als sie nach Hause kam. »Bei mir war Lewis beinahe ablehnend. Aber Miles muss sie um den Finger gewickelt haben.«

»Na ja, er ist ein charmanter Typ. Und soweit wir wissen, ist er ja auch religiös.«

»Oder er kann sehr gut lügen«, sagte ich.

»Wenn man Menschen gut überzeugen kann, ist das nicht gleichbedeutend mit lügen. Außerdem dachte ich, du magst Miles. Ihr seid doch dicke befreundet, oder nicht?«

»Ja, ich mag ihn«, antwortete ich. »Sehr sogar. Es wundert mich nur, dass er es immer wieder schafft, seinen Willen durchzusetzen.«

»Hast du ihm gesagt, dass wir an Ostern nicht nach Cornwall mitkommen?«, fragte Maddie.

»Noch nicht. Hat sich bislang nicht ergeben.«

Maddie zog die Augenbrauen hoch.

Ich seufzte. »Ja, ich weiß, ich weiß. Ich schiebe es vor mir her, weil ich ein schlechtes Gewissen habe. Weil er sich wegen meiner Zusage darauf verlässt.«

»Du könntest doch sagen, mein Bruder will mit der Familie aus Australien herkommen. Dagegen kann Miles kaum was einwenden. Aber warte nicht zu lang damit. Vielleicht will er dann jemand anderen suchen für die Reise.«

33

MADDIE

Ich finde diese ganze Taufe ziemlich unangenehm. Weil noch Kinder drei weiterer Familien getauft werden, die sich untereinander gut kennen, wirken wir wie Eindringlinge. Außerdem sind die anderen Täuflinge Babys, die ganz geduldig sind. Nur eines quengelt ein bisschen. Theo dagegen sorgt mal wieder für Aufsehen.

Die Kirche ist von der modernen Sorte, hier gibt es sogar eine Bücherkiste für Kinder, und auf einem Plakat wird darauf hingewiesen, dass alle drei Wochen *Kirche Kunterbunt* angeboten wird. Doch wegen der Taufen läuft heute alles förmlicher ab. Theo ist von Anfang an völlig überdreht. Als er Lucy und Miles sieht, schreit er »Moles!«, rennt auf ihn zu und versucht ein Rugby-Tackling. Miles lacht und wuschelt ihm durchs Haar. Unser Freundespaar Keith und Andy sind auch dabei – Andy hat eingewilligt, dritter Pate zu sein –, und wir stellen alle einander vor. Ich merke, dass sich Mitglieder der Gemeinde umdrehen, um zu sehen, wer da so viel Krach macht.

Lucy trägt David. Er liegt ganz still in ihrem Arm und schaut ein bisschen ängstlich um sich. Ich streiche ihm über das feine weiche Haar, sehne mich danach, ihn selbst in den Armen zu halten. Wie beim letzten Mal reagiert er nicht, schaut mich nur mit seinen großen ernsthaften Augen an. Aber ich bilde mir ein, dass er danach ein bisschen weniger ängstlich aussieht.

Theo entdeckt die Bücherkiste und stapft darauf zu. Weil er noch nicht lesen kann, betrachtet er sie als etwas, für das man einen Erwachsenen braucht, und ruft eifrig: »Daddy! Daddy!« Wir sitzen schon, Pete legt einen Finger an die Lippen und schüttelt den Kopf. Die Pfarrerin hat mit ihrer Predigt begonnen, spricht über die Unverzichtbarkeit der Kirche und betont, wie wichtig es ist, eine neue Generation von Gläubigen willkommen zu heißen. Theo zieht Bücher aus der Kiste und schleudert sie wie ein Messerwerfer auf ein Kruzifix aus Bronze im Seitenschiff. Als er trifft, ist ein metallischer Ton zu hören, und die Pfarrerin unterbricht sich und schaut zu Theo hinüber.

»Jaaaa!«, jubelt Theo.

Pete entschuldigt sich bei den Leuten, als er aufsteht und sich durch die Reihe drängt. Kurz darauf folgt ihm Miles. Entweder glaubt Theo, das Ganze sei ein lustiges Spiel, oder er sieht an Petes erbitterter Miene, dass es gleich Ärger geben wird. Jedenfalls taucht er in der hintersten Reihe ab, krabbelt schnell unter den Beinen der Kirchgänger hindurch, setzt das dann bei den nächsten Reihen fort. Weil er von hinten kommt, bemerken ihn die Leute erst, wenn er schon wieder weg ist.

Wenn sich Theo in der Öffentlichkeit schlecht benimmt, regt Pete sich enorm darüber auf – als seien damit seine Erziehungsmethoden infrage gestellt. »Theo!«, sagt er jetzt mit gedämpfter Stimme, aber in strengem Tonfall. »Komm sofort hierher!«

Theo gluckst nur vergnügt und krabbelt mit einem Affenzahn weiter.

»Entschuldigung, Leute, Ball unterwegs!«, verkündet Miles amüsiert. Er folgt Theo seitlich, bekommt ihn aber auch nicht zu fassen.

Pete stellt sich vorn hin, um ihn dort zu schnappen, aber Theo merkt es und legt den Rückwärtsgang ein. Zum Glück kommt eine Frau in der vierten Reihe auf die schlaue Idee, Theo so lange zwischen ihren Beinen einzuklemmen, bis Pete – inzwischen krebsrot im Gesicht – ihn packen und herausziehen kann.

»Unser Herr Jesus Christus sprach, um ins Himmelreich einzugehen, müssten wir durch Wasser und den Heiligen Geist neu geboren werden«, predigt die Pfarrerin.

»Stille Treppe, sofort!«, zischt Pete, zerrt den zappelnden Theo Richtung Tür, bleibt dann aber stehen und dreht sich um.

Wenn Pete Theo draußen auf die Treppe setzt, werden sie nicht mitbekommen, wann wir mit der Taufe dran sind. Deshalb improvisiert Pete und drückt Theo auf eine große Steinstufe am Seitenschiff.

Pete ist überzeugter Anhänger der Erziehungsmethode »Stille Treppe«. Die wurde durch eine TV-Serie namens *Super Nanny* bekannt. Man muss bestimmte Regeln befolgen, was Pete immer genau nach Vorschrift durchzieht. Als Erstes geht man schweigend mit dem Kind zur Treppe und setzt es dort hin. Dann erklärt man, was es falsch gemacht hat. Anschließend stellt man einen Timer, je eine Minute pro Lebensjahr des Kindes, und geht weg. Wenn die Zeit abgelaufen ist, erklärt man dem Kind noch mal, was es falsch gemacht hat. Dann muss es sich entschuldigen, bevor es aufsteht, und bekommt als Belohnung Küsschen und Umarmungen.

Ich persönlich glaube, Pete braucht dieses Prinzip als Beruhigung, dass es ihm gelingt, Theo das Einhalten von Regeln beizubringen. Wir erleben zwar immer wieder, dass Theo dagegen immun zu sein scheint, aber Pete behauptet, es funktioniere, deshalb mische ich mich da nie ein.

Jetzt drückt Pete Theo energisch auf die Stufe und legt mit seiner Erklärung los. »Wir sind in einer Kirche, Theo. Hier muss man ganz leise sein, damit die Menschen Gott zuhören können …«

»Babababababababab!«, schreit Theo und hält sich die Ohren zu.

»Denn ihr alle seid durch den Glauben Gottes Kinder in Christus Jesus. Denn ihr alle, die ihr auf Christus getauft seid, habt Christus angezogen«, zitiert die Pfarrerin aus der Bibel.

Theo trommelt mit den Schuhen auf den Boden und horcht zufrieden auf das Echo. »Babababab!«

»Als Kinder Gottes bekommen wir neue Würde, und Gott erweckt uns zum Leben …«

»… deshalb muss man hier ganz still sitzen, wie diese Leute. Man darf nicht laut reden und spielen …«

»Lasst uns nun in aller Stille beten …«

»Dschulligung, Daddy.«

»Das ist noch zu früh. Du musst den Timer abwarten. Zwei Minuten.«

»Dschulligung, dschulligung, Daddy.«

Miles, der den beiden gefolgt ist, lacht. »Ach, komm schon, Pete. Der kleine Strolch hat sich doch entschuldigt.« Er breitet die Arme aus. »Komm, Großer. Umarmung.«

Theo springt auf und saust zu Miles, der ihn vom Boden wegfegt und so hält, dass sie auf Augenhöhe sind. »Und jetzt sitzt du ganz leise bei mir?«

»Jaaaaa!«, schreit Theo laut in die Stille.

Zum Glück ist der Gottesdienst noch nicht zu Ende. Pete ist so wütend über die Einmischung, dass er mich nicht mal anschaut, als er sich wieder hinsetzt. Theo hockt artig auf Miles' Schoß und schaut immer mal kurz zu Pete herüber. Der Singsang der

Pfarrerin scheint Theo zu faszinieren, jedenfalls hört er jetzt zu, was eine Art Wunder ist. Und kurz darauf kommt dann auch der spannendere Teil: Eltern, Paten und Kinder treten zum Taufbecken und zünden eine lange weiße Kerze für das Kind an. Theo holt tief Luft und will sie ausblasen, weil er das von seiner Geburtstagstorte kennt, aber die Pfarrerin kann ihn gerade noch rechtzeitig daran hindern.

»Noch nicht«, sagt sie. »Erst wenn wir dich mit dem Wasser getauft haben.«

»Wow!«, sagt Theo staunend, und die gesamte Gemeinde lacht. Theo hat es geschafft, alle für sich einzunehmen. Nur Pete macht ein finsteres Gesicht, immer noch total wütend.

Miles betrachtet Theo mit väterlichem Stolz, und mir wird schlagartig klar, von wem der Kleine diesen bestechenden Charme hat.

»Ich muss mit Miles reden«, sagt Pete, sobald der Gottesdienst vorbei ist.

»Ja, klar. Aber Pete …«

»Was?«

Ich überlege rasch. Pete ist ein wunderbarer Vater, doch manchmal nimmt er alles ein wenig zu ernst. »Ich glaube, das war eigentlich ein Missverständnis. Miles kennt vermutlich das Prinzip der ›stillen Treppe‹ mit dem Timer nicht. Wahrscheinlich wollte er einfach hilfreich sein.«

»Dann muss man es ihm erklären.« Pete marschiert entschlossen zu Miles, der gerade mit Keith und Andy plaudert, und sagt: »Können wir mal kurz reden, Miles?« Die beiden entfernen sich, und Andy wirft mir einen Blick zu und zieht ein gespielt dramatisches Gesicht.

Pete redet auf Miles ein, der nickt. Dann schlägt er Pete auf die Schulter und streckt ihm die Hand hin, die er schüttelt.

»Alles okay?«, frage ich, als er zurückkommt.

»Ja, alles gut.« Pete klingt etwas erstaunt. »Er hat es vollkommen verstanden. Hat sich entschuldigt und gesagt, es wird nicht wieder vorkommen.«

Ich schaue zu Miles hinüber. Sein Gesichtsausdruck – offen, freundlich, aufmerksam – kommt mir irgendwoher bekannt vor. Dann fällt mir auf, wo ich ihn zuletzt gesehen habe: bei Theo, als er sich auf der Stufe entschuldigt hat, obwohl er noch warten sollte.

34

PETE

»Mr. Riley, könnte ich Sie bitte sprechen?« Susy, die Kindergartenleiterin, schien auf mich gewartet zu haben, als ich Theo abholen wollte.

»Natürlich.« Ich folgte ihr ins Büro. Wir setzten uns, ich wartete darauf, dass sie sagte, ich solle mir keine Sorgen machen.

Doch das tat sie nicht.

Stattdessen begann sie: »Ich fürchte, wir haben ein schwieriges Gespräch über Theo vor uns.«

»Wieso, was ist passiert?« Mir lief es kalt den Rücken hinunter, aber ich versuchte, mir nichts anmerken zu lassen.

»Er hat heute Morgen ein anderes Kind mit einem Trinkbecher geschlagen. Auf den Kopf und ziemlich fest. Das Kind blutete, und wir mussten die Mutter anrufen, damit es abgeholt wurde.«

»Welches Kind war das denn?«

»Das tut jetzt nichts zur Sache. Das Problem ist, dass Theo das mit voller Absicht gemacht hat, weil das andere Kind mit einem Spielzeug beschäftigt war, das Theo auch haben wollte. Er hatte mehrfach versucht, es sich zu grapschen, aber die Kindergärtnerin hatte ihm gesagt, er müsse warten, bis er an der Reihe sei. Als sie sich einen Moment wegdrehte, hörte sie einen Schrei und sah dann, wie Theo auf das andere Kind einschlug.«

»Das tut mir furchtbar leid. Wir hatten ein ziemlich aufregendes Wochenende. Theo ist gestern getauft worden und war durch den ganzen Trubel ziemlich überdreht.« Ich lächelte. »Morgen ist er bestimmt wieder ruhiger.«

»Kann sein.« Susy zögerte. »Die Mutter des Jungen hat eine offizielle Beschwerde eingereicht. Und weil es schon weitere Verwarnungen gegeben hat …«

»Augenblick mal, was für Verwarnungen denn?«

»Wir haben schon mehrmals über Theos Verhalten gesprochen, Mr. Riley.«

»Gesprochen, ja. Aber von einer offiziellen Verwarnung war nicht die Rede.« Ich hatte eine äußerst unangenehme Vorahnung, worauf dieses Gespräch hinauslaufen würde.

»Es scheint bei Theo ein Verhaltensmuster zu geben, was wir offenbar nicht ändern können. Und die Sicherheit der anderen Kinder hat oberste Priorität.«

»Er ist erst zwei, um Himmels willen. Solches Verhalten ist doch bei Zweijährigen nichts Ungewöhnliches!«

»Bitte mäßigen Sie sich, Mr. Riley. Wut bringt niemandem etwas.«

»Ich bin nicht wütend. Oder wenn doch, dann aus berechtigten Gründen. Und wenn Sie jetzt als Nächstes sagen wollen, Theo sei gewalttätig, weil ich wütend bin – ich verliere im Umgang mit Theo nie die Beherrschung.« Mir kam ein Gedanke. »Diese Mutter war doch sicher wütend, weil ihr Kind geschlagen wurde. *Der* haben Sie bestimmt nicht gesagt, dass Wut nichts bringt.«

Susy blinzelte. »Unter diesen Umständen sind wir zu dem Schluss gekommen, dass Theo mehr strukturierte Unterstützung braucht, als wir ihm in unserem Kindergarten bieten können.«

»Sie verweisen ihn? Theo ist zwei Jahre alt, und *Sie werfen ihn raus*?«

»Wir glauben, dass es in Theos Interesse …«

»Ich werde mit der Mutter reden. Wir können uns zusammen mit den beiden Kindern treffen, dafür sorgen, dass sie sich anfreunden …«

»Zunächst habe ich etwas Ähnliches vorgeschlagen, aber Mrs. Tigman hielt das nicht für eine geeignete Lösung.«

»Augenblick, dann war es also Zack Tigman? Dieser kleine Junge, der ständig weint? Glauben Sie nicht, dass es da vielleicht massivere Probleme gibt, als dass Theo sein Spielzeug nicht teilt?«

»Zack brauchte eine Weile, um sich einzugewöhnen«, gibt Susy zu. »Deshalb ist es um so wichtiger, dass er nicht auch noch verprügelt wird.«

»*Verprügelt?*«, wiederholte ich sarkastisch. »Es geht hier um einen Zweijährigen, der einen anderen Zweijährigen mit einem Becher gehauen hat. Und wieso stehen da überhaupt Trinkbecher herum, ohne dass jemand richtig aufpasst? Das ist doch ohnehin ein Sicherheitsrisiko, das nicht sein dürfte.«

»Wir haben nicht genügend Personal, um jede Handgreiflichkeit zu verhindern«, erwidert Susy geduldig. »Und ja, bis zu einem gewissen Grad ist solches Verhalten in diesem Alter nicht unüblich. Aber wenn das Kind es nicht einstellen kann, bleibt uns nichts anderes übrig, als den Vertrag mit den Eltern aufzulösen.« Sie stand auf. »Ich bedaure, dass sich die Situation für Theo nicht anders entwickelt hat. Aber langfristig ist unsere Entscheidung sicher die beste Lösung für alle Betroffenen. Wir erstatten Ihnen die Kosten für die gesamte Woche zurück.«

35

Fall Nr. 12675/PU78B65, Anlage 19A: Handynachrichten zwischen Peter Riley und Madelyn Wilson

Scheiß-Kindergarten hat Theo rausgeschmissen!!! Weil er Zack Tigman geschlagen hat.

WAS???

Leiterin hat mir Rede gehalten, er bräuchte mehr »strukturierte Unterstützung«. Vollidiotin

OMG und jetzt?

Keine Ahnung. Ich mach Recherche

Sollen wir reden? Ich kann heimkommen

Nee, lass mal. Bin wütend, Theo ist hier, hab ihm noch nichts gesagt. Scheiße, er ist da so gern hingegangen. Wir reden später XX

Fall Nr. 12 675/PU78B65, Anlage 19B: Posts auf DadStuff.net

KINDERBETREUUNG FÜR ZWEIJÄHRIGEN – WELCHE OPTIONEN, WELCHE KOSTEN?

HomeDad85
Mein TS ist grade aus dem Kindergarten geflogen, weil er ein anderes Kind geschlagen hat. Bin wütend, die haben das ganz schlecht gelöst. Kann aber natürlich nichts dagegen tun.
Frage: Was jetzt? Haben nicht viel Geld, brauchen günstige Option. Au-pair? Kindermädchen teilen? Tagesmutter? TS braucht wohl etwas mehr Aufsicht als andere Kinder in seinem Alter.

Graham775
Würde mich bei Kindermädchen-Agentur nach Preisen für Betreuung in deiner Wohngegend erkundigen.

Onefineday
»brauchen günstige Option«
Es geht um ein Kind, nicht um DIY-Möbel.

ManUman151
»Es geht um ein Kind, nicht um DIY-Möbel.«
OP braucht doch nur Zahlen, um eine Entscheidung zu treffen. *Augen verdreh*

Zombieparent
Erinnere mich an Thread über Au-pairs und dass man denen aus rechtlichen Gründen Kinder unter 5 Jahren nicht anvertrauen sollte.

Onefineday

Au-pairs sind NICHT AUSGEBILDET für Kinderbetreuung, sondern junge Leute aus dem Ausland, die freie Kost und Logis bekommen für einfache Aufgaben im Haushalt und gelegentliches Babysitting. Wenn dein Kindergarten von rumänischen Jugendlichen ohne Qualifikation und biografische Angaben, ohne Erste-Hilfe-Training, Erfahrung mit Kindern, Führungszeugnis und ausreichende Sprachkenntnisse betrieben würde – würdet ihr euer Kind da hinschicken?

Tanktop

Wir zahlen unserem Kindermädchen 14 Pfund die Stunde (im Südwesten von London). Sie ist selbstständig, also krankenversichert und führt ihre Steuern selbst ab etc.

Onefineday

»Sie ist selbstständig, also krankenversichert und führt ihre Steuern selbst ab etc.«

Kindermädchen können nicht selbstständig sein. Sie lügt also, vermutlich weil ihre Papiere nicht in Ordnung sind.

Lewishamdad

Tagesmutter mit Zulassung: £ 7 Pfund pro Stunde

Kita: £ 8,50

Kindermädchen: £ 13–18

Familienhilfe, Alter 18–20: £ 5,90

Würde aber keine Familienhilfe empfehlen. Unsere war keine Hilfe, kann ich nur sagen.

Onefineday
»Unsere war keine Hilfe, kann ich nur sagen.«
Vielleicht wolltet ihr nur ein junges Mädchen im Haus?

Silverback71
Kindermädchen teilen ist wohl die beste Lösung. Qualifizierte Nanny kennt sich mit Entwicklung der Kinder aus, es gibt noch ein weiteres Kind zum Spielen, Kosten sind vergleichbar wie bei Kindergarten.

Lewishamdad
»Vielleicht wolltet ihr nur ein junges Mädchen im Haus?«
Darauf antworte ich erst gar nicht, Onefineday.

Onefineday
Hast du aber gerade.

Whosthedaddy
Hader und Zwietracht ...

Onefineday
Handtaschen im Morgengrauen.

HomeDad85
Danke an alle für eure Antworten. Habe mir überlegt, dass ein anderer Kindergarten die beste Lösung ist. Muss natürlich von dem Vorfall berichten. Wird einige abschrecken, aber wer TS dann nimmt, traut sich auch zu, mit ihm klarzukommen.

36

PETE

Doch ich stellte bald fest, dass Ehrlichkeit durchaus nicht der beste Weg war.

Als ich bei einem Kindergarten in der Nähe erwähnte, Theo sei etwas grob mit einem anderen Kind umgegangen, weigerte man sich sofort, ihn aufzunehmen, mit der Begründung, man hätte »Personalmangel«. Davon war allerdings vorher keine Rede gewesen, als man mir die Gebühren gesagt hatte.

Ich rief den anderen Kindergarten in Laufdistanz an. Der hatte eine Warteliste für die nächsten drei Monate. Ich meldete Theo zur Sicherheit schon mal an.

»Es macht mir gar nichts aus, mit Theo alleine zu Hause zu sein«, sagte ich abends zu Maddie, nachdem ich den ganzen Nachmittag erfolglos recherchiert und telefoniert hatte. »Aber er sollte einfach in diesem Alter Kontakt mit anderen Kindern haben. Mit *denen* muss er lernen zu spielen, nicht mit mir.«

Maddie goss sich Wein nach. »Es muss doch irgendwo einen Platz für ihn geben.«

Es klingelte an der Haustür. Weil Maddie sich nicht rührte, lief ich rasch hin, bevor noch mal geklingelt wurde. Theo war gerade erst eingeschlafen und würde wahrscheinlich wach werden. Und das wegen irgendeinem Lieferservice für nebenan.

Miles stand vor der Tür.

»Überraschung!«, sagte er fröhlich. »Hoffentlich störe ich nicht. Ich war gerade in der Nähe und dachte, ich könnte doch mal nach meinen beiden Lieblingsjungs schauen. Und meinem

Lieblingsmädel natürlich. Hi, Maddie.« Als Miles hereinkam, hielt er eine Tüte vom Spielwarenladen hoch. »Das hier ist aber nur für einen von euch.«

In der Tüte befand sich eine elektronische Feuerwache – aus der Verpackung ging klar hervor, dass dieses Ding blinken, surren und piepen würde. Theo würde es toll finden, aber in einem kleinen Haus wie unserem würde mich das Teil zum Wahnsinn treiben. »Danke, Miles. Aber Theo ist bereits im Bett.«

»Was, jetzt schon?« Miles sah enttäuscht aus. »Ich wollte es ihm so gern selbst geben. Es ist doch erst kurz nach sieben …«

»Er hat heute keinen Mittagsschlaf gehabt«, erwiderte ich leise, damit Theo oben nichts hörte. »Und es war für uns alle ein langer Tag.«

»Theo wurde aus dem Kindergarten ausgeschlossen, und Pete hat verzweifelt versucht, Ersatz zu finden«, erklärte Maddie.

»Was?«, rief Miles empört aus. »Ausgeschlossen? Wieso das denn?«

»Er hat einen anderen Jungen, Zack, mit einem Becher auf den Kopf gehauen.«

»Aber Theo ist doch erst zwei, um Himmels willen!«

»Genau das habe ich auch gesagt.« Aus dem Babyfon war jetzt ein langer Schrei zu hören. Miles' Ausruf hatte Theo aufgeweckt.

»Was meinst du, sollen wir ihn runterholen?«, fragte Maddie.

Ich schüttelte den Kopf. Es gab einen festen Ablauf fürs Zubettgehen: Mummy zeigen, was wir heute gemacht hatten, baden, Milch trinken, stille Zeit, Gutenachtgeschichte. Wenn das jetzt durcheinanderkam, mussten wir noch mal von vorn anfangen. Und außerdem würde Theo dann lernen, dass er wieder aufstehen durfte, wenn er nur laut genug schrie.

»Ist doch eine Ausnahme«, sagte Miles liebenswürdig. »Er könnte sein Geschenk sehen.« Dann bemerkte Miles meinen Gesichtsausdruck. »Oder doch lieber nicht. Lieber weinen lassen. Euer Erziehungsstil und so.«

»Also, wir lassen ihn nicht einfach …«, begann ich, aber Miles schnippte plötzlich mit den Fingern.

»Ich bin dumm! Theo braucht doch gar keinen Kindergarten. Wir könnten unser Kindermädchen teilen!«

Maddie und ich warfen uns einen Blick zu. »Bist du sicher?«, fragte Maddie.

Miles nickte. »Na klar, das ist doch die ideale Lösung. Theo und David können Zeit zusammen verbringen, und das wird David guttun. Vielleicht macht er durch den Kontakt mit einem anderen Kind sogar Fortschritte.«

»Dann sollten wir aber über die Kosten sprechen«, sagte ich, aber Miles machte eine wegwerfende Handbewegung.

»Lass mal. Das können wir immer noch klären, wenn der Schadensersatz bezahlt wird. Es wird uns eine Freude sein, Theo bei uns zu haben.«

»Aber wir müssten ein paar Grundregeln festlegen.«

»Welche denn?«

»Also … wie viel Zeit das Kindermädchen in jedem Haushalt verbringt zum Beispiel.«

»Ach so?« Miles schaute sich erstaunt um. »Ich meine, du willst doch arbeiten, oder? In einem Raum mit einem Kindermädchen und zwei Zweijährigen wird dir das wohl kaum gelingen. Aber klar, sag einfach, wenn du an dem Arrangement etwas ändern möchtest. Das funktioniert ja gut zwischen uns, nicht? Wie du in deinem Artikel geschrieben hast – dem ersten, meine ich. Dialog und Kompromisse.«

»Ich empfinde das als gute Lösung«, erklärte Maddie. Ihr Vorgreifen ärgerte mich. Sie hatte wahrscheinlich gespürt, dass mir Miles' Vorschlag nicht gefiel und ich mir überlegte, wie man sich entziehen könnte. Oder dass ich zumindest noch in Ruhe darüber nachdenken wollte.

»Und ihr könntet David häufiger sehen«, fügte Miles hinzu und schaute zwischen uns beiden hin und her. »Das wollt ihr doch, oder?«

»Natürlich«, sagte ich überrascht.

»Es ist nur, dass …« Miles blickte zu Boden. »Ich bin hier, um meinen Sohn zu sehen. Aber mir ist schon aufgefallen, dass ihr …« Er verstummte.

»Aber so ist es nicht!«, rief Maddie aus, während ich zeitgleich sagte: »Natürlich wollen wir David sehen!«

Ein Schweigen entstand, durchbrochen von weiterem Schreien aus dem Babyfon. »Ich glaube, wir haben auf eine Einladung gewartet«, fügte ich dann hinzu.

»Das müsst ihr nicht«, erwiderte Miles. »Schaut einfach vorbei. *Mi casa es su casa.* Jedenfalls: Jetzt könnt ihr David immer sehen, wenn ihr Theo vorbeibringt. Ich sage Lucy Bescheid, dass ihr morgen kommt.«

37

PETE

»Du hast noch nicht mit Miles geredet, oder?«, flüsterte Maddie.

Wir lagen im Bett und hörten Theo nebenan quengeln, obwohl er hundemüde sein musste und wir die ganze Einschlafprozedur noch einmal durchgezogen hatten, angefangen bei der Milch. Oder, genauer gesagt: *Ich* hatte sie durchgezogen. Maddie hatte die nächste Flasche Rotwein aufgemacht und mit Miles geplaudert, während ich oben versuchte, die Gutenachtgeschichte so langweilig und einschläfernd wie möglich vorzulesen. Als Miles endlich weg war, stellte ich die leere Weinflasche demonstrativ am Mülleimer zu den anderen, die Maddie in dieser Woche bereits geleert hatte, und sagte: »Ich geh schlafen. Theo wird um sechs wieder wach sein, und es war ein langer Tag.«

»Worüber denn?«, raunte ich jetzt zurück.

»Über Grenzen.«

»Doch, hab ich«, antwortete ich. »In der Kirche. Ich habe gesagt, dass dieses Arrangement nur gut gehen wird, wenn jedes Paar den Erziehungsstil des anderen akzeptiert. Miles war absolut damit einverstanden.«

»Aber ob er feinfühlig genug ist, um zu verstehen, dass er nicht ständig unangekündigt bei uns vor der Tür stehen soll?«

»Du hast doch den nächsten Wein aufgemacht«, erwiderte ich.

»Ich konnte schlecht mit dem Glas in der Hand rumstehen und Miles nichts anbieten.«

»Maddie …«, begann ich.

»Oje, ernste Stimme. Was hab ich jetzt verbrochen?«

»Du trinkst ziemlich viel Alkohol.«

»Ich weiß. Es entspannt mich eben.« Ihre Stimme klang gepresst.

»Nicht weil du … unglücklich bist?«

»Großer Gott, nein! Nur weil ich einen stressigen Job habe und Wein mir beim Abschalten hilft.«

»Okay. Aber du sagst mir, wenn …«

»Halt mir keine Vorträge, Papa Pete. Nicht jetzt jedenfalls. Nimm mich lieber in den Arm. Wir hatten seit Ewigkeiten keinen Sex.«

Weil du nie wolltest, hätte ich beinahe gesagt. *Außer wenn du betrunken bist.* Aber ich hielt natürlich den Mund, weil das die Stimmung verdorben hätte. Und weil ich Sex nicht ablehne, wenn er ausnahmsweise mal angeboten wird. Auch wenn er nur dazu dienen soll, einen zum Schweigen zu bringen. Und wenn nebenan ein Kind quengelt und ich Sex schöner finde, wenn beide nüchtern sind.

Ich begann Maddies Hals zu liebkosen, was sie gern mag, schob ihr T-Shirt hoch und küsste ihre Schultern und ihr Dekolleté.

»Wenigstens mag Theo Michaela«, sagte Maddie. »Es wird sicher gut gehen.«

Ich streifte zärtlich mit der Nasenspitze ihre Nippel.

»Und wenn es nicht funktioniert, steht er ja auf der Warteliste für den anderen Kindergarten. Irgendwas wird auf jeden Fall klappen.« Maddie gähnte. »Ich glaube, ich will jetzt doch lieber schlafen. Bin zu erschöpft. Ich hoffe, es macht dir nichts aus?«

38

PETE

Am nächsten Morgen setzte ich Theo ins Auto und fuhr nach Highgate. Die Fahrt quer durch die Stadt war lang und anstrengend, ich stand immer wieder im Stau vor Schulen, wo Eltern ihre Kinder absetzten. Samstags brauchte man für die Strecke höchstens zwanzig Minuten, während der Stoßzeit offenbar doppelt so lang.

Lucy öffnete uns. Sie trug eine elegante Designerjeans und eine knielange Strickjacke und sagte herzlich: »Pete! Wie schön, dich zu sehen. Hallo, Theo.«

»Is Moles da?«, fragte Theo hoffnungsvoll.

Lucy lachte. »Nein, er muss arbeiten, wie das bei Daddys so ist.« Sie unterbrach sich. »Entschuldige, Pete. Ich wollte nicht …«

»Kein Problem. Und bist du wirklich sicher, dass dieser Plan euch recht ist? Ich möchte euch nicht zur Last fallen.«

»Das tust du ganz und gar nicht. Ich finde die Idee großartig. Tania hat schon für beide Jungs fettfreien Kuchen gebacken. Kommt rein, dann stelle ich euch vor.«

»Tania?«, sagte ich verwundert, als ich Lucy in die Küche folgte.

»Das Kindermädchen. Tania, das sind Theo und sein Papa Pete.«

Am Aga-Herd stand eine dunkelhaarige junge Frau, die sich jetzt sofort zu uns umdrehte. Rasch stellte sie das Backblech ab, das sie in den Händen hielt, und zog einen Ofenhandschuh aus, um mich zu begrüßen. »Ich freue mich, Sie kennenzulernen«, sagte sie formvollendet, mit französischem Akzent, und machte sogar einen kleinen Knicks.

Ich sah Lucy an. »Aber Michaela war doch euer Kindermädchen, oder nicht?« Um Theo bei Laune zu halten, hatte ich während der Fahrt mit ihm überlegt, welche verrückten Spiele Mika wohl heute mit ihm machen würde.

»Wir mussten sie leider entlassen. Miles war sehr wütend auf sie.«

»Wieso, was hat sie denn gemacht?«

»Er kann es nicht ausstehen, wenn die Mädchen dauernd am Handy hängen. Sie werden schließlich dafür bezahlt, auf David aufzupassen. Und Miles will auch nicht, dass sie den Kaffeeautomaten benutzen. Sie haben Nescafé und Internetzugang in ihrem Zimmer und können sich in ihrer Freizeit dort aufhalten. Letzte Woche hat er auf Video gesehen, wie Michaela Cappuccino trank und durch die Social Media scrollte. Deshalb musste sie natürlich gehen.«

»Ihr habt eine Überwachungskamera?«

Lucy nickte. »Das braucht man schon, oder? Miles sagt, man muss beaufsichtigen, dass die Mädchen nach Vorschrift arbeiten.«

Ich schaute mich in der Küche um, sah einen teuren Cappuccino-Automaten, aber keine Kamera. Miles musste sie gut versteckt haben.

»Du hast es gehört, Theo«, sagte ich leichthin. »Benimm dich gut, du wirst beobachtet.«

Im Spielzimmer ging ich neben David in die Hocke, ein wenig befangen. »Hi, David.«

Er wandte den Kopf und sah mich an. Maddies Augen, die

gleiche Form und Farbe, aber ohne die lebendige vielfältige Ausdruckskraft. Dann schaute er wieder weg.

»Und, was machst du so, David?«, fragte ich sanft. Keine Reaktion.

»Ich habe Theo mitgebracht, damit ihr spielen könnt.« Das schien ihn irgendwie zu erschrecken, aber Theo kam auch gerade auf mich zugestürmt. Ich strich David über das blonde Haar, das so fein war, dass ich seine Knochen darunter spürte, ganz anders als bei Theos schwarzem Lockenschopf.

»Ich hol dich um halb zwölf wieder ab«, sagte ich zu Theo, als ich mich aufrichtete. »Und denk dran: schön spielen und immer abwechseln.«

»Du musst dich nicht so beeilen«, erklärte Lucy. »Das lohnt sich ja gar nicht für dich. Theo kann doch mit uns essen und auf dem Rückweg im Auto Mittagsschlaf machen.«

Auf der Rückfahrt fiel es mir schwer, mich zu konzentrieren, der Verkehr strengte mich an. Es war viel entspannter gewesen, Theo zu Fuß zum Kindergarten zu bringen. Aber ich musste auch dauernd an David denken, der in diesem riesigen Zimmer saß, umgeben von zahllosen Spielsachen, mit denen er nichts anfangen konnte. Er wirkte so passiv, so verschlossen. Ein Kind wie ihn übersah man bestimmt leicht, vor allem, wenn ein Energiebündel wie Theo in der Nähe war.

Weil unser Haus so klein ist, haben wir uns angewöhnt, Sachen auf dem Dachboden zu verstauen, sobald Theo nicht mehr damit spielt. Ich ging hinauf und suchte aus einem Karton Bilderbuchklassiker heraus, an denen Theo mit anderthalb viel Spaß gehabt hatte. Einige Pop-ups und Bücher mit Spielelementen nahm ich auch noch mit.

Als ich Theo nachmittags abholte, zeigte ich die Bücher Lucy. »Theo schaut die nicht mehr an, aber vielleicht gefallen sie David.«

»Er kann mit Büchern bisher nicht so viel anfangen«, sagte sie zweifelnd.

»Natürlich nicht«, erwiderte ich geduldig. »Aber vielleicht mag er es, wenn ich vorlese.«

Ich ging ins Spielzimmer und setzte mich auf den Boden.

»Schau mal, David«, sagte ich sanft und hielt *Wir gehen auf Bärenjagd* hoch. Er drehte den Kopf und blickte auf das Buch. Theo hätte es mir sofort aus der Hand gerissen und entweder durch die Gegend geworfen, wenn er es langweilig fand, oder mich im anderen Fall so lange damit gehauen, bis ich daraus vorlas. David dagegen streckte eine Hand aus und berührte es vorsichtig mit den Fingerspitzen.

Ich schlug es auf. *»Wir gehen auf …«*

»Miiiiuuuuu!« Theo kam hereingerannt, in jeder Hand eine Lego-Rakete. Tania folgte ihm auf dem Fuße.

»Hi, Theo. Ich wollte David gerade vorlesen. Magst du auch zuhören?«

»Miiiuuu-miiiuuu.« Theo zertrümmerte beide Raketen an meinen Kopf.

»Tania, könntest du bitte mit Theo in ein anderes Zimmer gehen und die Raketen wieder mit ihm zusammenbauen? Ich möchte David diese Geschichte vorlesen.«

»Natürlich. Komm, Theo.« Die beiden verschwanden wieder.

»Wir gehen auf Bärenjagd«, begann ich und blätterte die Seite um.

Weil David aufmerksam zuzuhören schien, las ich noch zwei weitere Bilderbücher vor. Als wir bei *Lieber Zoo* angelangt waren, streckte David eifrig die Hand aus, weil er die Pappteile umklappen wollte, hinter denen Tiere zum Vorschein kamen.

»Ende«, las ich schließlich und schlug das Buch zu. Ich hatte alle Tierlaute vorgeführt. Nur mein Löwe klang eher wie ein schnurrendes Kätzchen, weil ich David nicht erschrecken wollte.

»Das war ja *wundervoll*«, hörte ich plötzlich Lucys Stimme. »Absolut wundervoll!«

Ich blickte auf und sah, dass sie mich mit dem Handy filmte. »Du bist ein wahres Wunder, Pete«, fügte sie hinzu.

39

PETE

»Du bist ein wahres Wunder, Pete«, sagte Maddie trocken, als wir telefonierten.

Ich lachte. »Na klar. Aber woher weißt du das?«

»Lucy hat ein Video auf Facebook gepostet. Von dir, wie du David vorliest. Man hört ihre Stimme im Hintergrund.«

Es war gerade mal vier Uhr nachmittags. »Das ging ja schnell.«

»Sie muss sich wahrscheinlich beschäftigen, während das Kindermädchen Pause macht.«

»Selbiges sah übrigens ziemlich verstört aus nach der Zeit mit Theo. Und Mika ist nicht mehr da. Die Neue heißt Tania.«

»Wie ist sie?«

»Scheint okay zu sein«, antwortete ich zurückhaltend. »Theo nennt sie ›Tanner‹.«

»Na, das Ganze soll ja auch nicht auf Dauer sein. Ich muss los, meine Sitzung fängt gleich an.« Maddie zögerte und fügte dann hinzu: »War übrigens eine schöne Szene, wie du David vorgelesen hast. Ich hätte euch gern beide in den Arm genommen.«

Um halb sechs klingelte es an der Haustür. *Lieferservice oder Miles*, fragte ich mich.

Es war Miles.

»Diesmal bin ich früher von der Arbeit aufgebrochen«, verkündete er gut gelaunt, als er hereinkam. »Ich hoffe, das ist okay. Ah! Da bist du ja, Großer. Noch nicht im Bett, wie ich sehe.«

»Aber demnächst«, sagte ich. Theo saß im Schlafanzug auf dem Sofa und schaute den Kinderkanal.

»Keine Sorge, ich werd ihn nicht aufdrehen. Ich setze mich nur ein Weilchen ganz still dazu. Hier, für euch.« Miles reichte mir ein quadratisches Päckchen.

»Du musst uns nicht immer etwas schenken«, sagte ich mechanisch.

»Du hast uns doch diese ganzen Bücher gebracht«, erwiderte Miles. »Nur eine kleine Geste der Dankbarkeit.«

Ich öffnete die Schachtel. Sie enthielt einen iBaby-Monitor, eines dieser teuren Geräte mit Kamera.

»Das Ding ist super, ich habe das auch für David angeschafft. Mit WLAN, Kugelmikrofon, Nachtsichtmodus … angeblich soll der Feuchtigkeitssensor einem sogar Bescheid geben, wenn die Windel nass ist. Aber das braucht ihr ja bei Theo wahrscheinlich nicht mehr.«

Ich nahm das Gerät aus der Schachtel. Es war glatt und kugelförmig, die Kamera sah wie ein Auge aus, das sich in alle Richtungen drehen konnte. »Das ist natürlich toll, Miles … aber diese Bücher standen schon lange auf dem Dachboden.«

»Euer Babyfon stammt doch aus grauer Vorzeit. Ich habe das Ding hier schon für euch eingerichtet – ihr müsst nur euren WLAN-Schlüssel eingeben, dann läuft alles. Wirklich nicht der Rede wert. Und Lucy hat davon geschwärmt, wie toll du heute mit David zurechtgekommen bist. Sie hat mir einen Link zu dem Video geschickt.«

»Hat mir Freude gemacht«, sagte ich schulterzuckend.

»Theo sah ziemlich gekränkt aus, als du ihn einfach so weggeschickt hast.« Miles setzte sich aufs Sofa und wuschelte Theo durch die Haare. »Armes Kerlchen.«

»Theo bekommt ganz viel Zuwendung.«

»Er ist es aber nicht gewöhnt, dich zu teilen, oder?« Miles zog seine Krawatte aus und steckte sie in die Sakkotasche. »Man hat gemerkt, dass er – wie sagt man – sich deshalb ein bisschen aufgeführt hat. Was schaust du denn heute, Theo?«

»Bosbote Bat.«

»Ah, Postbote Pat, den *liebe* ich! Weißt du, dass ich den als Kind auch schon geschaut habe? Bestimmt kenne ich die Folge!«

Miles schaute immer noch mit Theo fern, als Maddie nach Hause kam. Theo war inzwischen schläfrig geworden und lehnte sich an Miles, den Daumen im Mund.

»Hi, Maddie«, raunte Miles und strahlte sie an. »Unser Junge ist müde.«

»Das sehe ich«, erwiderte sie in normaler Lautstärke, ging zum Kühlschrank und nahm eine Flasche Wein heraus.

»Möchtest du ihn ins Bett bringen und vorlesen?«, fragte ich.

Maddie nickte. »Gleich. Ich trink nur rasch ein Glas. Anstrengenden Tag gehabt.«

»Ich mach das«, sagte Miles sofort.

»Nein, das ist wirklich …«, begann ich, aber er ließ mich nicht ausreden.

»Du bleibst hier und machst es dir mit Maddie gemütlich. Ihr habt euch ja sicher den ganzen Tag noch nicht gesprochen. Ich lese Theo seine Geschichte vor und gehe dann sofort.«

»Gehe dann sofort« klang gut. Mein Tag war auch anstrengend gewesen. »Okay. Danke.«

Miles lud sich den schweren schläfrigen Theo auf die Arme, der sich widerstandslos nach oben tragen ließ.

Der Gedanke war absolut bizarr. Aber als ich zusah, wie Miles mit Theo auf den Armen die Treppe hinaufstieg, musste ich an einen Bräutigam denken, der seine Braut über die Schwelle trug.

»Wieder *Mi casa es su casa?*«, fragte Maddie, als die beiden in Theos Zimmer waren.

Ich nickte.

»Und was ist das?« Sie deutete auf den iBaby-Monitor.

»Ein internetfähiges Babyfon mit Kamera. Geschenk von Miles.«

»Na, du beklagst dich ja schon ewig über unser altes.«

»Stimmt. Das ist sehr großzügig von ihm.« Ich zögerte. »Lucy hat mir heute erzählt, dass Miles Michaela gefeuert hat, weil sie gegen Regeln verstoßen hat. Was er mit einer versteckten Überwachungskamera beobachtet hat.«

»Hört, hört, Miles kennt Regeln?«, bemerkte Maddie sarkastisch.

Ich nickte. »Und zwar sind das erstaunlich strenge. Wer sich bei den Lamberts einen Fehler erlaubt, ist offenbar sofort weg vom Fenster.«

Maddie trank einen Schluck und füllte ihr Glas auf. Das machte sie seit einiger Zeit immer so, war mir aufgefallen: trinken und sofort fast bis zum Rand nachgießen, damit ihr Glas nie leer war. »Und?«

»Miles sagt, er hat das Gerät schon eingerichtet, wir müssten nur den WLAN-Schlüssel eingeben. Vielleicht bin ich übervorsichtig, aber …«

Maddie blieb einen Moment still. »Du meinst, er ist technisch so fit, dass er es hacken könnte?«, sagte sie dann.

»Dafür muss man technisch nicht besonders versiert sein. Schau.« Ich gab ein paar Worte in eine Suchmaschine ein und zeigte Maddie das Ergebnis. Auf die Frage *Kann man Baby-Monitor leicht hacken?* gab es über zehntausend Einträge, und der Konsens war eindeutig *Ja.* »Aber wenn du mich paranoid findest, sag es mir ruhig.«

»Nein, das finde ich nicht«, sagte Maddie langsam. »Ich meine, Miles sagt sich vielleicht, das ist ja mein Sohn, wieso soll ich ihm nicht beim Schlafen zugucken. Aber es muss Grenzen geben, nicht wahr? Wenn er runterkommt, werde ich das ansprechen. Und auch das Thema mit Ostern. Das muss jetzt passieren.«

»Er schläft.« Miles kam lächelnd die Treppe herunter. »Gott, sieht er friedlich aus, wenn er die Augen zu hat. Wie ein kleiner Cherub.«

»Aber auch nur dann«, erwiderte Maddie trocken. »Übrigens, Miles …«

»Ja?«

»Wir wollten ein paar Dinge mit dir besprechen. Ich kann mir leider vor Ostern nicht freinehmen, ich habe bei der Arbeit zu viel zu tun. Und einer meiner Brüder kommt mit seiner Familie am Ostersamstag aus Australien. Für eine Nacht hin und her zu fahren ist natürlich nicht drin.«

»Gar kein Problem«, erklärte Miles munter. »Bringt sie einfach mit. In dem Haus ist Platz für zehn Leute, wir bringen alle unter.«

»Aber du willst doch bestimmt lieber deine eigenen Freunde mitnehmen.«

Miles' Lächeln erstarb. »Wie gesagt: Bring deinen Bruder und seine Familie mit. Es war schließlich eure Idee, diese Sache mit

Ostern. Das Haus ist gebucht und bezahlt, ich kann das nicht mehr rückgängig machen.«

Maddie warf mir einen fragenden Blick zu. »Ich dachte, man könne es problemlos absagen?«

»Nein, kann man nicht.« Miles klang verstimmt.

»Miles, es ist mein Fehler«, warf ich ein. »Ich hätte früher Bescheid sagen müssen. Aber Maddie kann ihre Familie so selten sehen …«

»Gut.« Er machte eine schneidende Handbewegung. »Maddie kann hierbleiben und ihren Bruder treffen. Und du und Theo, ihr kommt nach Cornwall.«

»Aber wir wollen Ostern doch zusammen verbringen«, wandte Maddie ein. »Und mein Bruder will Theo natürlich auch sehen.«

»Tja, wie sollen wir das dann regeln?«, erwiderte Miles. »Ich will auch mit Theo zusammen sein.«

Er sah in diesem Moment exakt wie sein Sohn aus, wenn er seinen Willen nicht bekam – wutentbrannt und trotzig, die Unterlippe schmollend vorgeschoben. Und unwillkürlich sagte ich im selben Tonfall, wie wenn ich mit meinem Zweijährigen sprach: »Man kann eben nicht immer alles kriegen, was man will.«

In derselben Sekunde wurde mir klar, wie herablassend das klang. Aber Miles ließ mir keine Zeit, um mich zu entschuldigen.

»Das ist wahr, Pete. Das ist wahr.« Er klang plötzlich seltsam fern und tonlos, als spräche er mit sich selbst.

Im nächsten Moment war er verschwunden, und ein eisiger Windstoß fuhr durch die offen stehende Tür in unser kleines Wohnzimmer.

40

Fall Nr. 12675/PU78B65, Anlage 21:
E-Mail von Justin Watts, Anwaltskanzlei Fox Atkins,
an Peter Riley

betreff: Ihre Rechtssache

Sehr geehrter Mr. Riley,
hiermit möchte ich Ihnen mitteilen, dass ich Ihr Entschädigungsgesuch eingereicht habe und mir der Eingang bestätigt wurde. Ich informiere Sie, sobald es Neuigkeiten gibt.

Mit freundlichen Grüßen
Justin Watts
Anwaltskanzlei Fox Atkins

41

PETE

Mir war ziemlich unbehaglich zumute, als ich am nächsten Morgen zu den Lamberts fuhr. Miles' Stimmung am Vorabend war so abrupt umgeschlagen, die Freundlichkeit plötzlich wie weggeblasen gewesen. Ich befürchtete, dass er ernsthaft gekränkt war. Maddies Äußerung war zwar richtig gewesen, ich selber hatte mich nur darum gedrückt, das endlich zur Sprache zu bringen. Aber ich bereute meine taktlose Bemerkung.

Dann sagte ich mir, dass es zumindest einen Vorteil hatte, wenn es jetzt zu einem Konflikt kommen würde: Wir konnten einmal alles gründlich durchsprechen und Details regeln. Festgelegte wöchentliche Besuchszeiten oder zumindest die Abmachung, dass man sich per Handynachricht ankündigte und nicht einfach vor der Tür stand. Mir wurde jedenfalls zunehmend klar, dass man mit Miles sehr behutsam umgehen musste, wenn wir unser gutes Verhältnis weiter pflegen wollten.

Aber er war gar nicht zu Hause, und Lucy wirkte wie immer freundlich und leicht nervös. »Oh, hallo, Pete«, sagte sie, als sei sie erstaunt, dass es mir gelungen war, pünktlich um neun Uhr da zu sein. »Hallo, Theo. Schön, dass ihr hier seid.«

Ich hatte eine alte Aktivitätsdecke von Theo mitgebracht, auf der es einen Marienkäfer, einen Frosch, eine Raupe zum Quietschen und eine Spinne unter einem Blatt zu entdecken gab. Nachdem ich David auf die Decke gesetzt hatte, las ich ihm aus *Die kleine Raupe Nimmersatt* vor, während er Trauben aß, die Tania für ihn halbiert hatte. Als das Buch zu Ende war, legte ich es hinter mich und sagte sanft: »Siehst du hier irgendwo eine kleine Raupe, David?« Er schaute auf die Decke, ich deutete auf die Raupe und ließ sie quietschen. David lachte, und in diesem Moment wurde mir klar, dass ich ihn noch nie zuvor hatte lachen sehen. Sein kleines Gesicht wirkte plötzlich so strahlend und verändert, dass von seiner Beeinträchtigung gar nichts mehr zu spüren war. Er sah einfach aus wie ein kleiner Junge, der sich freut.

»Quiek, quiek!«, machte ich. »Hab immer noch Hunger! Will Trauben!«

Ich spielte, dass die Raupe eine Traube fraß. »Quiek, quiek! Das heißt ›danke‹ in der Raupensprache.«

»Du kannst so toll mit ihm umgehen«, bemerkte Lucy.

»Er ist auch so lieb.«

»Miles meint, David wird bestimmt musikalisch, wenn er erwachsen ist. Weil er sensibel ist und so aufmerksam zuhört.«

Ich nickte und versuchte mich zu erinnern, ob Maddie und ich jemals darüber geredet hatten, wie Theo wohl als Erwachsener sein würde. Aber vielleicht kam man bei einem Kind mit Beeinträchtigung unwillkürlich auf solche Gedanken.

»Ach, übrigens, Lucy …« Ich strich David sachte über den Kopf und stand dann auf.

»Ja?«

»Hat Miles irgendetwas wegen gestern Abend gesagt? Kann sein, dass ich ein bisschen taktlos war.«

»Gestern Abend?«, fragte sie verwundert. »Ich wusste gar nicht, dass ihr euch gestern getroffen habt. Wart ihr zusammen was trinken? Er hat nichts davon gesagt, als er nach Hause kam. Und heute Morgen, muss ich gestehen, habe ich noch geschlafen, als er aus dem Haus ging. Miles bricht gerne früh zur Arbeit auf, gleich nach dem Joggen.«

»Ach, ich mache mir wahrscheinlich zu viele Gedanken. Ich schreib ihm später mal.«

Um die Mittagszeit ging ich auf Facebook. Lucy und Tania waren mit den Kindern im Zoo, und Lucy hatte schon etliche Bilder gepostet – Theo am Pinguinbecken, Theo beim Streicheln einer Schlange, Theo neben einem Giraffenbein. David saß im Kinderwagen, deshalb gab es von ihm weniger Fotos.

Das Problem bei dieser Betreuung war natürlich, dass Theos Sozialverhalten sich nicht verbessern würde, wenn er ständig mit einem Kind zusammen war, das in der Entwicklung zurücklag. Er würde sich eher im Gegenteil daran gewöhnen, die ungeteilte Aufmerksamkeit von zwei Erwachsenen zu bekommen. Und ich wollte lieber nicht darüber nachdenken, wie sich die begrenzten Sprachkenntnisse des Kindermädchens auf Theos verzögertes Sprechen auswirken würden. Das Ganze konnte wirklich nur eine kurze Übergangslösung sein.

Ich fürchtete allerdings, dass Miles und Lucy das anders sahen. Was mich zu der Frage brachte, wie lange es wohl dauern würde, bis die Entschädigung vom Krankenhaus ausgezahlt würde. Danach würden wir hoffentlich die Kinderbetreuung wieder selbst organisieren können.

Der Rest der Woche verging ohne Zwischenfälle und auch ohne Kontakt mit Miles. Ein erfreulicher Nebeneffekt des Arrangements war, dass ich mich jetzt nicht mehr um ein Kostüm für den Welttag des Buches kümmern musste. Und ich empfand eine gewisse Genugtuung, als ich beim Biogemüsestand im Supermarkt eine der Mütter aus dem alten Kindergarten traf und in ihrem Wagen ein *Wo ist Walter?*-Kostüm entdeckte. Die Frau hieß Sally Russell und war eine der treibenden Kräfte hinter der Gruppe gewesen, die ich insgeheim immer die »Übermütter« genannt hatte. Diese Truppe hatte ständig giftige Bemerkungen darüber abgelassen, dass Vollzeitväter nichts von Kindererziehung verstünden.

»Wie hübsch«, sagte ich mit Blick auf das Kostüm. »Harry wird süß darin aussehen.«

Sally lief rot an. »Ich hatte vor, ihm ein Mauskostüm zu nähen, aber Harry wollte nicht. Und das hier kostet nur sieben fünfzig.«

»Ja, da fragt man sich doch nach der Herkunft, oder? Langärmliges T-Shirt, Hose *und* Mütze für den Preis? Ist das Fairtrade-Baumwolle?« Ich spähte auf die Packung. »Oh. Polyester. Kambodscha. Das ist natürlich schlecht.«

Es war natürlich gemein von mir, das so auszukosten, aber ich wusste eben, dass Sally das umgekehrt genauso gemacht hätte. Und in der nächsten Sekunde holte sie auch schon zum Gegenschlag aus.

»Wie geht's denn dem armen kleinen Theo?«, fragte sie, die Stimme triefend vor falschem Mitgefühl. »Wir waren alle sehr betroffen über den Ausschluss. Wo habt ihr ihn jetzt untergebracht?«

»Es geht ihm prima. Wir haben eine gute Lösung gefunden, wir teilen uns mit«, ich stockte einen Moment, »… Freunden ein Kindermädchen.«

»Ach, toll. Wahrscheinlich war Theo einfach noch nicht reif für diese Gruppe, oder?«

»Ja, wahrscheinlich«, pflichtete ich ihr bei. Ihre niederträchtigen Kommentare tangierten mich gerade überhaupt nicht. Das fühlte sich sehr gut an, weil ich wusste, dass Sally sich über meine auf jeden Fall ärgerte. »War nett, dich zu sehen.«

Als ich mich abwandte, sagte sie plötzlich: »Hast du von dieser Sache mit Jane Tigman gehört?«

Ich drehte mich um. »Nein, was denn?«

»Sie wurde auf dem Rad abgedrängt, ist gestürzt und hat sich das Bein gebrochen.«

»Wie denn abgedrängt?«

Sally schüttelte den Kopf. »Sie kann sich an nichts erinnern. Meint, es war eher ein Auto als ein Bus, ist aber nicht sicher. Das Fahrzeug hat wohl ihr Hinterrad gestreift, scheinbar vorsätzlich, und da ist sie gestürzt. Zum Glück hatte sie Zack schon zum Kindergarten gebracht, sonst wäre er auch auf dem Rad gewesen.«

»Das ist ja furchtbar«, sagte ich. Jane hatte zwar Theos Rauswurf bewirkt, tat mir aber dennoch leid. »Sag ihr gute Besserung von mir, ja?«

42

MADDIE

Ich überarbeite im Büro gerade das Budget für einen Werbespot – der Kunde hat beschlossen, dass er zwanzig Prozent weniger kosten soll, aber nicht weniger gut aussehen darf –, als mich Ingi vom Empfang anruft.

»Maddie, hier sind zwei Leute vom National Health Service, die dich sprechen möchten.«

»Okay«, sage ich langsam. »Haben wir einen Raum frei, wo ich in Ruhe mit denen reden kann?«

»Der Surfer ist frei. Ich schick sie dahin, ja?« Unsere Sitzungsräume sind allesamt nach erfolgreichen Werbespots benannt, was die Kunden immer beeindruckt.

Das muss mit unserer Schadensersatzklage zu tun haben, aber ich verstehe nicht, wieso die ohne Termin hier auftauchen. Ist das irgendwie ein Hinterhalt, damit ich mich nicht vorbereiten kann? Oder läuft das hierzulande immer so? Ich beschließe, mich erst mal nicht aufzuregen, solange ich nicht weiß, worum es geht.

Ein Mann und eine Frau erwarten mich, beide in Anzügen und mit offenem Kragen. Der Mann, der jünger ist, hat einen aufgeklappten Laptop vor sich, die Frau, klein und stämmig, blättert in einem dicken Aktenordner.

»Hallo, ich bin Maddie Wilson. Sie möchten mich sprechen?«

Die Frau antwortet. »Ja. Ich bin Grace Matthews, das hier ist Thomas Finlay. Wir sind von der Rechtsabteilung des NHS.«

Ich setze mich. »Es geht sicher um unsere Schadensersatzklage.«

Grace Matthews nickt und schiebt ihre verrutschte Brille zurecht. »Zunächst einmal möchten wir Ihnen versichern, dass der NHS Fälle wie den Ihren sehr ernst nimmt. Wir arbeiten mit den Privatkliniken zusammen, um genau nachzuvollziehen, was passiert ist.«

Jetzt nicke ich. »Ja, das ist gut.«

»Es kann allerdings eine Weile dauern, wundern Sie sich also bitte nicht, wenn Sie länger nichts von uns hören.«

»Okay.«

»Für die Ermittlungen benötigen wir Zugang zu Ihren Patientenakten.« Grace Matthews nimmt ein Formular aus dem Ordner und schiebt es mir zu. »Dazu müssten Sie hier diese Einverständniserklärung unterschreiben.«

Ich betrachte das Formular. »Das sollte sich wohl unser Anwalt vorher ansehen.«

»Sicher, wenn Sie das wünschen.« Grace Matthews klingt überrascht. »Es ist aber ein Standardformular, das bei allen Klagen gegen Kliniken unterzeichnet werden muss.«

Ich überlege rasch. »Gut, einen Moment bitte. Ich gehe nur kurz nach draußen und rufe unseren Anwalt an.«

»Lesen Sie mir doch bitte den Text vor«, sagt Justin Watts, als ich ihn erreiche. Nach den ersten Zeilen unterbricht er mich. »Das ist in Ordnung. Ist Standard-Prozedere bei solchen Fällen.«

»Heißt das, die dürfen auch Einsicht in meine Akten aus der Psychiatrie nehmen?«

»Ja, aber da wir auf Schmerzensgeld wegen psychischer Schäden klagen, sind sie für unseren Fall nützlich, nicht hinderlich.«

Das behagt mir gar nicht. Ich hatte bislang nicht daran gedacht, dass meine Psychose bei unseren Forderungen eine

Rolle spielen könnte. Denn ich hätte vermutlich genauso reagiert, wenn ich nicht mit Theo, sondern mit David nach Hause gekommen wäre. Aber jetzt können wir nicht mehr vom Pfad abweichen. »Okay, danke.«

Ich gehe in den Sitzungsraum zurück. »Der Anwalt ist einverstanden.«

»Gut.« Grace Matthews reicht mir einen Stift. Während ich unterschreibe, fragt sie beiläufig: »Wie wird Theo jetzt eigentlich betreut? Von Ihrem Partner?«

»Nein, wir teilen uns mit Freunden ein Kindermädchen. Warum?«

»Hat mich nur interessiert«, antwortete Grace Matthews, als sie ihren Stift wieder einsteckt.

43

PETE

»Hey, Pete.« Miles klang freundlich und munter.

»Miles. Hi«, sagte ich vorsichtig. Wir hatten uns nicht mehr gesprochen, seit er an diesem Abend so abrupt verschwunden war.

»Und, funktioniert der Babymonitor?«

»Prima, danke.« Ich hatte ihn gar nicht in Betrieb genommen. Die Vorstellung, dass Theo von diesem Gerät beobachtet und belauscht werden sollte, war mir unheimlich. Außerdem war unser Haus so klein, dass man ihn sowieso sofort hörte, wenn er weinte.

»Super. Hör mal, ich habe ein Anliegen an dich. Wie hieß gleich die Krankenschwester, die Theo auf der NICU betreut hat? Die Irin, die immer wirkte, als sei sie scharf auf dich?«

»Du meinst sicher Bronagh Walsh. Aber die war nicht scharf auf mich.«

Miles lachte. »Wenn du meinst …«

»Warum willst du das wissen?«

»Für den Anwalt. Er stellt eine Liste mit den Leuten aus der Klinik zusammen, mit denen wir in Kontakt kamen, für die Ermittlungen.«

Ich horchte auf. »Was für Ermittlungen denn?«

»Na, man muss doch ermitteln, wie es überhaupt zu der Vertauschung kam. Normalerweise gibt es ja Vorkehrungen, um so etwas zu verhindern, aber die haben in unserem Fall nicht funktioniert. Deshalb will der NHS herausfinden, was da abgelaufen ist. Ist doch gut, oder? Damit sich das nicht wiederholt.«

Mein Unbehagen wurde immer größer. »Aber man will das doch wohl hoffentlich nicht den Schwestern in die Schuhe schieben, oder? Bronagh war nämlich fantastisch.«

»Wenn du meinst, Pete … aber irgendwer hat was vermasselt, nicht wahr?«

»Ja, sicher«, gab ich beklommen zu. »Solange niemand Bronagh zum Sündenbock macht …«

»Die zweifellos nicht scharf auf dich war, keine Frage. So oder so – muss jetzt los.«

»Miles …«, sagte ich noch.

»Ja, Pete?«

»Zwischen uns ist alles klar, oder? Dich bedrückt nichts, oder?«

»Was soll denn sein?«

»Na ja, wir haben einige Tage nichts voneinander gehört. Und bei unserem letzten Treffen habe ich mich wahrscheinlich nicht so klug verhalten. Ich war müde, und irgendwie …«

Miles lachte erneut. »Ah, der gute alte Pete. Macht sich immer Sorgen über andere. Natürlich ist zwischen uns alles klar. Ich habe nur gerade bei der Arbeit alle Hände voll zu tun. Sag dem Großen alles Liebe, hörst du? Und dass es schade ist wegen Ostern, aber wir sehen uns bald.«

»Was möchtest du denn an Ostern machen, wenn wir es jetzt nicht mit den Lamberts verbringen?«, fragte Maddie abends.

Ich öffnete den Kühlschrank und nahm ein Bier heraus. »Na, Ostereiersuche ist wohl unerlässlich, oder? Es gibt eine im Hampstead Heath. Und in Forty Hall findet ein Lämmerwochenende statt, es wird Theo guttun, Tiere zu erleben. In der

Kirche sollten wir uns wohl auch ein paarmal blicken lassen, als neue Schäfchen von Reverend Sheilas Gemeinde.«

»Wie wär's, wenn wir für Samstagabend Freunde einladen?«

»Gute Idee. Greg und Kate haben wir Ewigkeiten nicht gesehen.«

»Und sie kennen Sophie von der Arbeit, oder? Ich wollte sie und Richard schon eine ganze Weile einladen. Zum Abendessen?«

»Passt. Wer kocht?«

Maddie streckte sich. »Wenn du den Hauptgang übernimmst, mach ich den Nachtisch.«

»Geht klar.«

»Gott, wie wunderbar, ein bisschen freizuhaben. Die letzte Zeit war so anstrengend mit diesem ganzen Miles-Lucy-Thema, oder? Wir brauchen dringend mal ein bisschen Zeit für uns.«

44

MADDIE

Es ist wunderbar, endlich mal wieder Freunde bei uns zu empfangen. Sophie und Richard haben einen Babysitter, aber Greg und Kate bringen Lily und Alfie mit, die wir in unser Bett legen. Als das Essen fertig ist, sitzen wir dicht gedrängt am Tisch, trinken Wein, essen und unterhalten uns angeregt, hauptsächlich über unsere Kinder. Kate hat wie ich früh angefangen, wieder zu arbeiten, Greg ist zu Hause geblieben, und ich genieße es, zur Abwechslung mal auf Verständnis zu stoßen, anstatt ständig verurteilt zu werden. Als Pete und Greg mit den Feinschmeckermenüs wetteifern, die sie für die Kleinen kochen – »Letzte Woche hab ich Arancini-Bällchen aus Risotto-Resten und Panko-Bröseln gemacht und war nicht mal zimperlich mit Chili-Flocken« –, wirft Kate mir einen vielsagenden Blick zu und verdreht die Augen, worauf ich in meinen Wein pruste.

Irgendwann lehnt Greg sich zurück und sagt: »Ich wollte dich schon länger mal fragen, Pete – hattest du nicht vor einer Weile auf DadStuff mal etwas über eine inspirierende Story gepostet?«

»Ja, stimmt.« Pete schaut mich fragend an. »Wir können doch jetzt darüber reden, oder nicht?«

»Warum nicht«, antworte ich schulterzuckend.

Danach erzählt Pete – leise, falls Theo noch wach ist – die ganze Geschichte und wie wir nun mit den Folgen umgehen. Er ist ein guter Erzähler, wahrscheinlich von Berufs wegen: Die Fakten werden strukturiert dargestellt, und er verliert sich nicht in Nebensächlichkeiten. Aber die Freunde hätten wohl ohnehin wie gebannt gelauscht. Und als ich alles noch mal von Anfang an höre und die verblüfften Gesichter unserer Freunde sehe, wird mir wieder so richtig bewusst, wie außergewöhnlich die ganze Situation ist.

»Und wie sind diese beiden denn?«, fragt Kate, als Pete endet. »Versteht ihr euch?«

»Also«, beginnt Pete, »da haben wir eben großes Glück gehabt. Sie sind wirklich nett. Und legen auch großen Wert darauf, dass wir alle das gut hinkriegen.«

»Ich finde sie ein bisschen seltsam«, bemerke ich.

Pete wirft mir einen warnenden Blick zu. Ich merke die Wirkung des Alkohols, aber ich muss schließlich nicht mehr fahren.

»Ich meine, Pete hat schon recht«, füge ich hinzu. »Sie sind wirklich engagiert. Aber ich empfinde es als Erleichterung, mal eine Pause von ihnen zu haben, ehrlich gesagt. Sie wollten, dass wir alle zusammen über Ostern verreisen. Es ist mir gelungen, uns da rauszulavieren, aber … ich will's mal so sagen: Sie sind echt anstrengend.«

»Eure Situation erinnert mich an die Anlage-Umwelt-Diskussion«, meint Richard nachdenklich.

Pete nickt. »Das hat Miles auch gesagt.«

Ich sehe ihn forschend an. »Wann war das?«

»Als wir zusammen Bier trinken waren«, antwortet Pete. »Ich dachte, ich hätte dir davon erzählt … Miles sagte, es wird interessant sein zu sehen, ob Theo so erfolgreich wird wie er oder weniger wettbewerbsorientiert, weil er bei uns aufwächst. So ähnlich hat Miles das jedenfalls ausgedrückt.«

Ein kurzes Schweigen entsteht. »Das ist aber eigentlich beleidigend, oder nicht?«, äußert Sophie schließlich.

»Hört sich ziemlich arschlochmäßig an, finde ich«, fügt Richard stirnrunzelnd hinzu.

»Na ja, wir haben schon ziemlich unterschiedliche Vorstellungen von Erfolg«, beginnt Pete, als es plötzlich an der Tür klingelt.

Im ersten Moment denke ich: *Das ist er.* Dann entspanne ich mich. Das kann schließlich gar nicht sein, die Lamberts sind in Cornwall, und selbst wenn nicht, würde Miles viel früher kommen, wenn er Theo sehen will. »Ich schau mal nach«, sage ich und stehe auf.

Doch es *ist* Miles. Mit Lucy. Beide lächeln mich erwartungsvoll an, als ich die Tür aufmache. Miles trägt einen dunkelblauen Blazer und verwaschene Jeans. In einer Hand hält er eine Flasche teuer wirkenden Wein, in der anderen eine Einkaufstüte.

»Ich dachte mir, wir stellen uns selbst vor«, erklärt er strahlend. Ich bin so verdattert, dass ich wortlos beiseitetrete und die beiden einlasse. Miles schaut sich um. »Hier ist ja echt was los.«

Pete findet seine Stimme wieder. »Miles. Wir dachten, ihr seid in Cornwall.«

»Alleine hatten wir da keine Lust drauf.« Miles winkt Richtung Tisch. »Hallo allerseits.«

»Ach ja, genau.« Pete nickt, etwas übertrieben. »Miles und Lucy.«

»Sie sind bestimmt Maddies Bruder«, sagt Miles zu Richard und streckt die Hand über den Tisch.

»Ich bin Richard«, erwidert er verwirrt. »Meine Frau ist eine Kollegin von Maddie.«

Miles' Lächeln verblasst, und er wendet sich mit fragendem Blick zu Greg.

»Wir kennen Pete und Maddie aus der NICU«, erklärt Greg.

Miles sieht mich an. »Wo sind denn dein Bruder und seine Familie?«, fragt er ruhig. In seinen Augen liegt ein unheimliches Leuchten, wie bei einer Raubkatze vor dem Sprung.

»Sie sind nicht hier.«

»Warum nicht?«

Ich zögere keine Sekunde. »Ihr Flug hat Verspätung.«

»Welche Fluglinie?«, fragt Miles bedrohlich leise.

»Wir hatten keine Lust auf den Aufenthalt in Cornwall«, sage ich jetzt aufgebracht. »Es war eine Ausrede, okay?«

Ein beklemmendes Schweigen tritt ein. Dann schüttelt Miles den Kopf. »Nein, das ist nicht okay, Maddie. Das ist ganz und gar nicht okay.« Seine Stimme klingt so tonlos und fern wie bei seinem letzten Besuch hier, gefährlich ruhig.

»Hör zu, Miles …«, beginnt Pete. Miles wendet sich ihm ruckartig zu.

»Nein, Pete, ich höre nicht zu. Ich habe mich weiß Gott um Freundschaft bemüht, für meinen Sohn, aber …« Er schaut in die Runde. »Also, rückt mal zusammen. Zwei weitere Leute zum Essen.«

Das nächste unangenehme Schweigen macht sich breit. An unserem kleinen Tisch kann man nicht weiter zusammenrücken.

Ich hole tief Luft. »Miles, Lucy. Es ist immer schön, euch zu treffen, aber das ist kein guter Zeitpunkt. Wir ihr seht, haben wir Gäste.«

»Gäste«, wiederholt Miles. »Und die sind wichtiger als die Eltern von dem kleinen Jungen, der da oben schläft?«

»So ist das nicht …«, widerspricht Pete.

»Sind wir euch nicht gut genug, oder wie?«, redet Miles weiter. »Weil wir nicht in den Medien arbeiten oder Drogen nehmen oder den Scheiß-*Guardian* lesen?«

»Großer Gott«, murmelt Sophie nervös. »Ich kann nicht fassen, was ich da höre.«

»Du solltest jetzt gehen«, sage ich entschieden zu Miles.

»Ja, Miles.« Lucy flüstert beinahe, und als Miles zu ihr herumfährt, zuckt sie leicht zusammen. Es ist nur eine winzige Bewegung, kaum merklich, aber mir schießt ein Gedanke durch den Kopf: *Sie hat Angst vor ihm.* »Lass uns heimfahren.«

»Gebt das hier Theo«, sagt Miles in den Raum hinein und zieht ein riesiges Osterei aus der Tasche, das er auf den Tisch stellt.

Mir wird plötzlich bewusst, dass wir auch etwas für David hätten besorgen sollen. Wir hätten sicher irgendeine Alternative zu Schokolade gefunden. Aber wir haben keinen Gedanken darauf verschwendet.

Den Wein stellt Miles auch auf den Tisch und wendet sich Lucy zu. »Los, lass uns aus diesem Dreckloch verschwinden.«

45

Fall Nr. 12675/PU78B65, Anlage 23:
E-Mail von Peter Riley an Miles Lambert

Miles,
nach einem Tag Abstand finden Maddie und ich, dass wir beide mit der Situation gestern Abend nicht gut umgegangen sind. Wir hätten auf jeden Fall nicht diese Ausrede mit Maddies Bruder erfinden dürfen. Hoffentlich kannst du verstehen, dass wir das nur getan haben, um dich und Lucy nicht zu kränken. Wir vier haben uns in letzter Zeit sehr häufig gesehen, was alles in allem schön war, aber Maddie und ich brauchten auch mal ein wenig Zeit für uns.

Außerdem wurde uns klar, dass es ein Versäumnis war, nicht schon viel früher mit euch grundsätzliche Regeln für diese sehr spezielle Situation auszuarbeiten. Unser aller Bemühungen, freundlich und entspannt damit umzugehen, sollten auf alle Fälle untermauert sein durch Vereinbarungen über Besuchszeiten, Verantwortlichkeiten, Mitsprachemodalitäten für Erziehungsmethoden und dergleichen. Und wir sollten uns alle darauf einigen, welche Ausdrucksweise akzeptabel ist und welche nicht.

In vielerlei Hinsicht sehen wir es als Vorteil an, dass jetzt harte Worte gefallen sind und die Luft wieder rein ist. Denn so funktioniert das ja in Familien, nicht wahr – man streitet sich, und dann versöhnt man sich. Und wir sind eine Art Familie, wenn auch eine sehr außergewöhnliche.

Was meint ihr – wollen wir uns darauf einigen, um unserer Kinder willen den gestrigen Abend zu vergessen und einen Neuanfang zu machen? Es gibt so viele positive Elemente an dieser Situation, auch wenn beide Seiten sich sehr bemühen müssen, sie möglichst reibungslos zu gestalten.

Herzliche Grüße
Pete und Maddie

46

MADDIE

Petes E-Mail finde ich viel zu versöhnlich. Ich bin immer noch stocksauer darüber, wie Miles und Lucy uns den Abend ruiniert haben, und Pete musste seine ganze Überredungskunst einsetzen, um mich davon zu überzeugen, dass es sich lohnt, diese Beziehung aufrechtzuerhalten.

»Denk doch an David«, sagte er ruhig. »Denk an unseren leiblichen Sohn, der in diesem riesigen Haus sitzt mit einem Vater, der ihn quasi ignoriert, weil er nie ein Sportass sein wird. Willst du wirklich unseren Sohn im Stich lassen, nur weil sich jetzt herausstellt, dass Miles schwieriger ist, als wir vermutet hatten? David braucht mehr Größe von seinen Eltern, Mads.«

An diesem Punkt war ich in Tränen ausgebrochen und hatte Pete gesagt, er könne schreiben, was er wolle. Ich habe das Pete nie erzählt, aber manchmal schaue ich mir im Büro dieses Video auf Facebook an, in dem Pete David vorliest. *Das ist die Familie, die ich hätte haben können. Hätte haben sollen.* Natürlich liebe ich meine jetzige Familie, finde den Gedanken aber dennoch berechtigt. Pete wirkt so entspannt und natürlich mit David, genau richtig in dieser Rolle. Wenn Pete also recht hat und eine gelassene besänftigende E-Mail jetzt vonnöten ist, um das Verhältnis mit den Lamberts zu klären, dann müssen wir diesen Preis eben bezahlen.

Unsere Freunde waren verständlicherweise schockiert von dem Erlebnis. »Das ist nicht nur ein Arschloch, sondern auch ein Psycho«, lautete Richards Kommentar, den ich zutreffend finde. Wie üblich versuchte Pete, beiden Seiten gerecht zu werden – »Miles ist eben so. Er fährt mal aus der Haut, aber dann ist auch alles schnell wieder vergessen.« Doch sogar Pete gab zu, dass Miles sich absolut bizarr benommen hatte.

Und er war im Übrigen keineswegs »aus der Haut gefahren«. Das hatte ich am seltsamsten gefunden – die kalte Ruhe, mit der er uns Beleidigungen an den Kopf geschleudert hatte.

Aber ich veranlasste Pete immerhin dazu, aus der ersten Fassung der Mail Sätze herauszunehmen, in denen er sich ausführlich dafür entschuldigte, dass wir nicht mit nach Cornwall gefahren waren. Ich wies ihn darauf hin, dass wir vorgeschlagen hatten, an Ostern *einen Tag* zusammen zu verbringen, kein verlängertes Wochenende, geschweige denn eine ganze Woche. Wenn wir uns in diesem Punkt nicht klar verhielten, würde Miles das Gefühl haben, dass er mit uns umspringen konnte, wie er wollte.

Und ich bestand auch auf dem Passus mit der Ausdrucksweise. Weil ich nicht zulasse, dass irgendein reicher aufgeblasener Fatzke mein Haus als »Dreckloch« bezeichnet.

Um vier Uhr nachmittags schicken wir die Mail ab. Miles reagiert nicht darauf, weder an diesem Abend noch am Ostermontag.

»Was soll ich morgen machen?«, fragt Pete mich beim Abendessen. »Theo wie üblich zu den Lamberts bringen oder ihn hierbehalten?«

»Oh Gott, keine Ahnung.« Ich überlege. »Na ja, wenn du ihn hinbringst, hättest du vielleicht die Möglichkeit, mit Lucy zu reden. Und rauszukriegen, wo *sie* eigentlich steht bei alldem.«

»Oder es gibt einen furchtbaren Krach. Falls Miles da sein sollte, meine ich.«

»Vielleicht ist ein furchtbarer Krach genau das, was wir jetzt bräuchten«, gebe ich zu bedenken.

»Hm. Vor Theo?«

Ich sehe Pete an. Er neigt zum Harmonisieren, auch wenn man vielleicht einmal deutlicher werden und wirklich schreien müsste. Andererseits hat er natürlich recht: Theo sollte nicht lernen, dass Erwachsene ihre Probleme lösen, indem sie sich anbrüllen – zumindest nicht, solange sein eigenes Verhalten noch so instabil ist. »Okay, behalten wir ihn einen Tag zu Hause«, schlage ich vor. »Damit ist es dann an Miles, sich zu melden.«

47

PETE

Theo blieb also zu Hause.

Gegen elf, als er gerade auf dem großen Zeichenblock, den wir speziell für Regentage aufbewahren, Dinosaurier malte, meldete sich mein Handy, und ich schaute aufs Display. *MILES LAMBERT.* Ich nahm ab, auf alles Mögliche gefasst. »Hallo?«

»Pete, mein Guter, was ist los?«, hörte ich Miles' Stimme, munter und fröhlich. »Ist was mit Theo?«

»Nein, es geht ihm gut, danke. Warum?«

»Lucy hat mir geschrieben, dass ihr heute früh nicht erschienen seid.«

»Ja, stimmt«, sagte ich vorsichtig. »Weil du unsere E-Mail nicht beantwortet hast, waren wir nicht sicher, ob ihr Theo heute erwartet.«

»Aber selbstverständlich. Das war doch die Abmachung. Tagsüber bei uns, abends bei euch.«

»Ich glaube nicht, dass wir das als Abmachung bezeichnet hatten, Miles«, erwiderte ich stirnrunzelnd.

Schweigen.

»Hast du die E-Mail gelesen?«, fragte ich.

»Ja. Also die ersten Zeilen zumindest. Ich fand sie ein bisschen lang, offen gestanden, habe aber schon verstanden, was ihr sagen wollt. Alles klar, Entschuldigung akzeptiert, Schnee von gestern. Und ganz ehrlich, ich habe wohl auch ziemlich vorschnell reagiert.«

Ich holte tief Luft. »Miles, wir müssen das klären.«

»Okay, ist geklärt. Alles wieder gut. Wann könnt ihr Theo nach Highgate bringen?«

»Das muss ich noch überlegen«, entgegnete ich entschieden. »Heute jedenfalls nicht mehr, und was morgen angeht … Schau, es ist so, wir sind einfach nicht sicher, ob dieses Arrangement mit dem Kindermädchen wirklich gut ist für Theo. Langfristig, meine ich.«

Wieder trat ein kurzes Schweigen ein. Dann sagte Miles mit der fernen tonlosen Stimme, die mir inzwischen unangenehm vertraut war: »Überlege lieber nicht zu lange, Pete.«

Dann war die Leitung tot.

Als Maddie nach Hause kam, erstattete ich ihr Bericht. »Das fühlt sich immer an, als lege man einen Schalter bei Miles um. Und wenn man zurückschaltet, ist alles wie vorher.«

Maddie nickte. »Ich glaube, Lucy hat auch Angst vor ihm.«

Wie auf Stichwort klingelte es an der Haustür. Wir sahen uns an. »Wenn man vom Teufel spricht«, sagte ich leise.

Als ich aufmachte, war ich fest entschlossen, diesmal nicht nachzugeben.

Doch als der Mann vor der Haustür seinen Regenschirm anhob, sah ich, dass es sich nicht um Miles, sondern um Don Maguire, den Privatdetektiv, handelte. Er hielt mir einen dicken weißen Umschlag hin.

»Ich muss Ihnen das hier aushändigen.« Als ich den Umschlag entgegennahm, fügte Maguire hinzu: »Tut mir leid, dass es nicht funktioniert hat.« Und damit wandte er sich ab und marschierte in den Regen hinaus.

Beunruhigt ging ich ins Haus zurück und öffnete den Umschlag. Er enthielt ein dickes Bündel Dokumente, die obersten

Blätter, auf denen ich Miles' Namen sah, waren vom Regen leicht feucht.

»Was ist das?«, fragte Maddie.

»Weiß nicht genau. Macht aber gar keinen guten Eindruck.« Nervös blätterte ich den Stapel Papiere durch. Ein Dokument mit dem Titel *Erklärung der Elternschaft.* Eine Fotokopie von Theos Geburtsurkunde. Irgendetwas über Mediation. Und mehrere unausgefüllte Formulare mit der Überschrift *Kopie für die Beklagten.*

»Das sind rechtliche Dokumente«, sagte ich fassungslos. »Mit einem Termin für eine Gerichtsverhandlung. Ich versteh das alles nicht. Miles hat nichts davon gesagt, als ich mit ihm gesprochen habe.«

Ich verstand diese Fachsprache überhaupt nicht, las verzweifelt Zeile für Zeile, um überhaupt zu begreifen, worum es ging. Auf einem Formular hatte Miles bei *Antragsteller* seinen Namen und seine Adresse eingetragen.

Darunter stand *Kind/Kinder, für die das Sorgerecht beantragt wird.* In diese Zeilen hatte Miles eingetragen:

1. David Leopold Lambert
2. Theo Riley

»Großer Gott.« Mir lief ein eisiger Schauer über den Rücken.

»Was ist?«, fragte Maddie alarmiert. »Geht es um Theo? Will er die Kinder doch tauschen?«

»Viel schlimmer«, sagte ich langsam. »Ich glaube, er versucht, beide zu kriegen.«

48

Fall Nr. 12675/PU78B65, Begrüßungsschreiben von CAFCASS-Mitarbeiterin Lyn Edwards, erhalten von Peter Riley und Madelyn Wilson

Sehr geehrte Ms. Wilson, sehr geehrter Mr. Riley,
CAFCASS, eine den Familiengerichten angegliederte Organisation, wurde gebeten, in Sachen Ihres/r Kindes/r mit Ihnen Kontakt aufzunehmen. Unsere Aufgabe ist es, die Familiengerichte mit notwendigen Informationen auszustatten, damit rechtlich über die Zukunft Ihres Kindes entschieden werden kann.

Uns ist bekannt, dass Sie sich gegenwärtig in einer schwierigen Lage befinden. Wir sind angehalten, für das Kindeswohl zu sorgen und darauf zu achten, dass vor Gericht im Interesse der Kinder gehandelt wird. Das bedeutet, dass ich Sie beide ausführlich zu Ihren Lebensumständen befragen muss. Zuerst werde ich telefonisch mit Ihnen darüber sprechen, ob es Ihrerseits Bedenken hinsichtlich des Kindeswohls gibt. Ich werde ebenso mit den anderen Parteien sprechen, die an diesem Verfahren beteiligt sind. Nach den Telefongesprächen werde ich das Gericht schriftlich darüber informieren, ob meines Erachtens eine Verletzung der Fürsorge- und Erziehungspflicht vorliegt, und falls dies der Fall sein sollte, welche Schritte eingeleitet werden müssten.

Falls Sie gegebenenfalls nicht einverstanden sein sollten mit meinen Empfehlungen für das Gericht, können diese Ihrerseits angefochten werden. Ich möchte Sie jedoch bitten, nach Möglichkeit vorher meinen Vorgesetzten oder mir selbst zeitnah mitzuteilen, falls Sie Einwände gegen meine Arbeitsweise haben, damit wir Ihre Belange rechtzeitig berücksichtigen können.

Mit freundlichen Grüßen
Lyn Edwards
Familiengerichtsberaterin

Fall Nr. 12675/PU78B65, Anlage 24: Post aus DadStuff.net

HILFE – SUCHE DRINGEND GUTE KANZLEI FÜR FAMILIENRECHT

HomeDad85
Brauchen dringend sofort gute Kanzlei für Familienrecht. Sind vorgeladen, erste Anhörung in drei Wochen. Haben einen Stapel juristischer Dokumente erhalten, und jemandem ist es gelungen, per Gerichtsbeschluss die Geburtsurkunde unseres Sohnes zu ändern, ohne dass wir davon erfahren haben. Auf dem Dokument ist aber eine Ziffer unserer Postleitzahl falsch, damit ist es doch bestimmt nicht rechtsgültig, oder?
Bitte um schnelle Antworten, sind außer uns vor Sorge!!

Graham775
Bestenfalls findest du jemanden, der sich gut auskennt mit der Website des Juristenverbands.

Onefineday
Geburtsurkunden kann man nicht ändern lassen. Da hat jemand ein Gericht davon überzeugt, dass du nicht der Vater von deinem TS bist. Aber wie haben die das geschafft?

Tanktop
Hab mit meiner Ex Prozess und CAFCASS-Prozedur durchgemacht. War grausam. Kann aber wärmstens empfehlen Anita Chowdry, Kinderanwältin bei Kanzlei Burnham Phillips. Teuer, aber jeden Penny wert.

Onefineday
»Kinderanwältin«, Tanktop? Wäre OP nicht mit Erwachsenem besser beraten?

49

MADDIE

»Das ist eine sehr ungewöhnliche Situation«, erklärt Anita Chowdry, nachdem sie den Papierstapel gesichtet hat. Sie scheint beeindruckt, sogar fasziniert von unserem Fall.

»Wir waren so wahnsinnig naiv«, sagt Pete kopfschüttelnd. »Ich kann einfach nicht fassen, wie blöd wir uns angestellt haben.«

»Na ja, jetzt seid ihr immerhin hier«, erwidert Anita trocken, die von Anfang an auf einen entspannten Umgangston Wert legt. »Soll ich euch zunächst mal erklären, wie die Antragsteller bis jetzt vorgegangen sind?«

Ich mag die Anwältin auf Anhieb. Sie wirkt lebhaft und kompetent und macht einen enorm selbstsicheren Eindruck, mitsamt Hijab und unüberhörbarem Südlondoner Akzent. »Ja, bitte.«

»Als Erstes haben sie beim Familiengericht Anerkennung der Elternschaft beantragt. Dazu musste ein gerichtlich bestellter Arzt eine DNA-Probe von Theo nehmen …«

»Moment mal«, fällt Pete ihr ins Wort. »Sie sind mit Theo zu einem Arzt gegangen? Ich dachte, sie haben diesen Trinkbecher dafür benutzt.«

Anita blickt auf das Dokument. »Der Arzt kam zu den Lamberts nach Hause. Das Gericht musste sicherstellen, dass keine Verwechslung vorliegen kann, deshalb wurde der Test wiederholt. Der Arzt brauchte nur einen Mundschleimhaut-Abstrich, den hat Theo vielleicht kaum registriert. Dann verlangten die

Lamberts die offizielle Anerkennung der Elternschaft und ließen danach Theos Geburtsurkunde neu ausstellen.« Anita hebt die Hand, als Pete wieder dazwischenreden will. »Durch die falsche Postleitzahl wurde die Vorladung nicht postalisch zugestellt, das war ein raffinierter Trick, aber es besteht nicht die geringste Aussicht, dass sie deshalb vom Gericht für ungültig erklärt wird. Die Lamberts wollten mit dieser Methode zeitlich im Vorteil sein.«

»Wir haben nichts geahnt«, murmelt Pete verstört. »Nicht das Geringste.«

»Da die Elternschaft der Lamberts nun rechtlich anerkannt ist, können sie auch das alleinige Sorgerecht für Theo gerichtlich einklagen.«

Pete stützt verzweifelt den Kopf in die Hände.

»Da war doch auch irgendein Dokument über Mediation dabei«, werfe ich ein. »Wir haben es nicht verstanden, aber es ging darum, dass man eine Mediation anstrebt, oder nicht?«

Anita nickt. »Ja, aber die hat bereits stattgefunden.«

Pete schaut ruckartig auf. *»Was?«*

»Sorgerechtantragsteller müssen sich laut Gesetz zu einem Mediationstreffen bereit erklären. Es ist jedoch nicht vorgeschrieben, dass sie die Gegenpartei auch tatsächlich persönlich treffen. Wenn sie Mediator oder Mediatorin davon überzeugen, dass bereits alle Möglichkeiten ausgeschöpft sind und weitere Gespräche ohnehin erfolglos wären, kann die Urkunde auch so unterzeichnet werden. Außerdem müsst ihr bedenken, dass Mediation vornehmlich für geschiedene Paare eingesetzt wird. Aber hier ziehen die Eheleute ja an einem Strang und haben vermutlich überzeugend dargestellt, wie entgegenkommend sie bereits gewesen sind – da ist es dann nicht so verwunderlich, wenn sie grünes Licht bekommen haben.«

Pete sackt wieder in sich zusammen, und mir wird klar, dass er alle Hoffnung auf die Mediation gesetzt hatte. Er ist eben fest davon überzeugt, dass man mit Vernunft und Gesprächsbereitschaft alles lösen kann.

»Das Gericht kann allerdings bei der Anhörung immer noch eine Mediation anordnen«, fügt Anita hinzu. »An eurer Stelle würde ich mir da aber keine allzu großen Hoffnungen machen. Das ist unüblich, wenn durch Zeitverzögerung potenziell Kindeswohlgefährdung droht.«

»Kindeswohlgefährdung?« Pete starrt die Anwältin an. »Bei Theo? Durch uns? Das ist doch ungeheuerlich!«

»Das Kinderschutzgesetz lässt hier eine breite Auslegung zu. Die Kläger haben Beispiele aufgeführt, die durchaus relevant sind. Einmal hast du, Pete, Theo in einer Shoppingmall verloren. Ein andermal hat er eine große Menge Salz geschluckt und musste in die Notaufnahme gebracht werden. Hier heißt es auch, es lägen Fotos von Blutergüssen an den Beinen vor …«

»Die hatte er vom Rugbyspielen mit Miles!«, protestiert Pete wütend.

»Gewiss«, sagt Anita ruhig. »Ich teile euch nur mit, was die Lamberts behaupten: dass die Blutergüsse entstanden, weil Pete Theo auf einer Kirchentreppe – vor Zeugen – mit körperlicher Gewalt zum Hinsetzen gezwungen hat. Ach so, ja, und sie verlangen ein beschleunigtes Verfahren wegen potenzieller Fluchtgefahr.« Anita schaut mich an. »Du bist australische Staatsbürgerin? Und Theo hat einen australischen Pass?«

Ich nicke. »Letzte Weihnachten waren wir bei meinen Eltern. Und da Pete und ich nicht verheiratet sind, war es einfacher mit einem australischen Ausweis für Theo.«

»Dann halte ich es für sehr wahrscheinlich, dass sie ihren Antrag auf Beschleunigung durchkriegen. Was ziemlich ungünstig ist, da sie ohnehin schon die Nase vorn haben.« Anita blättert in den Papieren. »Sie haben auch einen Antrag auf eine einstweilige Anordnung gestellt, dass ihr mit Theo nicht ins Ausland verreisen dürft, weil die in seinem Ausweis aufgeführten Eltern seit Änderung der Geburtsurkunde keine elterlichen Pflichten mehr haben.«

»Was soll das heißen?«, frage ich entsetzt. »Noch haben die das Sorgerecht für Theo doch gar nicht, sondern wir.«

Anita überlegt. »Habt ihr Pflegeelternstatus?«

»Wieso das denn?«, fragt Pete hilflos.

»Nun, das würde euch einen gewissen Schutz garantieren, wenn ihr offiziell ein Kind betreut, das nicht euer biologisches Kind ist. Es wäre günstig für euch, wenn jemand bei der Familienbehörde bereits beschlossen hätte, dass ihr das gut macht. Da ihr aber diesen Status nicht beantragt habt, können wir das leider nicht mehr für euren Fall nutzen.« Anita lehnt sich zurück. »Aus juristischer Sicht ist eure Situation wirklich äußerst vertrackt, muss ich sagen. Man kann im Zusammenhang mit Kindern alle möglichen gerichtlichen Anträge stellen, wenn man elterliche Aufsichtspflicht hat – und das wäre automatisch der Fall, wenn ein Kind seit drei Jahren bei euch lebt. Weniger Jahre zählen jedoch nicht. Da Theo aber zwei ist und ihr weder seine biologischen Eltern seid noch gesetzliche Vormundschaft habt, sieht es leider so aus, dass ihr keinerlei Rechte mehr an Theo habt.« Anita zieht ein anderes Papier aus dem Stapel. »Wenn die Antragsteller also beispielsweise verlangen, dass Theo weiterhin täglich bei ihnen zu Hause von ihrem Kindermädchen beaufsichtigt werden soll, könnt ihr nichts dagegen unternehmen.«

»Nur über meine Leiche«, knurrt Pete und ballt die Fäuste.

Anita betrachtet ihn. »An eurer Stelle würde ich mir sehr genau überlegen, welche Konsequenzen es haben könnte, wenn ihr euch nicht kooperativ zeigt«, sagt sie gelassen. »Wie ihr sicher schon mitbekommen habt, wird die Organisation CAFCASS bei dem Verfahren involviert sein – Leute aus der Sozialarbeit, die das Gericht entsprechend ihrer Einschätzung zum Wohl des Kindes beraten. Es kommt so gut wie nie vor, dass das Gericht sich nicht nach deren Empfehlungen richtet. Wenn die Antragsteller behaupten, dass ihr nicht im Interesse des Kindes handelt, und die zuständige Person von CAFCASS ihnen zustimmt, verschlechtert das eure Position vor Gericht.«

Pete schüttelt wieder den Kopf. »Dieses Kindermädchen ist eben gar nicht in Theos ›Interesse‹. Er muss mit Kindern auf seiner Entwicklungsstufe zusammen sein. Für ihn ist das schädlich, wenn er seine Tage mit einem beeinträchtigten Kind und einem Kindermädchen mit begrenzten Sprachkenntnissen verbringt.«

»Könnt ihr ihn denn nicht irgendwo unterbringen, wo er mit Gleichaltrigen zusammen ist?«

Pete zögert, seufzt dann. »Vorerst leider nicht. Er wurde aus dem Kindergarten verwiesen, weil er einen anderen Jungen geschlagen hat.«

»Und wo ist er heute?«

»Bei einer Nachbarin, die ihre Kinder zu Hause unterrichtet, aber die sind schon älter. Sie hat uns einen Gefallen getan, damit wir zu diesem Termin mit dir gehen konnten.«

»Also, ich rate jedenfalls dringend dazu, euch mit der CAFCASS-Beraterin abzustimmen, bevor ihr euch den Wünschen der biologischen Eltern widersetzt. Aber wenn Theo im Umgang mit anderen Kindern zu Gewalttätigkeit neigt, solltet ihr euch auf sehr unbequeme Fragen über euren eigenen Erziehungsstil gefasst machen.«

»Großer Gott«, murmelt Pete. »Ich kann einfach nicht glauben, dass das hier wirklich alles passiert.«

»Alles, was ich jetzt sage, hat nicht zu bedeuten, dass es den Lamberts gelingen wird, euch Theo wegzunehmen«, fügt Anita hinzu. »Die Gerichte tendieren bei Kinderschutzprozessen dazu, im Zweifelsfall lieber alles beim Alten zu lassen, wenn eine Veränderung dem Kind eher schaden würde. Euer Fall ist außergewöhnlich kompliziert, und das Gericht muss entscheiden, ob es für Theo besser ist, bei seinen biologischen Eltern zu leben. Hoffentlich wird man zu dem Schluss kommen, dass der Status quo für alle Beteiligten die beste Lösung ist.«

»Und so ist es auch«, bestätigt Pete. »Miles und Lucy waren übrigens auch dieser Meinung, bevor das ganze Chaos entstand.«

»Gibt es davon irgendwelche schriftlichen Zeugnisse?«

Pete schüttelt den Kopf. Wir haben die gesamten E-Mails auf Äußerungen durchforstet, mit denen wir beweisen könnten, worauf wir uns mit den Lamberts geeinigt hatten. Aber wir haben nichts Konkretes gefunden, nur freundschaftliche Floskeln.

»Wann haben die Lamberts die ersten juristischen Schritte gegen uns eingeleitet?«, frage ich.

Anita überprüft die Formulare. »Ungefähr vor zwei Monaten.«

»Siehst du?«, sage ich bedrückt zu Pete. »Vor zwei Monaten, also kurz nach unserem ersten Treffen mit ihnen.«

Er starrt reglos ins Leere.

»Und David?«, frage ich Anita. »Was bedeutet das alles für ihn?«

»Davids Fall liegt vollkommen anders. Die Lamberts verlangen die gerichtliche Erlaubnis, für David eine neu eingeführte spezielle Form von Vormundschaft, die sogenannte SGO, zu beantragen. Sollten sie die zugesprochen bekommen, haben sie die alleinige Entscheidung und können die Wünsche sämtlicher anderen Personen – einschließlich der biologischen Eltern, euch also – ignorieren. Es ist allerdings bislang nicht ersichtlich, ob die Lamberts nach dem Kinderschutzgesetz qualifiziert sind für diese Art von Vormundschaft – wie ihr wenige Ansprüche auf Theo habt, ist es bei ihnen mit David ebenso. Sie vertreten die Ansicht, dass sie angesichts seiner besonderen Bedürfnisse ohnehin quasi schon Vormund für ihn sind, und dass es deshalb für David das Beste sei, diesen Status auch rechtlich anzuerkennen. Auch hier wird der Bericht der Sozialarbeiterin ausschlaggebend sein.«

Mir wird schwindlig, aber ich versuche angestrengt, Ruhe zu bewahren. »Werden wir ihn weiterhin sehen dürfen? Falls die Lamberts ihre Vorstellungen durchsetzen können, meine ich?«

Anita studiert erneut die Papiere. »Eingeschränkt. Vom Gericht muss entschieden werden, ob die biologischen Eltern ausreichend auf die Bedürfnisse des Kindes eingehen können. Zu diesem Punkt haben die Lamberts eine schriftliche Stellungnahme eingereicht.« Anita liest vor. »*Die Beklagten haben grundsätzlich wenig Interesse an ihrem biologischen Sohn gezeigt. Sie haben ihn nur besucht, wenn sie darum gebeten wurden oder wenn sie den Sohn der Antragsteller zur kostenlosen Kinderbetreuung ablieferten. Davids Beeinträchtigung haben die Beklagten so wenig berücksichtigt, dass sie ihm einmal sogar Schokolade schenkten, was zu einem Krankenhausaufenthalt von David geführt hätte, wenn wir nicht rechtzeitig eingegriffen hätten. Sie brachten ihm nie Geschenke, abgesehen von alten Bilderbüchern vom Sohn der Antragsteller, die auf dem Dachboden gelagert worden waren. Von den Büchern stellte sich später heraus, dass sie von Schimmel befallen waren, was bei David eine Infektion der Atemwege auslöste, die im Krankenhaus behandelt werden musste. Da sich jedoch die Antragsteller darüber im Klaren sind, dass Gerichte im Interesse der Kinder auf Kontakt zu den biologischen Eltern Wert legen, bieten die Antragsteller den Beklagten die Möglichkeit an, David einmal im Monat zwei Stunden in einem öffentlichen Kinderkontaktzentrum unter Aufsicht von geschultem Personal zu treffen.*«

»Das gibt's doch nicht!«, ruft Pete aufgebracht aus. »Die haben alles verdreht! Die Schokolade haben wir mitgebracht, als wir noch gar nichts von Davids Beeinträchtigung wussten. Und ich schwöre, dass diese Bücher nicht schimmelig waren.« Er schnippt mit den Fingern. »Moment mal. Es gibt einen Beweis für unsere Fürsorge. Lucy hat ein Video von mir auf Facebook gepostet, in dem ich David vorlese. Und sie hat mich ein ›wahres Wunder‹ genannt, das hört man auf dem Video.«

Er holt sein Handy heraus und sucht auf der Facebook-Seite. Nach ein paar Minuten gibt er auf und sagt verzweifelt: »Sie hat es gelöscht.«

»Vermutlich eher Miles«, bemerke ich. »Er hat Zugang zu ihrem Facebook-Account.«

»Ich fürchte, mit derlei ist zu rechnen«, erklärt Anita. »Familiengerichte funktionieren buchstäblich nach ganz eigenen Gesetzen. Alles ist aufs Wohl des Kindes ausgerichtet, und da die Entscheidung am Ende nur bei einer einzigen Person liegt, misst man auch winzigen Details oft große Bedeutung bei. Aber ihr müsst nicht verzweifeln. Familiengerichte lassen sich auch nicht leicht blenden und sind gut darin, die Spreu vom Weizen zu trennen. Und wir werden für David die gleiche Argumentation anwenden: dass der Status quo für alle Beteiligten das Beste ist. Wenn wir dabei die CAFCASS-Leute hinter uns haben, ist es nicht unwahrscheinlich, dass das Gericht so entscheidet.«

Pete nickt. »Leuchtet ein. Wer auch nur das Geringste von Sozialarbeit versteht, wird diesen Unsinn hier doch durchschauen.«

»Ich möchte das aber nicht«, sage ich langsam.

Beide schauen mich an – Pete verblüfft, Anita besorgt.

»Wir müssen natürlich um Theo kämpfen«, spreche ich weiter. »Aber wir dürfen David nicht aufgeben. Ich glaube zwar, dass Lucy ihn auf ihre Art tatsächlich liebt, aber Miles … ich meine, dass Miles David eigentlich verabscheut. Meines Erachtens will Miles David nur behalten, weil Lucy das möchte, und wegen der etwaigen hohen Entschädigungszahlung. Und David ist *unser* Sohn. Ich werde nicht zulassen, dass er von so einem Mann großgezogen wird. Ich kann es gar nicht. Ich will auch um das Sorgerecht für David kämpfen.«

50

MADDIE

Pete starrt mich völlig entgeistert an, ich starre trotzig zurück.

»Das wird schwierig zu begründen sein«, sagt Anita ruhig. »Ihr müsst im Endeffekt alle juristischen Schritte der Lamberts ebenfalls einleiten – den Antrag auf Anerkennung der biologischen Elternschaft, auf das Sorgerecht *und* die Vormundschaft. Aber ihr seid acht Wochen im Rückstand – das heißt, die ersten Anhörungen zu Theo werden bereits stattfinden, wenn ihr gerade erst loslegt.«

»David ist mein Sohn«, wiederhole ich hartnäckig. »Ich kann ihn nicht diesem ... diesem *Monster* überlassen. Die ganze Zeit haben wir uns von Miles herumschubsen lassen. Damit ist jetzt Schluss. Da ist er bei uns an die Falschen geraten. Wenn er um beide Kinder kämpfen kann, dann können wir das auch.«

»Mads ...«, sagt Pete zögernd. »Bist du dir wirklich sicher? Vergiss nicht, welche aufwendige Betreuung David benötigt. Können wir das überhaupt leisten?«

Ich sehe ihn entschlossen an. »Ich weiß, dass dieser Wunsch von mir letztlich nicht fair ist, weil du als Hauptbetreuer natürlich die meiste Arbeit haben würdest. Aber vergiss nicht, dass wir die Entschädigung vom Krankenhaus bekommen werden, das wird eine Hilfe sein. Und selbst ohne diese Summe: Du bist ein toller Vater und ein fürsorglicher Mensch. Ich denke, dass du das schaffen kannst. Dennoch müssen wir die Entscheidung natürlich gemeinsam treffen. Wenn du das gar nicht willst, dann lassen wir es.«

Pete überlegt einen Moment und holt dann tief Luft. »Okay. Schlagen wir den Dreckskerl mit seinen eigenen Waffen. Uff, und das aus meinem Munde. Aber du hast recht. Wir müssen auch David retten.« Er sieht Anita an. »Gibt es noch etwas zu besprechen?«

»Das letzte Dokument hier ist ein Antrag auf Kindesunterhalt für David. Ihr könntet auch einen für Theo stellen, aber natürlich sind die Kosten für David wesentlich höher, inklusive einem Vollzeitkindermädchen.« Anita schaut auf. »Nach dem, was ihr mir über die Lamberts erzählt habt, vermute ich, dass sie auch noch die finanzielle Situation als Druckmittel benutzen wollen. Apropos: Wenn ihr das Sorgerecht für beide Kinder erstreiten wollt, wird das erheblich teurer werden, als wenn man für den Status Quo plädiert.«

»Wie viel würde das kosten?«, fragt Pete.

»Wenn der Fall unkompliziert läuft, zwischen fünfzehn- und zwanzigtausend Pfund, schätze ich. Aber meine Intuition sagt mir, dass es nicht unkompliziert verlaufen wird. Die Gegenpartei fährt jetzt schon schwerstes Geschütz auf und wird meiner Einschätzung nach jede Gelegenheit zu weiterer Eskalation nutzen. Da können die Kosten ins Unermessliche steigen.«

»Du arbeitest wohl nicht auf Erfolgsbasis«, mutmaßt Pete.

Anita schüttelt den Kopf. »Nein. Ich nehme dreihundert Pfund pro Stunde plus Mehrwertsteuer. Und ab dem Moment, in dem ihr mich beauftragt, muss ich wöchentlich bezahlt werden. Wenn ihr im Zahlungsrückstand seid, werde ich nicht mehr für euch tätig sein. Ich bedaure, wenn das gnadenlos klingt, aber wir sind nicht nur eine kleine Kanzlei, wir sind auch exzellent. Falls ihr eine zweite Hypothek auf euer Haus aufnehmen müsst, was viele unserer Mandanten machen, kann ich euch einen Kollegen empfehlen, der sich darum kümmern würde.«

Pete schaut mich an. »Da müssen wir wohl mit deinem Dad reden.«

An diesem Abend skype ich mit meinen Eltern, allein im Schlafzimmer. Pete ist unten. Wir wissen beide, dass mein Vater rechthaberisch betonen wird, er habe es von Anfang an gewusst.

Zu seiner Ehrenrettung muss ich sagen, dass er mir ruhig von Anfang bis Ende zuhört, ohne mich zu unterbrechen. Während ich berichte, fange ich an zu weinen, zum ersten Mal, seit die Papiere von den Lamberts eingetroffen sind. Pete und ich versuchen weiterhin positive Stimmung zu schaffen, versichern uns gegenseitig, dass man den Lügen der Lamberts vor Gericht keinen Glauben schenken wird. Aber jetzt, als ich die ganzen Ereignisse in meine eigenen Worte fassen muss, schluchze ich wie ein kleines Mädchen.

»Okay«, sagt Dad schließlich. »Und was ist jetzt der Plan?«

Ich lächle unter Tränen. Das war ein typischer Spruch aus meiner Kindheit und Jugend. *Und was ist jetzt der Plan, Madelyn*, wurde ich gefragt, sobald die Lage knifflig war. »Wir brauchen Geld«, antworte ich. »Wir wollen das Sorgerecht für beide Kinder einklagen.«

Dad bleibt eine Weile stumm. Dann sagt er: »Es gibt noch eine andere Option.«

»Und die wäre?«

»Pack einen Koffer für dich und Theo, buch einen Flug für morgen, und komm nach Hause.«

Ich schüttle den Kopf. »Das kann ich nicht machen. Außerdem haben die vor, uns das Reisen zu verbieten.«

»Das wird aber nicht vor der ersten Anhörung wirksam werden. Wenn du morgen losfliegst, ist das kein Problem. Und wenn du erst mal hier bist, können die nichts mehr unternehmen. Zur Not blockieren wir die gerichtlich, ich habe gute Anwälte. Und wenn Theo erst in Australien in die Schule geht, kann es nicht mehr in seinem Interesse sein, ihn hier wieder rauszureißen.«

»Und Pete?«, sage ich behutsam. »Was soll er machen?«

»Na ja, das liegt an euch beiden. Wenn er dich liebt, wird er dir folgen. Er gibt nicht gerade eine Spitzenstellung auf, oder?«

Einen Moment lang finde ich das wirklich verlockend. Dieses Chaos hinter mir lassen, zu meiner Familie am anderen Ende der Welt zurückkehren. Ich würde leicht eine Stelle in der Werbebranche finden, Pete wäre im Ausland, wie es sich für einen Reisejournalisten eigentlich gehört. Vielleicht könnte er sogar wieder für eine Zeitung arbeiten. Aber es geht einfach nicht.

»Ich kann David nicht zurücklassen«, sage ich. »Wenn ich nach Australien käme, würde ich deinen Enkel im Stich lassen.«

Dad zögert. Dann sagt er: »Du warst schon immer dickköpfig, Madelyn.«

Die Tränen fließen wieder heftiger. »Wie der Vater, so die Tochter, Dad. Leihst du uns das Geld?«

Er seufzt. »Ich bin Geschäftsmann, Mädchen. Und zwar ein beinharter. Wenn ich euch Geld leihe, verlange ich einen Gegenwert für meine Investition.«

Ich verstehe nicht, was er meint. »Was soll das heißen?«

»Einen Zeitrahmen, wie lange du noch in Großbritannien bleiben willst.«

Ich starre auf sein leicht verschwommenes Gesicht auf meinem iPad.

»Ich liebe dich«, fügt er hinzu. »Und ich vermisse mein kleines Mädchen. Ich vermisse dich ganz furchtbar.« Seine Stimme wird rau. »Ein Jahr halte ich das noch aus, aber dann will ich, dass du endgültig zurückkommst. Den Drückeberger, mit dem du in wilder Ehe lebst, kannst du von mir aus mitbringen, ich werd ihm einen guten Job in meiner Firma verschaffen, damit er sich nützlich machen kann. Das ist doch wohl nicht zu viel verlangt für mein Geld, oder?«

»Ich weiß, dass du mich liebst, Dad«, flüstere ich. »Hab ich immer gewusst.«

»Na, dann ist ja alles gut. Sag mir Bescheid, wie viel du brauchst, dann schick ich es rüber.«

Nach dem Anruf weine ich noch eine Weile, dann kühle ich mir die Augen mit kaltem Wasser und gehe nach unten.

»Wie ist es gelaufen?«, fragt Pete behutsam.

»Gut«, antworte ich knapp. »Wir nehmen eine zweite Hypothek aufs Haus auf.«

51

PETE

Am nächsten Morgen fuhren wir beide gemeinsam mit Theo zu den Lamberts. Wir hatten abends noch lange erörtert, ob wir ihn überhaupt hinbringen sollten, aber Maddie wandte völlig zu Recht ein, es sei Irrsinn, einer Anwältin dreihundert Pfund die Stunde zu bezahlen und dann deren Ratschläge zu missachten.

Ich war angespannt, fühlte mich aber klar und entschieden. Morgens war ich schon wach gewesen, noch bevor Theo zu uns ins Bett kam, und hatte mir diverse Szenarien durch den Kopf gehen lassen. Falls Miles zu Hause sein sollte, würde ich kalt, aber höflich sein, hatte ich mir vorgenommen. Auf gar keinen Fall sollte er den Eindruck bekommen, dass er uns Angst machen konnte.

Maddie und ich schwiegen im Auto, Theo brummelte hinten leise vor sich hin. Es hatte ihm überhaupt nicht gepasst, dass er am Tag vorher bei der Nachbarin sein musste. Wir hatten uns danach von ihr anhören müssen, dass er das geliebte Mondmodell ihres Sohnes durchs Zimmer getreten und kaputt gemacht hatte. Theo hatte den Bericht mitgehört und trotzig gesagt: »Will ins Haus von Moles.« Als wir uns jetzt der Villa der Lamberts näherten, erkannte Theo die Gebäude und begann zu trällern: »Haus von Moles! Haus von Moles! Ich mag Haus von Moles!«

»Moles ist nicht so nett, wie wir dachten«, sagte ich, damit er still war. Maddie warf mir einen warnenden Blick zu.

»Warum?«, wollte Theo wissen. »Warum, Daddy?«

»Lange Geschichte.«

Das brachte Theo zum Schweigen. Er mochte Geschichten, aber keine langen.

Als wir die Treppe zur Haustür hinaufgingen, musste ich an unseren ersten Besuch hier denken. Aber diesmal wurde uns nicht von Miles, sondern von Tania geöffnet.

»Guten Morgen, guten Morgen, Theo«, sagte sie mit ihrem starken Akzent. Im ersten Moment dachte ich, Lucy wolle uns absichtlich meiden, aber dann tauchte sie hinter dem Kindermädchen auf, wie immer elegant gekleidet.

»Hallo, Pete, hallo, Maddie. Schön, euch zu sehen. Und natürlich dich, Theo. Wollt ihr reinkommen?«

»Ja«, antwortete Maddie entschieden. »Ich möchte David sehen.«

»Natürlich. Er ist im Spielzimmer.« Lucy wies in den Flur.

Als Maddie vorausging, blieb ich etwas zurück und sagte: »Lucy …«

»Ja?«

»Wie kannst du dich nur benehmen, als sei nichts passiert?«, fragte ich leise. »Ihr verklagt uns.«

Ihr vages Lächeln blieb unverändert. »Das ist doch nur juristisches Zeug, nicht wahr? Ihr versteht das bestimmt. Miles meinte, wir müssten das ordentlich klären. Aber ich denke gar nicht über diese Sachen nach«, fügte sie nervös hinzu und deutete Richtung Spielzimmer. »Und du hast ja auch gesagt, wir sollten immer nett zueinander sein, was auch geschieht.«

»Das habe ich so *nicht* gesagt, Lucy. Und man kann es wohl kaum als *nett* bezeichnen, dass ihr uns unseren Sohn wegnehmen wollt.«

Das Lächeln erstarb, und Lucy sagte bedrückt: »Wärt ihr doch nur bei dem Schulthema offener gewesen. Und dann die Sache mit Cornwall. Miles … findet Fairness sehr wichtig. Er kann es nicht ausstehen, wenn Leute nicht ehrlich mit ihm sind.«

Ich starrte sie fassungslos an. »Das *Schulthema*? *Darum* geht es in Wirklichkeit? Miles treibt diesen ganzen Aufwand, damit er uns Theo wegnehmen und ins Internat stecken kann?« Ich stieß unwillkürlich ein kurzes höhnisches Lachen aus. »Nun, dazu wird es nicht kommen.«

»Miles sagt …« Jetzt flüsterte Lucy nur noch. »Ich bin sicher, die Dragon School wird euch gefallen, wenn Theo erst dort ist. In solchen Dingen hat Miles eigentlich immer recht. Und außerdem wurde die Entscheidung jetzt schon getroffen, nicht wahr? Wir haben die Elternschaft oder wie das heißt für Theo. Hat also keinen Sinn, sich weiter darüber aufzuregen. Möchtest du einen Tee?«

Ich seufzte. »Nein, ich möchte keinen Tee.«

Maddie kam zurück. »Gehen wir«, sagte sie aufgebracht und wischte sich Tränen von den Wangen.

Auf der Straße blieben wir stehen, zögerten den Moment hinaus, in dem ich ins Auto steigen und Maddie zur U-Bahn-Station gehen würde. »Unfassbar«, sagte ich kopfschüttelnd. »Einfach absolut unfassbar. Lucy kommt mir vor, als hätte Miles sie einer Gehirnwäsche unterzogen.«

»Nun, wer mit Miles Lambert verheiratet ist, muss wohl einen Treueschwur leisten«, erwiderte Maddie sarkastisch.

Mein Handy gab den Nachrichtenton von sich, und ich schaute aufs Display. »Wer ist das?«, fragte Maddie.

»Greg. Fragt, ob wir uns treffen wollen. Mach ich aber nicht, ich will über CAFCASS recherchieren.«

»Find ich gut. Bis heute Abend dann. Ich liebe dich.«

»Ich liebe dich auch.«

Maddie umarmte mich und küsste mich auf die Wange, dann marschierte sie los. »Ich wünsche dir einen schönen Tag«, rief ich ihr nach, obwohl ich wusste, dass sie den unter diesen Umständen wohl kaum haben würde.

Dann beantwortete ich die Nachricht von Bronagh.

52

Fall Nr. 12675/PU78B65, Anlage 26:
gelöschte Nachrichten aus Peter Rileys iPhone,
a) von Bronagh Walsh an Peter Riley und
b) Antwort von Peter Riley an Bronagh Walsh

Ich bin's, Pete. Du willst mich sicher nicht sehen, ist aber dringend nötig. Im St A alles am A …, ich bin beurlaubt, Ermittlungen laufen. Bitte treffen! x

Theo grade abgegeben. Um zehn in dem Sandwich-Café an der U-Bahn Great Portland Street?

53

Fall Nr. 12 675/PU78B65, Vorfallsbericht von Miles Lambert für CAFCASS als Anlage zur Klageschrift, S. 32–36

5. Am nächsten Tag brachten die Beklagten Theo zu uns, um wie üblich Gebrauch von unseren Räumlichkeiten und unserem Kindermädchen zu machen. Als meine Ehefrau Mr. Riley zu zivilisierten Umgangsformen während der juristischen Verfahren aufforderte, schrie er: »Ihr wollt uns unseren Sohn wegnehmen«, und zu unserer Entscheidung über Theos Schule: »Dazu wird es nicht kommen« (8.47, Videoaufzeichnung). Meine Frau bot höflich Tee an, der vehement abgelehnt wurde.

54

PETE

»Mein Beruf bedeutet mir alles. Echt alles. Ach, Mist, Make-up wieder im Eimer, zum x-ten Mal heute schon.« Bronagh wischte sich mit den Fingerknöcheln Tränen aus den Augenwinkeln.

»Und du bist auch so gut darin«, sagte ich. »Keine Ahnung, wie wir ohne dich diese ersten Wochen durchgestanden hätten. Das ist großes Unrecht, was das Krankenhaus dir antut.«

Bronagh sah mich gerührt an. »So bist du, Pete. Denkst immer zuerst an die anderen. Dabei ist das so viel schlimmer, was du durchmachen musstest.«

Ich zuckte mit den Schultern. »Bin vor anderthalb Jahren von meiner Zeitung entlassen worden, ich weiß, wie sich das anfühlt. Man glaubt, die eigene Arbeit wird von den Vorgesetzten wertgeschätzt, und dann wird man im Nu vor die Tür gesetzt, wenn die damit ihren Hals retten können.«

Bronagh nickte wehmütig. »Wie 'ne Freundin von mir immer sagt: Liebe deinen Job, aber erwarte nicht, dass er dich auch liebt.«

Ich rührte meinen Cappuccino um. »Aber *warum* haben sie dich beurlaubt? Ich sehe ja ein, dass man untersuchen muss, was damals passiert ist, aber weshalb gibt man *dir* die Schuld daran? Es waren immerhin zwei Babys, und du hast nur eines davon betreut.« Ich hoffte, Bronaghs Beurlaubung war nicht darauf zurückzuführen, dass ich Miles ihren Namen gesagt hatte. Aber da er über die nahezu magische Fähigkeit zu verfügen schien, überall seine Interessen durchzusetzen, war ich mir keineswegs sicher. Oder wurde ich allmählich paranoid, was Miles anging?

»Ja, klar. Paula ist auch beurlaubt.« Bronagh sah völlig fertig aus. »Eigentlich hätten sie das mit allen Schwestern von der Station machen können. Als Erstes haben sie nämlich die Nummern der abgerissenen Identifikationsbänder – im System vermerkt – verglichen mit unseren Meldungen bei den Sicherheitsleuten. Na ja, und wen wundert's, natürlich melden wir die nicht jedes Mal, weil dann nichts mehr geht und die Security jedes einzelne Baby auf der Station überprüfen müsste. Dann könnten wir gleich aufhören zu arbeiten, weil das nämlich so gut wie jeden Tag passiert.« Bronagh seufzte. »Die Bänder sind für normal große Säuglinge angefertigt, aber die Frühchen sind viel kleiner. Und abgesehen davon: In eurem Fall kann es ja gar nicht an den Bändern gelegen haben. Dann müssten am gleichen Tag genau zur gleichen Uhrzeit in zwei Inkubatoren zwei Bänder abgegangen und wie durch Zauberhand ausgetauscht worden sein. Und wie soll das passiert sein, bitte schön, wenn zwei unterschiedliche Schwestern die Kinder betreut haben? Nein, die Verwechslung muss passiert sein, bevor die Bänder angebracht wurden.«

Mir fiel wieder ein, dass Don Maguire das damals auch vermutet hatte. Aber er hatte auch gesagt, die ganze Sache müsse nicht vor Gericht enden. »Na, dann kannst du doch unter keinen Umständen für die Vertauschung verantwortlich sein, oder? Sie muss bei den Sanitätern oder bei den Ärzten passiert sein, die beide Kinder behandelt haben.«

Bronagh nickte. »Das denk ich mir eben auch. Wenn ein Frühchen in einer Klinik geboren wird, die keine Spezialstation hat, leitet man schon während des Kaiserschnitts den Transport ein. Dann wird das Menschlein natürlich nicht mit Bändern behängt, nachdem man es grade aus dem Bauch geholt hat. Sondern es wird sofort in eine Plastikhülle gesteckt, um es warmzuhalten – in so einen kleinen Beutel mit Druckverschluss …«

»Unser Kind kam auch in so einem an«, warf ich ein. »Das weiß ich noch, weil es mich verblüfft hat.«

»Genau. Und entweder legt man das Identifikationsband in diesen Beutel – aber das wird eher selten gemacht, damit die Wärme nicht entweicht –, oder das Band wird neben das Baby in den mobilen Inkubator gelegt. Das sind dann Papierbänder, weil die Krankenhäuser unterschiedliche Systeme haben. Wenn das Kind bei uns ankommt, verlegen wir es in einen unserer Inkubatoren und übertragen die Information vom Band in unser elektronisches System.«

Ich überlegte. »Und wenn in den beiden Inkubatoren, die gleichzeitig eintrafen, je ein Papierband lag, könnten die bei diesem Vorgang verwechselt worden sein.«

»Ganz genau«, bestätigte Bronagh.

»Aber dann müsstest du doch erst recht fein raus sein, oder?«

Sie zuckte mit den Schultern. »Kommt ganz darauf an, wann das elektronische Band angebracht wurde. Wenn ich es gemacht habe, sobald der Zustand des Babys stabil war, habe ich alles nach Vorschrift gemacht. Falls ich aber noch eine Tasse Tee getrunken und es erst am Ende meiner Schicht gemacht hab, werden sie mir das anhängen. Mir droht ohnehin schon ein Disziplinarverfahren, weil ich nicht jedes Mal gemeldet habe, wenn sich ein Band gelöst hat. Wenn die also beschließen, dass ich zu lange gewartet habe mit dem Anlegen, flieg ich hochkant raus.« Bronagh seufzte tief. »Und ich würd wetten, dass es jede Menge hohe Tiere gibt, die das lieber einer einzigen Person in die Schuhe schieben, als zuzugeben, dass ihr ganzes teures elektronisches System der letzte Scheiß ist.«

»Ah.« Ich verarbeitete die Information. »Weil St. Alexanders's ein Level aberkannt wurde, oder? Deshalb will die Leitung die ganze Sache am liebsten unter den Teppich kehren. So nach dem Motto: Wir haben die verantwortliche Person entlassen, wird nicht wieder vorkommen.«

Bronagh beugte sich vor, die blauen Augen auf mich gerichtet. »Es ist eben so, Pete: Die werden mit Sicherheit *dich* nach deinen Erinnerungen an diesen Tag befragen.«

»Liegt nahe, ja.«

»Wenn du dann … ich meine, ich will dir nichts in den Mund legen, aber …« Sie hielt inne. »Entschuldigung, blöd ausgedrückt. Und das soll auch nicht heißen, dass du mir einen Gefallen tun sollst, weil … du weißt schon. Aber je früher du das Band an Theos Bein gesehen hast, desto größer die Chance, dass mir der ganze Shitstorm erspart bleibt, verstehst du? Und für Paula gilt das natürlich auch.«

»Verstehe«, sage ich langsam. »Es war so ein furchtbares Chaos an diesem Tag … ich weiß noch nicht, was ich sagen werde. Aber ich werde mir etwas zurechtlegen. Und was auch geschieht: Auf jeden Fall werde ich deutlich machen, dass du damit nichts zu haben kannst.« Das Geringste, was ich tun konnte, war Bronagh zu beschützen, sagte ich mir, nachdem sie wegen mir in die Schusslinie geraten war.

»Danke, Pete, du bist spitze. Oh Gott, nicht schon wieder.« Sie blinzelte heftig, als ihr die Tränen kamen. »Ich wusste sofort, dass du ein toller Mann bist, als ich dich zum ersten Mal mit Theo erlebt hab. Ich sehe ja jede Menge junge Väter, weißt du, ich merk so was sofort.« Sie strich sachte mit dem Finger über meine Hand. »Ich hoffe, Maddie weiß, was für ein Glück sie hat.«

55

MADDIE

Der Anruf von CAFCASS erreicht mich bei der Arbeit. Vorher traf eine automatisch generierte Nachricht ein, der zufolge mich eine Mitarbeiterin der Organisation um drei Uhr anrufen würde, sofern ich den Termin nicht absagte. Es passte überhaupt nicht, aber ich hatte den sonderbaren Drang, mich als vorbildliche Beklagte zu erweisen – obwohl das dieser Maschine, die mir die Nachricht geschickt hatte, natürlich vollkommen egal war.

Um Viertel vor drei suche ich mir ein leeres Büro, bereite Wasser, Papier, Schreibzeug und eine Liste mit Fakten vor. Zwei Minuten nach drei meldet sich eine unbekannte Nummer auf meinem Handy.

»Hallo, hier ist Maddie Wilson«, melde ich mich förmlich, obwohl die Sozialarbeiterin nur mit Vornamen angekündigt worden war.

»Hallo, Maddie, hier ist Lyn von CAFCASS. Passt es jetzt bei Ihnen, wenn wir ein bisschen plaudern?«

»Ja, natürlich.« Ich bezweifle allerdings, dass wir hier nett »plaudern« werden.

Lyns sanfter freundlicher Tonfall ist eindeutig professionell antrainiert. Sie erklärt mir, dass es bei dem Gespräch nicht um das gerichtliche Prozedere geht, sondern dass ausschließlich festgestellt werden soll, ob das Wohl des Kindes – »Theo, nicht wahr?« – gefährdet ist. »Dabei kann es sich um körperlichen Schaden durch Misshandlung oder häusliche Gewalt handeln,

Maddie. Oder um seelischen Schaden durch das Verhalten von Erwachsenen. Auch Vernachlässigung zählt dazu, verstehen Sie?«

»Ja, sicher.«

»Ich habe hier eine Liste mit Fragen, die ich stellen muss, und am Ende werden Sie noch Zeit bekommen, um eigene Themen anzusprechen. Es handelt sich nicht um Fangfragen, Sie sollten sie ganz ehrlich beantworten, Maddie. Falls sich nämlich herausstellen sollte, dass Sie nicht die Wahrheit gesagt haben, müssten wir das dem Gericht mitteilen, und das würde sich zu Ihren Ungunsten auswirken, verstehen Sie, Maddie?«

»Ja, selbstverständlich.« Ich frage mich, wie oft Lyn wohl noch meinen Namen und »verstehen Sie« sagen will.

»Ich habe erfreut feststellen können, dass Sie nicht polizeilich aktenkundig sind und nichts gegen Sie vorliegt. Oder habe ich etwas übersehen, Maddie? Sind Sie oder ist jemand aus Ihrer Familie schon einmal mit dem Gesetz in Konflikt geraten?«

»Nein.«

»Gut. Hat es in Ihrer Familie häusliche Gewalt gegeben?« In diesem Tonfall hätte sie mich genauso gut fragen können, ob ich bar oder mit Karte zahlen will.

»Nein.«

»Haben Sie jemals illegale Drogen konsumiert?«

»Nein, nie.« Das stimmt nicht, aber das letzte Mal war vor drei Jahren in Australien, und das können die auf keinen Fall rauskriegen.

»Trinken Sie Alkohol?«

»Ja, gelegentlich.«

»Wie oft?«

»Ich trinke manchmal abends ein Glas Wein.«

»Und wie viele Einheiten wären das in einer Woche? Wenn eine Flasche, sagen wir mal, zehn Einheiten wäre?«

»Zwanzig?« Ich untertreibe drastisch, fürchte aber, dass die Wahrheit unsere Chancen verschlechtern würde.

»Ist ein Mitglied Ihrer Familie wegen eines Gewaltvergehens verurteilt oder wegen Kindesmisshandlung angeklagt worden?« Lyn steigert jetzt das Tempo.

»Nein.«

»Weist das Kind Verhaltensauffälligkeiten auf, wie schlechte Schulleistungen, Bettnässen, sexualisiertes Verhalten oder extreme Anhänglichkeit?«

»Nein. Obwohl«, füge ich hinzu, »ein paarmal war Theo ein bisschen grob mit anderen Kindern, hat ihnen Spielsachen weggenommen und so. Aber er ist erst zwei, da kommt so etwas ja wohl öfter vor. Und anhänglich ist er gar nicht.«

»Das sind Standardfragen, verstehen Sie, ich muss sie einfach stellen. Hat das Kind Ihnen jemals von Misshandlung oder Schädigung berichtet?«

»Nein, nie.«

»Und zuletzt: Wie schätzen Sie die Wünsche des Kindes in dieser Situation ein? Möchte es lieber bei Ihnen oder bei Ihrem Partner bleiben?«

»Da liegt ein Missverständnis vor«, sage ich irritiert. »Pete und ich haben nicht vor, uns zu trennen.«

»Nicht?«, fragt Lyn überrascht.

»Nein, es ist wesentlich komplizierter.« Ich schildere die Lage so knapp wie möglich.

»Das hört sich wirklich sehr schwierig an«, sagt sie schließlich. »Ach so, ja, hier steht etwas darüber, das muss mir entgangen sein.«

Oder du hast dein Zeug vorher nicht gelesen, denke ich grimmig.

»Ich muss die Frage aber dennoch stellen«, sagt Lyn dann. »Was würde sich Theo Ihrer Einschätzung nach in dieser Situation wünschen?«

»Also, er ist zwei Jahre alt, wir wollen ihn auf keinen Fall ängstigen durch die Vorstellung, dass er uns – die er ja als seine Eltern kennt – weggenommen wird und bei einer anderen Familie leben muss«, erkläre ich geduldig. »Bislang weiß er noch gar nichts von der Problematik. Und wir haben uns um einen freundlichen Umgang mit dem anderen Paar bemüht, um Theo nicht zu beunruhigen.«

»Das ist sicher vernünftig. Lassen Sie mich noch mal schauen, ob ich alles habe ... ach ja. Hat einer von Ihnen beiden psychische Probleme?«

»Nein.« Ich hole tief Luft. »Zumindest seit Langem nicht mehr. Ich hatte eine postpartale Psychose, kurz nachdem Theo aus der Klinik nach Hause kam. Aber das liegt zwei Jahre zurück, und ich wurde durch die Behandlung geheilt.«

Ich höre Tasten klacken, während Lyn mitschreibt. »Das wird aber hoffentlich unsere Chancen nicht verschlechtern, oder?«, frage ich.

»Kam es dabei zu Schädigung oder Vernachlässigung Ihres Kindes oder Ihrer selbst, Maddie?«

»Nein. Und die Episode wurde auf jeden Fall ausgelöst durch die Tatsache, dass mein Kind fünf Wochen lang auf der Intensivstation lag. Postpartale Psychosen kommen nach Geburten häufiger vor, sind aber dann auch final beendet und wiederholen sich nicht. Ich bin nicht mal die Hauptbetreuungsperson, Herrgott noch mal ...« Ich breche ab und rufe mich zur Ordnung. Auf keinen Fall darf ich mich aufregen. »Entschuldigung.

Ich verstehe nur nicht, in welchem Zusammenhang das mit der Klage stehen soll.«

»Vermutlich in keinem. Aber ich muss trotzdem alles notieren, verstehen Sie? Nehmen Sie immer noch Psychopharmaka?«

»Nein«, antworte ich fest. »Ich hatte Antidepressiva verschrieben bekommen, brauche die aber seit über einem Jahr nicht mehr. Es geht mir gut.«

»Wären Sie einverstanden, wenn ich Ihre Hausarztpraxis um eine Kopie Ihrer Patientenakte bitte? Um nachzuvollziehen, was Sie mir gerade berichtet haben? Ich kann mir vom Gericht eine offizielle Genehmigung dafür holen, aber es ist viel einfacher, wenn wir alle zusammenarbeiten, nicht wahr?«

»Ja, selbstverständlich.« Einen Moment lang ist mir schwindlig. Wie kann nur ein ganz gewöhnliches Paar gleichzeitig mit so vielen Gerichtsverfahren zu tun haben? Wir kämpfen um Theo, wir kämpfen um David, wir verklagen das Krankenhaus … Es kommt mir vor, als jonglierten wir gleichzeitig mit mehreren Tellerstapeln auf Stöcken und müssten verhindern, dass jede Menge Porzellan zu Bruch geht.

Du schaffst das, sage ich mir. Letztlich ist das alles auch nicht komplizierter als ein Dreh für einen aufwendigen Werbespot, und davon bewältige ich jährlich mehrere.

Jetzt sagt Lyn: »Und gibt es etwas, das Sie mir mitteilen möchten? Darüber, wie Sie beide in diese Lage geraten sind, und wie sie sich klären lassen könnte?«

Ich blicke auf meine Liste mit Fakten, die ich hatte vorbringen wollen. Sie kommen mir plötzlich alle sinnlos vor, ein Katalog gescheiterter Bemühungen um Vernunft in einer Situation, in der Vernunft nichts mehr ausrichten kann. »Ja«, antworte ich schließlich. »Eines Tages stand ein Mann vor unserer Haustür mit der Absicht, uns unseren Sohn wegzunehmen. Wie würden Sie da reagieren? In diese Situation jetzt wollten wir nie kommen, aber vielleicht war es von Anfang an unvermeidlich. Und es gibt nur eine einzige Lösungsmöglichkeit. Wir müssen diesen Mann besiegen. Er muss von einem Gericht erfahren, dass er Theo niemals bekommen wird, damit das ein für allemal klar ist.«

56

Fall Nr. 12 675/PU78B65, Anlage 29: Stellungnahme von Reverend Sheila Lewis, The Vicarage, Willesden Green, NW10 1AQ

Ich bin Reverend Sheila Lewis, Vikarin der All Souls' Church in Willesden Green. Ich wurde von Mr. Miles Lambert gebeten, einen Vorfall schriftlich zu schildern, der sich während des Taufgottesdienstes für Theo Riley zutrug.

Theo wirkte von Anfang an unruhig und störte, indem er Bücher ins Seitenschiff schleuderte und johlte, als er das Kreuz traf. Wir Geistliche sind heutzutage daran gewöhnt, dass Kinder während der Gottesdienste laut sind, und dulden das in einem gewissen Ausmaß, das aber in dieser Situation weit überschritten war. Ich hielt in meiner Predigt inne und warf Theo einen mahnenden Blick zu, aber die Eltern – Peter Riley und Madelyn Wilson also – reagierten sehr verzögert. Als sie schließlich einschritten, wurde auch deutlich, weshalb: Sie konnten sich dem Kind gegenüber nicht durchsetzen. Als Nächstes krabbelte Theo durch die Kirchenbänke, und Mr. Riley konnte ihn nicht davon abhalten. Als ein Gemeindemitglied den Jungen schließlich hinderte weiterzukrabbeln, war Mr. Riley sichtlich wütend und zwang Theo unter Vorgabe der Erziehungsmaßnahme »Stille Treppe«, sich auf eine Stufe zu setzen. Dazu drückte Mr. Riley Theo an den Oberschenkeln auf diese Stufe. Mr. Lambert teilte mir mit, das habe Blutergüsse auf Theos Schenkeln zur Folge gehabt, was sich mit meiner Beobachtung durchaus deckt. Mr. Lambert informierte mich

auch darüber, dass ihm ein Video von dem Vorfall vorliege, das ein Gemeindemitglied mit dem Handy gefilmt habe.
Theo ist ein netter kleiner Junge, der mir weder bösartig noch besonders schwierig, sondern lediglich etwas übermütig erscheint. Meines Erachtens würden ihm konsequentere Erziehungsmethoden gut bekommen. Zu dieser Ansicht gelangte ich, da ich ihn mehrfach in der Kirche erleben konnte, denn Mr. Riley und Ms. Wilson besuchen regelmäßig meinen Gottesdienst.
Mr. Lambert verdeutlichte mir auch, was der Grund dafür sein könnte. Die Pfarrgemeinde der All Souls' Church ist in der Lage, langjährigen Gemeindemitgliedern Zugang zu den begrenzten Plätzen der hiesigen kirchlichen Grundschule zu verschaffen, die bei Schulprüfungen als exzellent bewertet wurde. Mr. Lambert sagte mir, Mr. Riley habe ihm gegenüber gesagt, man könne schon mal öfter auf die Knie gehen, wenn man dafür kein Schulgeld bezahlen müsse. Ich kann zwar nicht beurteilen, ob Mr. Riley das tatsächlich so geäußert hat, und freue mich grundsätzlich über jeden Menschen, der unsere Kirche besucht. Dennoch betrübt mich die Vorstellung, dass einige Gemeindemitglieder dafür womöglich zweckorientierte Beweggründe haben.

57

PETE

»Schildern Sie uns bitte in Ihren eigenen Worten, was sich an jenem Tag ereignet hat«, forderte Grace Matthews vom NHS mich auf.

Ich verkniff mir die Bemerkung, wessen Worte ich wohl sonst benutzen sollte, und sagte stattdessen: »Sie können sich bestimmt vorstellen, wie chaotisch das alles war. Ich musste Maddie nach einer Notoperation allein lassen. Es war schon klar, dass das Leben unseres Kindes am seidenen Faden hing, unklar war dagegen, ob das Gehirn unseres Sohnes geschädigt sein würde.« Ich sah Maddie an. »Offen gestanden, war ich in heller Panik.«

Wir saßen in einem Sitzungsraum der NHS-Rechtsabteilung, einem erstaunlich ansehnlichen modernen Gebäude an der Buckingham Palace Road. Grace Matthews hatte uns zu einem Termin einbestellt, bei dem es um die Zusammenstellung von Beweismaterial ging, wie sie sagte. Sie betonte, die Thematik der Entschädigung käme dabei nicht zur Sprache, wir seien nur aufgefordert, unsere Erinnerungen einzubringen.

Justin Watts, unser Anwalt, hatte uns versichert, das sei ein normales Prozedere. »In diesem Stadium wollen die erst einmal nur herausfinden, was genau passiert ist. Es steht ja fest, dass eine Vertauschung stattgefunden hat, und für den NHS ist das Wichtigste herauszufinden, wie es dazu kommen konnte.«

»Werden Sie uns begleiten?«, hatte ich Watts gefragt.

»Das sollte eigentlich nicht nötig sein. Ich versuche auch, Ihre Kosten so niedrig wie möglich zu halten.«

Grace Matthews nickte nach meiner Äußerung. Mit ihrem schlecht sitzenden Kostüm und der klobigen ständig rutschenden Brille wirkte die Frau eher wie eine Abteilungsleiterin eines Billigkaufhauses als wie eine ernst zu nehmende Ermittlerin. »Aber irgendwann haben Sie doch vermutlich das Identifikationsband an Theos Fuß bemerkt. Beziehungsweise am Fuß des Säuglings, den Sie für Theo hielten.«

»Wahrscheinlich schon, aber so vieles war an ihm befestigt … Infusionen, ein Sauerstoffsensor, der Kühlanzug … da habe ich auf dieses Band nicht geachtet.«

»Können Sie sich noch erinnern, wann Sie es dann zum ersten Mal registriert haben?«

Ich zuckte ratlos mit den Schultern. »Eigentlich nicht. Als wir im St. Alexander's ankamen, folgte ich den Sanitätern, die den mobilen Inkubator schoben. Im Fahrstuhl trafen wir auf zwei weitere Sanitäter mit einem mobilen Inkubator – das war vermutlich der, in dem Theo lag, was ich natürlich damals nicht wusste. Beide wurden rasant auf die NICU befördert, wo die Ärzte schon warteten. Ich wurde beiseitegedrängt …«

»Wo war Mr. Lambert zu diesem Zeitpunkt?«, unterbrach mich Grace Matthews. »War er mit Ihnen im Fahrstuhl?«

Ich schüttelte den Kopf. »Nein, an einen anderen Vater würde ich mich auf jeden Fall erinnern. An diesem Tag habe ich ihn nicht gesehen, da bin ich mir ziemlich sicher.«

Grace Matthews machte sich eine Notiz auf einem Block, obwohl ihr Kollege mit rasender Geschwindigkeit alles tippte, ohne dabei auf Tastatur oder Bildschirm zu schauen. Die Ermittlerin schrieb mit einem edlen altmodischen Füller, bemerkte ich, was in seltsamem Kontrast zu ihrer stillosen Aufmachung stand. Vielleicht ein Geschenk von jemandem. »Entschuldigung, dass ich Sie unterbrochen habe«, sagte sie, während sie schrieb. »Sprechen Sie weiter.«

»Dann wurden beide Babys gleichzeitig behandelt. Zuerst brachte man den Nabelkatheter an, glaube ich. Die Sanitäter händigten ihre Papiere aus, ständig kam und ging jemand – es herrschte ein einziges Durcheinander, Ärzte und Schwestern waren an den Inkubatoren im Einsatz, und ich blieb am Rand, damit ich niemandem im Weg war. Dann wurde es ein bisschen ruhiger, und als die ersten Schritte geregelt waren, wurde Theos mobiler Inkubator zu einem größeren in der Ecke geschoben, in den Theo dann gebettet wurde. Dabei lernte ich Bronagh Walsh kennen, die Schwester, die hauptsächlich für Theo zuständig war. Sie war auch nur in diesem hinteren Bereich im Einsatz, deshalb hatte ich sie vorher noch nicht getroffen.«

Grace Matthews nickte. »Und an diesem Punkt haben Sie sich Theo doch bestimmt genau angesehen, oder? Nachdem die Erstversorgung stattgefunden hatte?«

Ich rief mir die Situation in Erinnerung. »Ja. Ich weiß noch, wie ich dachte, dass ich sein Gesicht bis dahin noch nicht einmal gesehen hatte.«

»Und können Sie sich erinnern, ob Sie das Band bemerkt haben?«

»Ich glaube, ja«, antwortete ich zögernd. »Ich meine, beschwören könnte ich es nicht, aber wenn ich versuche, mir das Bild vor Augen zu rufen, würde ich denken, dass er das Band am rechten Fußgelenk hatte.« Ich nickte langsam. »Doch, ich glaube, ja … in dem großen Inkubator hatte Theo das Band am Fuß.«

Grace Matthews runzelte leicht die Stirn. »Aber Sie haben nicht miterlebt, wie die Schwester das Band anbrachte?«

»Nein, aber …« Ich hielt inne. »Es fällt mir schwer, das zuzugeben. Aber sobald ein Moment Ruhe eintrat und die Notfallsituation erst einmal überstanden war, verlor ich die Fassung. Ich saß in der Ecke und weinte minutenlang. In dieser Zeit hat die Schwester das Band wahrscheinlich angelegt. Aber ich habe erst einmal überhaupt nichts mehr wahrgenommen.«

»Das verstehe ich, Mr. Riley«, sagte Grace Matthews. »Ihr Kind – oder vielmehr das Kind, das Sie für Ihres hielten – in diesem Zustand zu erleben, ist natürlich ein Schock.« Sie steckte die Kappe auf ihren Füller und legte ihn auf den Notizblock. »Ich danke Ihnen für dieses Gespräch.«

58

MADDIE

Während Petes Befragung durch Grace Matthews sagte ich gar nichts. Die wollten schließlich mit ihm sprechen, weil er damals vor Ort gewesen war. Ich war erst viel später auf die NICU gekommen, nachdem die Vertauschung längst passiert war.

Danach fahren wir mit einem Uber-Taxi nach Hause, sind zu erschöpft für die U-Bahn. Während wir im Stau stehen, sehe ich Pete von der Seite an.»Ich wusste gar nicht, dass dir das Band an Theos Fuß schon so früh aufgefallen ist.«

Pete schaut weiter zum Fenster raus. »Na ja, ich hatte ja betont, dass ich es nicht beschwören kann.«

»Zuerst, ja. Aber dann hast du behauptet, du seist sicher und könntest das Bild vor dir sehen.«

Er zögert, und einen Moment lang denke ich, er will etwas ganz anderes äußern. Doch dann sagt er nur: »Ich bin mir ziemlich sicher, ja.«

»Also muss die Vertauschung davor passiert sein, in diesen wenigen ersten Minuten.«

»Als die alten Bänder noch lose waren, genau.«

»Lose?«, frage ich stirnrunzelnd. »Das hast du gar nicht erwähnt.«

»Die Babys waren in Plastikbeutel gehüllt, als sie auf der NICU eintrafen«, erklärt Pete, »und die Original-Identifikationsbänder waren nicht am Bein befestigt. Grace Matthews wusste das bestimmt. Gesehen habe ich die Bänder allerdings selbst nicht.«

Woher weißt du das dann, sage ich beinahe, aber Pete wechselt das Thema. »Das ist so wahnsinnig anstrengend, diese ganzen juristischen Schritte«, sagt er.

»Vielleicht hat Miles das bereits mit einkalkuliert«, erwidere ich. »Vielleicht hat er das schon lange genauso geplant, um noch mehr Druck zu machen.«

Pete schüttelt stumm den Kopf. Aber es ist keine Geste des Widerspruchs, sondern eine Geste der Verzweiflung.

Als wir nach Hause kommen, steigt Pete sofort ins Auto, um Theo abzuholen. Ich klappe meinen Laptop auf, um meine E-Mails zu checken – im Büro habe ich gesagt, ich arbeite den Rest des Tages von zu Hause aus –, aber irgendetwas veranlasst mich dazu, als Erstes meinen Fotostream zu öffnen.

Das allererste Bild von meinem Baby – das Pete geschickt hatte, als ich noch in der Privatklinik lag – habe ich mir seit jenem Tag damals nicht mehr angeschaut. Die Erinnerungen sind immer noch zu schlimm, die Abwehrgefühle zu heftig. Aber es wurde mit allen Fotos automatisch in meiner iCloud gespeichert, und da ist es – leicht verschwommen, über die Schulter von jemandem aufgenommen, Arzt oder Krankenschwester. Jetzt erkenne ich Bronaghs zierliche Schultern und das rabenschwarze Haar. Das Bild ist zwar leicht unscharf, aber Pete hatte immer ein nagelneues Handy mit einer starken Kamera, und man sieht nicht nur die spindeldürren Gliedmaßen und die Nasenschläuche, die noch immer ein akutes Gefühl von Übelkeit bei mir auslösen. Sondern auch die Schläuche, die aus dem Kühlanzug ragen, und den leuchtend roten Sauerstoffsensor am linken Fußgelenk.

Und kein Band. An dem anderen Fußgelenk ist kein Band befestigt, das ist eindeutig zu sehen.

Oder irre ich mich? Ich starre auf das Bild. Um Petes Worte zu benutzen: Ich könnte es nicht beschwören. Letztlich könnte ich nicht einmal mit Sicherheit sagen, ob das runzlige kleine Wesen Theo oder David ist.

Und Pete hat seine Aussage gemacht. Es wäre sinnlos, Grace Matthews dieses Foto zu schicken und zu sagen, er könnte sich womöglich geirrt haben. Damit würden wir lediglich bewirken, dass man ihn für einen nicht zuverlässigen Zeugen hält, dessen gesamte Aussagen man grundsätzlich anzweifeln muss. Und das wiederum könnte die Entschädigungssumme schmälern.

Nein, lieber alles so lassen, wie es ist. Wie unser Anwalt sagt: Herauszufinden, wie es zu der Vertauschung kam, ist eine interne Angelegenheit zwischen Krankenhaus und Gesundheitsbehörde. Wenn Pete bei der Einschätzung des Zeitpunkts ein kleiner Fehler unterlaufen ist, spielt das keine Rolle.

59

Fall Nr. 12675/PU78B65, Anlage 31:
gelöschte Nachrichten aus Peter Rileys Handy,
a) von Peter Riley an Bronagh Walsh,
b) von Bronagh Walsh an Peter Riley

Hatte heute das Treffen. Habe gesagt, hätte das Band an Theos Bein gesehen, wenige Minuten, nachdem er in den großen Inkubator gelegt wurde

Du bist ein Schatz xxx

60

PETE

Ich fuhr wie auf Autopilot nach Highgate, um Theo abzuholen. Nicht weil ich mir wegen der kleinen Lüge zu Bronaghs Gunsten Sorgen machte – ich hatte mich sehr vage geäußert, und davon abgesehen war es wahrscheinlich nicht einmal eine Lüge –, sondern weil ich noch immer nicht fassen konnte, in was wir da hineingeraten waren. Ich fing sogar an zu überlegen, ob wir die Klage gegen das Krankenhaus nicht aufgeben sollten. Aber da diese juristische Aktion die Einzige war, die uns nichts kosten würde, dafür aber hoffentlich das Honorar von Anita Chowdry einbringen würde, wäre es Irrsinn gewesen, jetzt einen Rückzieher zu machen.

An die Lamberts dachte ich gar nicht, als ich auf die Haustür zuging. Ich rechnete damit, dass Tania öffnen würde oder Lucy, wieder mit irgendwelchen höflichen Floskeln. Aber vor mir stand Miles, in T-Shirt und Joggingshorts.

»Pete«, sagte er herzlich. »Wie geht's dir?«

Ich starrte ihn an und empfand etwas, das ich noch nie im Leben gefühlt hatte – einen überwältigenden körperlichen Hass, ein fast nicht zu bezähmendes Verlangen, einem anderen Menschen blutrünstig Gewalt anzutun. Ich spürte, wie sich mir förmlich die Nackenhaare aufstellten, und mir wurde schlagartig heiß.

»Ich bin hier, um Theo abzuholen«, erwiderte ich knapp.

»Er wäscht sich gerade noch – bei Fingerfarben bleibt das nicht aus.«

Ich nickte, nicht bereit, Small Talk zu machen. Miles legte den Kopf schief und sah mich forschend an.

»Du hasst mich regelrecht, nicht wahr, Pete?«, fragte er leise.

»Nein, ich hasse dich nicht«, antwortete ich kalt. »Ich missbillige dein Verhalten, weiter nichts.«

»Ach ja?« Er betrachtete mich prüfend. »Nein, ich glaube, du hasst mich. Ich verschwende nie Zeit damit, Menschen zu hassen.« Er trat einen Schritt vor und lehnte die Tür hinter sich an, damit wir nicht gehört wurden. »Weißt du, im angeordneten Gedränge beim Rugby geht es ziemlich grob zu. Da wird gerempelt und gehauen, der Daumen in die Shorts gedrückt … Aber nach dem Match schüttelt man sich die Hand und gibt sich ein Bier aus. Denn der Spieler, der dich am härtesten erwischt hat, vor dem hast du den meisten Respekt.«

Ich starrte ihn an. »Das hier ist kein Scheißsport.«

»Ganz recht.« Miles schüttelte energisch den Kopf. »Es ist ein *Wettkampf*. Ein Wettkampf, den ich gewinnen werde. Nicht, weil ich dich hasse, sondern weil der Preis für den Sieg mein Sohn ist.« Er beugte sich abrupt so weit vor, dass sein Mund fast mein Ohr streifte, und ich musste mich mit aller Macht beherrschen, nicht auszuweichen. »Aber«, raunte er. »Vergiss. Eines. Nicht. Theo ist nur *leihweise* bei dir. Und wenn du irgendetwas tust, irgendetwas, um meine künftige Beziehung mit ihm zu stören, werde ich dich umbringen.«

Miles richtete sich lächelnd auf, just in dem Moment, in dem Theo die Tür aufriss und herausgestürmt kam. »Daddiiiii!«, schrie er begeistert und hechtete sich auf meine Beine.

»Gehen wir, Theo?« Ohne die Antwort abzuwarten, ergriff ich seine Hand und ging die Treppe hinunter.

»Tschüss, Theo!«, rief Miles fröhlich.

»Tschüss, Moles«, rief Theo über die Schulter. »Hab dich liihiiiib!«

61

PETE

»Das hat er bestimmt gar nicht so gemeint«, flüsterte Maddie mir zu.

Ich blickte zu Theo hinüber, der im Schlafanzug vor dem Fernseher saß und fasziniert einen Tierfilm schaute, in dem Wölfe gerade ein Reh zerfetzten. Vermutlich kein altersgemäßes Programm, aber ausnahmsweise wirkte Theo ruhig und nuckelte zufrieden am Daumen.

»Ja, ich weiß«, raunte ich. »Bin sicher, dass Miles ihm das beigebracht hat. Mit Süßigkeiten bestochen oder so. Ich könnte nämlich an einer Hand abzählen, wie oft Theo das zu *mir* gesagt hat. Aber wenn die CAFCASS-Leute das mitbekommen und glauben, dass es wahr ist?«

»Wir müssen es ihnen eben sagen. Schreib das mit auf die Liste: Miles Lambert hat unserem Sohn beigebracht ›Ich hab dich lieb‹ zu ihm zu sagen.«

Ich beobachtete Theo ein paar Momente. »Aber *wieso* sagt er das nicht zu uns?«

»Er ist ein Junge, und noch ein sehr selbstsicherer dazu. Was er deinem stärkenden Erziehungsstil zu verdanken hat.«

»Vielleicht. Aber …«

»Was?«

Die Wölfe, die das Reh erlegt hatten, verteidigten ihre Beute jetzt gegen einen Bären, der dreimal so groß war wie sie. Leise sagte ich: »Wenn er nun ein bisschen wie sein Vater ist? Sein biologischer Vater, meine ich?«

Maddie antwortete sofort, was mir sagte, dass sie selbst schon darüber nachgedacht hatte. »Inwiefern?«

»Unsympathisch. Unerträglich.« So, jetzt war es raus. »Wird Theo zu einem widerwärtigen Ekelpaket wie Miles heranwachsen?«

Maddie legte ihre Hand auf meine. »Natürlich nicht. Denn er hat ja dich als Rollenvorbild. Und das ist ein weiterer Grund, warum wir Theo nicht den Lamberts überlassen dürfen. Wenn die ihn großziehen und dann aufs Internat schicken, würde er vermutlich ein widerwärtiges Ekelpaket. Aber bei uns … Es ist genauso, wie du zu Miles gesagt hast, als ihr zusammen aus wart: Bei uns bekommt er das Beste aus beiden Welten.«

»Mag sein.« Ich sagte nicht, dass ich zunehmend nicht mehr an eine mögliche Koexistenz dieser beiden Welten glaubte. Mir kam es eher vor, als würden sie irgendwann kollidieren und danach explodieren. »Miles hat heute gedroht, mich umzubringen.«

»*Im Ernst?* War er wütend?«

Ich schüttelte den Kopf. »Auf diese unheimliche Weise ruhig. Wie er immer ist, wenn er die Maske des netten Typen fallen lässt.«

Maddie sah vollkommen entsetzt aus. »Er würde doch wohl keine Gewalttat begehen. Nicht mitten in diesem ganzen juristischen Durcheinander.«

»Hoffen wir's. Ich denke trotzdem, dass wir sehr vorsichtig sein sollten. Wie er das gesagt hat … mir lief es kalt den Rücken runter, ehrlich gesagt.«

Ich schaute zu Theo hinüber, der wie gebannt den ungleichen Kampf beobachtete. Eine Wölfin versuchte den Bär zu ermüden, umkreiste ihn, damit er nicht ungestört fressen konnte, wich geschickt den Tatzenhieben aus.

Als ich meinen Sohn jetzt ansah, erlebte ich zum zweiten Mal an diesem Tag ein mir bislang fremdes Gefühl. Ich empfand ihm gegenüber einen kurzen Moment lang denselben intensiven übermächtigen Hass wie gegenüber seinem Vater.

Am nächsten Tag war ich mit dem CAFCASS-Anruf dran. Um Punkt elf Uhr morgens hatte ich Lyn Edwards am Handy.

Maddie hatte mich schon in den Fragenkatalog eingeweiht, ich war vorbereitet und versuchte, ruhig zu bleiben. Auch als Lyn mich fragte, ob Maddies psychische Probleme eine potenzielle Gefahr für Theo seien.

»Maddie hat keine psychischen Probleme«, antwortete ich höflich. »Hätte sie sich vor zwei Jahren das Bein gebrochen, könnte sie jetzt auch wieder gehen.«

»Aber vielleicht mit Schwierigkeiten«, wandte Lyn ein, die sich unverändert wie eine Versicherungsvertreterin anhörte. »Ist das bei Maddie so, Peter?«

»Ob sie Schwierigkeiten mit dem Gehen hat? Nein, alles bestens.«

Lyn reagierte nicht auf meinen Humorversuch. »Maddie hat also Ihrer Ansicht nach keinerlei Symptome einer psychischen Erkrankung.«

»Absolut keine«, antwortete ich fest.

»Und Sie sind also Theos Hauptbetreuungsperson?«

»Genau.«

»Wie würden Sie selbst Ihren Erziehungsstil beschreiben, Peter? Sind Sie eher strukturiert oder eher kindzentriert?«

Ich witterte eine Falle und antwortete möglichst diplomatisch. »Ich sehe eigentlich keinen Unterschied zwischen diesen beiden Ansätzen. Wir achten natürlich darauf, Grenzen zu setzen, und

Theo weiß, dass es Konsequenzen hat, wenn er die Grenzen nicht einhält. Aber ich versuche auch, auf seine Vorschläge und seine Meinung einzugehen.«

»Also gebe ich ›beide‹ an, ja? Ach je, das geht gar nicht. Ich fürchte, Sie müssen sich für einen Stil entscheiden.«

Ich seufzte. »Dann kindzentriert.«

»Denn es gab ja Probleme, nicht wahr, Peter? Theo wurde aus seinem Kindergarten ausgeschlossen.«

»Er muss noch besser lernen, Spielzeug zu teilen, abzuwechseln und solche Verhaltensweisen. Manchmal beißt oder schlägt er ein Kind, um sich durchzusetzen. Daran arbeiten wir, unter anderem mit dem Prinzip ›Stille Treppe‹.«

»Und was denken Sie, welche Lösung sich Theo in dieser gegenwärtigen Situation wünschen würde, Peter? Welche Lösung würde ihm Ihrer Einschätzung nach gefallen?«

»Wir haben ihn nicht gefragt«, antwortete ich entschieden. »Und zwar nicht, weil wir seine Gefühle nicht berücksichtigen wollen. Sondern weil ein Zweijähriger mit dieser Entscheidung vollkommen überfordert wäre. Es würde ihm schreckliche Angst machen.«

»Das hat Ihre Partnerin auch gesagt.«

»Ja, wir haben natürlich darüber gesprochen.«

»Gibt es etwas, das Sie mir mitteilen möchten, Peter?«

»Pete, bitte. Und ja, das gibt es tatsächlich. Ich möchte Theos Betreuung durch das Kindermädchen der Gegenpartei beenden. Diese Situation behindert Theos Entwicklung. Mit David kann Theo nicht abwechselnd lernen, und der starke französische Akzent der jungen Frau wirkt sich ungünstig auf Theos ohnehin verzögerte Sprachentwicklung aus.«

»Wir müssen abwarten, wie das Gericht entscheidet, bevor

eine so massive Entscheidung getroffen werden kann, Peter. Was wäre denn als Alternative für Theos Betreuung vorgesehen?«

»Er steht auf der Warteliste eines anderen Kindergartens in unserer Nähe.«

»Und haben Sie Theo gefragt, ob er sich das auch wünschen würde?«

Das hatte ich natürlich nicht gemacht, weil ich schon wusste, was er antworten würde. Bei den Lamberts wurde er wie ein kleiner Prinz behandelt und musste nie sein Spielzeug abgeben. Warum sollte er abwechseln lernen, wenn er ein Zimmer voller Spielzeug für sich alleine hatte, ganz zu schweigen von einem Kindermädchen, das er herumkommandieren konnte und das hinter ihm aufräumte? Ich könnte versuchen, Theo zu erklären, dass der Kindergarten mehr Spaß machen würde, weil dort andere Kinder waren. Aber im Grunde mochte Theo wohl andere Kinder gar nicht, es sei denn, sie überließen ihm sofort ihr Spielzeug, sobald er es haben wollte.

»Theos Wünsche sind wahrscheinlich ziemlich gemischt«, antwortete ich schließlich. »Seinen letzten Kindergarten mochte er sehr gern, und es war wichtig für sein Sozialverhalten, den Umgang mit anderen Kindern zu lernen. Ich befürchte auch, dass er in dem gegenwärtigen Arrangement ungünstig verwöhnt wird. Und man hat ihm dort wohl auch beigebracht ›Ich hab dich lieb‹ zu sagen.«

»Ach ja?«, erwiderte Lyn. »Woher wissen Sie das?«

»Als ich Theo gestern abgeholt habe, hat er das zu Miles gesagt.«

»Aber woher wollen Sie wissen, dass man ihm das beigebracht hat?«

»Das liegt doch nahe«, antwortete ich entnervt und hätte um ein Haar hinzugefügt: *Weil Theo das nie zu mir sagt.* Doch das ließ ich dann bleiben.

»Ich denke, hinsichtlich Theos Gefühlen sollten wir keine voreiligen Schlüsse ziehen«, bemerkte Lyn. »Ich vermerke das, wenn Sie wollen, aber beweisen lässt sich da nichts.«

62

Fall Nr. 12675/PU78B65, Anlage 32: Stellungnahme von Susy Carson, Leiterin des Kindergartens und der Vorschule Acol Road

Ich wurde gebeten, eine Stellungnahme zu den Umständen zu schreiben, die zum Ausschluss von Theo Riley aus dem Kindergarten Acol Road führten. Eine solche Entscheidung fällen wir selbstverständlich nicht leichtfertig, sondern nur, wenn sich ein Verhaltensmuster abzeichnet, das zur Schädigung anderer Kinder führen kann. Zu jenem Zeitpunkt hatten wir eine Personallücke, unser Team war von acht auf sechs Personen reduziert, obwohl wir uns ständig bemühen, neue Erzieherinnen und Erzieher zu rekrutieren. Ich selbst sprang damals ein, um den Personalmangel auszugleichen, aber ein einzelnes Kind auf Schritt und Schritt im Auge zu behalten, um potenziellen Schädigungen anderer Kinder vorzubeugen, ist für unsere Institution nicht leistbar.

Der Vorfall, der zu Theo Rileys Ausschluss führte, war folgender: Theo schlug einen anderen zweijährigen Jungen, Zack Tigman, mit einem Becher, worauf Zack eine Schwellung und eine blutende Wunde an der Stirn hatte. Auch ohne Blutung wäre der Vorfall natürlich in unserem Protokollbuch vermerkt und mit den Erziehungsberechtigten beider Kinder besprochen worden. Es handelte sich jedoch um den vierten Vorfall von Beißen oder Schlagen innerhalb von fünf Wochen, und es war deutlich einschätzbar, dass die Bemühungen, Theo zu einem besseren Sozialverhalten aufzufordern, keine Veränderung erbrachten. Wir hatten bereits mehrfach mit Theos Vater über die Situation und die Notwendigkeit gesprochen, zu Hause entsprechende Strategien zu verfolgen. Ob Mr. Riley sich darum bemühte, wissen wir nicht, aber Theos Verhalten verbesserte sich jedenfalls nicht. Als ich Mr. Riley über unsere Entscheidung informierte, reagierte er so aufgebracht, dass ich ihn bitten musste, seine Sprache zu mäßigen.

Obwohl wir über solche Vorfälle anonym berichten, haben die Eltern des geschädigten Kindes sofort erraten, von wem die Rede war. Ich fühle mich dazu verpflichtet zu erwähnen, dass kurz nach Theos Ausscheiden Zack Tigmans Mutter nach dem Verlassen des Kindergartens von einem Auto verfolgt wurde und vom Fahrrad stürzte, wobei sie sich das Bein brach. Anfänglich konnte sie der Polizei keine Aussagen über das Fahrzeug machen, aber sie erzählte mir nun kürzlich, es könne ein Volkswagen gewesen sein, die Automarke, die auch Mr. Riley fährt.

63

PETE

»NEIN!«, schrie Theo. »NEIN nein nein nein *nein*!«

»Es wird nicht diskutiert, Theo«, sagte ich hartnäckig. »Du wolltest Käsetoast, nun musst du ihn auch aufessen, wenn du einen Schokoriegel zum Nachtisch haben möchtest.«

»Aber is schwarz!«

Zugegebenermaßen waren die Ecken der Scheibe ein bisschen dunkel geworden, weil sie etwas zu lange im Toaster gewesen war. »Er ist nicht schwarz, nur ein klein wenig braun, und du musst ihn essen.«

»*Nein nein nein nein nein nein*.«

»Dann gibt's auch keinen Schokoriegel.«

Daraufhin schleuderte Theo den Toast durch die Küche. Ich hob ihn wieder auf, pustete ihn ab und legte ihn erneut auf Theos Teller. »Das nützt gar nichts. Du musst ihn so oder so essen, und er schmeckt nur schlechter, wenn du ihn runterwirfst.« Mein Handy klingelte, eine unbekannte Nummer, sicher eine unserer Anwaltskanzleien. »Hallo?«

»Hallo, Peter.« Es war Lyns gleichförmige Stimme. »Passt es gerade? Ich habe nur eine kurze Frage.«

»Nein! Nein! Nein!« Theo war inzwischen puterrot im Gesicht, schrie sich immer mehr in Rage und hämmerte mit beiden Fäusten auf den Tisch.

»Ja, es geht schon«, antwortete ich und hielt hastig nach einer ruhigen Ecke Ausschau. Die es aber im Erdgeschoss nicht gab, und wenn ich nach oben ging und Theo unbeaufsichtigt ließ, würde er dem Toast endgültig den Garaus machen. »Ich muss nur rasch mit Theo etwas klären.«

»Natürlich.«

Ich griff nach einem Schokoriegel und zögerte. Mit dem würde Theo zwei Minuten still sein. Aber dann beging ich den Kardinalfehler, bei einem Wutanfall nachzugeben, und das durfte nicht passieren, nicht einmal wegen CAFCASS. Stattdessen nahm ich einen einzeln verpackten Keks aus dem Schrank und tröstete mich mit dem Gedanken, dass ich insofern konsequent gewesen war, als es sich nicht um einen Schokoriegel handelte. »Hier, Theo. Iss vorher ein Stück vom Käsetoast, erst danach den hier.« Theos Augen leuchteten auf, als er sich den Keks grabschte. Natürlich würde er den Toast nicht anrühren, aber zumindest musste er den Keks zuerst auspacken, was seine motorischen Fähigkeiten förderte.

»Okay«, sagte ich ins Handy. »Worum geht's?«

»Ich wollte nur anfragen, ob Sie bereit wären, an einem Kindererziehungskurs teilzunehmen«, erklärte Lyn. »Viele Eltern glauben, das würde nichts bringen oder sei wie in der Schule, aber beides trifft nicht zu. Denn schließlich können wir alle als Eltern immer noch dazulernen, nicht wahr? Bei mir würde ich das sofort bejahen. Damit könnten Sie auch vor Gericht entkräften, dass Probleme bei Theo auf Ihren Erziehungsstil zurückzuführen sind, verstehen Sie? Ich versuche, Ihrer Familie zu helfen, Peter. Mit der Teilnahme würden Sie zeigen, dass Sie Interesse daran haben, Verhaltensauffälligkeiten bei Theo zu bearbeiten – falls es welche gäbe.«

Im ersten Moment verschlug es mir die Sprache, und eine ohnmächtige Wut packte mich. Die Vorstellung, dass mein Erziehungsstil hier infrage gestellt wurde – während Miles unter

Erziehung vermutlich verstand, Theo beizubringen, wie man beim Rugby foulte –, fand ich so ungeheuerlich und absurd, dass mir regelrecht übel wurde.

Dann hörte ich mich sagen: »Nun, wenn Sie meinen, dass es dabei hilft, Theo zum Abwechseln zu animieren, mache ich so einen Kurs natürlich mit.«

»Sehr gut, Peter.« Lyn klang erleichtert. »Dann vermerke ich das so.«

64

MADDIE

Und dann müssen wir abwarten.

In den nächsten zehn Tagen beginnen die langsamen Mühlen der Gerichtsbarkeit zu mahlen. Von der ersten Anhörung sollten wir uns nicht zu viel erwarten, hat Anita uns warnend gesagt. Dabei wird wohl nur der Bericht von CAFCASS verlesen, dann wird man die beiden Parteien auffordern, eine Einigung zu erzielen, und den Termin für die entscheidende finale Verhandlung festlegen.

Pete besucht zum ersten Mal seinen Erziehungskurs. Vorher ist er entschlossen, den Leuten zu beweisen, dass er nichts zu lernen hat. Doch dann gibt er zu, dass der Kurs tatsächlich recht hilfreich ist.

»Es gibt wohl Kinder, die aus Strafen rein gar nichts lernen, bei denen also auch die ›Stille Treppe‹ nichts nützt«, berichtet er. »Bei ihnen erreicht man durch Belohnung mehr. Aber die Belohnung muss anfänglich sofort erfolgen, damit klar wird, dass man es ernst meint. Nach und nach kann man die Belohnung nach einem abgestuften System länger hinauszögern.«

Pete beginnt das Prinzip anzuwenden, indem er Theo zunächst für die allerkleinsten gewöhnlichsten Sachen belohnt. »Du spielst sehr schön mit diesem Zug, Theo. Dafür bekommst du einen Schokotaler.«

»Theo, mir ist aufgefallen, dass du fünf Minuten ganz leise warst. Das ist toll. Hier, eine Rosine für dich.« Anfänglich wundert sich Theo über die vielen Süßigkeiten, versteht das

Belohnungsprinzip dann aber schnell. Und wenn er schon eine Handvoll Schokotaler ergattern kann, indem er sein Bild auf Papier anstatt an die Wand malt – welche Schätze mag es dann wohl für einen klaglos verputzten Käsetoast geben? Bald sind die Wände im Erdgeschoss gepflastert mit Sternchentabellen für größere Preise, die zu gewinnen sind, indem Theo sein Frühstück zügig verspeist, sich freiwillig bettfertig macht, nachts nicht aufsteht. Auch das scheint gut zu funktionieren. Ich bin mir zwar nicht ganz sicher, ob das wirklich auf das Belohnungssystem zurückzuführen ist oder ob Theo einfach aus diesem extrem schwierigen Alter herauswächst – aber die Veränderung ist jedenfalls eindrucksvoll.

Eine Woche vor der Anhörung trifft der Bericht von CAFCASS bei uns ein. Die lange Liste von Anschuldigungen in Miles' Antrag bleibt weitgehend unbeachtet, wie Anita das bereits vermutet hatte. Stattdessen wird gesondert erwähnt, dass Pete an einem Kindererziehungskurs teilnimmt und auf ganzer Linie mit der Beraterin kooperiert. CAFCASS verlangt keine weiteren Maßnahmen.

Anita zeigt sich zuversichtlich. »Für dieses Stadium des Verfahrens könnte der Stand nicht besser sein für euch. Meiner Einschätzung nach arbeitet CAFCASS darauf hin, dass das Gericht Theo bei euch lassen wird.«

»Und David?«, frage ich.

»Das wird schwieriger werden. Habt ihr schon von der Sozialarbeiterin gehört, die seinen Fall bearbeitet?«

Haben wir nicht, aber das sei nicht außergewöhnlich, meint Anita.

In der Entschädigungsklage gegenüber dem Krankenhaus passiert auch nichts Neues, was uns mehr als recht ist. Mit etwas

Glück sind die Sorgerechtsfälle erledigt, bis wir uns mit der Krankenhaussache beschäftigen müssen.

Manchmal, wenn Theo wieder besonders anstrengend ist, frage ich mich, ob es ein Fehler war, auch das Sorgerecht für David zu beantragen. Können wir das wirklich bewältigen – zweierlei Ernährungsformen, zweierlei kleine Menschen mit komplett unterschiedlichen Bedürfnissen? Theo mit seinem überbordenden Temperament und David mit seiner stillen Bedächtigkeit? Doch dann stelle ich mir vor, wie David in dem riesigen Spielzimmer der Lamberts auf seiner Decke sitzt und Kugeln kreiseln lässt, und das Herz geht mir über vor Liebe. Natürlich werden wir es schaffen. So ist das, wenn Familien ein beeinträchtigtes Kind haben. Und Pete ist als Vater genau richtig für diese Aufgabe. Wenn ich erlebe, wie unendlich geduldig er mit Theo umgeht, ohne jemals aufzubrausen oder aus der Haut zu fahren, weiß ich, dass unsere Entscheidung richtig war.

Deshalb rechne ich nicht mit irgendwelchen dramatischen Entwicklungen, als Justin Watts am Freitagabend Pete anruft. Doch als ich sein Gesicht sehe und er mich erschrocken anschaut, weiß ich sofort, dass etwas schiefläuft.

»Was ist?«, frage ich. »Zahlen sie?«

Pete schüttelt den Kopf. Er ist aschfahl im Gesicht, und dann tut er etwas, was er sonst nie macht: Er legt sich die freie Hand aufs Ohr, damit er mich nicht mehr hört.

»Was ist los?«, frage ich, sobald er aufgelegt hat.

»Die NHS-Leute behaupten, die Vertauschung sei nicht Schuld der Kliniken«, sagt Pete langsam.

»Na, das ist ja absurd. Sie können wohl kaum ableugnen, dass zwei Elternpaare ein falsches Kind …«

»Darum geht es nicht«, unterbricht mich Pete. »Sie behaupten, die Babys seien vorsätzlich vertauscht worden. Mads, ich glaube, die wollen uns unterstellen, dass wir beide den Lamberts Theo weggenommen haben.«

65

Fall Nr. 12 675/PU78B65, Anlage 33:
Vorbericht der NHS-Rechtsabteilung, verfasst von Grace Matthews und Thomas Finlay, Auszug.

ZUSAMMENFASSUNG UND FAZIT

55.1 Wie durch die Aussagen des diensthabenden Neonatalogen der Privatklinik und dem Spezial-Transfer-Team bestätigt, ist es auszuschließen, dass die Papier-Identifikationsbänder vor der Aufnahme im Krankenhaus St. Alexander's zwischen den beiden Inkubatoren ausgetauscht worden sein könnten. Beide Inkubatoren waren während der Verlegung bis zu ihrer Ankunft auf der NICU verschlossen.

55.2 Ebenso ist höchst unwahrscheinlich, dass auch nur eines der Papierbänder während der Aufnahme vertauscht wurde, denn an beiden Säuglingen wurden sofort ärztliche Maßnahmen durchgeführt, beide waren deshalb permanent von mehreren Personen des Ärzte-und Pflegeteams umgeben. Dass gar beide Bänder versehentlich vom einen in den anderen Inkubator gelangen konnten, ist deshalb so gut wie auszuschließen.

55.3 Selbst im unwahrscheinlichen Fall, dass die Papierbänder tatsächlich auf diese Weise verwechselt wurden, hätten beide Säuglingsschwestern die elektronischen Identifikationsbänder nur unter Verstoß gegen das vorschriftsmäßige Vorgehen anbringen können, indem sie zum Beispiel im elektronischen Registrierungssystem die korrekte Aufnahme nicht überprüft hätten.

55.4 *Mr. Riley bestätigt, dass er das Band an »seinem« Baby circa dreißig Minuten nach der Aufnahme bemerkt habe, kurz nachdem das Kind in den krankenhauseigenen Inkubator verlegt worden war. Dem widerspricht die Assistenzärztin, die zwei Stunden später die Kühlmatte überprüfte und dabei das Fehlen des Bands bemerkte. Bedauerlicherweise gab sie das damals nicht sofort zu Protokoll.*

55.5 *Jedoch war die Abwesenheit des Identifikationsbands nicht die Ursache für die Vertauschung der beiden Säuglinge. Beweis dafür ist die Tatsache, dass Mr. Riley bereits an einem Inkubator stand, in dem sich gar nicht das Kind der Rileys befand. Daraus lässt sich schließen, dass die Vertauschung zu diesem Zeitpunkt bereits stattgefunden hatte.*

55.6 *Deshalb kamen wir nach sorgfältiger Erwägung zu dem Schluss, dass die Vertauschung der beiden Säuglinge vorsätzlich herbeigeführt wurde – dass also während oder kurz vor der Verlegung der beiden Säuglinge aus den mobilen in die krankenhauseigenen Inkubatoren die Papierbänder absichtlich von einer oder mehreren Personen ausgetauscht wurden und danach die Täuschung aufrechterhalten wurde.*

55.7 *Infolgedessen stellten wir unsere Untersuchung an diesem Punkt ein und leiten unseren Ermittlungsstand an die Kriminalpolizei weiter, da es sich bei einer vorsätzlichen Kindesvertauschung um eine Straftat handelt.*

55.8 Je nach Ergebnis der polizeilichen Ermittlungen kann es notwendig sein, das Resultat unserer Untersuchung weiterzuleiten an die für Betrugsfälle zuständige Abteilung des NHS.

66

PETE

»Cui bono«, sagte Justin Watts. »Das heißt: Wem zum Vorteil. Und in Ihrem Fall ist man leider zu dem Schluss gekommen, dass das für Sie beide gilt.«

»Aber das ist doch Wahnsinn«, erwiderte Maddie aufgebracht. »Vollkommener Irrsinn. Warum um alles in der Welt sollten wir so etwas tun?«

Es war Montagmorgen, neun Uhr, und wir saßen in Justin Watts' noblem Büro. Wir hatten ihn am Samstag schon treffen wollen, aber Anwälte, die auf Erfolgshonorarbasis arbeiten, legen offenbar Wert auf ihr Wochenende. Wir dagegen gingen zwei Tage lang fast die Wände hoch.

»Die beiden spekulieren hier nicht«, fuhr Watts fort, während er den Bericht aufs Neue studierte. »Aber die Polizei wird es tun. Und die naheliegende Schlussfolgerung ist natürlich, dass Sie ein normal entwickeltes Kind, die Lamberts dagegen ein beeinträchtigtes bekommen haben.«

»Aber wir konnten doch gar nicht wissen, dass das so ist«, wandte Maddie ein. »Zu dem Zeitpunkt hatten wir nur erfahren, dass unser Kind an Sauerstoffmangel gelitten hatte und nicht in guter Verfassung war.« Sie sah mich an. »Mehr wussten wir nicht, oder?«

»Ich habe in dem Krankenwagen mit dem Sanitäterteam gesprochen«, antwortete ich, »und gefragt, was ›Hypoxie‹ bedeutet. Einer von denen hat es mir erklärt, und er war sehr aufrichtig. Ich hatte dir das damals nicht erzählt, Mads, weil es dir ohnehin schon so schlecht ging. Außerdem hatte der Mann auch gesagt, man könne daraus keine Prognosen ableiten. Deshalb habe ich das für mich behalten. Bis auf die Information, dass die nächsten Tage entscheidend sein würden.«

»Großer Gott.« Maddie starrte mich entsetzt an. »Die denken also, du hast das *gewusst*. Und glauben deshalb, das Motiv gefunden zu haben.«

»Aber nicht die Gelegenheit«, warf Justin Watts gelassen sein.

Ich schüttelte den Kopf. »Es herrschte ja eine enorme Hektik. Während die Ärzte erste Maßnahmen trafen, gab es Momente, in denen ich kurz mit beiden Inkubatoren allein war. Ich wünschte, es wäre nicht so gewesen, aber wenn das alles ist, was die beweisen müssen …« Ich verstummte. *Bin ich erledigt*, hatte ich eigentlich sagen wollen, aber das hätte so melodramatisch geklungen, dass ich es mir verkniff. »Sieht nicht gut aus, wie?«

»Nun, zum Glück muss noch einiges mehr bewiesen werden.« Justin Watts griff nach dem Bericht. »Das hier besteht zu neunzig Prozent aus Unterstellung und zu zehn Prozent aus Wahrscheinlichkeit, damit kommen die bei keinem Strafgericht durch. Es kann sein, dass man Sie, Mr. Riley, bitten wird, zum Verhör in einem Polizeirevier zu erscheinen, aber das dürfte wohl auch das Äußerste sein.« Er hielt inne. »Vielleicht nehmen Sie einen Strafrechtsanwalt mit. Ich würde jedenfalls dringend dazu raten, beim Verhör auf alle Fragen nur ›kein Kommentar‹ zu antworten. Bislang haben die nichts Brauchbares in der Hand, und wenn Sie denen jetzt kein Material liefern, wird die Sache vermutlich ad acta gelegt werden müssen.«

»›Kein Kommentar‹? Sagen das nicht Leute, die schuldig sind?«, fragte Maddie zweifelnd.

»Nein, das sagen Leute, die eine Anklage vermeiden wollen.

Glauben Sie mir: Wenn Sie irgendwie vermeiden können, dass es hier zu einem Strafprozess kommt, sollten Sie sich darum bemühen.«

Strafprozess. Herr im Himmel, wie waren wir nur in diese Lage geraten? Würde ich vor Gericht angeklagt werden, Theo gestohlen zu haben? Ich konnte das alles nicht begreifen.

Und das Ganze nur, weil dieser Miles Lambert in unserem Leben aufgetaucht war. Hätte er mich nicht überredet, das Krankenhaus zu verklagen, würde das jetzt alles nicht passieren.

»Man könnte natürlich zynisch vermuten«, fuhr Justin Watts fort, »dass der NHS versucht, sich finanziell aus der Affäre zu ziehen, indem er die Vertauschung als Straftat darstellt. Aber die Polizei wird das ganz genau untersuchen.«

»Moment mal«, sagte ich. »Soll das bedeuten, dass der NHS uns nichts bezahlen muss, wenn es denen gelingt, sich aus der Verantwortung zu ziehen?«

Justin Watts zuckte mit den Schultern. »Der National Health Service würde dann jedenfalls eine stärkere Verhandlungsposition haben. Und wie im letzten Absatz hier verdeutlicht wird: Wenn entweder Sie beide oder die Lamberts von der Vertauschung wussten und dazu geschwiegen haben, liegt der Tatbestand des Betrugs vor.«

Maddie und ich warfen uns einen verstörten Blick zu.

»Ich fürchte, dieser Bericht hat auch Auswirkungen auf *unsere* Konditionen«, erklärte Justin Watts jetzt. »Sie erinnern sich vielleicht, dass die Vereinbarung, mit Erfolgshonorar zu arbeiten, an die Bedingung einer hohen Erfolgswahrscheinlichkeit geknüpft war. Wenn sich die Umstände jetzt ändern, müssen wir eine zweite Meinung einholen. Und es steht außer Zweifel, dass dieser Bericht hier die Lage grundlegend verändert.«

»*Was?*« Ich starrte ihn schockiert an. »Sie wollen uns hängenlassen?«

»Keineswegs. Aber unter diesen Umständen müssen wir Ihnen unsere Zeit in Rechnung stellen. Auch für die bisher bereits entstandenen Kosten natürlich.«

Ich stützte verzweifelt den Kopf in die Hände. »Wir haben schon eine zweite Hypothek auf unser Haus aufgenommen, um die Familienrechtsanwältin zu bezahlen.«

»Ah.« Justin Watts machte sich eine Notiz. Vermutlich um uns postwendend eine Rechnung zu schicken, bevor wir pleite waren.

»Und wenn wir aus allem aussteigen?«, fragte ich erschöpft. »Wenn wir alles zurückziehen?«

»Davon würde ich dringend abraten«, antwortete der Anwalt. »Dann müssen Sie nämlich nicht nur unsere Kosten, sondern auch die der Gegenpartei übernehmen. Und für die polizeilichen Ermittlungen würde das den Anschein erwecken, als hätten Sie etwas zu verbergen.«

»Mir reicht es jetzt«, verkündete Maddie plötzlich abrupt und sprang auf. »Sie sind unser Anwalt, verflucht noch mal. Sie sollen sich für uns engagieren, aber stattdessen interessieren Sie sich nur dafür, wie viel Geld Sie uns abknöpfen können. Keinen Cent werden Sie kriegen, bevor Sie uns nicht einen Plan liefern, wie diese Sache hier aus der Welt geschafft werden kann.« Ihr australischer Akzent, der nach drei Jahren in London normalerweise kaum noch zu bemerken war, brach jetzt so heftig durch, wie ich das noch nie bei ihr erlebt hatte. »Komm, Pete. Lassen wir diesen eierlosen Schlappschwanz in Ruhe, damit er endlich seine Arbeit machen kann.«

67

PETE

»›Eierloser Schlappschwanz‹?«, raunte ich, während wir uns in der überfüllten U-Bahn an einer Stange festhielten. »Wo kam das denn plötzlich her?«

»Weiß nicht. Von meinem Dad wahrscheinlich.«

»Das ist alles so eine Scheiße, oder?«

Maddie nickte und begann plötzlich ohne Vorwarnung zu weinen. Dicke Tränen rannen ihr übers Gesicht und tropften in ihren Kragen. Unbeholfen umarmte ich sie, mit der Haltestange zwischen uns. *Als umarme man jemanden hinter Gittern*, dachte ich, obwohl das natürlich albern war. Vergitterte Zellen gab es heutzutage nur noch in Filmen.

Als wir auf unser Haus zugingen, sahen wir jemanden davorstehen – einen jungen Mann. Erst als er auf uns zueilte, das Handy im Anschlag, wurde mir klar, um wen es sich handelte. Oder vielmehr um was. Heutzutage sind Journalisten nicht mehr mit Notizblöcken unterwegs, sondern mit Aufnahme-Apps in Handys.

»Kieran Keenan, *Daily Mail*. Stimmt es, dass Sie ein Baby gestohlen haben, Mr. Riley?«

»Verschwinden Sie«, knurrte ich und drängte mich an ihm vorbei. Im selben Moment sprang ein Fotograf hinter zwei geparkten Autos hervor, hinter denen er sich versteckt hatte, und schoss die klassischen Fotos: Schuldiger wehrt Journalisten ab, die unbequeme Fragen stellen.

»Wollen Sie nicht Ihre Sicht der Dinge darstellen, Mr. Riley?«, rief der Reporter mir nach.

Ich blieb stehen und drehte mich um. »Ich kenne Ihren Redakteur«, sagte ich. »Den Reiseredakteur zumindest.«

Klick-klick-klick. Gefundenes Fressen für den Fotografen.

»Ich werd ihn von Ihnen grüßen. Weshalb haben Sie das Kind gestohlen, Mr. Riley?«

Maddie hatte die Tür schon geöffnet und hielt sie auf, damit ich ins Haus sprinten konnte. Aber irgendetwas veranlasste mich dazu, stehen zu bleiben und dem Reporter ins Gesicht zu schauen. Er war wirklich unglaublich jung, ein Volontär wahrscheinlich. »Wir haben gar nichts getan. Machen Sie Ihre Recherche anständig. Die Übeltäter sind nicht wir.«

»Wer denn dann?«, fragte er sofort, aber jetzt merkte ich, dass ich schon zu viel gesagt hatte. Ich lief ins Haus, und Maddie schlug die Tür hinter mir zu.

»Dahinter steckt garantiert Miles«, sagte Maddie müde.

Ich sank in einen Sessel. »Ja, klar. Sein Anwalt hat den Bericht natürlich auch bekommen. Und Miles' erster Gedanke wird gewesen sein, wie er das zu seinem Vorteil nutzen kann. Wenn man glaubt, wir hätten Theo gestohlen, wird man uns wohl kaum erlauben, ihn zu behalten.«

»Kannst du deinen Kontakt bei der *Daily Mail* nicht anrufen? Und ihn bitten, die Geschichte nicht zu bringen?«, schlug Maddie vor.

»Ich denke, das würde alles noch verschlimmern.«

Schweigend saßen wir da.

»Warum hast du gelogen, was das Identifikationsband angeht?«, fragte Maddie nach einer Weile.

Ich sah sie an. »Was meinst du damit?«

»Du hast Grace Matthews gesagt, dass du das Band an Theos Bein gesehen hättest, wenige Minuten, nachdem er in den krankenhauseigenen Inkubator verlegt worden war. Das stimmt aber nicht, und das weißt du auch genau. Und nun ist deine Aussage von ärztlicher Seite widerlegt worden.«

»Ich muss mich geirrt haben.«

Maddie betrachtete mich prüfend. »Hast du das für Bronagh gemacht?«

Ich antwortete nicht. Es war mir einfach nicht möglich.

»Warum?«, fragte Maddie nur.

»Sie ist beurlaubt worden«, antwortete ich nach einer Weile. »Ich wollte ihr helfen.«

»Das kann doch nicht wahr sein.« Maddie gab ein sarkastisches Lachen von sich. »Wir verlieren unseren Sohn, und du willst einer Krankenschwester helfen. Die dich zum Dank in einen Strafprozess verwickelt. Du bist … du bist manchmal echt ein Idiot, Pete, mit deiner Gutmensch-Attitüde. Immer willst du anderen …« Sie verstummte abrupt. »War das *alles*?«

»Was meinst du damit?«, fragte ich, obwohl ich es genau wusste.

»Ist zwischen dir und Bronagh etwas, das ich wissen sollte?«, fragte Maddie misstrauisch.

Ich sah ihr in die Augen. »Nein. Nein, wirklich nicht.«

Und wenn man die Antwort wörtlich nahm, entsprach sie voll und ganz der Wahrheit. Da war tatsächlich nichts, was Maddie wissen sollte. Ganz im Gegenteil.

68

Fall Nr. 12675/PU78B65, Anlage 34: Facebook Messenger-Nachrichten zwischen Bronagh Walsh und Peter Riley, gelöscht von Peter Riley am nächsten Tag, von Bronagh Walsh zwei Jahre später.

Hey Pete wie läuft's? Das Rad sieht fantaaaastisch aus! Bin nächstes WE in York, Junggesellinnenabschied, wir schauen bei euch Jungs vorbei! Alles Krankenschwestern, können euch vor Ort behandeln!!

Danke Bronagh. Alles tut weh, Muskeln gezerrt, aber wir halten durch. Wollen das Ziel für NICU erreichen!

Dann sind wir ja geradezu verpflichtet, euch zu verarzten!! (Hmm, aber gegen Muskelkater und Zerrungen kann ich wohl auch nix machen ...)

69

MADDIE

Der Artikel steht auf Seite acht der *Daily Mail*, unter einem Foto vom gehetzt wirkenden Pete. *JOURNALIST DER* TIMES *STIEHLT BABY, NHS SOLL ZAHLEN* lautet die Schlagzeile. Zitiert werden die anklagendsten Teile aus dem NHS-Bericht sowie Fragmente aus Petes eigenem – von ihm noch nicht freigegebenen – Artikel, in dem er geschildert hatte, wie traumatisch es gewesen war, von der Vertauschung zu erfahren. In diesem Kontext aber scheint es, als wolle Pete sich dreist zum Opfer stilisieren, um dem NHS mehr Geld abzuknöpfen. Theo wird *aus rechtlichen Gründen* nicht namentlich erwähnt, sondern taucht als *Kind X* auf, ein *liebenswertes lebhaftes Kleinkind mit strahlendem Lächeln.*

Pete stellt man als kaltblütiges Monster dar, als skrupellosen Mann, der keine Sekunde zögerte, als er die Chance sah, sein geistig behindertes Kind jemand anderem aufzudrücken, und dann von dem ganzen Komplott auch noch finanziell profitieren will. Am Ende des Artikels wird ein Fernsehpsychologe zitiert, der immer im Frühstücksfernsehen auftritt. *»Es würde mich nicht wundern, wenn es sich hier um einen Fall von Heldensyndrom handelt«*, tut der Küchenpsychologe kund. *»Das erleben wir manchmal bei Feuerwehr und Polizei: Menschen, die absichtlich Brände legen und Krisensituationen erzeugen, um sich dann als Retter in Szene zu setzen und dafür bewundert zu werden. Dieses Phänomen ist jedoch auch zunehmend häufiger bei Menschen zu beobachten, die perfekte Eltern oder Pflegekräfte sein wollen.«* Um den inhaltlichen Widerspruch zwischen Pete als berechnendem Monster und Pete als geltungsbedürftigem Vater schert sich bei diesem Unsinn natürlich niemand.

Pete ist vollkommen erschüttert von diesem Ereignis. Dass ihm seine eigene Branche so etwas antut, erschüttert ihn zutiefst, und er wirkt sehr still, hat einen abwesenden und verletzten Ausdruck in den Augen.

Anita nennt uns einen Kollegen, der auf Strafrecht spezialisiert ist und Pete zu einem freiwilligen Verhör begleiten soll. Wir sollen schnell reagieren, empfiehlt uns dieser Anwalt, rät uns aber hinsichtlich des Artikels zur gleichen Strategie wie schon Justin Watts: auf alles mit »kein Kommentar« reagieren und darauf hoffen, dass die Polizei die Ermittlungen aus Mangel an Beweisen einstellt.

Ich spüre, dass Pete dieses strategische Vorgehen unangenehm ist und dass er es bei der kleinsten Ermutigung meinerseits aufgeben würde. Vom Naturell her ist er ein Mensch, der gern kooperativ ist und von Autoritätsfiguren geschätzt wird. Und wir kennen beide die Fernsehberichte über Kinderschänder und Serienmörder, die im Polizeiverhör stur mit »kein Kommentar« antworten. Mit denen will Pete natürlich nicht gleichgesetzt werden. Deshalb achte ich besonders konsequent darauf, die Strategie des Anwalts lückenlos zu unterstützen und zu loben.

Dieser neue Anwalt, Mark Cooper, nimmt zweihundertzwanzig Pfund plus Mehrwertsteuer pro Stunde.

Ich rechne damit, dass die polizeilichen Ermittlungen so langsam in Gang kommen wie die ganzen juristischen Verfahren, in die wir verwickelt sind. Aber während Pete bei dem Verhör ist, klingelt es an der Haustür, und davor stehen ein uniformierter Sergeant, eine Streifenpolizistin und ein Mann in Zivil, der sich als Detective Sergeant vorstellt. Er zeigt mir seinen Ausweis und eine richterliche Anordnung, der zufolge der Mann berechtigt ist, Petes Laptop und Handy mitzunehmen.

Das Handy ist gar nicht im Haus, Pete hat es bei sich. Ich sehe hilflos zu, wie sie Petes MacBook in einen Asservatenbeutel stecken. »Wollen Sie auch das Stromkabel?«, höre ich mich sagen.

Der Detective schüttelt den Kopf. »Von denen haben wir jede Menge.« Das sind fast die einzigen Worte, die wir wechseln. Fünf Minuten, nachdem die Truppe das Haus betreten hat, ist sie auch schon wieder verschwunden.

Dass die Petes Laptop mitgenommen haben, entspricht nicht Mark Coopers Einschätzung, dass es sich um eine Routineermittlung handeln wird, denke ich. Oder geht es darum? Dass die Polizei dann behaupten kann, man hätte nach Beweisen gesucht und keine gefunden?

Je länger ich darüber nachdenke, desto bizarrer erscheint mir dieser ganze Vorgang. Was wollen die auf Petes Geräten finden? Selbst in einem völlig verrückten Paralleluniversum, in dem Pete tatsächlich ein Baby vertauscht hätte, würde er wohl kaum vorher gegoogelt haben, wie man so etwas macht. Und jeder, der ihn kennt, weiß, wie absurd es wäre, sich Pete als herzlosen, eiskalt berechnenden Unhold vorzustellen.

Aber Pete als Möchtegern-Held, raunt eine innere Stimme. *Das wäre doch denkbar.* Mir fällt wieder ein, wie er Theo auf der NICU meine Milch per Spritze durch die Nasensonde verabreicht hat, um die Schwestern zu entlasten. Als es Theo immer besser ging, erntete auch Pete Lob dafür. Und ja, das hat er schon genossen, der heilige Peter. Der fürsorglichste und fähigste Dad der ganzen NICU …

Schluss jetzt. Ich selbst habe ihm diesen Namen gegeben, weil er wirklich eine Art Engel ist, was manchmal nervt, aber er ist es einfach. Niemand weiß besser als ich, dass Petes Fürsorglichkeit nicht aufgesetzt, sondern echt ist.

Aber vielleicht hat er es dann eben für dich getan, versucht diese nervige Stimme mir jetzt einzureden.

Und ich erstarre innerlich. Denn ich weiß, dass dieses Szenario zwar sicherlich nicht *wahr* ist, aber immerhin denkbar wäre. Nach der Geburt hat Pete mir auch nichts über die Folgen von Sauerstoffmangel beim Kaiserschnitt gesagt, um mich zu schonen. Er hätte niemals aus eigenem Interesse Babys vertauscht, um ein nicht beeinträchtigtes Kind zu bekommen … aber vielleicht meinetwegen? Weil er glaubte, ich würde mit den Folgen nicht zurechtkommen?

Hat er aus Fürsorglichkeit eine furchtbare Tat begangen? Nicht aus kaltherziger Skrupellosigkeit, sondern aus Liebe?

Wir sprechen nicht mehr oft über die Zeit, in der wir uns kennengelernt haben. Es war eine bewegte Phase in meinem Leben – ich war nach Sydney gezogen, hatte eine Stelle bei einem Fernsehsender bekommen, arbeitete wie verrückt und feierte wie wild. Ich hatte keinerlei Absicht, mich zu verlieben, deshalb war es ein Schock für mich, als ich mich dann in einen älteren verheirateten Moderator verliebte. Drei rauschhafte Monate lang redete ich mir ein, dass er wirklich Frau und Kinder für mich verlassen würde, wie er sagte. Was natürlich nicht stimmte. Ich wurde depressiv, es kam zu einem chaotischen Hilferuf – eine Überdosis Schlaftabletten, die ich wieder erbrach –, gefolgt von einer Genesungsphase. Und ein gut aussehender kultivierter junger Engländer geriet in mein Leben, der sich weder daran zu stören schien, dass ich ein psychisches Wrack war, noch an meinen Beteuerungen, wir würden niemals etwas anderes als Freunde sein. Aber dann wurde nach und nach eben doch etwas anderes aus unserer Beziehung als nur Freundschaft – oder vielmehr wurde mir wohl bewusst, dass Freundschaft ein größerer Bestandteil einer Liebesbeziehung ist, als ich immer geglaubt hatte. Als wir dann schließlich Sex hatten, war das meinerseits mehr aus Dankbarkeit denn aus Verlangen, so nach dem Motto: muss erledigt werden. Aber es blieb nicht bei dem einen Mal. Irgendwie mochte ich Petes entspannte Art und fand Sex mit ihm wohltuend. Und wenn man mit seinem besten Freund schläft, kann man das ganze Arrangement auch getrost als Paarbeziehung bezeichnen. Pete war mein Fels in der Brandung, der Mensch, der mich umsorgte in einer Lebensphase, in der ich das dringender brauchte als alles andere.

Aber würde Pete ein Verbrechen für mich begehen? Sicher nicht, die Schuldgefühle würden ihn viel zu sehr quälen, und sein gesamtes Selbstverständnis wäre in den Grundfesten erschüttert. Und dennoch, jetzt wird er beschuldigt, und ich zweifle seine Unschuld an …

So geschieht das dann, denke ich. So werden Paarbeziehungen durch widrige Umstände zerstört. Zweifel und Misstrauen, kombiniert mit Geldmangel und dem Stress, nicht zu wissen, ob man uns per Gerichtsurteil unser Kind wegnehmen wird … dieser Mix könnte noch die stärkste Beziehung ruinieren. Aber ich darf nicht zulassen, dass uns das passiert.

Trotzdem kann ich diesen Zweifel nicht abschütteln, er hat sich irgendwo in den hintersten Winkeln meines Gehirns festgesetzt. Dass Pete wegen des Identifikationsbands gelogen hat – hat er das wirklich nur für Bronagh getan, oder gibt es einen anderen Grund dafür? Und was hat es mit den anderen Mutmaßungen aus dem NHS-Bericht auf sich? Falls die Babys tatsächlich vorsätzlich vertauscht wurden – wer sollte das dann getan haben?

Mein Handy klingelt, und ich melde mich sofort, weil ich denke, Pete hat endlich das Verhör hinter sich gebracht.

»Hallo, Maddie«, höre ich die Stimme von Lyn, der CAFCASS-Beraterin. »Ich würde gerne mit Ihnen sprechen, passt es gerade? Wir müssten uns nämlich mal über Peter unterhalten, verstehen Sie?«

70

MADDIE

»Worum geht es denn?«, frage ich.

»Ich habe von einer etwaigen Kindeswohlgefährdung gehört, Maddie. Offenbar wurden gegen Peter Vorwürfe erhoben, die polizeiliche Ermittlungen zur Folge haben.«

»Es gibt einige Vermutungen«, antworte ich ruhig, »die sich aber als falsch erweisen werden. Für Pete und mich steht außer Frage, dass dahinter Miles Lambert steckt …«

»Können Sie das irgendwie beweisen, Maddie?«, unterbricht mich Lyn.

»Nein. Kann ich nicht.«

»Dann würde ich an Ihrer Stelle mit solchen Äußerungen sehr vorsichtig sein, da sich die Polizei jetzt eingeschaltet hat.« Lyns Stimme klingt ungewohnt kühl und hart.

»Natürlich. Ich wollte damit sagen, dass es sich bei den Anschuldigungen nur um Vermutungen handelt, für die es keine Beweise gibt.«

»Aber ich muss in so einer Situation vor allem an Theo denken«, verkündet Lyn entschieden. »Wenn ein Mann wegen potenzieller Gefährdung eines Kindes zum Anlass polizeilicher Ermittlungen wird, müssen wir handeln, verstehen Sie, Maddie? Wir müssen uns fragen: Ist die Sicherheit des Kindes noch gewährleistet?«

»Aber es geht doch um das Kind, von dem – fälschlicherweise – behauptet wird, Pete hätte es ›gestohlen‹«, erwidere ich verständnislos. »Natürlich ist Theo in Sicherheit.«

»Man möchte doch vermeiden, dass Theo in dieser Phase der Ermittlungen in ein Kinderschutzhaus umziehen muss.« Jetzt hört sich Lyns Stimme regelrecht schneidend an.

»*Was*? Wer kommt denn auf so …«

»Deshalb ist es besser, wenn Pete vorerst auszieht«, spricht Lyn weiter, als hätte ich nichts gesagt. »Er kann Kontakt zu Theo haben, aber nur, wenn Sie dabei sind. Oder in einem speziellen Kinderkontaktzentrum unter professioneller Aufsicht. Ich kann Ihnen eine Liste mit Adressen schicken.«

»Das verstehe ich nicht«, erwidere ich perplex. »Wollen Sie mir damit sagen, dass Sie befugt sind, meine Beziehung zu Pete zu *zerstören*?«

»Nein«, antwortet Lyn fest. »Ich sage, dass ich befugt bin, Theo in eine geschützte Umgebung zu bringen, falls ich mit der gegenwärtigen Situation nicht einverstanden bin. Und das bin ich nicht. Wenn Sie mir jedoch schriftlich zusichern, dass Pete vorerst nicht mehr im Haus wohnt, nicht mit Theo alleine sein wird, ihn nicht alleine beaufsichtigen wird beziehungsweise höchstens in einem offiziell anerkannten Kinderkontaktzentrum treffen wird, könnte ich mich davon überzeugen lassen, dass Sie mit uns kooperieren, um für Theos Wohl zu sorgen. Die Entscheidung liegt bei Ihnen, Maddie. Wie fällt sie aus?«

Obwohl meine Kehle wie zugeschnürt ist, weiß ich, dass ich keine Wahl habe. Wenn uns Theo erst einmal weggenommen wird, werden sich unsere Chancen, ihn langfristig bei uns zu behalten, drastisch reduzieren.

»Ich werde alles tun, was notwendig ist, um das Sorgerecht für Theo und David zu bekommen«, höre ich mich sagen. »Wenn Pete dafür ausziehen muss, werde ich das arrangieren.«

71

MADDIE

Ich fühle mich wie betäubt, während ich darauf warte, dass Pete vom Polizeirevier zurückkommt. Mein Gehirn scheint sich zu weigern, das Geschehen anzuerkennen, als könne es diese rasche Folge von Katastrophen nicht mehr verarbeiten. Wenn ich mir das alles verdeutlichen würde, dann würde ich wohl unkontrolliert zu schreien anfangen.

Eine weitere Stunde vergeht, bevor ich den Schlüssel im Schloss höre. Als Pete hereinkommt, sieht er total erschöpft aus. Er lässt den Schlüssel auf den Tisch fallen, neben der Stelle, wo normalerweise sein MacBook steht. Schaut auf das herunterhängende Stromkabel, sagt aber nichts.

»Sie haben es beschlagnahmt«, sage ich. »Die Polizei war vorhin hier.«

»Ich weiß. Mein Handy ist mir auch abgenommen worden. Deshalb konnte ich dir nicht Bescheid sagen, als ich entlassen wurde. Und dann …« Er blinzelt wie ein Boxer, der einen Treffer abbekommen hat. »Ich bin fast den ganzen Weg nach Hause gelaufen. Musste nachdenken.«

»Weißt du, wann du deine Geräte zurückbekommst?«

»Bald, hieß es.« Er streicht sich übers Haar. »Sie haben mich vor die Wahl gestellt. Entweder ich gebe ihnen PIN und alle Passwörter, damit sie alles schnell runterladen können. Oder sie behalten Laptop und Handy, bis ihre Technikabteilung alles geknackt hat. Und da es ausgesehen hätte, als hätte ich was zu verbergen, wenn ich mich weigere …« Er schüttelt den Kopf.

»Pete, es gibt noch mehr schlechte Nachrichten«, erkläre ich im selben Moment, als Pete beginnt: »Maddie …«

»Du zuerst«, sagt er.

»Die Frau von CAFCASS hat angerufen, Lyn. Die behaupten, es gäbe Kindeswohlgefährdung, weil du in Ermittlungen wegen Kindesentführung verwickelt bist. Es tut mir so leid, Pete. Die Frau verlangt, dass du bis zur Anhörung ausziehst. Und du darfst nicht mit mehr Theo alleine sein.«

»Oh nein. Großer Gott.« Pete schließt die Augen.

»Ich dachte mir, vielleicht könntest du bei Greg und Kate unterkommen.«

»Ich werd sie fragen.« Pete schaut sich kopfschüttelnd im Zimmer um, als sähe er es zum letzten Mal. »Das ist doch alles nicht zu fassen.«

»Und was wolltest du sagen?«

Er holt tief Luft. Als er zu sprechen anfängt, spüre ich sofort, dass er diese Rede vorbereitet, auf dem Heimweg geprobt hat. »Ich muss dir etwas sagen. Über meinen Laptop. Wenn die Polizei ihn untersucht, wird man wissen, dass …« Er unterbricht sich. »Man wird feststellen können, dass ich mir Pornos angesehen habe.«

Ich starre ihn sprachlos an.

»Keine illegalen Pornos natürlich«, fügt er hastig hinzu. »Aber Mark – unser neuer Anwalt – sagte, falls du verhört wirst, wird man dich danach fragen. Wird versuchen, dich zu überrumpeln.«

»Wann?«, frage ich nur.

»Wann sie dich verhören werden? Es steht noch nicht mal fest, ob …«

»Wann hast du dir Pornos angesehen?«

Er macht eine kleine hilflose Handbewegung. »Weiß nicht. Spielt das eine Rolle? Wenn Theo im Kindergarten war, glaub ich.«

Dieser Kindergarten hatte fast zweihundert Pfund pro Woche gekostet, bezahlt von meinem Einkommen. Aber wir waren uns einig gewesen, dass er das wert war, wenn Pete die Zeit für neue Projekte und Artikel nutzen konnte. »Und wie lange geht das schon so?«

Er zuckt mit den Schultern. »'ne ganze Weile.«

Ich hatte das nicht geahnt. Vielleicht hätte es mich nicht überraschen sollen, angesichts der anderen Probleme in unserer Beziehung. Aber ich war nie auf den Gedanken gekommen. Das widerspricht so sehr meinem Bild von Pete – und wohl auch Petes Bild von sich selbst. Er verhält sich grundsätzlich respektvoll gegenüber Frauen und ist seinen eigenen Prinzipien treu. Als ich an Pornobilder denke, schaudert es mich. Ist Pete in Wirklichkeit *so* ein Mann? Und wenn ich das nicht von ihm wusste, was ist mir sonst noch verborgen geblieben?

Wer ist er in Wahrheit?

Er hatte immer behauptet, er brauche ein Passwort für den Laptop, damit er wegen Theo gesichert sei. »Keine Bildschirme außer Fernsehen für ihn, bis er zwei ist, und danach maximal eine halbe Stunde, unter permanenter Aufsicht«, hatte Pete einmal erklärt. »Ich hab einen Artikel darüber gelesen – die Leute aus dem Silicon Valley, die sich auskennen, lassen ihre Fünfjährigen keine Sekunde unbeaufsichtigt mit elektronischen Geräten alleine, nicht mal mit einem iPad.« Oder hatte Pete das Passwort vor allem gebraucht, damit ich nicht zufällig auf die Suchchronik stieß?

Wenn er in dieser Hinsicht so mühelos gelogen hatte, was

hielt er noch vor mir geheim? Und war es womöglich sogar eine Lüge, dass er mich liebte?

»Ich gehe packen«, sagt er, als ich stumm bleibe. Er wartet darauf, dass ich etwas sage. Aber ich kann nicht.

Erst als er an der Treppe ist, frage ich: »Was ist sonst noch passiert bei dem Verhör?«

Er zuckt müde mit den Schultern. »Ich habe alle Fragen mit ›kein Kommentar‹ beantwortet. Dabei hab ich gemerkt, wie der Detective zusehends überzeugt davon war, dass ich etwas zu verbergen habe. Jetzt kommt es darauf an: Regt ihn das so auf, dass er weiterermitteln wird? Oder denkt er, es sei ohnehin vergeblich, wenn sie so wenig in der Hand haben?«

Ich bin inzwischen sicher, dass man weiterermitteln wird, schon allein deshalb, weil bislang für uns alles schiefgegangen ist, was nur schiefgehen konnte. Und weil ich hinter alldem die unsichtbare Macht von Miles Lambert spüre, der steuert und eingreift und vor nichts zurückschrecken wird, um seinen Sohn zu bekommen.

Hätten wir uns klüger angestellt, hätte die Gegenseite weniger gegen uns in der Hand. Aber jetzt hat Petes kleine Lüge über das Identifikationsband sich zu einer Angriffsfläche ausgewachsen, die unsere Familie spalten könnte, wenn noch mehr Druck ausgeübt wird. Man könnte uns Theo wegnehmen, Pete könnte im Gefängnis landen. Und was wäre dann mit mir? Wenn man zu dem Schluss kommt, dass ich von Anfang an alles gewusst habe, könnte man mir die Aufenthaltserlaubnis für Großbritannien entziehen.

Ein Abgrund tut sich vor uns auf, und wir stehen direkt am Rand.

»Ich rufe Greg an«, sagt Pete und greift in die Tasche, um

sein Handy rauszuholen. Was nicht da ist. »Scheiße«, sagt Pete wütend. *»Scheiße.«* Er holt tief Luft, und ich merke, dass er sich mühsam beherrschen muss.

»Ich mach das. Pack du deine Sachen.«

»Sag ihm …« Pete stockt, spricht dann weiter. »Sag ihm, ich komme erst spät. Wenn Theo schläft. Ich will ihn noch ins Bett bringen. Das könnte für eine ganze Weile das letzte Mal sein.«

72

PETE

Als ich mich auszog, um mich auf Gregs Sofa zu legen, fiel mir etwas aus der Tasche. Es war eine Karte, die man mir im Polizeirevier gegeben hatte. Darauf wurde mir mitgeteilt, dass *unangemessener Kontakt mit für die Ermittlungen in diesem Fall relevanten Personen, direkt oder indirekt durch Dritte oder soziale Medien* eine Straftat darstelle, für die eine Haftstrafe bis zu lebenslänglich drohe.

Lebenslängliche Haftstrafe. Schlimmer konnte es wohl gar nicht mehr werden. Und was sollte *unangemessen* überhaupt bedeuten?

Als ich mit unserem Anwalt Mark Cooper auf dem Polizeirevier eintraf, sprach er zunächst allein mit den Ermittlern. Er hatte mir vorher erklärt, das sei das Standardvorgehen. Danach wirkte Cooper ernst, aber auch zuversichtlich.

»Die müssen mir natürlich nicht alles offenbaren«, sagte er, »aber ich vermute trotzdem, dass sie nicht viel in der Hand haben. Mein Rat wäre weiterhin: auf alle Fragen ›kein Kommentar‹ antworten.«

»Muss das denn wirklich sein?«, wandte ich ein. »Das fühlt sich für mich so falsch an.«

»Lassen Sie mich etwas erklären.« Mark Cooper war nicht älter als ich, hatte aber die ungesunde teigige Blässe von Menschen, die zu viel Zeit in tristen Räumen mit flackernden Neonlichtern und Papierkörben voller Pappbecher verbringen müssen. »Das Rechtssystem dieses Landes beruht auf dem Verhandlungsgrundsatz. Das bedeutet, dass die Polizei dafür sorgen muss, Verdächtige festzunehmen, Anklage zu erheben und die Personen vor Gericht zu bringen. Zu entscheiden, ob jemand schuldig ist oder nicht, ist nicht Aufgabe der Polizei, sondern der Gerichte. Die Polizei steht unter enormem Druck, eine hohe Verurteilungsrate zu erreichen. Deshalb sind die Ermittler gut trainiert in Verhörtechniken und schaffen es häufig, die Verdächtigen zu Aussagen zu bringen, die vor Gericht zu einer Verurteilung beitragen, auch wenn die Person unschuldig sein sollte. Oder noch schlimmer: Verdächtige lassen sich zu einer kleinen Lüge drängen, die im Prozess die gesamte günstige Beweislage unterminiert. Wenn die zum jetzigen Zeitpunkt genügend Beweise gegen Sie hätten, dann hätten sie bereits Anklage erhoben. Haben sie aber nicht. Unser Ziel ist es heute, diesen Zustand zu erhalten. Und das erreichen wir am besten, indem Sie konsequent ›Auf Anraten meines Anwalts verweigere ich die Aussage‹ antworten.«

Ich verstand seine Argumentation, fand das aber unerträglich. Als der Polizist – ein sympathischer, freundlicher Mann, der sich als Detective Inspector Richards vorstellte, mich auf meine Rechte hinwies und zu den Worten kam »Wenn Sie jetzt etwas verschweigen, was Sie später aussagen, wird man Sie vor Gericht fragen, warum Sie es bei der Vernehmung verschwiegen haben«, warf ich Mark Cooper einen panischen Blick zu. Der Anwalt schüttelte nur warnend den Kopf.

Dann stellte Richards die erste Frage: »Sie wurden mit Ihrem verfrüht geborenen Kind in einem Krankenwagen ins St. Alexander's gebracht. Das war sicher ein schlimmes Erlebnis für Sie, nicht wahr?«

Ich befolgte Coopers Rat und sagte nur: »Auf Anraten meines Anwalts verweigere ich die Aussage.«

Richards sah gestresst aus. »Sie sind heute hier, damit Sie uns Ihre Sicht der Ereignisse schildern können, Mr. Riley. Ich bin nur ein neutraler Zuhörer, der die Ereignisse zu verstehen versucht.«

»Auf Anraten meines Anwalts verweigere ich die Aussage.«

»Bislang wurde keinerlei Anklage gegen Sie erhoben, Mr. Riley. Wir wollen nur sicherstellen, dass uns Ihre Schilderung der Ereignisse ebenso zur Verfügung steht wie die der NHS-Rechtsabteilung.«

»Auf Anraten meines Anwalts verweigere ich die Aussage.«

Richards zuckte mit den Schultern und griff nach einem Dokument. »Sie haben den Ermittlern der NHS-Rechtsabteilung gesagt, als Sie in der Intensivstation ankamen, seien Sie in einem Zustand heller Panik gewesen. Würden Sie diese Aussage bestätigen?«

Ich zögerte. Hatte ich das wirklich gesagt? »Auf Anraten meines Anwalts verweigere ich die Aussage.«

»Es ist mir durchaus verständlich, warum Sie Angst haben, Mr. Riley. In dem Krankenwagen hatten Sie ein Gespräch mit den Sanitätern, nicht wahr? Die Ihnen gesagt haben, dass Ihr kleiner Junge höchstwahrscheinlich hirngeschädigt sein wird. Das muss schlimm für Sie gewesen sein.«

»Auf Anraten meines Anwalts verweigere ich die Aussage.«

Und so ging es immer weiter. Als Richards fragte, ob ich seit Verlassen der NICU Kontakt mit Bronagh Walsh gehabt hätte, musste ich kurz blinzeln, antwortete aber hartnäckig: »Auf Anraten meines Anwalts verweigere ich die Aussage.«

Und dann kam der Moment gegen Ende des Verhörs, als Richards mir offenbarte, dass sie eine richterliche Genehmigung zur Durchsuchung meines Computers hätten. Offenbar wirkte ich beunruhigt, denn Richards fragte, ob sie auf meinem Laptop wohl etwas finden würden, was für die Ermittlungen von Bedeutung sein könnte.

Ich wollte gerade den Kopf schütteln, als ich mich in letzter Sekunde beherrschen konnte. »Auf Anraten meines Anwalts verweigere ich die Aussage.« Aber ich dachte unwillkürlich daran, was ich Maddie nun offenbaren musste.

Da ich nichts sagte, dauerte die Vernehmung nicht lange, etwa eine Viertelstunde. »Das war's«, sagte Richards schließlich seufzend. Ich entspannte mich innerlich, als er hinzufügte: »Ach, eine Frage noch. Ein Mr. Miles Lambert hat sich bei uns gemeldet, der behauptet, er verfüge über Informationen, die für die Ermittlungen relevant sein könnten. Gibt es etwas, das Sie mir zuerst sagen möchten?«

Ich versuchte angestrengt, nicht zu reagieren, aber offenbar zeichnete sich etwas auf meinem Gesicht ab – Angst, Verzweiflung oder Abscheu –, das Richards zufriedenstellte, denn er nickte.

»Auf Anraten meines Anwalts verweigere ich die Aussage«, murmelte ich, aber Richards hörte nicht mehr zu.

Greg und Kate hatten im Wohnzimmer keine Vorhänge, sondern nur Jalousien, durch die man die Scheinwerfer jedes vorbeifahrenden Autos sah. An Schlaf war nicht zu denken. Ich lag auf dem schmalen Sofa, und tausend Gedanken schossen mir durch den Kopf. *Theo.* Als ich ihm gesagt hatte, ich würde ein paar Tage weg sein, hatte er kaum darauf reagiert und nur gefragt, wer ihn morgen zu Moles' Haus bringen würde. *Maddie.* Sie hatte auf mich nicht gerade verzweifelt gewirkt über die Anordnung der Sozialarbeiterin, dass ich vorerst ausziehen sollte.

Als ich meine Sachen packte, hatte Maddie einen distanzierten, fast misstrauischen Eindruck auf mich gemacht. Vielleicht brauchte sie aber auch nur Zeit, um zu verarbeiten, was sie über mich erfahren hatte. Verabscheute sie mich nun? Widerte ich sie an? Ich hatte mich so sehr bemüht, der Mensch zu sein, den sie sich wünschte. Aber ich war es eben nie gewesen und würde es auch nie sein können. Ich war eine Täuschung, ein Betrug.

Das Absurde war, dass ich auch mit einer Verurteilung wegen Betrugs rechnen musste, falls ich wegen Kindesentziehung schuldig gesprochen wurde. Alles war schiefgegangen, und unsere Familie musste unter den Folgen leiden.

Und bei diesem Gedanken erlaubte ich es mir endlich zu weinen; im Dunkeln, möglichst lautlos, um meine Freunde und ihre Kinder nicht zu wecken, die oben im Haus schlummerten.

73

Fall Nr. 12675/PU78B65, Anlage 38:
Auszug aus einem Schreiben von CAFCASS bezüglich Theo Riley, dem Familiengericht vorgelegt von Lyn Edwards, Beraterin des Familengerichts. Ergänzung zu bereits eingereichten Empfehlungen.

ABSCHLIESSENDE EINSCHÄTZUNG

Angesichts der veränderten Situation sollte das Gericht bei CAFCASS einen Section-7-Bericht in Auftrag geben, betreffend folgende Belange:

– Eine etwaige Kindesentziehung und die psychischen Auswirkungen für das Kind.

– Etwaiger Alkoholmissbrauch. Madelyn Wilson hat ausgesagt, dass sie wöchentlich die doppelte Alkoholmenge der von der NHS für Frauen empfohlenen Menge von zehn Einheiten zu sich nimmt.

– Madelyn Wilsons psychische Verfassung und deren potenzielle Auswirkungen auf das Kind. Trotz einer psychotischen Phase vor zwei Jahren teilte Ms. Wilson mir mit, dass sie die ärztlich verordneten Medikamente nicht mehr einnehme, worüber ihre Hausarztpraxis nicht informiert war.

– Wie die Wünsche des Kindes sind. Theo ist zwar erst zwei, doch das Personal von CAFCASS ist in indirekten Fragetechniken ausgebildet, mit denen auch die Gefühle eines Kleinkinds eingeschätzt werden können.

– Seitens Mr. Riley und Ms. Wilson besteht eine massiv ablehnende Haltung gegenüber den Antragstellern, die das Kind selbigen entfremden oder sich ungünstig auf seine Entwicklung auswirken könnte.

Im Bericht sollten Empfehlungen für das Gericht hinsichtlich der Entscheidung über die langfristige Zukunft des Kindes ausgesprochen werden.

Lyn Edwards
Beraterin des Familiengerichts

74

MADDIE

An diesem Abend betrinke ich mich, und zwar so richtig. Da Theo schläft und kein Pete da ist, der mir missbilligende Blicke zuwirft, wenn ich mein Glas auffülle, nutze ich das weidlich aus, um die ganze Misere zu vergessen.

Am nächsten Morgen habe ich natürlich einen grausamen Kater, der noch schlimmer wird, als ich im Alleingang dafür sorgen muss, dass Theo sich anzieht und frühstückt. Und dann muss ich ihn auch noch zu den Lamberts chauffieren. Normalerweise spaziere ich um diese Zeit in aller Ruhe zur U-Bahn und überlasse alles Pete. Ich hatte überhaupt keine Ahnung, wie wahnsinnig anstrengend diese Morgenprozedur ist.

»Daddy macht meine Sahnbürste *danz fertig*.«

»Aber Daddy ist heute nicht da, Theo.«

»Daddy neidet meinen Toast in *Dücke*.«

»Wie gesagt, Theo: Daddy ist nicht da.«

Ich vermisse ihn selbst sehr – nicht nur den gut organisierten Pete, der die Zahnbürste perfekt vorbereitet, sondern auch den Pete, der mit mir im Bett liegt und Platz zwischen unseren Rücken macht, sobald Theo zu uns unter die Decke kriecht. Habe ich ihn zu widerstandslos gehen lassen? Hätte ich mich heftiger gegen Lyns ungeheuerliche Forderung wehren müssen? Und hätte ich liebevoller zu ihm sein sollen, bevor er das Haus verließ? Wir hatten kaum gesprochen, während Pete seine Sachen packte und Theo ins Bett brachte. »Vergiss nicht, ihm seinen Morgensnack einzupacken«, hatte Pete beim Rausgehen noch gesagt, und ich hatte nur genickt. Ich wusste einfach nicht mehr, von wem ich mich da überhaupt gerade verabschiedete. Es war natürlich albern, so etwas Geringfügiges wie Pornokonsum mit einem Verbrechen wie dem Diebstahl eines Kindes in einen Topf zu werfen. Aber ich war verunsichert und wusste nicht mehr, was ich denken sollte. Wir hatten uns einander entfremdet.

Und so hatten wir uns auch verabschiedet, mit einem kurzen Kopfnicken, wie Fremde.

Bei den Lamberts flitzt Theo die Treppe zur Haustür hoch. Ich rechne mit Tania oder Lucy, weshalb es ein scheußlicher Schock ist, als Miles selbst vor mir steht, in Jeans und T-Shirt.

»Maddie. Freut mich, dich zu sehen.«

»Ach, lass den Scheiß, Miles.«

Er grinst. »Also, ich muss dich doch bitten, vor den Kindern deine Sprache zu mäßigen.« Theo hatte sich kurz im Tackle-Stil auf Miles' Beine gehechtet, war aber dann sofort ins Haus gerannt und hatte mich garantiert nicht gehört.

Miles beäugt mich amüsiert und sieht dabei leider noch attraktiver aus als sonst. »Das macht doch alles einen Mordsspaß, oder?«, sagt er vergnügt. »Das Leben wird viel spannender.«

»Wieso bist du überhaupt hier? Ich dachte, du seist bei der Arbeit.«

»Das Gleiche könnte ich *dich* fragen. Meine Antwort lautet jedenfalls: Ich nehme mir Zeit für meine Kinder. Es ist ja so wichtig, dass sie beide Elternteile erleben können, nicht wahr?«

»Noch mal: Hör auf mit dem Scheiß.« Ich frage mich, ob Miles weiß, dass Pete gezwungen wurde auszuziehen. Eigentlich gehe ich davon aus. Miles hat sich bestimmt irgendwie

Informationen verschafft, im Zweifelsfall mit Schmiergeld. »Und ich *bin* übrigens auf dem Weg zur Arbeit.« Ich zögere. »Ich müsste anfragen, ob ihr Theo in den nächsten Tagen ein bisschen länger hierbehalten könnt, bis vier Uhr etwa. Es wird mir nicht möglich sein, bei der Arbeit früher aufzuhören.«

»Und wenn ich jetzt sagen würde – um dich zu zitieren: Lass den Scheiß, Maddie?« Er wartet ab, doch mir ist klar, dass er Katz und Maus mit mir spielt. Schließlich seufzt er zufrieden. »Selbstverständlich. Wird mir ein Vergnügen sein, mehr Zeit mit meinem Sohn verbringen zu können.«

Während ich die Treppe runtergehe, fügt Miles hinzu: »Gute Vorbereitung für die Zeit, wenn er dann für immer bei uns lebt. Das wird das Gericht bestimmt genauso sehen. Vor allem, wenn bewiesen ist, dass dieser Penner, der dein Partner ist, uns Theo gestohlen hat. Wer hätte geglaubt, dass der ach so perfekte Pete zu so etwas fähig ist, wie, Maddie? Vielleicht ist er doch nicht der Mann, für den du ihn gehalten hast …«

Ich reagiere wieder nicht, obwohl ich aus der Haut fahren könnte vor Wut. Dann ruft Miles mir noch nach: »Wir sehen uns am Dienstag bei der Anhörung. Und sieh zu, dass du auch da bist, ja?«

Statt zur Arbeit, wie geplant, fahre ich nach Hause, erstaunt, wie konzentriert ich bin. Als ich mir Miles' Provokationen anhören musste, hatte ich förmlich gespürt, wie das Adrenalin einschoss und die uralte Flucht- oder Kampf-Reaktion einsetzte.

Zu Hause erwartet mich ein CAFCASS-Schreiben. Als ich die ergänzten Empfehlungen lese, empfinde ich ein Gemisch aus Wut und Resignation. Jetzt hat Lyn also nicht nur Pete, sondern auch mich im Visier. Ich zerknülle den Brief und werfe ihn auf den Boden. Dann hole ich zwei große Koffer aus der Kammer unter der Treppe. In Theos Zimmer packe ich rasch fünf T-Shirts, fünf Hosen, zehn paar Strümpfe in den ersten Koffer. Alles perfekt gebügelt und zusammengelegt von Pete und angenehm nach Ökoweichspüler duftend.

In meinen Koffer werfe ich ein paar Sachen aus meinem Kleiderschrank.

Die Pässe sind unten in der Tischschublade, ich überprüfe, ob meiner noch gültig ist. Auf dem Foto habe ich lange glatte Haare und ein junges frisches Gesicht, wenn auch einen etwas unvorteilhaften Mittelscheitel. Ein Bild aus einer anderen Zeit. Und Theo – er war noch kein Jahr alt, als sein Foto entstand. Unglaublich, sich vorzustellen, dass er elf sein wird, wenn der Pass abläuft.

Aber so wird es nicht sein. Miles wird Theos Nachnamen ändern und einen britischen Pass beantragen.

Ich suche im Internet nach günstigen Flügen. Heute Abend gäbe es einen mit Cathay Pacific, über Hongkong. Der einfache Flug kostet nur sechshundert Pfund. In etwa achtundvierzig Stunden könnte ich in meinem alten Zimmer bei meinen Eltern aufwachen, mit Theo neben mir. Die Sonne wird am Himmel strahlen, meine Eltern werden überglücklich sein. Dad wird Pläne schmieden und sich um alles kümmern. Ich kann nicht länger warten, denn am Dienstag wird das Gericht zweifellos Miles' Antrag stattgeben und das Reiseverbot für mich und Theo anordnen.

Ich setze mich aufs Bett, die Pässe in Händen, und schluchze hemmungslos. Weil ich im tiefsten Inneren weiß, dass Flucht keine Option ist.

Deshalb bleibt nur das Gegenteil.

75

MADDIE

Ich gehe zu Greg und Katie und klopfe, bis Greg aufmacht. Hinter ihm sehe ich Pete mit Lily und Alfie am Küchentisch, der voller Knetebatzen liegt. Die beiden Männer tragen wie die Kinder rote Plastikschürzen, was ich rührend finde.

»Pete«, ruft Greg, als er mich sieht. »Maddie ist hier.«

Pete kommt zur Tür. Er ist unrasiert, sieht bleich und erschöpft aus und hat gerötete Augen. »Ja?«, sagt er ausdruckslos.

»Wir müssen kämpfen«, verkünde ich. »Wir müssen angreifen, so wie Miles es tut. Mit allen Mitteln, nicht nur mit Anwälten.«

»Komm rein«, sagt Pete nach kurzem Zögern und hält mir die Tür auf.

»Es gibt nur eine Möglichkeit, das alles aus der Welt zu schaffen: indem wir herausfinden, wer die Kinder tatsächlich vertauscht hat«, verkünde ich.

Greg ist mit den Kindern in einen Indoor-Spielplatz gegangen, damit Pete und ich in Ruhe reden können. Wir sitzen uns am Küchentisch gegenüber, Pete trägt noch immer Kates Schürze, die ihm ein paar Nummern zu klein ist. Beide greifen wir unwillkürlich nach einem Klumpen Knete und quetschen ihn.

»Okay«, sagt Pete vorsichtig. »Aber wie?«

»Also, ich sehe es so«, beginne ich und ziehe mir einen Malblock der Kinder heran, um mir Notizen zu machen. »Es gibt fünf Möglichkeiten. Erstens: Miles selbst hat die Kinder vertauscht.«

»Aber warum hätte er das tun sollen?«

»Das weiß ich nicht. Aber nur mal angenommen, er hätte von Anfang an geplant gehabt, das Krankenhaus zu verklagen. Wenn es ihm einfach nur um gigantische Summen Geld geht? Miles wusste ja, dass er per DNA-Test seinen eigenen Sohn jederzeit zurückverlangen kann. Er musste nur darauf achten, dass es stattfindet, bevor Theo drei wird und wir dann automatisch das Sorgerecht für ihn haben.«

Pete starrt mich an. »Aber so was kann doch niemand ... Dann müsste er wirklich ein ...«

»Ein Psychopath sein? Ja, und genau das ist Miles Lambert meiner Einschätzung nach. Ich habe Recherchen im Internet gemacht. Vor nicht allzu langer Zeit glaubte man noch, Psychopathen seien blindlings handelnde Mörder. Das lag daran, dass man nur die zu fassen bekam und dann im Gefängnis studieren konnte. Aber inzwischen ist bewiesen, dass viele erfolgreiche Menschen mit Spitzenpositionen in Wirtschaft und Politik auch psychopathisch sind – oder zumindest psychopathische Merkmale aufweisen. Sie haben in Tests niedere Ergebnisse bei Empathie, Furcht und Moralempfinden und hohe bei Risikofreude, schnellem Denken und Kaltblütigkeit. Und wir beide kennen einige von Miles' psychopathischen Eigenschaften. ›Affektverflachung‹ nennt man das zum Beispiel – wenig Gefühlsausdruck, und der oft nicht wirklich empfunden. Schnell gelangweilt sein. Impulsiv reagieren. Charme. Gefühle anderer missachten, es sei denn, man muss sie manipulieren, um ein bestimmtes Ziel zu erreichen. Kaum dauerhafte Freundschaften. Das Leben als Wettbewerb betrachten, bei dem andere verlieren müssen, damit man selbst gewinnen kann. Und seine Kinder wie Trophäen behandeln, als schmeichelhafte Miniversionen von einem selbst.«

Pete hat bei jedem Punkt genickt, hält aber jetzt inne. »Aber als Schwachpunkt deiner Argumentation sehe ich, dass Miles doch bereits stinkreich ist. Warum soll er diesen ganzen Aufwand treiben, wenn er doch schon wohlhabend ist?«

»Weiß nicht … einfach weil er es kann? Weil er es als Spiel betrachtet? Aber vielleicht sind die auch gar nicht so reich, wie es den Anschein hat. Dieses Haus muss Millionen gekostet haben.« Ich schnipse mit den Fingern. »Da fällt mir etwas ein. Lucy hat gesagt, Miles habe nicht mehr viele Freunde, seit er bei Hardings aufgehört und sich selbstständig gemacht hat. Hardings ist eine Investmentbank, oder? Da hat er bestimmt ein Vermögen verdient. Vielleicht verliert er zurzeit ein Vermögen.«

»Aber dann müsste er von Hardings schon weg gewesen sein, als er die Kinder vertauscht hat«, wende ich ein.

»Was nicht so war«, gebe ich entmutigt zu. »Ich erinnere mich, dass Lucy damals auf der NICU sagte, er habe einen Job, bei dem man rausfliegt, wenn man zu lange nicht am Schreibtisch ist.«

»Ist aber trotzdem einen Gedanken wert«, sagt Pete stirnrunzelnd. »Wenn es damals ein Problem gab – angenommen, Miles stand kurz vor der Entlassung –, dann könnte ihm das durchaus als Ausweg erschienen sein, die Kinder zu vertauschen. Er wusste natürlich nicht, dass er ein beeinträchtigtes Kind bekommen würde, für das man noch mehr Geld verlangen kann. Aber so oder so konnte er mit einer hohen Summe rechnen.«

»Gut, das sollten wir dann herausfinden.« Ich mache mir eine Notiz. »Ob er bei der Arbeit in Schwierigkeiten steckte.«

Pete nickt langsam. »Okay. Miles ist also Verdächtiger Nummer eins. Wer noch?«

»Lucy. Kannst du dich erinnern, wann du sie auf der NICU zum ersten Mal gesehen hast?«

Pete schüttelt den Kopf. »Kann mich nicht erinnern, sie wahrgenommen zu haben, bis sie sich an diesem einen Tag mit dir unterhalten hat.«

»Sie muss auf jeden Fall vor mir auf der Station gewesen sein – sie hatte mir erzählt, dass sie eine normale Geburt hatte, keinen Kaiserschnitt wie ich. Dann müsste sie kurz nach den Babys schon auf die NICU gekommen sein.«

»Aber was wir auch über Miles denken, Lucy ist jedenfalls keine Psychopathin«, bemerkt Pete. »Und sie hatte ja nun überhaupt keinen Grund, ein relativ gesundes Frühchen gegen eines auszutauschen, bei dem ein hohes Risiko einer Beeinträchtigung bestand.«

»Das stimmt. Dennoch sollten wir sie nicht ganz ausschließen.«

»Okay, und wer sonst? Du hast gesagt, es gäbe fünf Möglichkeiten.«

»Bronagh«, sage ich. »Ich halte es für möglich, dass Bronagh die Kinder vertauscht hat.«

76

MADDIE

»Nein.« Pete schüttelt den Kopf. »Ausgeschlossen.«

»Lass mich erklären«, insistiere ich. »Dieser Artikel in der *Daily Mail* hat mich darauf gebracht – dieser sogenannte Experte, der behauptete, es könne sich um einen Fall von *Heldensyndrom* handeln. Ich habe den Begriff überprüft – der ist völliger Unsinn, kein anerkannter Fachbegriff. Was jedoch tatsächlich zutrifft ist, dass es in Pflegeberufen einen kleinen, aber dennoch vorhandenen Prozentsatz von Menschen gibt, die vorsätzlich Krisen erzeugen.« Ich werfe ihm einen Blick zu, versuche dann zu erklären: »Entweder weil sie das Gefühl von Macht über Leben und Tod genießen, das sie sich damit verschaffen, oder weil sie scharf sind auf die Zuwendung und Anerkennung, die sie dann für die Lösung der Krise bekommen.«

»Das klingt nach irgendeiner reißerischen Pseudodoku«, widerspricht Pete entrüstet. »*Wenn Krankenschwestern töten* oder so was.«

»Nun, es kommt eben vor, dass Krankenschwestern töten. Und statistisch sind Leute vom Pflegepersonal die erfolgreichsten Serienmörder. In Deutschland gab es einen Pfleger, der hundert Menschen umgebracht hat, um Himmels willen. In Italien hat eine Schwester über achtzig Kranke getötet. Und ein überdurchschnittlich hoher Anteil potenzieller Mörder arbeitet in der Kindermedizin. Gerade zurzeit wird so ein Fall vor Gericht verhandelt – eine Säuglingsschwester, die als exzellent und engagiert galt und eine Spendenaktion für eine neue Geburtsstation für fünf Millionen Pfund ins Leben gerufen hat. Kommt dir das irgendwie bekannt vor?«

Pete starrt mich wortlos an.

»Häufig entsteht erst ein Verdacht, wenn die Todesrate auf einer Station überdurchschnittlich hoch ist«, füge ich hinzu. »Und St. Alexander's hat genau aus diesem Grund ein Level verloren, nicht wahr?«

»Ja«, sagt Pete langsam. »Aber nicht *Bronagh*. Sie hat Theos Leben tagtäglich *gerettet*, Mads. Hat sein Herz wieder in Gang gebracht, wenn es stockte …«

»Und wir haben sie alle dafür bewundert.«

Er verzieht das Gesicht. »Aber weshalb sollte sie denn die Kinder vertauschen? Dafür konnte sie ja wohl kaum Bewunderung erwarten …«

»Stimmt«, gebe ich zu. »Aber vielleicht wollte sie einfach ein bestimmtes Kind betreuen. Sie kann erfahren haben, dass er leichter zu betreuen war. Und Theo hatte *dich*.«

»Das ist absurd.« Pete sieht mich nicht an. »Da könnte es genauso gut diese andere Schwester gewesen sein, diese muffelige. Wie hieß sie gleich wieder? Paula.«

»Ja, richtig. Und ich hatte tatsächlich ein merkwürdiges Erlebnis mit ihr, als ich sie darauf hinwies, dass Davids Arterienkatheter sich gelöst hatte. Deshalb ist Paula auch Nummer vier auf meiner Liste.«

»Und wer ist Nummer fünf?«

»Du, Pete«, antworte ich leise. »Du bist mein letzter Verdächtiger.«

Er seufzt tief. »Ach, bitte das nicht …«

»Aber ich kann dich nicht ausschließen«, fahre ich fort. »Ich glaube zwar nicht, dass du jemand anderem das Kind weggenommen hättest, weil es gesünder war als unseres. Aber du wusstest, was ich an diesem Tag befürchtet habe – dass unser Kind sterben würde. Du wusstest, wie schlecht ich damit zurechtkam. Und dass ich früher schon mit schwerwiegenden psychischen Problemen zu kämpfen hatte. Ich halte dich für fähig, so etwas zu tun, um *mich* zu schützen.« Ich zögere einen Moment. »Und damit auch *uns*. Denn unser Leben hätte ganz anders ausgesehen, wenn wir David statt Theo bekommen hätten, nicht wahr? Wir verfügen nicht über die finanziellen Mittel, um ein beeinträchtigtes Kind so betreuen zu können wie die Lamberts. Und die brutale Wahrheit ist: Unter solchen Umständen zerbrechen auch oft Beziehungen. Also müssen wir den Tatsachen ins Auge blicken. So unwahrscheinlich es erscheint und so wenig es dir ähnlich sähe: Du hattest an diesem Tag ein *Motiv*, um die Kinder zu vertauschen.«

Ein langes Schweigen entsteht, und Pete schließt die Augen, als habe er Schmerzen.

Ich füge hinzu: »Und bevor wir deshalb jede Menge Zeit und Geld investieren, um diese anderen Möglichkeiten zu untersuchen, muss ich dich deshalb ganz klar fragen: Hattest du etwas, irgendetwas, mit der Vertauschung der Babys zu tun?«

Pete sieht mich an. Diese sanften lieben braunen Augen, in die ich so oft geschaut habe – am Küchentisch, beim Sex oder wenn wir uns bei Partys vielsagende Blicke zuwarfen –, sehen mich jetzt offen und ruhig an.

»Nein, ich hatte nichts damit zu tun«, antwortet er.

Aber was sagen Augen schon aus? Bestimmt hatten diese Mörder, über die ich vorher gesprochen hatte, auch klare und ehrliche Augen.

Und ich werde außerdem das Gefühl nicht los, dass Pete mir noch immer etwas verheimlicht.

»Glaubst du mir?«, fragt er.

»Natürlich«, sage ich, aber ich glaube, das bezweifeln wir beide.

77

PETE

Ich fand Murdo McAllister über LinkedIn, indem ich mir Miles' Profil anonym ansah und seine Kontakte durchging. Einige waren Ex-Kollegen von Hardings, und Murdo suchte ich mir aus, weil er die Bank etwa zur gleichen Zeit verlassen hatte wie Miles und außerdem bei *Interessen* die Mayfair Mayflies angegeben hatte, Miles' ehemalige Rugby-Mannschaft.

Murdo zu kontaktieren war natürlich ein Risiko, er konnte meine E-Mail an Miles weiterleiten. Aber ich ging einfach davon aus, dass Maddie recht hatte und Miles nicht nur mit uns so umging, sondern auch mit anderen.

Auf Murdos Wunsch hin trafen wir uns mittags in einem Pub am Shepherd Market, nicht weit vom Piccadilly Circus entfernt. Es war eine Gegend, in der ich mich nicht auskannte – jede Menge kleine Straßen und Gassen mit Weinläden und Buchhandlungen zwischen Botschaften und teuren Antiquitätenhändlern. Aber den traditionellen viktorianischen Pub, den Murdo ausgesucht hatte, hätte man auch in jedem Marktstädtchen in ganz England finden können. Als ich hereinkam, stand Murdo auf und begrüßte mich, ein sympathischer, stämmiger Mann mit schütteren Locken und leichtem schottischem Akzent.

Er ließ sich auf ein Bier einladen, bestand aber auf einem kleinen. »Ich hab um halb zwei einen Telefontermin. Sie wollten über Miles sprechen, sagten Sie? Wollen Sie ihm womöglich einen Job anbieten?«

Ich schüttelte den Kopf. »Die Sachlage ist ein bisschen komplizierter.« Dann schilderte ich die Situation so kurz wie möglich.

Als ich endete, sagte Murdo trocken: »Was Sie da beschreiben, erstaunt mich nicht im Geringsten.«

Ich zog mein Notizbuch heraus. »Können Sie das genauer erklären?«

Einen Moment lang sah er beunruhigt aus. »Das muss aber unter uns bleiben.«

»Wenn Sie wollen.«

Er nickte. »Ich habe Miles kennengelernt, als er bei Hardings anfing. Er war von Anfang an für eine Spitzenposition vorgesehen. Einige Leute fanden es merkwürdig, dass er alle paar Jahre die Firma gewechselt hatte, bevor er zu uns kam. Aber da er dabei immer bessere Stellungen oder mehr Geld bekommen hatte, sah das nach geschickter Karriereplanung aus. Das war kurz nach dem Börsencrash, und alles veränderte sich – die Regulierungsbehörden bestanden darauf, dass Banken interne Compliance-Abteilungen einrichteten, Risikomanager in den Vorstand aufnahmen und so weiter.« Murdo trank einen Schluck Bier. »Die Trader hassten das natürlich alle, aber es leuchtete ein, warum es notwendig war. Miles' Aufgabe bestand darin, Lücken in den neuen Regeln zu entdecken und zu nutzen. Daran war nichts grundsätzlich falsch, dafür wurden wir schließlich bezahlt. Und wenn die Compliance-Abteilung sich zufrieden zeigte, hatte man grünes Licht.«

»Aber Miles ging noch weiter?«

Murdo nickte. »Man konnte leicht auf den Gedanken kommen: Wie verpacke ich etwas so, dass es abgesegnet wird, obwohl ich weiß, dass es gegen die Regeln verstößt? Die neuen

Aufpasser konnte man auch als Marionetten betrachten, die man nur entsprechend manipulieren musste. Und darin war Miles gut. Er war ein unglaublich professioneller Banker – konzentriert, ehrgeizig, mit einer extremen Arbeitsmoral, aber war nie gestresst und schrie niemals jemanden an. Und das ist sehr außergewöhnlich, im Investmentgeschäft herrscht ein enormer Druck. Er wurde Teamleiter, und obwohl er seinen Leuten das Äußerste abverlangte, schienen ihn alle zu mögen.«

»Was ist dann passiert?«

»Rogue-Trading«, antwortete Murdo knapp. »Wir arbeiteten beide mit komplexen Aktienderivaten, von denen die meisten Leute bei uns nichts verstanden. Wenn man auf ein bestimmtes Asset wettete, musste man gleichzeitig auf ein anderes setzen, das sich voraussichtlich gegenläufig entwickeln würde. Damit verminderte man das Risiko der Bank und konnte von Anfang an höher einsteigen. Das ist ein bisschen, als schließe man eine Brandschutzversicherung für sein Haus ab – man kann sich dann ein größeres Haus leisten, weil man ja abgesichert ist. Miles hatte eine Methode entdeckt, wie er mit fiktiven Absicherungen riskantere Geschäfte machen konnte. Zu Anfang lag er mit seiner Einschätzung immer richtig und fuhr hohe Profite ein. Er verschleierte die Quelle, indem er noch höher pokerte und so weiter und so weiter. Es war Irrsinn, und mir war klar, dass das irgendwann auffliegen würde. Am Ende stolperte er dann über einen Whistleblower aus seinem eigenen Team, jemanden, den er nicht so auf Kurs gebracht hatte wie die anderen.«

»Und dann wurde Miles gefeuert?«

»Zuletzt ja. Aber vorher gab es eine Untersuchung. Davon erfuhr ich erst, als die Wirtschaftsprüfer ihm auf die Pelle rückten. Das Vernünftigste wäre an diesem Punkt gewesen, seine Spuren zu verwischen, alles abzuleugnen und sich bedeckt zu halten. Aber das machte Miles nicht.« Murdo schüttelte verständnislos den Kopf. »Eines Tages kam er nach der Arbeit zu mir und fragte beiläufig, ob ich ein geheimes Konto für ihn eröffnen könnte, weil ihm die Ermittler auf den Fersen seien. Er sagte, mir würde er vertrauen, weil ich auch bei den Mayflies sei. Ich sagte, ich sei doch nicht verrückt, dann wäre ich ja auch dran. Worauf er erwiderte: ›Warum auch nicht? So viel Spaß hatte ich schon eine Ewigkeit nicht mehr.‹ Er genoss diese Situation tatsächlich. Als würde er sich für unsichtbar halten.«

»Also haben Sie sich geweigert?«

Murdo nickte. »Doch dann sagte der Dreckskerl den Ermittlern, ich sei auch daran beteiligt gewesen. Was überhaupt nicht stimmte. Aber ich wusste, dass man mir danach nicht mehr vertrauen würde, deshalb habe ich damals bei Hardings aufgehört.«

»Wann war das?«

»Vor etwas über zwei Jahren.«

Zu der Zeit also, als David und Theo in der Klinik waren. »Und was war mit den Mayflies? Miles hat die Mannschaft wegen einer Knieverletzung verlassen, habe ich gehört?«

Murdo schnaubte. »Wer hat das denn verzapft? Er wurde rausgeschmissen, weil er es übertrieben hat.«

»Wie denn?«

»Schauen Sie – wir waren eine offen zugängliche Mannschaft, keine organisierte. Ein paar Typen, die während ihrer Unizeit ganz anständig gespielt hatten und weitermachen wollten. Miles wurde Kapitän, weil keiner Lust darauf hatte, aber auch, weil er der beste Spieler war. Er hielt uns vorher lange Reden, und wir mussten Schlachtrufe brüllen. Und in einem Spiel, als wir am Verlieren waren, bohrte Miles seinem Gegenspieler den Daumen ins Auge. Der arme Bursche musste sofort ins Krankenhaus und hat heute ein Glasauge. Miles hat sich nicht mal entschuldigt. Danach haben wir abgestimmt und ihn rausgeworfen. Er nahm das schulterzuckend hin, wurde ganz still und sagte nur: ›Ihr seid sowieso Loser. Ihr langweilt mich.‹ Seine Stimme klang, als sei er ein Roboter.«

Ich nickte. »Das habe ich bei ihm auch schon erlebt.«

»Also, deshalb habe ich eingewilligt, mich mit Ihnen zu treffen«, erklärte Murdo. »Um jedem zu raten, sich bloß von Miles Lambert fernzuhalten.«

»Nichts täte ich lieber.«

Murdo zögerte.«Hören Sie, da ist noch etwas anderes. Hat vielleicht nichts zu bedeuten, aber …«

»Was?«

»Ich hatte doch von diesem Whistleblower erzählt, wegen dem Miles aufgeflogen ist. An sich soll so etwas ja Verschlusssache sein, aber es hatte sich trotzdem herumgesprochen, dass ein junger Mann namens Anand wohl dafür verantwortlich war. Er war relativ neu im Team. Etwa einen Monat nach Miles' Entlassung wurde Anand beim Joggen durch einen Unfall mit Fahrerflucht schwer verletzt. Es regnete und die Sicht war schlecht, Anand konnte das Auto nicht erkennen. Er hatte einen fünffachen Beckenbruch und kann froh sein, dass er überlebt hat. Es gab keine Hinweise auf Miles, aber ich sag's mal so: Einige von uns aus der Mannschaft gingen danach ziemlich lange nur noch zu zweit joggen.«

Ich dachte an Jane Tigman, die von einem Auto abgedrängt worden war, nachdem sie sich über Theo beklagt hatte.

»Das hat meiner Ansicht nach durchaus etwas zu bedeuten«, sagte ich. »Es passt absolut zu seinem Verhalten.«

Murdo nickte und trank sein Bier aus. »Und nicht vergessen: Das alles muss unbedingt unter uns bleiben. Ich will nicht, dass der plötzlich vor *meiner* Tür steht.«

78

Fall Nr. 12 675/PU78B6, Anlage 41:
der Suchchronik von Madelyn Wilsons iPad entnommen.
Peter Rileys Laptop war zu diesem Zeitpunkt von der Polizei beschlagnahmt worden.

DER PSYCHOPATHIE-TEST

Entdecken Sie psychopathische Züge bei sich? Machen Sie diesen Test, um festzustellen, ob Sie Eigenschaften einer hochfunktionalen psychopathischen Persönlichkeit aufweisen.

Menschen mögen mich meist sofort.
O Ja *O Nein*

Ich bin redegewandt.
O Ja *O Nein*

Ich langweile mich schnell.
O Ja *O Nein*

Ich fühle mich selten schuldig.
O Ja *O Nein*

Wenn ich Jobs wechsle, bleibe ich nicht in Kontakt mit alten Kollegen.
O Ja *O Nein*

Wenn ich umziehe, bleibe ich nicht in Kontakt mit alten Nachbarn.
O Ja O Nein

Wenn mir etwas misslingt, sind andere daran schuld.
O Ja O Nein

Ich gehe gerne Risiken ein.
O Ja O Nein

Die meisten meiner Ex-Beziehungspartner sind etwas verrückt.
O Ja O Nein

Ich muss immer schnell etwas Neues erleben.
O Ja O Nein

Wenn andere in Panik geraten, bewahre ich die Ruhe.
O Ja O Nein

Es macht mir nichts aus, wenn jemand leidet.
O Ja O Nein

Wenn ich versehentlich ein Lokal verlasse, ohne bezahlt zu haben, gehe ich nicht zurück. Die Bedienung hätte es merken müssen.
O Ja O Nein

Einbrecher, die erschossen werden, sind selbst schuld.
O Ja O Nein

Ich erkläre mich für etwas verantwortlich, zeige aber keine Reue.
O Ja O Nein

Ich würde untreu sein, wenn ich sicher sein könnte, dass das folgenlos bleibt.

O Ja *O Nein*

Ich weine so gut wie nie bei traurigen Filmen.

O Ja *O Nein*

Ich würde eine Ausrede vorbringen, um nicht zur Beerdigung eines Kollegen gehen zu müssen.

O Ja *O Nein*

Veränderungen finde ich spannend.

O Ja *O Nein*

Die besten Entscheidungen werden schnell getroffen.

O Ja *O Nein*

Ich ärgere mich nicht, sondern räche mich.

O Ja *O Nein*

Ergebnis: Zählen Sie, wie oft Sie mit Ja geantwortet haben. Ziehen Sie von diesem Ergebnis die Nein-Antworten ab. Wenn Sie auf eine Zahl über 10 kommen, haben Sie eine hohe Wahrscheinlichkeit für Psychopathie.

79

MADDIE

Ich bestehe darauf, das Gespräch mit Bronagh selbst zu führen. Es passt ohnehin besser, dass Pete als Journalist versucht, Miles' Ex-Kollegen aufzuspüren. Aber das ist nicht alles. Ich will dieser Frau ins Gesicht schauen und sie fragen, ob zwischen Pete und ihr irgendetwas gelaufen ist. Zwar merke ich, dass Pete alles andere als begeistert über dieses Treffen ist. Aber er kann auch nichts dagegen einwenden, ohne sich noch tiefer reinzureiten.

Glaube ich, dass ich Grund zum Misstrauen habe? Ich kann es ebenso wenig einschätzen wie diese ganzen anderen Anschuldigungen gegenüber Pete. Falls sich herausstellen sollte, dass da etwas war zwischen den beiden, wäre es ganz schön heuchlerisch von mir, das übel zu nehmen, da ich nun selbst keine Heilige war. Ich könnte es mir dennoch nicht verkneifen. Loyalität ist so sehr Teil von Petes Persönlichkeit, dass ein Treuebruch eine schwerwiegende Sache wäre. Er ist nicht der Typ für einen kurzen Seitensprung, den er sofort wieder vergisst. Würde er fremdgehen, wäre das ein Anzeichen, dass unsere Beziehung nachhaltig beschädigt ist.

Mir kommt ein Satz aus einer alten Fernsehserie in den Sinn: »Wer unschuldig ist, hat nichts zu befürchten.« Aber ich habe alles Mögliche zu befürchten. Ich fürchte, meine Familie zu verlieren, ich fürchte mich vor den Anordnungen des Gerichts und davor, dass Miles Lambert vor nichts zurückschrecken wird, um Theo zu bekommen.

Aber am meisten fürchte ich mich vor dem, was ich erfahren könnte.

An all das versuche ich nicht zu denken, als ich die Cafeteria unten im St. Alexander's betrete, wo ich mit Bronagh verabredet bin. Sie ist schon da, trägt gerade einen Smoothie und ein Gebäckstück zu einem Tisch, und ich bleibe stehen und beobachte sie. Ihre Schwesternuniform steht ihr gut, der dünne blaue Baumwollstoff schmiegt sich an ihre schlanke Figur, betont die schmalen Schultern und den festen Po so deutlich, als sei Bronagh kaum bekleidet. Heute hat sie ihr rabenschwarzes Haar zu einem Zopf geflochten, der zwischen ihren Schulterblättern ruht. Ist sie hübsch? Ja, beschließe ich, recht hübsch. Schön? Eher nicht, aber Frauen müssen nicht schön sein, um auf Männer zu wirken.

Ich hole mir einen Kaffee, um den Moment hinauszuzögern, raffe mich dann aber auf und gehe zu ihr. »Hi, Bronagh.«

»Oh ... hi.« Sie hält das Gebäckstück hoch, einen Schokomuffin. »Ich hoffe, es macht dir nichts aus, wenn ich was esse. Der hier ist Frühstück und Mittagessen zugleich.« Es ist fast drei Uhr nachmittags.

»Dann hast du wohl schrecklich viel zu tun. Ich will dich nicht lange aufhalten.« Ich setze mich. »Du fragst dich wahrscheinlich, warum ich um dieses Treffen gebeten habe.«

Bronaghs Miene verrät mir nichts. »Ja, ein bisschen gewundert hab ich mich wohl über deinen Anruf.«

»Und ich hab mich gewundert, dass du wieder im St. Alexander's bist. Pete hatte mir von deiner Beurlaubung erzählt.«

Bronagh zuckt mit den Schultern. »Das ist Standard, wenn es Ermittlungen gibt. Ist jetzt alles geklärt.«

»Du meinst, die Lüge, die er für dich erzählt hat, hat funktioniert«, sage ich ruhig.

Jetzt sehe ich etwas in Bronaghs blauen Augen. Angst? Abwehr? Die Frau weiß jedenfalls genau, wovon ich rede. »Welche Lüge?«

»Als wir von den NHS-Leuten befragt wurden, hatte Pete gesagt, er habe das Identifikationsband an Theos Fuß wenige Minuten nach der Verlegung in den krankenhauseigenen Inkubator gesehen. Aber eine Assistenzärztin hatte festgestellt, dass es erst wesentlich später angebracht worden war.«

»Vielleicht hat sich die Ärztin geirrt, und Pete hatte recht.«

»Er hat mir an diesem Tag ein Foto mit dem Handy geschickt, die Zeit ist registriert. Auf diesem Bild trägt Theo kein Band.« Ich beuge mich vor. »Und nicht zuletzt wegen dieser dummen Lüge wird jetzt gegen Pete polizeilich ermittelt. Man wirft ihm vor, die Babys vorsätzlich vertauscht zu haben. Er ist schon auf dem Polizeirevier verhört worden.«

»Oh nein.« Bronagh schlägt erschrocken die Hand vor den Mund. Die Reaktion scheint mir nicht gespielt zu sein.

»Und deshalb wiederum darf er jetzt nicht mehr mit Theo alleine sein.« Ich mache ihr absichtlich Druck. »Was wiederum wahrscheinlich zur Folge haben wird, dass wir Theo verlieren, da die Lamberts eine Sorgerechtsklage gegen uns angestrengt haben. Du kannst dir ja sicher vorstellen, wie es Pete bei dieser Vorstellung geht.«

»Großer Gott.« Bronagh sieht völlig entsetzt aus. »Ich hatte keine Ahnung davon. Es ging hier ziemlich verrückt zu: Ein Team wollte rausfinden, wie David und Theo vertauscht wurden, ein anderes untersuchte die Sterblichkeitsrate, die zu hoch ist. In dieser Zeit habe ich Pete geschrieben, weil es aussah, als brauchten die einen Sündenbock. Aber danach hat sich herausgestellt, dass sie hier jede erfahrene Schwester brauchen, die sie kriegen können.«

»Die Untersuchung wegen der Sterblichkeitsrate ist schon beendet?«, frage ich stirnrunzelnd.

Bronagh nickt. »Und keine Minute zu früh.«

»Und was kam dabei heraus? Gibt es verdächtige Muster?«

»Was?« Bronagh sieht mich schockiert an. »Um Himmels willen, nein. Mit unserer NICU stimmt nur eines nicht, und das ist die Lage.« Als ich sie verständnislos anschaue, deutet sie hinaus in den Innenhof. »Mitten in der Innenstadt von London. Die Hälfte meines Einkommens geht für Miete drauf, und weil ich mir hier in der Nähe keine Wohnung leisten kann, muss ich die Hälfte vom Rest für Fahrtkosten ausgeben. Dann kommt dazu, dass wir zwölf Stunden am Stück arbeiten, um so selten wie möglich Schichtwechsel zu haben. Das ist irrsinnig anstrengend, selbst wenn man daran gewöhnt ist, und wir haben außerdem chronischen Personalmangel. Ich sollte mich maximal um zwei Babys kümmern müssen, aber meist sind es drei oder sogar vier. Und unsere NICU kriegt die ganzen Säuglinge aus den teuren Privatkliniken in der Harley Street, die nicht auf Frühchen eingerichtet sind – plus Medizintouristen und aus sozialen Brennpunkten die Mütter, die das Hebammensystem nicht so nutzen, wie es möglich wäre. Nicht zuletzt haben wir seit fünf Jahren eine Regierung, die findet, wir könnten genauso gut auch mit der Hälfte des Budgets arbeiten. Kein Wunder, dass die Leistungen dann irgendwann nachlassen.«

»Also nichts … Unheimliches?«, frage ich. »Wofür eine Einzelperson verantwortlich zu machen wäre?«

»Herr im Himmel, du hast dir aber nicht diese Fernsehserie über Morde in der Pflege angeschaut, oder? Bei jedem Todesfall auf der NICU findet eine Obduktion und eine genaue Untersuchung statt. Und wir sind ein kleines Team. Hätten wir Killerpflegepersonal in unseren Reihen, würde das keinen Monat dauern, bis es jemandem auffällt.«

Sagt sie die Wahrheit? Erst mal spricht nichts dagegen. Aber wenn Bronagh David und Theo vertauscht hätte, würde sie es mir jetzt wohl kaum sagen.

»Ich muss dich noch etwas anderes fragen«, sage ich nach kurzem Zögern.

»Was denn?«

»Hast du Pete getroffen, seit wir die NICU verlassen haben? Persönlich, meine ich, also nicht nur per Handykontakt?«

Bronagh nickt. »Pete kam mit Theo nach seinem ersten Geburtstag vorbei und brachte selbst gebackenen Kuchen mit. Theo sah unglaublich süß aus in diesem blauen Tragetuch, das Pete umgebunden hatte.«

»Und noch ein anderes Mal? Davor? Oder danach?«

»Mal überlegen.« Bronagh schien nachzudenken. »Kann sein, dass ich ihm auch irgendwie bei dieser Spendenradtour begegnet bin. Ich bin an einem Abend mit ein paar Kolleginnen in einer Bar gelandet, wo die ganze Truppe auch rumhing. Aber ich weiß nicht mehr genau, ob Pete dabei war oder nicht.«

Und in diesem Moment weiß ich, dass Bronagh die Wahrheit sagt über die Vorgänge auf der NICU. Denn wie sich gerade herausstellt, ist diese Frau eine ganz miserable Lügnerin.

Bronagh wendet den Blick ab und sagt erleichtert: »Ach, da ist Paula. Ich muss jetzt wieder hoch.«

Ich schaue in die Richtung. Paula, die Säuglingsschwester, die sich bei dem Vorfall mit David so störrisch und rücksichtslos benommen hatte, steht an der Tür und scheint uns entdeckt zu haben. »Kennst du Paula gut?«, frage ich.

»Klar, die ist super. Warum?«

»Hältst du es für möglich, dass sie David und Theo vertauscht hat?«

Noch während ich das ausspreche, merke ich, wie verzweifelt und drängend ich mich anhöre. Bronagh sieht mich skeptisch an. »Warum um alles in der Welt sollte sie so was tun?«

Darauf weiß ich keine Antwort. Meine Theorien, die mir schlüssig vorkamen, als ich sie Pete erzählte, hören sich jetzt überspannt und melodramatisch an. »Weiß nicht«, sage ich hilflos. »Um ihre Macht zu spüren?«

»Schau«, sagt Bronagh geduldig. »Erstens ist Paula ebenso wenig verrückt wie ich. Zweitens: Selbst *wenn* eine NICU-Schwester durchdrehen und Gott spielen würde, dann würde sie bestimmt keine Kinder vertauschen. Das würde doch durch einen simplen DNA-Test auffliegen. Nein – was mit Theo und David passiert ist, war ein tragischer Fehler auf einer überfüllten Frühchenstation mit Personalmangel.« Bronagh senkt die Stimme, als sie weiterspricht. »Ich sollte dir das wahrscheinlich nicht erzählen, weil ihr ja ohnehin die Klinik verklagt. Aber an diesem Tag damals hatten wir fünf Neuzugänge auf der Station, alles Notfälle. Das ist doppelt so viel wie normalerweise. Und die Station war mit zwei Schwestern total unterbesetzt, weil ein Magen-Darm-Virus rumging. Jeder Mensch wird einsehen, dass in so einer Situation leicht Fehler passieren. Und wenn das nicht im Bericht über den Fall steht … tja, dann versucht das jemand zu vertuschen, denn es müsste erwähnt werden.«

Jetzt taucht Paula am Tisch auf. »Kommst du wieder hoch?«, fragt sie Bronagh. »Oder hast du zu tun?«

»Erinnerst du dich an Theo Rileys Mum?«, sagt Bronagh und deutet auf mich. »Wir haben uns ein bisschen unterhalten.«

Paula sieht bei meinem Anblick genauso wenig erfreut aus wie vor zwei Jahren. »Ah ja. Hör mal, es ist gleich Schichtwechsel, also wenn du …«

»Ja, klar.« Bronagh steht auf.

»Moment noch«, sage ich rasch. »Ich habe eine Frage an Sie, Paula. An diesem ersten Tag, als Theo und David vertauscht wurden … war da jemand von den Lamberts auf der Station?«

Paula verzieht das Gesicht. »Ich habe diesen Prüfern schon alles erzählt, woran ich mich erinnern kann.«

»Das glaube ich. Aber es würde uns helfen, wenn Sie es auch mir sagen könnten.«

Paula zuckt mit den Schultern. »Meiner Erinnerung nach traf Mrs. Lambert erst nach der Aufnahme der beiden Babys hier ein. Mir war David zugeteilt worden, und ich bereitete gerade alles vor, als mir auffiel, dass David kein Band trug.« Paula wirft Bronagh einen Blick zu. »Ich kam gar nicht auf die Idee, Bron zu fragen, ob ihr Baby auch kein Band hatte, wieso auch? Ich hab das nur am Computer ins System eingegeben.« Ihre Stimme klingt so rau, als kämpfe Paula mit Tränen. »Das ist alles so furchtbar. Es muss schlimmes Leid verursacht haben. Aber ich glaube wirklich, dass es nur ein unglückseliger Fehler war.«

Ich merke, wie mich der Mut verlässt. Wenn die Lamberts zu spät eintrafen, um für die Vertauschung verantwortlich zu sein, und wenn keine der beiden Schwestern Schuld hatte, fällt der Verdacht wieder auf Pete zurück.

»Außerdem werd ich die nicht so schnell vergessen«, fügt Paula hinzu. »Die Lamberts, meine ich.«

Ich horche auf. »Warum?«

»Der Typ war eiskalt. Sie zum Teil auch. Wenn man auf der NICU arbeitet, kennt man die Reaktionen der Eltern – der Schock, die Sorge. Bei ihr hat man gemerkt, dass sie Angst hat, aber er … der benahm sich, als würde er eine Führung durch die Station machen. Als sei das alles interessant, ginge ihn aber gar nichts an.« Sie hielt einen Moment inne. »Ich weiß noch, wie ich Ihren Partner, Pete, in einer Ecke von Bronaghs Bereich gesehen hab. Pete saß da und weinte sich regelrecht die Augen aus dem Kopf. Und warum auch nicht? Das machen viele Männer, vor allem, wenn sie glauben, keiner bemerkt sie. Die sind gerade Vater geworden, viel früher, als sie damit gerechnet haben, und landen plötzlich auf so einer Station, wo sie dann auch noch erfahren, dass ihr Kind keine guten Lebenschancen hat. Ich weiß noch, wie ich mich dann wieder dem Inkubator mit David zugewandt und Mr. Lambert gesehen habe. Er hat Pete auch beobachtet. Regelrecht *studiert*, möchte ich mal sagen. Als sei er irgendwie fasziniert, verstehe die Reaktion aber auch nicht. Dann hat er seine Frau angeschaut und gesagt ›Okay, ich muss an den Schreibtisch zurück‹, als hätte er sich nur gerade ein Sandwich geholt oder so. Und sie hat genickt, als fände sie das ganz normal.«

80

Fall Nr. 12 675/PU78B65, Anlage 43:
Nachrichten von Bronagh Walsh an Peter Riley,
dessen Handy zu diesem Zeitpunkt von der Polizei
beschlagnahmt worden war.

Wollte dir nur sagen: M war heute im St A. Hab ihr gesagt, du und ich haben uns nur getroffen a) auf Station nach Theos Geburtstag b) vielleicht bei Radtour in Bar, könne mich aber nicht erinnern. Neulich hab ich nicht erwähnt, M schien zu glauben, war nur Nachricht. Hoffe, das passt?

Ist das okay? X

P? Alles okay bei dir? Tut mir so leid, dass du wegen mir Stress gekriegt hast. M hat von Polizei und Theo erzählt etc. Oje, ihr Armen.

P??? Liest du meine Nachrichten nicht?

81

MADDIE

Ich muss Theo bald abholen. Bin mit dem Wagen zum St. Alexander's gefahren, um mehr Zeit zu haben. Jetzt sitze ich im Auto, auf einem Parkplatz an der Marylebone Road, und gehe auf Facebook.

Oder genauer gesagt, auf Petes Facebook-Seite. So viele Bilder von Theo, der wieder schrumpft, als ich zurückscrolle. Theo mit anderthalb. Theo beim Krabbeln. Theo im Strampler.

Dann die Radtour. Die Bilder, die ich mir nicht angeschaut habe, als meine Psychose einsetzte. Grinsende junge Männer mit Fahrradhelm, die Selfies machen, in Schottland, im Lake District, in den North York Moors …

York. Pause in der Stadt, über ein langes Wochenende. Auf diesen Bildern keine Radhosen und Helme, nur riesiges Frühstück im Café und Bier im Pub. Ein Abend in einem Club – und ja, da sind Frauen im Bild, aber nur beim Reden, Glas in der Hand.

Ich gebe bei Facebook *Bronagh Walsh* ein, und bingo, finde ihre Seite. Auf dem Profilbild sieht man sie bei einem Musikfestival, wie sie strahlend Wunderkerzen hochhält. Ihre Fotos sind zwar nur für Freunde sichtbar, aber die Liste ist zugänglich, 412 Freunde. Ich scrolle durch, bis ich auf Paula stoße, rufe deren Account auf. Die Seite ist für alle sichtbar, ihre Fotos kann ich mir anschauen und finde mit dem Suchwort »York« tatsächlich einige. Paula hat sogar den Namen der Bar angegeben, wo sie aufgenommen wurden: Vudu Lounge an der Swinegate.

Mit Bronagh Walsh, steht darunter. Und da ist sie, mit drei anderen jungen Frauen, alle in kurzen Kleidern. Ich sehe Bronagh zum ersten Mal mit Make-up und offenen Haaren, sie sieht toll aus.

Plötzlich schäme ich mich. Was denke ich mir eigentlich dabei, meinem Partner so nachzuspionieren? Und was will ich damit überhaupt beweisen? Bronagh hat doch schon zugegeben, dass sie dort war. Das heißt noch lange nicht, dass sie etwas mit Pete hatte.

Dennoch: Ich spüre, dass sie mir ausgewichen ist. Und Pete auch.

Ich lege das iPad weg und fahre los. Bin zu spät dran, schon wieder.

Auf dem Weg nach Highgate fahre ich zu schnell, bin in Gedanken bei allem, was ich heute erfahren habe. Was Bronagh über die Untersuchungsergebnisse zur Sterblichkeitsrate im St. Alexander's berichtet hat, lässt sich überprüfen. Interessanter ist, wie Paula Miles an diesem Tag geschildert hat. Ich hatte Pete erklärt, dass Gefühlsflachheit und Ruhe in Krisen für Psychopathen typisch sind. Und wie Miles Pete beim Weinen beobachtet hat, erinnert mich auch an etwas, das ich gelesen hatte: Weil sie selbst keine starken Emotionen haben, lernen Psychopathen, die Gefühlsäußerungen anderer zu studieren und nachzuahmen.

Aber was mir keine Ruhe lässt, ist Paulas Aussage, der zufolge die Lamberts erst in die NICU kamen, als die Vertauschung wohl längst passiert war. Und da Miles gesagt hatte »Ich muss zurück an den Schreibtisch«, hatte er sich wahrscheinlich auch nicht lange auf der Station aufgehalten.

Ich hatte mir Fortschritte erwartet von dem Treffen mit Bronagh. Aber je mehr ich erfahre, desto stärker habe ich den

Eindruck, mich im Kreis zu drehen. In einem Kreis, in dessen Mitte es nur eine einzige Person gibt, die Motiv und Gelegenheit zugleich hatte.

Pete.

Ich seufze tief. Zumindest ist nirgendwo Stau, und ich bin in einer knappen halben Stunde bei den Lamberts. Als ich klingle, öffnet mir eine junge Frau Mitte dreißig mit rotblonden Haaren die Tür.

»Hallo«, sagt sie freundlich. »Wie kann ich Ihnen helfen?«

»Ich bin Maddie. Theos Mum.«

»Ach ja, natürlich. Er holt gerade seine Jacke. Ich bin übrigens Jill.«

Ihre Kleidung erinnert mich an eine Uniform – dunkle Hose, dunkelblauer Pulli, Polohemd in hellerem Blau. Auf dem Pullover ist ein dezentes N aufgestickt.

»Das neue Kindermädchen«, fügt Jill angesichts meiner fragenden Miene lächelnd hinzu.

Ein kleiner blonder Junge etwa in Theos Alter späht hinter der Tür hervor und fragt: »Bist du Theos Mummy?«

»Ja, die bin ich. Und wer bist du?«

»Saul.«

Lucy erscheint im Flur, mit Theo an der Hand. Er hat seine Jacke schon angezogen und wedelt mit einem Blatt Papier. »Ah, hallo Maddie«, sagt Lucy in ihrer üblichen vagen freundlichen Art.

»Was ist los?«, frage ich. »Wo ist Tania?«

»Schau doch, Mummy!«, ruft Theo und schwenkt demonstrativ das Bild. »Eine *Exploschon*!«

Ich gehe in die Hocke, um mir das Bild anzusehen. »Du hast eine Explosion gemalt, toll, Theo. Was explodiert denn da?«

Darüber hat er offensichtlich noch nicht nachgedacht. Während er überlegt, sagt Lucy hastig: »Es war Petes Idee.«

»Petes Idee?«, wiederhole ich verständnislos.

»Ja – er hat das zu der Frau von CAFCASS gesagt. Dass Theo ein Kindermädchen ohne Sprachschwierigkeiten bräuchte. Und dass er Spielkameraden haben sollte. Saul ist ab jetzt drei Tage die Woche bei uns.« Als ich mich aufrichte, fügt Lucy hinzu: »Du siehst also, wir geben uns Mühe. Wenn Theo etwas braucht, werden wir immer darauf eingehen. Wir sind vernünftige Menschen, weißt du. Und Jill ist großartig. Sie ist als Kindermädchen auf dem Norland College ausgebildet worden, da kommen die allerbesten her. Wir merken den Unterschied jetzt schon. Theo ist natürlich immer zauberhaft, aber er kann auch ein Wildfang sein, und er macht nicht immer, was man ihm sagt. Doch für Jill tut er jetzt schon alles, was verlangt wird.«

Theo, der sein Bild eingehend betrachtet hat, kommt zu einem Entschluss. »Exploschon is in einem *Haus*, Mummy! Bumm! Bumm! *Bumm!*«

82

PETE

»Am liebsten wäre ich selbst explodiert«, sagte Maddie.

»Wäre mir bestimmt auch so gegangen.« Ich trank den letzten Schluck Kaffee. »Gott, habe ich meinen Kaffeeautomaten vermisst. Greg und Kate haben so ein Ding mit Pods.«

»Es regt mich wahnsinnig auf, dass Miles und Lucy jetzt behaupten werden, *sie* hätten Theos besseres Benehmen bewirkt. Dabei ist das dir zu verdanken.« Maddie deutete auf meine Sternchenlisten, die noch immer an den Wänden hingen. Sie hatte sie nicht fortgesetzt, fiel mir auf.

Ich seufzte. »Ich vermute, unsere Chancen, Theo aus dieser Kindermädchenbetreuung rauszukriegen, sind gleich Null.«

Maddie nickte. »Und stell dir mal vor: Ich hab nachgeschaut, was diese Norland-Nannys verdienen. Erfahrene bekommen über sechzigtausend pro Jahr.«

»Unfassbar!«

»Davon werden die Lamberts uns garantiert die Hälfte in Rechnung stellen, wenn sie den Kindesunterhalt für David beantragen.« Maddie streckte sich. »Aber wir geben nicht auf. Wir werden gewinnen.«

Ich erwiderte nichts, weil ich zunehmend den Eindruck hatte, dass Miles unbeirrbar unterwegs war, während wir ständig ins Stolpern gerieten. »Wie lief's im St Alexander's? Konntest du was in Erfahrung bringen?«

»Die Ermittlungen sind abgeschlossen. Die erhöhte Mortalitätsrate war offenbar auf Personalmangel zurückzuführen.

Bronagh und Paula sind wieder im Dienst.« Maddie schüttelte den Kopf. »Bei der Vorstellung, dass die beiden etwas mit der Vertauschung zu tun hatten, ist wohl meine Fantasie mit mir durchgegangen. Ich meine, wäre schon ziemlich absurd, ein Psychopath und eine Mörderschwester gleichzeitig auf einer Station.«

»Mit wem hast du denn gesprochen, mit Bronagh oder mit Paula?« Ich drehte mich um und stellte meine Tasse wieder in den Automaten. »Ich brauch noch einen.«

»Mit beiden. Die sind auch privat befreundet. Dabei fällt mir ein: Du hattest mir gar nicht erzählt, dass sie euch bei der Radtour getroffen haben.«

»Hab ich nicht?« Ich drückte den Knopf und musste wegen des Getöses der Kaffeemühle kurz abwarten, bevor ich antworten konnte. »Greg hat mir das später berichtet. Aber da hatte ich die Tour schon abgebrochen und war auf dem Weg zu dir, weißt du nicht mehr? Freitagvormittag war ich wieder hier.«

»Ach.« Maddie überlegte. »War das Freitag? Ich hatte damals kein Zeitgefühl mehr.«

Ich nickte. »Das denke ich mir.«

»Und als Bronagh dir von ihrer Beurlaubung berichtet hat – wann war das? Sie hat dir sicher geschrieben, oder?«

»Maddie, was soll das?«, protestierte ich.

»Ich versuche nur zeitliche Zusammenhänge zu erkennen. Es sei denn natürlich, du willst es mir nicht sagen.«

Ich zuckte mit den Schultern. »Das genaue Datum hab ich nicht im Kopf. Es war an dem Morgen, nachdem die Lamberts die Vorladung hier abgegeben haben … an dem Tag, als wir beide Theo zu ihnen gebracht haben und Lucy uns Tee angeboten hat, den wir abgelehnt haben. Und ja, Bronagh hat mir eine

Nachricht geschrieben.« Mein Cappuccino war fertig, und ich nahm ihn aus der Maschine. »Ich habe zurückgeschrieben, aber sie wollte mich treffen, deshalb haben wir in einem Starbucks beim Krankenhaus einen Kaffee getrunken.«

»Mir war nicht klar, dass ihr euch getroffen habt. Sie hat es so dargestellt, als hättet ihr nur geschrieben.«

»So war's aber nicht. Schau, das war wirklich idiotisch von mir«, sagte ich genervt. »Ich wollte ihr helfen, und das hätte ich nicht tun sollen. Du hättest mir das ausgeredet, wenn du davon gewusst hättest. Also ja, mein Fehler. Aber bei allem anderen, was wir gerade an der Backe haben – ist das da so wichtig?«

»Wahrscheinlich nicht«, räumte Maddie ein.

Wir schwiegen eine Weile.

Schließlich sagte Maddie: »Ich denke, wir sollten versuchen, Tania aufzuspüren.«

»Warum? Die hat doch sicher eine satte Abfindung von den Lamberts bekommen.«

»Aber vielleicht ist sie trotzdem wütend. Sie hatte die Stelle nur ein paar Wochen, das macht keinen guten Eindruck im Lebenslauf. Und sie hat mit den Lamberts unter einem Dach gelebt. Ich hab so ein Gefühl, als könnte sie uns nützliche Sachen erzählen.«

»Okay, aber Miles darf das auf keinen Fall erfahren. Es wäre entsetzlich, wenn dem Mädchen auch etwas zustoßen würde, so wie Jane Tigman und diesem Whistleblower.« Ich stand auf und stellte meine Tasse in die Spüle. »Ich werd Theo sagen, dass er sich beeilen soll. Ich will ihm seine Gute-Nacht-Geschichte vorlesen, bevor ich zu Greg und Kate zurückgehe.«

Auf der Treppe nahm ich zwei Stufen auf einmal, dankbar, dass das Gespräch über Bronagh beendet war.

83

MADDIE

Die Anhörung findet in einem Betonbau aus den Sechzigerjahren statt, der auch eine Stadtbibliothek sein könnte, wäre nicht am Eingang das Wappen des Vereinigten Königreichs zu sehen. Eine kleinere Version davon befindet sich an der Wand des Gerichtssaals, der ansonsten wie ein mittelgroßer Sitzungsraum in einer etwas heruntergekommenen Firma wirkt. Die Richterin, eine energische Frau in den Fünfzigern namens Marion Wakefield, trägt ein graues Kostüm und nimmt an einem Tisch auf einer etwas erhöhten Plattform Platz.

Die Lamberts sitzen mit Anwalt und Notar neben einer Stuhlreihe gegenüber der Richterin, Pete und ich mit Anita auf der anderen Seite. Ich finde alles erstaunlich informell, niemand trägt Perücke oder Talar, niemand steht beim Sprechen auf. Lyn, die Beraterin von CAFCASS, die sich als kleine harmlos wirkende Frau mit wachem Blick erweist, hat sich in der zweiten Stuhlreihe niedergelassen.

Richterin Wakefield teilt uns als Erstes mit, dass diese Anhörung keine Verhandlung ist, sondern dass festgestellt werden soll, ob der Fall ohne weitere gerichtliche Schritte beigelegt werden kann. Falls dies nicht möglich ist, wird sie bestimmen, welche Beweise sie bei der Verhandlung benötigt, um ein Urteil zu fällen. Die Richterin sieht zuerst die Lamberts, dann uns an. »Meine erste Frage an Sie, vertreten durch Ihren Rechtsbeistand, lautet also: Besteht die Möglichkeit einer außergerichtlichen Einigung?«

Miles' Anwalt erklärt: »Meine Mandanten haben jede erdenkliche Chance für einen Kompromiss genutzt, Madam. Sie wurden sogar Theos Paten und ermöglichten die gemeinsame Nutzung des eigenen Kindermädchens. Aber Theo ist ihr biologischer Sohn, und wie alle Eltern wollen sie die Entscheidungen für sein tägliches Wohl selbst treffen können.«

Die Richterin nickt. »Ms. Chowdry?«

»Meine Mandanten haben sich ebenfalls um einen Kompromiss bemüht«, sagt Anita. »Sie waren es im Übrigen, die die Patenschaft der Antragsteller vorgeschlagen haben. Meine Mandanten betrachten Theo als ihren Sohn und glauben, dass es für ihn das Beste ist, wenn er in dieser prägenden Entwicklungsphase nicht seine Bezugspersonen verliert.«

»Danke«, sagt die Richterin knapp. »Dieser Fall ist außergewöhnlich und sehr kompliziert, weshalb bereits aus diesem Grund eine umfassende Anhörung nötig sein wird. Ich unterstütze die Empfehlung von CAFCASS, dass ein ausführlicherer Bericht über potenzielle Gefährdung des Kindeswohls vorliegen muss. Ich ordne ferner an, dass ein psychologisches Gutachten über Theo erstellt wird, um einzuschätzen, welche Auswirkungen ein Familienwechsel in diesem Alter haben könnte.« Sie fixiert mich. »Ms. Wilson, ich muss auch anordnen, dass Sie ohne richterliche Genehmigung ab sofort nicht ins Ausland verreisen dürfen. Und da eine Unklarheit über ihren Alkoholkonsum besteht, ordne ich an, dass Sie in eine Blutprobe und eine Haarprobe einwilligen müssen, anhand derer gegenwärtiger und vergangener Alkoholkonsum ersichtlich sind.«

Ein Alkoholtest. Anita hatte mich nach Lyns Schreiben bereits vorgewarnt, dass es dazu kommen könnte. Und dass es unmöglich sei, etwas zu verschleiern. Das Blut gäbe nur Aufschluss über den aktuellen Alkoholgehalt im Körper. Mit der Haarprobe jedoch könne man meinen Alkoholkonsum des gesamten letzten Jahres feststellen. Ich merke, wie mir vor Wut und Scham heiß wird und mein Gesicht brennt.

Anita erklärt ruhig: »Madam, wir würden darum bitten, dass man Mr. Riley gestattet, in sein eigenes Haus zurückzukehren. Obwohl meine Mandanten die Annahme, Ms. Wilson könne die Betreuung von Theo nicht zureichend leisten, entschieden von sich weisen, bestünde doch ein Widerspruch, wenn man selbiges vermutet und dem Kind dann gleichzeitig seine Hauptbetreuungsperson wegnimmt.«

»Ich akzeptiere diesen Einwand«, erwidert die Richterin. »Entsprechend erlasse ich zum gegenwärtigen Zeitpunkt keine Verfügung hinsichtlich Mr. Riley. Da jedoch CAFCASS diese Empfehlung abgegeben hat, möchte ich Ms. Edwards fragen, ob sie damit einverstanden ist.«

»Wenn das Gericht einverstanden ist, bin ich es auch«, pflichtet Lyn der Richterin bei.

»Wir möchten auch beantragen, dass das Gericht Theos Fall separat behandelt«, erklärte Anita jetzt.

»Mr. Kelly?« Die Richterin wendet sich dem Anwalt der Lamberts zu.

»Das wäre auch unser Vorschlag gewesen, Madam.«

»Dann werden wir in circa drei Monaten die Verhandlung für Theo Riley abhalten und David Lamberts Fall zu einem späteren Termin bearbeiten.« Die Richterin macht sich eine Notiz. »Gibt es noch etwas zu besprechen?«

Niemand antwortet. Die Anwälte ordnen ihre Papiere, die Richterin wendet sich ihrem Laptop zu. Es erscheint unfassbar, dass ein so umfassender Fall so schnell erledigt sein kann.

Aber das ist er natürlich auch nicht, das war nur die erste Salve. Und wegen der Berichte von CAFCASS konnte Miles fast alles durchsetzen, was er wollte. Aber zumindest darf Pete wieder nach Hause kommen. Das ist immerhin etwas.

Marion Wakefield bleibt an ihrem Tisch sitzen und macht sich Notizen, während wir anderen zur Tür gehen. Dort entsteht ein Engpass, weil alle gleichzeitig ankommen. »Nach dir«, sagt Miles formvollendet, worauf Pete entschieden »nach dir« erwidert. Unter diesen Umständen wirkt diese Höflichkeit regelrecht absurd. Schließlich winkt Pete Lucy durch und folgt ihr, während Miles mir bedeutet, dass ich vorausgehen soll. Ich spüre, dass er sehr dicht hinter mir ist, spüre sogar seinen Atem am Hals. Nein, nicht nur seinen Atem: Der Dreckskerl pustet mir wahrhaftig in den Nacken. Ich habe die Haare hochgesteckt, und es gibt keinen Zweifel an dem Gefühl. Aufgebracht bleibe ich stehen.

»Ein Jammer mit dem Haartest«, murmelt Miles. »Manche Leute rasieren sich deshalb den Kopf, hab ich gehört. Aber dann holen sich die Ärzte ein Haar von da unten. Bist du da gewaxt, Maddie? Hoffentlich nicht. Ich stell mir Löckchen vor.«

Während er spricht, spüre ich irgendetwas zwischen meinen Pobacken. Seine Finger. Ich springe vorwärts wie angestochen und höre ihn leise glucksen. Wutentbrannt fahre ich herum und sehe natürlich eine Unschuldsmiene. Die Anwälte und die Richterin schauen mich fragend an. Ich öffne den Mund, um etwas zu sagen. Aber was? Alles würde wirken wie das hilflose Verhalten einer Frau, die vor Gericht nicht bekommen hat, was sie wollte. Und womöglich eine Trinkerin ist. Und wer würde schon glauben, dass Miles Lambert so dreist ist, mich in einem Gerichtssaal zu begrapschen?

Ich kann nichts tun. Deshalb sage ich nur scharf: »Das machst du nie wieder.«

Miles grinst lediglich, mit siegesgewissem Blick.

84

MADDIE

Ich sage Pete nichts von diesem Vorfall. Womöglich würde er Miles wütend zur Rede stellen, was der sicher genießen würde. Vielleicht hat er insgeheim sogar gehofft, Pete damit zu einer aggressiven Reaktion zu provozieren, um ihn als Vater schlecht dastehen zu lassen.

Nach der Anhörung holt Pete bei Greg und Kate seine Sachen ab, ich gehe nach Hause. Inzwischen bin ich stocksauer auf mich selbst, weil ich mich nicht gegen Miles gewehrt habe. Hätte eine starke selbstsichere Frau – als die ich mich sehe – Miles nicht im Gerichtsaal bloßstellen müssen? Auf Grapschereien habe ich seit jeher mit bösem Blick und einer schneidenden Zurechtweisung reagiert. Aber ich hatte mir gelobt, mich bei gravierenderen Übergriffen heftiger zu wehren, im Zweifelsfall auch jemanden anzuzeigen. Ich wollte kein Opfer sein und ich würde kein Opfer sein.

Doch es war so schnell passiert, war so schockierend und unfassbar.

Ich frage mich, ob Männer deshalb mit solchem Verhalten davonkommen – weil sie dreist sind und es einfach machen. Von Minute zu Minute werde ich wütender, aber jetzt ist es natürlich zu spät, um etwas zu unternehmen. Das ist eine weitere Waffe bei solchen Übergriffen: das Überraschungsmoment. Und die übertriebene britische Höflichkeit spielt solchen Typen natürlich in die Hände.

Nun, ich bin aber keine Britin, sondern Australierin. Falls

Miles das noch mal wagt, kriegt er meine Faust ins Gesicht, im Gerichtssaal oder sonstwo.

Pete kommt mit seinem Koffer herein. »Willkommen zu Hause«, sage ich munter. »Ich würde ja einen Sekt aufmachen, aber unter diesen Umständen …«

Er nickt und sieht sich um. Ein unbehaglicher Moment entsteht. Wir umarmen uns nicht, küssen uns nicht, berühren uns nicht einmal. Wir sind höflich und fröhlich und heucheln.

Bin ich wegen des Übergriffs von Miles so distanziert? Weil ich das Pete verschweige? Oder wegen all der anderen Geheimnisse, die in den letzten Wochen zum Vorschein gekommen sind? Ich will Pete natürlich vertrauen, aber leider weiß ich, dass auch gute Menschen böse Dinge tun können und dass Loyalität nicht unbedingt Offenheit bedeuten muss.

Theo zu verlieren ist nicht die einzige massive Bedrohung unserer Beziehung, wird mir in diesem Moment klar. Selbst wenn er bei uns bleiben wird – was gegenwärtig nicht sehr realistisch erscheint, gestehe ich mir ein –, werden dann Stress und Misstrauen unsere Beziehung zerstören? Hat sie überhaupt eine Chance, diese ganze Situation zu überstehen?

Ich habe immer wieder gehört, dass es bei Gerichtsverfahren keine Gewinner gibt. Allmählich begreife ich, warum.

Meine namenlose Wut auf Miles bestärkt mich noch mehr in meinem Entschluss, mit Tania zu sprechen. Was er mit mir gemacht hat, entspricht genau meiner Einschätzung seiner Persönlichkeit. Und bei einer Recherche im Netz finde ich die Bestätigung: »Für Psychopathen geht es beim Sex nur um den Kitzel des Risikos und der Eroberung, um die eigene Befriedigung und Belohnung.«

Aber wie soll ich Tania finden? Ihre Handynummer habe ich nicht. Dann fällt mir Lucys Facebook-Seite ein, mit den vielen Fotos vom Zoo und von Ausflügen in den Park. Ich rufe auf meinem iPad die Seite auf.

Und tatsächlich: Bei den Leuten, die Fotos geliked haben, finde ich Tania Lefebvre. Ich schreibe ihr eine Nachricht.

Hi Tania, das ist eine Nachricht von Maddie Wilson, Theos Mutter. Ich weiß, das klingt seltsam, aber ich würde gern mit Ihnen über die Zeit sprechen, in der Sie für Miles Lambert gearbeitet haben.

Es dauert nicht lange, bis die Antwort kommt:

Könnte interessanter für Sie sein, mit dem Kindermädchen vor mir zu sprechen, Michaela Costea (wir sind bei der gleichen Agentur). Hier ihre Kontaktdaten. Bonne chance.

»Miles Lambert hat Sie gefeuert, nicht? Weil Sie seine Kaffeemaschine benutzt und in Ihr Handy geschaut haben, während Sie sich mit David beschäftigen sollten.«

Wir sitzen an der Finchley Road in einem kleinen voll besetzten Café mit beschlagenen Scheiben. Die Betreiber unterhalten sich lebhaft und lautstark auf Türkisch. Michaela trinkt einen Schluck Latte und nickt.

»Ja. Er hat mich gefeuert. Aber es war anders, als Sie sagen.«

»Was ist passiert?«

Michaela zögert, bevor sie antwortet. Sie ist ein hübsches Mädchen, finde ich, obwohl die platinblond gefärbten Haare etwas schrill wirken. »Ich hab mich nicht gut benommen. Bin auch wirklich nicht stolz drauf. Aber er war schlimmer.«

»Warum? Was hat er getan?«

Sie seufzt. »Okay, ich war wütend auf sie – auf Mrs. Lambert. Wer verbietet denn schon dem Personal, den Kaffeeautomaten zu benutzen? ›Du bist nur das Kindermädchen, du kannst Nescafé trinken.‹ Im Ernst jetzt? Als sie beide weg waren, hab ich mir einen anständigen Kaffee gemacht.« Michaela schüttelt den Kopf. »Ich wusste natürlich nicht, dass in Wirklichkeit *er* auf dem Verbot bestand, gar nicht sie. Alles in dem Haus gehört ihm. Und ja, während ich den Kaffee trank, war ich auf Instagram. Warum auch nicht? David brauchte mich in dem Moment gar nicht.«

»Aber Miles hat das auf dem Video gesehen.«

Sie nickt. »Sie hatten mir nicht gesagt – jedenfalls nicht so deutlich –, dass sie mich beobachten.«

»Und dann hat er Sie gefeuert«, sage ich, etwas unsicher, worauf diese Geschichte hinauslaufen wird. Angestellte ohne ihr Wissen mit versteckter Kamera zu filmen ist niederträchtig.

»Nein. Nicht gleich.« Michaela zögert, scheint eine Entscheidung zu treffen. »Okay. Also, an dem Abend kommt er zu mir, während sie in ihrem Buchclub ist. ›Ich habe gesehen, dass du Kaffee am Automaten gemacht hast‹, sagt er. ›Meine Frau wird sehr wütend über so etwas. Ich persönlich finde die Regel lächerlich. Wir sagen es ihr einfach nicht, ja? Es bleibt unser Geheimnis …‹ Und dann …« Sie sieht plötzlich sehr mädchenhaft aus. »Na ja, Sie können sich den Rest denken.«

»Sie haben mit ihm geschlafen?«

»*Schlafen* … das klingt so seltsam. Wenn wir es höflich ausdrücken wollen, sagen wir *a băregele-n castel*. Den König ins Schloss bringen. Ja, hab ich. Ich habe mir gesagt, es sei meine Rache an seiner Frau, weil die so streng mit mir war.« Michaela zuckt wieder mit den Schultern, als sei ihr das Ganze gleichgültig, aber ich spüre, dass es nicht so ist. »Ich hätte mich auf ein Mal eingelassen, nicht mehr. Aber ein paar Tage später kam er wieder in mein Zimmer. Diesmal war seine Frau unten. Ich wusste, dass das nicht okay war, aber er benahm sich, als hätte er ein Recht … Es fiel mir schwer, Nein zu sagen. Und beim nächsten Mal haben wir es in der Küche gemacht, während seine Frau nebenan im Spielzimmer war. Hinter der großen Sitzinsel in der Mitte. Er machte seine Hose auf und legte meine Hand auf … Ich trug einen kurzen Rock. Es war verrückt und dumm … wenn seine Frau reingekommen wäre … aber wissen Sie was? Ich hatte das Gefühl, er fand es toll. Die Gefahr, meine ich.«

»Glauben Sie, Mrs. Lambert wusste davon?«

Michaela überlegt. »Ich glaube nicht. Sie benimmt sich ohnehin so seltsam mit ihm. Als hätte sie ein bisschen Angst vor ihm, sei aber in allem komplett von ihm abhängig. Ich denke, sie sieht nur, was sie sehen will.«

»Haben Sie jemals erlebt, dass er ihr gegenüber gewalttätig war? Oder David gegenüber?«

Michaela schüttelt den Kopf. »Nein.«

Das nützt uns leider nichts. Sex mit dem Kindermädchen ist widerwärtig, aber nicht verboten. »Und Sie? Hat er Sie jemals bedroht?«

»Nur einmal.« Michaela blinzelt, um Tränen zurückzuhalten. »Er kam zu mir und sagte, wir müssten aufhören. Ich war … wirklich erleichtert und sagte, er habe recht, und wir würden nie mehr darüber reden. Dann hat er gesagt, ich würde nicht verstehen. Mit Sex sei nicht wegen seiner Frau Schluss, sondern weil ich ihn langweilen würde. Er warf einen Umschlag auf mein Bett und sagte: ›Da sind fünfhundert Pfund drin. Ich sage meiner Frau, ich habe dich wegen der Sache mit dem Kaffee rausgeschmissen. Und jetzt verschwinde.‹« Michaela rinnen Tränen über die Wangen. »Ich wollte natürlich nicht entlassen werden, die Agentur wirft einen raus, wenn das öfter vorkommt. Ich hab gesagt, ich würde noch ein bisschen länger bleiben und dann kündigen, das sei für mich in Ordnung. Und … und ich habe ihn daran erinnert, dass wir ein Geheimnis haben. Ich hätte seiner Frau nichts gesagt, aber ich dachte, er könnte sich doch bessern. Und da wurde er plötzlich so anders.«

»Wie?«

»Kalt. Eiskalt. Sein Gesicht war total reglos. Und er hat gesagt: ›Wenn du mir noch mal drohst, ertränke ich dich in unserem Schwimmbad im Keller. Der Polizei erzähle ich dann, es war ein Unfall.‹« Michaela schaudert. »Ich hab ihm geglaubt, hatte furchtbare Angst. Ich hab das Geld genommen, meine Sachen gepackt und bin gegangen. Nie wieder würde ich dieses Haus betreten, nicht für alles Geld der Welt. Und das Kindermädchen nach mir hab ich gewarnt.«

85

MADDIE

In der gerichtlichen Anordnung steht, dass die Blut- und Haarprobe bei einer Hausarztpraxis gemacht werden muss. Ich gehe zu Sharon Randall, einer Ärztin, die nur Privatpatienten behandelt. Sie ist meine Hausärztin, seit ich in London lebe.

»Und ich brauche etwas, das mich vom Trinken abhält«, erkläre ich, nachdem die Proben erledigt sind. »Und zwar komplett, sodass die Richterin weiß, dass ich es ernst meine.«

»Das wäre der Wirkstoff Disulfiram«, sagt die Ärztin sofort. »Das Medikament heißt Antabus. Aber ich muss Sie warnen: Das ist nichts für schwache Nerven.«

»Wieso?«

»Sie wissen vielleicht, dass viele Asiaten keinen Alkohol vertragen? Das liegt daran, dass ihnen das Enzym zum Abbau von Acetaldehyd fehlt. Antabus wird Sie in dieser Hinsicht asiatisch machen. Wenn Sie zehn Minuten nach der Einnahme auch nur den kleinsten Schluck Alkohol zu sich nehmen, werden Sie so heftig erbrechen, dass Ihnen Morgenübelkeit dagegen so harmlos wie ein Schluckauf vorkommt. Dann folgen extreme Kopfschmerzen, Durchfall, Lethargie, gelbliche Haut und Akne. Einige dieser Nebenwirkungen werden Sie unter Umständen sogar bekommen, *ohne* auch nur einen Tropfen getrunken zu haben.«

»Das klingt genau richtig«, sage ich.

»Sie sollten dann auch Desinfektionsmittel, Parfums, Essig und essighaltige Soßen wie Ketchup vermeiden. Und wenn jemand in Ihrer Nähe Eau de Cologne trägt, sollten Sie möglichst schnell die nächste Toilette aufsuchen, weil Ihnen wahrscheinlich übel wird.« Sharon Randall schreibt das Rezept aus und reicht es mir. »Bitte schön. Alles Gute.«

Bevor ich die erste Antabus schlucke, sammle ich alle Weinflaschen im Haus ein, leere sie in der Spüle aus und bringe sie nach draußen. Als ich sie in den Glascontainer werfe, sehe ich einen Mann, der eilig auf mich zusteuert.

Es ist dieser Reporter, den Pete für einen Volontär gehalten hat. Jetzt verstehe ich auch, warum; der Typ kann kaum älter als zwanzig sein. »Kieran Keenan«, sagt er und schwenkt seinen Presseausweis. »Kann ich kurz mit Ihnen sprechen, Ms. Wilson?«

»Wir haben Ihnen nichts zu sagen.«

Ernsthaft erwidert er: »Also, es ist doch so: Mr. Riley hatte in seinem Artikel geschrieben, Ihrer beider Leben sei zerstört worden, als Sie erfuhren, dass Ihr Sohn gar nicht Ihr biologisches Kind ist. Aber jetzt habe ich erfahren, dass Sie sich mit der anderen Familie ein Kindermädchen teilen. Warum würden Sie das tun, wenn alles so schlimm und schwierig ist? Und in diesem Forum, DadStuff, hat Mr. Riley geschrieben, die Beziehung zwischen den beiden Paaren sei von Anfang an offen und freundschaftlich gewesen.«

Fast hätte ich laut gelacht über diese bizarre Situation. Wir haben uns einmal im Kreis gedreht, und der damals unwahre Artikel, den Pete auf Miles' Geheiß geschrieben hat, ist mittlerweile Wirklichkeit.

Natürlich hätte ich den Mund halten sollen. Aber der Drang, die Wahrheit zu sagen, ist so heftig, dass ich nicht widerstehen kann.

»Ja, zu Anfang war die Beziehung freundschaftlich«, bestätige ich. »Doch das änderte sich. Deshalb müssen wir jetzt vor Gericht um das Sorgerecht kämpfen.«

Der Reporter sieht mich mit großen Augen an. »Sie kämpfen um das Sorgerecht?«, wiederholt er. Erst jetzt fällt mir auf, dass er sein Handy eingeschaltet hat und das Gespräch aufzeichnet.

Und mir wird klar, dass ich schon zu viel gesagt habe. »Im Familiengericht. Da ist niemand von den Medien zugelassen.«

»Aber wir können berichten, dass eine Verhandlung stattfinden wird. Solange wir den Namen des Kindes geheim halten.«

»Hören Sie«, sage ich verzweifelt. »Es gibt da irgendwo eine größere Geschichte. Ich weiß noch nicht, was es ist. Aber wenn Sie uns helfen, können Sie diese Story haben. Nachdem die Verhandlung vorbei ist.«

Seine Augen leuchten auf. »Sie geben mir ein Interview?«

»Ich muss mit Pete darüber sprechen. Aber im Prinzip, von mir aus: Ja.«

»Du hast was?«, sagt Pete entsetzt.

Er hat Theo abgeholt und Jill zum ersten Mal erlebt. Als er nach Hause kam, hatte Pete bemerkt: »Also, bei der wird Miles sicher nichts versuchen. Die würde ihn verhauen, glaub ich.«

Jetzt starrt er mich fassungslos an. »Warum willst du denen ein Interview geben? Die sind nicht daran interessiert, uns zu helfen, Mads. Die wollen nur hohe Auflagen.«

»Mir fiel nichts anderes ein, um den Typen loszuwerden.«

»Und wenn du das nicht machst, wird er die Story trotzdem schreiben. Nur dass er dann total sauer auf dich ist.«

»Tut mir leid. Ach, das ist alles so eine Scheiße«, sage ich niedergeschlagen. »Was wir auch tun – wir machen alles nur noch schlimmer. Als würden wir in Treibsand stecken und uns immer tiefer reinreiten.«

»Komm her«, sagt Pete sanft und breitet die Arme aus. »Zumindest sind wir wieder zusammen. Zumindest sind wir alle drei hier wieder zusammen. Vorerst jedenfalls.«

Ich lasse die Umarmung zu, genieße das Gefühl, Petes kraftvolle Arme zu spüren. Vielleicht schaffen wir es doch, denke ich, lasse meine Wange an seinem Hals ruhen. Heute Abend könnten wir vielleicht sogar mal wieder Sex haben, körperlich wieder zusammenfinden …

»Iiiiiich auuuuuuuch!«, krakeelt Theo und drängt sich zwischen unsere Beine.

Ich lache und umarme Pete fester, sodass Theo eine Nische zwischen unseren Beinen hat. »Gute Idee. Familienumarmung.«

Ein paar Momente umklammert Theo unsere Beine, dann sucht er sich eine spannendere Beschäftigung. Und als wir beide uns lösen, lächelt auch Pete.

Es ist ein seltsames Gefühl, den Abend ohne den wärmenden entspannenden Genuss von Wein durchzustehen. Ich weiß nicht recht, was ich mit mir anfangen soll. Zuerst bade ich Theo, lese ihm dann seine Geschichte vor. Als ich ihn zudecke – ich kann es nicht lassen, ihm die Locke aus der Stirn zu streichen, obwohl ich weiß, dass er gleich wild den Kopf schütteln wird –, sagt er schläfrig: »Mag mein Kindersimmer bei Moles am liebsten.«

Mir stockt der Atem. »Du hast ein eigenes Zimmer im Haus von Miles und Lucy?«

Theo nickt. »Eine Rakete is drin. Und es is blau.«

»Ach ja? Na, wir könnten doch dein Zimmer hier auch blau streichen, wenn du magst. Magst du das?«

Er nickt.

»Wir könnten es alle zusammen anstreichen, Mummy und Daddy und du. Hört sich das gut an? Denn du schläfst ja hier bei uns.«

Er gähnt. »Ja, aber mein anderes Simmer is größer.«

Als ich nach unten gehe, schnappe ich mir mein iPad. »Du wirst es nicht glauben«, sage ich wütend. »Theo hat bereits ein eigenes Zimmer bei den Lamberts. Es ist blau.« Während ich rede, rufe ich Lucys Facebook-Seite auf.

Und wahrhaftig: sechs Fotos, heute gepostet. *Theos neues Zimmer.* Ein großes hohes Zimmer, offenbar im Erdgeschoss. Es ist blau, aber Theo hat nicht erwähnt, dass an der Decke der Nachthimmel mitsamt Mond, Milchstraße und Sternenkonstellationen abgebildet ist. Das Bett hat die Form einer Rakete, sodass man darin liegen und den Himmel betrachten kann, als schwebe man durchs All. Dann kommt ein Foto von Theo selbst, mit staunenden Augen, offenbar aufgenommen, als er das Zimmer zum ersten Mal sieht. An seinen Wangen erkennt man verschwommen die Hände eines Erwachsenen, als hätte ihm jemand kurz vorher noch die Augen zugehalten.

Auf dem letzten Bild sieht man einen auf dem Bett zurechtgelegten Pyjama, ein Astronautenanzug mit NASA-Zeichen. Und auf dem Kopfkissen ist ein Helm mit Goldvisier abgebildet.

Unter diesem Bild steht: *Wir freuen uns, dass unser kleiner Astronaut bald bei uns einzieht.*

86

MADDIE

Ich bin so unglaublich wütend, dass ich am liebsten etwas kaputt schlagen würde. Und ich kann nichts tun, um meine Wut zu dämpfen. An Sex ist in diesem Zustand natürlich nicht zu denken. Auch an Schlaf nicht. Um drei Uhr stehe ich ruhelos auf und mache mich auf die Suche nach irgendetwas, das mich ein bisschen entspannen könnte. Ganz hinten in einem Küchenschrank entdecke ich eine uralte Flasche seltsamen Holunderlikör. Ich probiere einen Schluck. Schmeckt ekelhaft, furchtbar süß und leicht muffig. Aber es ist immerhin Alkohol, und ich nehme einen größeren Schluck. Binnen Sekunden merke ich, wie mein Magen rebelliert, so heftig wie damals, als ich in Marokko verdorbene Muscheln gegessen hatte. Irgendetwas verdrillt meine Eingeweide, fester und immer fester. Großer Gott, es ist wie diese Szene in *Alien,* fühlt sich an, als würde mein Darm gleich durch meine Kaiserschnittnarbe aus dem Bauch platzen. Ich schaffe es gerade noch rechtzeitig zum Waschbecken und verbringe dann die nächste Stunde kotzend im Badezimmer.

Alkohol ist also eindeutig keine Option.

Morgens, als ich gerädert aufwache, greife ich als Erstes nach meinem iPad. Pete und ich haben uns mit Miles, Bronagh und Paula befasst. Aber eine Person auf meiner Liste ist uns immer noch ein Rätsel.

Sie benimmt sich ohnehin so seltsam mit ihm. Als hätte sie ein bisschen Angst vor ihm, sei aber in allem komplett von ihm abhängig, hatte Michaela gesagt.

Ich brauche jemanden, der mir erklären kann, warum eine Frau wie Lucy bei einem Mann wie Miles bleibt. Aus meinen E-Mails suche ich die Daten einer Person heraus, mit der ich seit über einem Jahr keinen Kontakt mehr hatte.

Meine Verhaltenstherapeutin hatte damals vorgeschlagen, dass Pete und ich eine Paartherapie machen sollten. Ich weiß gar nicht mehr, wie ich Annette gefunden hatte, im Internet wahrscheinlich. Sie ist eine temperamentvolle Südafrikanerin mit wilder rotbrauner Lockenmähne und entsprach nicht im Geringsten der Klischeevorstellung einer Paartherapeutin. Zum Beispiel war sie kein bisschen sanft oder zurückhaltend. Auf ihrer Website stand, sie sei spezialisiert auf Posttraumatisches Stresssyndrom, häusliche Gewalt sowie sexuelle und andere Probleme bei Paaren und arbeite mit einer Kombination aus tiefenpsychologischem Ansatz, Energiearbeit und transpersonaler Therapie. Ich kannte mich mit alldem nicht aus, aber es hörte sich so anders an als meine Verhaltenstherapie, dass ich mir damals einen Termin geben ließ.

Anfänglich fand Pete die Vorstellung gut. Eine Psychotherapie passte zu seiner Überzeugung, dass man mit Kommunikation und Gesprächen fast alle Probleme lösen kann. Und er hoffte sehr, dass wir danach wieder Sex haben würden. Er hatte allerdings nicht damit gerechnet, dass er Annette detailgenau beschreiben musste, was er im Bett machte – oder unterließ –, um mich zu befriedigen. Annette hörte aufmerksam zu und nickte mitfühlend.

»Sie glauben also, Pete, als moderner Mann seien Sie dazu verpflichtet, bei Ihrer Partnerin Oralsex zu praktizieren, bis sie zum Höhepunkt kommt«, fasste Annette zusammen, als Pete schließlich verstummte. Dann sah sie mich an. »Finden Sie das erregend, Maddie?«

»Eigentlich nicht«, gab ich zu.

»Sie wünschen sich vielleicht als Grund, dass er Ihren Geschmack liebt und es selbst genießt, oder?«

»Ähm … ja schon.«

Annette wandte sich wieder Pete zu. »Wie verführen Sie Maddie?«

»Verführen?«, wiederholte Pete verständnislos.

»Wann war das letzte Mal«, fuhr Annette mit strengem Tonfall fort, »als Sie ihr Gesicht in Maddies Haaren vergraben und ihren Duft eingeatmet haben?«

»Also …« Pete versuchte zu wirken, als zähle er die Tage.

»Erklären Sie mir, wie Sie mit ihr flirten«, forderte Annette ihn auf.

Pete blinzelte.

»Wenn eine Frau keinen Sex mit einem Mann haben will, liegt das daran, dass der Mann sich nicht darum *bemüht*, dass die Frau Sex mit ihm möchte«, verkündete Annette entschieden. »Ich möchte, dass Sie Maddie *umwerben*, Pete. Sie *erregen*. Dafür sorgen, dass sie Sie begehrt. Wenn Sie sich von ihr verabschieden, geben Sie ihr keinen Kuss auf die Wange, sondern schließen Sie Maddie so fest in die Arme, dass sie Ihren ganzen Körper spürt. Schicken Sie ihr erotische Nachrichten. Geben Sie ihr das Gefühl, *begehrt* zu werden.«

»Wir gehen zusammen aus«, brachte Pete hoffnungsvoll vor. »Und wir kuscheln.«

»Kuscheln«, erklärte Annette vernichtend, »ist der *Feind* der Lust. Wenn Sie kuscheln, nehmen Sie der Berührung das Leidenschaftliche weg.«

»Oh«, sagte Pete bestürzt.

»Weshalb ich Ihnen beiden jetzt Sexverbot erteile«, fügte Annette hinzu.

Pete sah ziemlich schockiert aus. Schließlich war er nicht zuletzt hier, damit der Sexmangel ein Ende fand.

»Sie werden einander berühren«, fuhr Annette fort. »Am besten nackt und am besten bei Kerzenlicht. Massieren Sie sich gegenseitig. Erregen Sie einander, falls Ihnen danach zumute ist. Aber Sie werden nicht, absolut *nicht*, Geschlechtsverkehr haben. Und auch keine anderen Formen von Sex. Ich möchte, dass Sie die Freuden des Vorspiels wiederentdecken.« Sie blickte auf ihren Notizblock. »Wir sehen uns in drei Wochen wieder.«

Pete befolgte Annettes Anweisungen, das muss man ihm lassen. Und nach und nach merkte ich, dass die Kombination aus entspannender Massage und intimer Berührung ohne den Druck, Sex zu haben, tatsächlich erregend sein konnte. Im Gegensatz zu Petes Versuchen, mich mit erotischen Nachrichten zu umwerben. Es war schon nervig genug, in einer anstrengenden Sitzung die Nachricht *Kannst du zum Abendessen Takeaway mitbringen?* zu bekommen. Aber zu lesen *Was für ein Höschen hast du heute an, du sexy Maus?*, war nun wirklich das Allerletzte.

Das weißt du. Ich hab es heute Früh um sieben aus der Schmutzwäsche rausgekramt.

Und das hat mich so richtig geil gemacht, du schmutzige Schlampe.

Urg, Pete, gar nicht sexy. Welches Takeaway?

Als dann eine unserer Berührungssessions so heftig wurde, dass ich Pete stöhnend in mich zog, war es zugleich erregend, dass wir gegen Annettes Verbot verstießen. In der nächsten Stunde saßen wir wie zwei unartige Teenager vor unserer Therapeutin und gestanden, was wir getan hatten.

»Ja, na klar«, sagte Annette und nickte. »Sie haben gelernt, einander zu erregen.«

Wir wurden entlassen mit weiteren Hausaufgaben – Pete sollte mich jede Woche mit einem romantischen Geschenk überraschen; ich sollte ihn mit erotischer Unterwäsche erfreuen; und beide sollten wir wiederkommen, falls unser Sexleben erneut einschlief. Was dann auch so war, aber irgendwie gingen wir trotzdem nicht mehr zu Annette. Es erschien uns wohl zu anstrengend, weil so viel Energie für Theo und die Arbeit verbraucht wurde.

Doch einen Effekt hatte die Paartherapie gehabt. Weil wir gelernt hatten, in Anwesenheit einer Fremden unsere Probleme zu offenbaren, konnten wir danach auch zu zweit besser über unsere Gefühle sprechen. Die Probleme verschwanden deshalb nicht, fühlten sich aber mehr wie geteilte Probleme an.

Zumindest war das damals so. Aber ich weiß, dass wirkliche Aufrichtigkeit etwas anderes ist als die Offenheit, mit der wir damals vor Annette über unser Sexleben sprachen. Ich hatte mich schließlich über meine Seitensprünge auch ausgeschwiegen. Allerdings war es inzwischen nicht mehr vorgekommen. Als bei Dreharbeiten in Prag der gut aussehende Regisseur sein Interesse signalisierte mit der Bemerkung »Was beim Dreh passiert, bleibt auch da«, erwiderte ich entschieden, beim Dreh passiere rein gar nichts. Und dabei blieb es für mich auch.

Hat Pete auch beschlossen, bestimmte Themen zu vermeiden? Hat er Dinge getan, die so gut versteckt bleiben wie meine eigenen Geheimnisse?

Ich versuche nicht zu oft darüber nachzudenken, weil sich sonst alles gleich wieder trist und aussichtslos anfühlt.

»Ich würde gerne wissen, warum eine Frau einen Psychopathen heiratet«, erkläre ich Annette, als ich in ihrem gelb gestrichenen Behandlungszimmer sitze.

Sie zieht eine Augenbraue hoch. »Sind Sie nicht mehr mit Pete zusammen?«

»Ach so – es geht nicht um mich und Pete. Nicht direkt jedenfalls.« Ich schildere kurz die Situation, erwähne auch Miles' Übergriff im Gerichtssaal.

»Und wie fühlen Sie sich jetzt?«, fragt Annette – der klassische Eröffnungssatz für eine Therapiestunde.

»Jetzt gerade wütend. Aber wenn ich nicht wütend bin …« Ich zögere. »Hilflos und absolut verzweifelt.«

Annette nickt. »Beides sehr verständliche Reaktionen. Die Antwort auf Ihre Frage: Es ist sehr leicht, sich in männliche Psychopathen zu verlieben. Zum einen wissen die genau, wie sie Menschen mit Charme bezaubern können. Üblicherweise stürzen sie sich mit großem Engagement in die Werbungsphase: überschütten das auserwählte Objekt mit Geschenken, zitieren aus Filmen, sagen der Frau, dass sie das Schönste und Wunderbarste ist, was sie jemals erlebt haben. Das ist zwar teilweise ein Spiel für diese Männer, aber es ist nicht nur Täuschung. Sie sind selbst berauscht von der Spannung und der Jagd, aber es ist ihnen auch extrem wichtig, dass das Gegenüber sich in *sie* verliebt – sie können nicht ruhen, bis es ihnen gelungen ist, die Beute am Haken zu haben und alles zu besiegeln. Typisch ist auch, dass sie sehr schnell einen Heiratsantrag machen, solange der Rausch noch anhält. Einerseits, weil sie noch mehr

Aufregung erleben wollen, andererseits aber auch, weil sie wahrscheinlich irgendwie ahnen, dass sie diese intensive Intimität nicht lange aufrechterhalten können. Das gilt auch für das erste Kind. Wer sich in einen Psychopathen verliebt, ist nicht selten innerhalb eines Jahres Braut und Mutter.«

»Weil dann alles besiegelt ist.«

»Und weil Ehefrauen Kinder kriegen sollen und die Gattin eines Psychopathen das schneller und besser schaffen muss als andere. Ich habe schon erlebt, dass die Frau dann auch gar nicht mehr mit Namen erwähnt wird, sondern nur noch als ›meine wunderbare Frau‹. Für eine kurze Zeit kann es sogar sein, dass der Psychopath gerne die Rolle des hingebungsvollen Familienvaters spielt. Bis er den nächsten Kick, die nächste Herausforderung braucht.« Annette zögert einen Moment, sagt dann: »Ich hatte mal einen Psychopathen hier, mit seiner Frau. Er genoss die Stunde in vollen Zügen, weil er ja die ganze Zeit im Mittelpunkt stand. Und er machte alles perfekt, weil er die Therapie als Spiel ansah. Ich habe gemerkt, wie er förmlich aufsog, was ich machte, und dann meine eigenen Techniken anwandte, um noch charmanter, manipulativer und selbstgerechter zu werden. Das war das einzige Mal, dass ich eine Behandlung von meiner Seite aus beendet habe. Ich habe der Frau gesagt, sie solle sich so schnell wie möglich aus dieser Beziehung lösen. Aber soweit ich weiß, sind die beiden immer noch zusammen.«

»Aber warum?«, frage ich. »Warum sollte eine Frau bei einem Psychopathen bleiben, wenn er bereits entlarvt ist?«

»Hmm.« Annette überlegt. »Nach meiner Erfahrung mit diesem Paar würde ich sagen: Die vielen Liebesbeweise und die massive Zuwendung aus der Anfangsphase waren vielleicht wie eine Droge für die Frau, vor allem wenn sie eher unsicher ist.

Dann reicht irgendwann ein kleiner Tropfen, um die Abhängigkeit aufrechtzuerhalten. Und Psychopathen sind kontrollsüchtig, auch weil sie – sogar unter Umständen berechtigt – glauben, bessere Entscheidungen treffen zu können als andere. Das ergibt dann den Teufelskreis: Je häufiger der Psychopath alles in die Hand nimmt, desto mehr zweifelt die Partnerin an ihren Fähigkeiten und überlässt alles ihm. Und irgendwann hat sie null Selbstvertrauen mehr.«

Das passt genau ins Bild. Ich denke daran zurück, wie anders Lucy damals wirkte, als ich sie auf der NICU kennenlernte. Trotz der anstrengenden Situation war Lucy aktiv und kommunikativ gewesen, jetzt dagegen war sie ein Schatten ihrer selbst. Mir fällt auch wieder ein, wie Miles Lucy bei unserem ersten Besuch bei ihnen sofort korrigiert hatte, als sie vergessen hatte, wer von uns beiden Milch zum Tee wollte, und dass Pete Theos Hauptbetreuungsperson war. Winzige Details, die ich damals für übertriebenes Beschützerverhalten gehalten hatte. Aber als ich jetzt daran denke, wird mir bewusst, dass Pete mich niemals so paternalistisch behandeln und so schnell auf Fehler hinweisen würde.

»Und besteht die Möglichkeit, dass die Frau in meinem Fall selbst psychopathisch geworden ist?«, frage ich. »Dass sie zu so einer berechnenden Tat wie der Vertauschung der beiden Babys imstande wäre?«

»Man kann nie alles komplett ausschließen«, antwortet Annette vorsichtig. »Jedenfalls nicht, ohne mit der betreffenden Person gesprochen zu haben. Aber nach dem, was Sie mir erzählt haben, halte ich es in diesem Fall eher für unwahrscheinlich. Sie haben mir eine Frau beschrieben, die es kaum schafft, den Tee richtig zu servieren. Dass sie eine Entscheidung mit so gravierenden Folgen aus dem Moment heraus treffen würde, ohne ihren Mann gefragt zu haben … das scheint mir nicht zu passen. Von allen anderen Konsequenzen abgesehen, würde sie dann ja auch der Realität ins Auge blicken müssen, dass ihr Mann ein Monster ist. Es gibt zwar psychopathische Paare – Bonnie und Clyde, Ian Brady und Myra Hindley –, aber Sie haben mir eine ganz andere Beziehungsstruktur beschrieben. Meiner Einschätzung nach sind die Babys eher durch Zufall vertauscht worden, und Sie hatten das Pech, deshalb mit jemandem in Kontakt zu kommen, um den Sie sonst einen großen Bogen machen würden.«

87

Fall Nr. 12675/PU78B65, Anlage 46: Auszug aus CAFCASS-Gutachten für die Verhandlung vor dem Familiengericht, betreffend Theo Riley, eingereicht von Lyn Edwards, Beraterin des Familiengerichts

14. THEOS WÜNSCHE

Meine Begutachtung von Theo fand im Haus von Mr. und Mrs. Lambert statt, wo sich Theo täglich aufhält, da sich die beiden Paare das Kindermädchen der Lamberts teilen. Theo ist ein aufgeweckter, lebhafter kleiner Junge, dem es allerdings gelegentlich an Selbstregulation und Bewusstsein für die Bedürfnisse anderer mangelt. Ich konnte den Erziehungsstil von Mr. und Mrs. Lambert miterleben und stellte fest, dass sie Theo häufig die Möglichkeit gaben, eigene Entscheidungen zu treffen.

Ich bat darum, mit Theo allein sprechen zu können. Während des Gesprächs forderte ich ihn auf, einen Ort zu malen, an dem er sich sicher und geborgen fühle. Er zeichnete etwas, das wie ein Schloss aussah. Als ich nachfragte, sagte er, das Schloss sei »hier«.

Danach bat ich ihn, Menschen zu zeichnen, die er gerne bei sich in diesem Schloss hätte, um sich sicher und geborgen zu fühlen. Er überlegte eine Weile und zeichnete dann einen Polizisten und etwas, das er mir als Wachhund beschrieb. Ich fragte ihn, ob es ihm bekannte Menschen gäbe, die er außerdem gerne bei sich in diesem Schloss hätte, um sich sicher und geborgen zu fühlen, und bat ihn, diese zu zeichnen.

Theo zeichnete ein Strichmännchen mit einem Objekt. Als ich nachfragte, erklärte er, das sei Mr. Lambert mit einem Rugby-Schläger.

Behutsam fragte ich Theo, wo Mr. Riley und Ms. Wilson und auch Mrs. Lambert in diesem Bild vorkommen könnten. Theo antwortete, Mrs. Lambert befinde sich an der Seite von Mr. Lambert, Mr. Riley und Ms. Wilson außerhalb des Schlosses. Er zeichnete alle drei Figuren, anschließend etwas, das er als Katapult beschrieb, mit dem er Rugby-Bälle auf Mr. Riley feuerte.

Theo ist zu jung, um eine verlässliche direkte Aussage über seine Wünsche zu machen. Aber meiner Einschätzung nach zeichnet sich sehr deutlich ab, dass Theo zu seinen biologischen Eltern eine Beziehung aufgebaut hat und sich in der Nähe der Lamberts wohl und geborgen fühlt.

Zusammenfassend komme ich zu dem Schluss, dass Theo die Option, dauerhaft bei seinen biologischen Eltern zu leben, begrüßen würde, weshalb das auch meine Empfehlung für das Gericht ist. Monatliche Treffen von Theo mit Mr. Riley und Ms. Wilson sollten in einem offiziellen Kinderkontaktzentrum unter Aufsicht stattfinden, um negative Auswirkungen von Konflikten zwischen den Familien zu vermeiden.

Lyn Edwards
Beraterin des Familiengerichts

88

PETE

Der gerichtlich bestellte Psychologe kam zu uns nach Hause, um Theo zu begutachten. Sonderbarerweise mochte ich den Mann auf Anhieb. Harvey Taylor erschien mit seinem Tourenrad zum Termin, was sofort zu einer Erörterung über Rahmen und die beste Reifensorte für die Londoner Schlaglöcher führte.

»Okay«, begann Harvey Taylor, nachdem wir Kaffee getrunken hatten, und sah sich in unserem kleinen Wohnraum um. »Ich muss mit Theo allein sprechen, das heißt, Sie müssten für circa eine Stunde aus dem Haus gehen.«

»In Ordnung. Brauchen Sie noch etwas?«

Er deutete auf seinen Rucksack. »Alles vorhanden, danke. Ach so, und nachher müssten wir noch gemeinsam ein paar Checklisten durchgehen.«

Draußen wanderte ich durch die Straßen, zu ruhelos, um mich in ein Café zu setzen. Es war ein seltsames Gefühl zu wissen, dass die Unterredung von dem Psychologen mit Theo womöglich über unsere gemeinsame Zukunft entscheiden würde.

Nach genau einer Stunde kam ich ins Haus zurück. Theo spielte am Boden mit Duplo, Harvey saß am Esstisch und machte sich Notizen.

»Hi«, sagte Harvey. »Wäre es okay für Sie, wenn Theo eine Weile oben spielt? Ich würde die Checklisten gern mit Ihnen allein durchgehen.«

»Ja, klar. Theo, nimmst du deine Duplo-Steine bitte mit nach oben? Ich komme später hoch, dann bauen wir was zusammen.«

Als er außer Hörweite war, sagte Harvey: »Bevor wir loslegen … können Sie mir die hier erklären? Das interessiert mich.« Er wies auf die Sternchentabellen an den Wänden.

»Ah ja. Natürlich.« Ich berichtete von dem Kindererziehungskurs, in dem ich erfahren hatte, dass einige Kinder besser auf Belohnungssysteme als auf Strafen reagieren. »Und das System hat sich wirklich schnell bewährt«, fügte ich hinzu.

Harvey nickte. »Das passt zu meiner Einschätzung – dass Theo ein sehr spezielles Lernbedürfnis hat.«

Er legte eine Liste auf den Tisch. »Seien Sie bitte nicht beunruhigt, wenn einige Fragen etwas merkwürdig klingen. Wenn ein anderes Kind traurig wäre, würde Theo ihm helfen? Indem er ihm zum Beispiel ein Spielzeug gibt?«

Ich schüttelte den Kopf. »Ziemlich sicher nicht. Es fällt ihm schwer, Spielzeug zu teilen.«

Harvey machte sich eine Notiz. »Mag er Tiere?«

»Kommt darauf an, was man unter ›mögen‹ versteht«, sagte ich vorsichtig. »Er hat Spaß an Tieren. Aber er neigt auch dazu, sie zu piken und zu hauen, um zu sehen, wie sie reagieren.« Wir waren peinlicherweise einmal aufgefordert worden, den Streichelzoo zu verlassen, weil Theo versucht hatte, ein Kaninchen an den Ohren im Kreis zu schleudern.

»Wie sieht es mit dem Einhalten von Versprechen und Verpflichtungen aus? Beherrscht Theo das?«

Ich deutete auf eine der Sternchentabellen. »Wie Sie hier sehen können, wird es besser. Aber leicht fällt es ihm nicht.«

Es folgten noch mindestens zehn Fragen, unter anderen: »Wie reagiert er auf Zuwendung? Ist er ängstlich? Hat er Angst vor Verletzungen? Geht er behutsam mit anderen Kindern um?«

Schließlich legte Harvey den Bogen beiseite und sagte: »Noch einmal: Bitte machen Sie sich keine allzu großen Sorgen über das, was ich jetzt gleich sagen werde. Theo hat mit hoher Wahrscheinlichkeit etwas, das man in der Psychologie ›CU-Traits‹ oder ›emotionale Unbeteiligtheit‹ nennt. Es handelt sich dabei um eine Störung des Sozialverhaltens.« Harvey betrachtete mich forschend. »Sie wirken nicht sehr überrascht.«

»Kann das vererbt werden?«

»Ah.« Harvey nickte langsam, als ihm der Hintergrund meiner Frage klar wurde. »Ja, das ist möglich. Bei Erwachsenen bezeichnen wir diese Abweichungen allerdings als Psychopathie.«

»Dann wundert mich das gar nicht.« Plötzlich wurde mir klar, was das bedeutete. »Und wenn es erblich ist, kann man es nicht heilen. Theo wird also genauso werden wie sein Vater.«

»Da ich seinen Vater nicht kennengelernt habe, kann ich das nicht beurteilen. Was ich aber sagen kann, ist, dass nur aufgrund von Erblichkeit noch lange die Zukunft nicht feststeht. Man vermutet, dass ein unterentwickelter Teil des Gehirns namens Amygdala bei manchen Kindern für die emotionale Unbeteiligtheit verantwortlich ist. Aber Persönlichkeiten sind formbar, vor allem bei Kleinkindern. Eine CU-Diagnose kann einfach bedeuten, dass diese Kinder einen bestimmten Erziehungsstil brauchen, um gezielt das Sozialverhalten zu erlernen, das andere von sich aus beherrschen.« Er deutete wieder auf die Listen. »Sie machen diesbezüglich schon sehr viel. CU-Kinder reagieren nicht auf Strafen, sind aber sehr zielorientiert. Belohnungssysteme sind für sie also genau der richtige Weg. Ach ja, und Auszeitmethoden wie die ›Stille Treppe‹ können Sie vergessen, die bringen bei CU-Kindern rein gar nichts.«

»Das hatte ich mir inzwischen auch schon gedacht«, bestätigte ich.

Harvey nickte. »Was aber auf jeden Fall hilfreich sein kann, ist ein Erziehungsstil, den wir als ›bindungsorientiert‹ bezeichnen – über Gefühle sprechen, selbst viele Gefühle zeigen, bei Theo auch die allerkleinsten Anzeichen von Empathie und emotionaler Kompetenz gezielt fördern. Ihm zeigen, dass Gefühle gut und sogar bereichernd sind für Menschen. Ihm zeigen, dass man durch emotionale Wärme, Einfühlung und Zuwendung erfolgreich sein kann.«

»Genau das versuche ich«, erwiderte ich hilflos.

»Das glaube ich Ihnen.« Harvey packte seine Sachen zusammen.

»Aber können Sie das dem Gericht mitteilen? Können Sie aussagen, dass ich für Theo gut bin als Betreuungsperson?«

Harvey sah mich mitfühlend an. »Ich glaube, Sie verstehen nicht – das ist nicht mein Aufgabenbereich. Ich bin heute nur hier, um zu begutachten, ob für Theo ein Familienwechsel voraussichtlich traumatisch wäre oder nicht, falls das Gericht in diese Richtung entscheiden will. Und ich fürchte, ich muss dem Gericht mitteilen, dass Theo – wie alle Kinder mit CU-Traits – wohl nicht einmal mit der Wimper zucken würde.«

89

PETE

»Unser Sohn ist ein Psychopath«, flüsterte ich.

Diese Worte gingen mir schon so lange durch den Kopf, dass es erleichternd war, sie endlich auszusprechen.

»Nein, ist er nicht«, widersprach Maddie. »Kinder können keine Psychopathen sein, das hast du selbst gesagt.«

Das zumindest stimmte. Harvey Taylor hatte mir erklärt, dass Psychopathie erst ab dem achtzehnten Lebensjahr diagnostiziert wird.

»Ich habe aber das schreckliche Gefühl, dass das nur eine Frage der Formulierung ist«, wandte ich ein. »Er ist ein Psychopath im Werden.«

»Aber er hat doch *dich*«, insistierte Maddie. »Und du bist der Inbegriff eines herzenswarmen, zugewandten Elternteils.«

Wie auf Stichwort kam Theo die Treppe heruntergestürmt. »Komm jetzt, Daddiiii. Los!« Er zerrte an meiner Hand. »Schaukeln! Schaukeln! Schaukeln!«

»Okay, Theo.« Ich stand auf. »Aber bitte umarme Mummy vorher. Mummys mögen Umarmungen und freuen sich darüber.«

»Siehst du?«, sagte Maddie über Theo hinweg, als er sie umarmte. »Du machst doch schon alles richtig.«

Während Theo Jacke und Stiefel suchte, fügte Maddie leise hinzu: »Ich habe heute etwas sehr Interessantes erfahren. Annette sagte, Psychopathen überschütten die potenzielle Partnerin anfänglich mit Liebesbezeugungen, um sie sozusagen zu angeln. Sobald sie erfolgreich waren, verlieren sie das Interesse.« Sie wies mit dem Kopf in Richtung Theo. »Wenn sie nun dieses Verhalten nicht nur bei einer Partnerin anwenden? Im Grunde hat Miles das doch auch mit uns gemacht – zu Anfang mit Aufmerksamkeiten überschüttet, dann abrupt damit aufgehört. Vieleicht macht er das unbewusst mit Theo auch so.«

»Oh Gott.« Die Vorstellung, dass Miles nach diesem ganzen Horror Theo nicht mehr beachten würde, wenn er ihn erst einmal ergattert hatte, war niederschmetternd. Dann würde Theo seinen Vater künftig nur noch mit Massen von Sporttrophäen beeindrucken können. Und bald würde das auch Theos Lebenshaltung sein: Das Einzige, was zählt, ist Siegen.

»Aber das wird nicht passieren«, sagte Maddie fest. »Theo wird bei uns bleiben.«

»*Fertig*, Daddiiii!«, schrie Theo und hopste an der Tür auf und ab.

Maddies Handy klingelte. Ich war gerade zur Tür raus, als ich Maddie sagen hörte: »Augenblick bitte, ich hole ihn.«

Als sie mir das Handy reichte, murmelte sie: »Dein Anwalt. Du sollst noch mal zur Polizei … Theo, warte!« Er sprintete schon zum Tor. »Ich komme mit, nicht Daddy. Muss nur rasch meine Jacke holen, ja?«

90

PETE

»Es gibt eine gute und eine weniger gute Nachricht für Sie, Mr. Riley«, erklärte Detective Inspector Richards, während er mir einen wattierten Umschlag zuschob. »Die gute Nachricht: Hier ist Ihr Handy drin. Wir sind fertig damit.«

Er wartete offenbar darauf, dass ich nach der weniger guten Nachricht fragte. Ich sah rasch Mark Cooper an, der aber kaum merklich den Kopf schüttelte.

Richards seufzte. »Die weniger gute Nachricht: Ihr Laptop ist jetzt Beweismittel in zwei laufenden Ermittlungsverfahren.« Als ich auch nicht fragte, was das zweite Verfahren sei, sprach er schließlich weiter.

»Auf Ihrem Laptop haben wir ein Bild oder Bilder gefunden, die einen Gesetzesverstoß darstellen.« Er legte eine Pause ein. »Es handelt sich um Kinderpornografie, Pete.«

Es kam mir vor, als hätte er mir auf den Kopf geschlagen. Fassungslos glotzte ich Richards an. Mir wurde schwindlig, und ich hörte einen schrillen Pfeifton in meinen Ohren.

»Haben Sie dazu etwas zu sagen?«, fragte Richards ruhig.

»Auf Anraten meines Anwalts …« Ich konnte nicht weitersprechen. Der Raum geriet ins Schwanken.

Richards griff nach einer Akte und entnahm ihr eine Plastikhülle, die er über den Tisch schob. »Es handelt sich um dieses Bild.«

Ich starrte darauf und traute meinen Augen nicht. »Aber das … das …«

Mark Cooper legte mir beruhigend die Hand auf den Arm.

»Was Sie meinem Mandanten gerade zeigen«, sagte Cooper, »ist eine Zeichnung in einem japanischen Cartoon-Stil namens Manga. Es scheint sich dabei um ein Werbebild aus dem Internet zu handeln, bei dem man zum Anklicken aufgefordert wird.«

»Was ich Ihrem Mandanten zeige«, erwiderte Richards, »ist die sexualisierte Darstellung eines Mädchens, das eindeutig unter achtzehn ist, denn es trägt eine Schuluniform. Diese Abbildung gilt als pornografische Darstellung Minderjähriger, und sie wurde als Teil des Suchverlaufs Ihres Mandanten im Festplattencache seines Laptops gefunden. Wie Ihnen sicher bekannt ist, ist die Höchststrafe für den Besitz solcher Bilder drei Jahre Haft sowie die gerichtliche Auflage, einem Vermerk in der Datenbank für Sexualstraftäter zuzustimmen.«

Datenbank für Sexualstraftäter. Ich kam mir vor wie in einem Albtraum.

»Das ist lächerlich«, erklärte Mark ruhig. »Kein Gericht wird jemanden wegen einer einzigen Zeichnung verurteilen.«

»Vermutlich nicht«, pflichtete Richards ihm bei. »Allerdings gab es schon Verurteilungen aufgrund von Cartoons. Aber ich würde auch wesentlicher lieber über Kindesentziehung und Versicherungsbetrug mit Ihnen sprechen.«

»Aha, *das also* steckt dahinter«, sagte Mark schneidend. »Sie versuchen meinen Mandanten zu erpressen, damit er wegen dieses Vorwurfs eine Aussage macht.«

Richards sah etwas gequält aus. »Wir nehmen Straftaten gegenüber Kindern ganz besonders ernst.«

Ich stützte den Kopf in die Hände. Das war doch alles nicht möglich.

»Mein Mandant wird keine weiteren Aussagen machen«, verkündete Mark Cooper.

»Nun gut«, sagte Richards. »Dann werde ich mich mit meinen Vorgesetzten und der Kinderschutzbehörde darüber verständigen, was das richtige Vorgehen ist.« Er stand auf. »Ach ja, und Mr. Riley: Wie Sie sich bestimmt denken können, müssen wir in Fällen wie diesen sehr eng mit CAFCASS zusammenarbeiten. Sollten Sie es sich noch anders überlegen, was Ihre Aussage angeht, rufen Sie mich an.«

»Was?« Ich fuhr hoch, als mir die Folgen seiner Äußerung bewusst wurden. »Warten Sie. Das können Sie doch ...«

Mark berührte mich wieder am Arm. »Nicht jetzt, Pete.«

»Ich mache eine Aussage«, sagte ich verzweifelt. »Ich mache die verdammte Aussage. Es gibt keinen Grund, CAFCASS ...«

»Er versucht, Sie zu provozieren«, fiel Mark mir ins Wort. »Kommen Sie, gehen wir.«

»Ja, dann hat er es jetzt eben geschafft. Unter keinen Umständen gehe ich hier weg, ohne ...«

»Und unter keinen Umständen werde ich zulassen, dass Sie in diesem Zustand eine Aussage machen, Pete. Selbst wenn ich es für eine gute Idee halten würde – was ich nicht tue. Wir müssen jetzt gehen.«

Als wir aufbrachen, sah ich Richards' Blick. Der war kein bisschen freundlich mehr, nur kalt und berechnend.

91

MADDIE

Als mein Handy klingelt, melde ich mich, ohne draufzuschauen, weil ich denke, es ist Pete. Doch dann höre ich Lyn.

»Lyn Edwards von CAFCASS«, sagt sie seltsam förmlich. »Ich fürchte, wir müssen uns über die veränderten Umstände unterhalten, Maddie.«

»Was für veränderte Umstände?«

»Auf Petes Laptop wurde Kinderpornografie gefunden.«

Ich denke, ich hätte mich verhört. »Es wurde *was* gefunden?«

»Ein gesetzwidriges Bild, soweit ich das verstanden habe. Das wird die Kinderschutzbehörde beurteilen. Meine Aufgabe ist es jedoch, für Theos Schutz zu sorgen, Maddie, verstehen Sie?«

»Das glaube ich nicht«, sage ich sofort. »Ich glaube nicht, dass Pete sich pornografische Bilder von Kindern ansehen würde.«

»Wie es auch sein mag – wir müssen Vorsicht walten lassen, verstehen Sie, Maddie?«

»Sie meinen, er soll wieder ausziehen?«, frage ich.

»Nein, das meine ich nicht. Denn wie Ihre eigene Anwältin betont hat, ist inzwischen auch *Ihre* Kompetenz als Theos Betreuungsperson infrage gestellt, nicht wahr?«

»Das wollte sie damit nicht …«, will ich einwenden, aber Lyn redet einfach weiter.

»Ich habe mir Ihre Patientenakten angesehen, Maddie, und finde sie ausgesprochen erschreckend. Theo nackt auf dem Boden inmitten von … man kann es nicht dezenter ausdrücken … Kot.«

Mir wird eiskalt. »Ich war psychisch *krank*.«

»Das mag wohl sein, Maddie. Aber woher sollen wir wissen, ob das nicht wieder passiert? Sie nehmen Ihre Medikamente nicht mehr, oder?«

»Sind Sie Ärztin?«

Es entsteht eine kurze Pause, und ich kann mir Lyns verbissene Miene gut vorstellen.

»Ich bin eine erfahrene Sozialarbeiterin, Maddie. In solchen Situationen müssen wir nach Wissen und Gewissen entscheiden. Und ich muss Ihnen sagen, dass man mir einen Zeitungsartikel zugeschickt hat, den Mr. Riley geschrieben hat. Darin steht, durch den Stress nach der Offenbarung, dass Theo nicht Ihr biologischer Sohn ist, seien einige Ihrer Symptome von damals zurückgekehrt. Trifft das zu, Maddie?«

Wieder dieser verfluchte Artikel. Ich antworte nicht.

»Wir müssen alle Möglichkeiten in Betracht ziehen«, fährt Lyn schließlich fort. »Und wenn man entsprechende Vorkehrungen treffen muss, ist das nun mal nicht zu ändern.«

»Was schlagen Sie denn vor, wenn Pete nicht ausziehen soll?«, frage ich erschöpft.

»Ich glaube, dass es vorerst das Beste ist, wenn Theo anderswo unterkommt, Maddie. Packen Sie ihm bitte alles Notwendige ein, er wird bis zur nächsten Anhörung bei Mr. und Mrs. Lambert bleiben.«

92

PETE

Theos Tasche zu packen fiel mir so schwer wie nichts zuvor in meinem ganzen Leben. Verglichen damit war die gesamte Zeit auf der NICU ein Spaziergang. Als ich Theos Anziehsachen aussuchte, kam es mir vor, als sei es Kleidung für sein Begräbnis.

Zu allem Überfluss mussten wir natürlich unser Elend vor ihm verbergen. Fröhlich erklärten wir, er dürfe ein paar Tage bei David übernachten und in dem Raketenbett schlafen, sei das nicht toll?

Seine Augen leuchteten auf. »Jaaaa!«

Am nächsten Morgen brachten wir ihn zusammen zu den Lamberts. Als Theo die Treppe zur Tür hochging, drehte er sich plötzlich um und schaute uns ängstlich an. Dann kam er zurückgerannt und hob die Ärmchen zum Umarmen.

Wir drückten ihn so fest, dass er sagte »Autsch, tut weh!« Als Jill die Tür öffnete, sahen wir ihm nach, wie er ins Haus rannte, und händigten ihr dann seinen Koffer aus.

Und von einem Moment auf den anderen war unser kleiner Junge verschwunden.

Um halb zehn rief ich Mark Cooper an und sagte, ich wolle auf ganzer Linie mit der Polizei kooperieren. Als Mark erwiderte, er riete mir dringend davon ab, wies ich ihn nur an, das Gespräch zu arrangieren, und legte auf.

Noch am gleichen Tag traf ich Detective Inspector Richards und beantwortete alle seine Fragen. Am Ende erklärte er, wegen

Kindesentziehung würde zwar weiter gegen mich ermittelt, während man meine Aussagen überprüfte, aber nicht wegen der anderen mutmaßlichen Vergehen.

»Na bitte, war doch gar nicht so schwierig, oder?«, fügte er dann hinzu.

Maddie rief Lyn an und forderte, dass Theo unter diesen neuerlich veränderten Umständen wieder nach Hause kommen solle. Lyn entgegnete, Theo solle dennoch vorerst bei den Lamberts bleiben, damit man einschätzen könne, wie er sich »eingewöhne«.

»Er macht einen sehr glücklichen Eindruck dort, Maddie. Und das muss doch für alle Beteiligten in dieser Situation Priorität haben, nicht wahr? Was das Beste für Theo ist, nicht wahr? Das wünschen Sie beide sich doch bestimmt auch für ihn.«

93

PETE

Die Tage bis zur Verhandlung verstrichen. Wir vergruben uns. Anders ließ sich unser Zustand nicht beschreiben: als säßen wir unter der Erde, bis die Bombardierung vorbei war und wir blinzelnd und verstört wieder in die reale Welt zurückkehren konnten.

Doch in der ganzen Zeit fühlten wir uns unvollständig ohne Theo. Das Haus war so leblos und still, als sei etwas in ihm zerbrochen, wie in einer defekten Uhr.

Und ich hatte die schreckliche Vorahnung, dass wir nach der Anhörung nicht in unserer vertrauten Welt landen würden. Würden wir Theo verlieren, würde alles zerstört sein, auch wir als Paar. Er war Mittelpunkt und Sinn unseres Lebens und unserer Beziehung geworden.

Nicht zum ersten Mal wünschte ich mir, Maddie hätte sich nicht so hartnäckig geweigert zu heiraten. Wir hätten jetzt alles brauchen können, was uns irgendwie Halt gab und verband. Denn ich wusste nicht mehr, wie wir ohne Theo als Paar bestehen konnten. So ähnlich wie Eltern, die sich nach dem Tod eines Kindes trennen. Denn sie können die Trauer nur überleben, indem sie nicht ständig in die Augen von jemandem blicken, der die gleiche Trauer empfindet.

Inzwischen wurden die juristischen Anforderungen immer intensiver. Wir mussten Stellungnahmen schreiben, das vorliegende Material sichten. Lyn Edwards hatte dieses verheerende abschließende Gutachten eingereicht, in dem sie empfahl, Theo solle auf Dauer bei den Lamberts leben, denn dort fühle er sich sicher und geborgen. Aber Theo hätte sich vermutlich überall sicher und geborgen gefühlt, sogar auf dem Dach eines brennenden Wolkenkratzers.

Obwohl wir im Grunde damit gerechnet hatten, war es dennoch eine Katastrophe für uns, das schwarz auf weiß zu sehen. Anita sagte uns aufmunternd, es gäbe mehrere Punkte in dem Gutachten, die sie angreifen könne. Aber ich dachte daran, was sie in unserem ersten Gespräch mit ihr über CAFCASS gesagt hatte: dass das Gericht den Rat der Organisation nur äußerst selten nicht befolgte.

Und weil Theo jetzt bei den Lamberts wohnte, wurden sie sein Normalzustand. Wenn er sich dort einlebte, würde unser stärkstes Argument – dass ein Familienwechsel ihm schaden würde – auch noch von den Lamberts genutzt werden und nicht von uns.

Ich erfand ein neues Wort: CAFCA-esk. Wie kafkaesk, nur mit zusätzlichem seelischem Leid.

Unterdessen nahm ich weiterhin an dem Erziehungskurs teil, obwohl ich gerade gar kein Kind zum Erziehen hatte. Ich wollte CAFCASS auch nicht den allerkleinsten Grund geben zu behaupten, wir seien nicht kooperativ.

In dem Kurs sprach ich mit anderen Eltern und bekam Geschichten von furchtbarem Leid zu hören, das unseres sogar noch übertraf. Eltern, denen man Kinder aufgrund anonymer Hinweise von gehässigen Nachbarn weggenommen hatte oder weil Krankenhäuser wegen geringfügiger Verletzungen argwöhnisch waren oder weil ein Elternteil in Anwesenheit einer Sozialarbeiterin wütend reagiert hatte. Mütter, die ihre Drogensucht nachweislich überwunden hatten, wurden rückfällig, weil sie ihre Kinder nicht zurückbekamen. Oder noch schlimmer: Mütter, die drogenfrei blieben, sich aber sagen lassen mussten, ihre Kinder seien bei den Pflegefamilien glücklich und sollten deshalb für immer dortbleiben. Einige Leute in dem Kurs wirkten zugebenermaßen etwas chaotisch oder kämpften sich noch durch diverse Resozialisierungsprogramme. Aber die meisten Menschen, die ich dort kennenlernte, waren einfach nur traurig und hoffnungslos verzweifelt.

Die Geschichte einer Frau verstörte mich ganz besonders: eine hochschwangere Künstlerin in Maddies Alter, die einmal in der Psychiatrie gewesen war. Deshalb stand in ihrem Gutachten »potenzielle Gefahr von Kindesmisshandlung«. Den Psychiater, der dieses Gutachten geschrieben hatte, hatte die Frau nicht ein einziges Mal zu Gesicht bekommen. Aber wenn es ihr nicht gelang, ein Gericht davon zu überzeugen, dass diese Diagnose falsch war, würde man ihr nach der Geburt das Kind wegnehmen und zur Adoption freigeben. Das hätte alles mit Zahlen zu tun, berichtete sie mir bedrückt: Seit die Regierung Adoptionsquoten eingeführt hatte, habe sich die Zahl der Neugeborenen, die ihren Müttern weggenommen wurden, verdoppelt. Weil ich sicher war, dass sie sich irren musste, hatte ich das recherchiert. Alles, was sie sagte, entsprach der Wahrheit.

Früher hätte ich über solche Machenschaften geschrieben und die Ungerechtigkeit angeprangert. Doch selbst wenn ich noch eine Zeitung gehabt hätte, die mich beschäftigte, hätte ich gar nicht über ein Thema schreiben dürfen, das auch nur entfernt mit unserem Fall zu tun hatte.

Während sich die Verhandlung über Theo näherte, wurden im Fall von David gerade die ersten Schritte eingeleitet. Ich informierte mich über Beeinträchtigungen durch Sauerstoffmangel, damit ich überzeugend erklären konnte, wie wir Davids Pflege gewährleisten könnten. Doch je mehr ich las, desto aussichtsloser erschien mir unser Unterfangen. Wenn ich mich in unserem kleinen Haus umschaute, war es mir ein Rätsel, wie wir hier ein schwerbehindertes Kind unterbringen sollten.

Wenn wir überhaupt noch ein kleines Haus *haben* würden. Die erste Hypothek hatten wir uns schon kaum erlauben können, geschweige denn die zweite, mit der wir für die Kosten des Verfahrens aufkommen mussten. Und wenn wir das Sorgerecht für David nicht bekommen würden, mussten wir aller Wahrscheinlichkeit nach die Hälfte des Unterhalts für ihn bezahlen.

Käme es zum Allerschlimmsten, und wir würden beide Kinder verlieren, drohte noch eine weitere Konsequenz. Ich würde kein Erziehungsgeld mehr bekommen und mir einen Job suchen müssen. Mein Ruf im Journalismus war ruiniert, es würde wohl auf so etwas hinauslaufen, wie im Supermarkt Regale einzuräumen. Würden wir davon die Hypotheken abbezahlen können? Ich recherchierte, was man mit solcher Arbeit verdiente. Die Antwort lautete Nein.

Wir konnten kaum noch schlafen. Nacht für Nacht lagen wir nebeneinander und starrten an die Decke, nervös und gestresst bis ins Mark. Sogar essen wurde schwierig, wir waren so verspannt, dass wir kaum noch schlucken konnten. Früher hätte Maddie Alkohol getrunken, um sich zu entspannen, aber wegen des Medikaments, das sie einnahm, war kein Tropfen mehr im Haus.

Ich fing an, in Theos Zimmer zu schlafen. Sein Bettzeug roch noch ein bisschen nach ihm. Ich schaltete mir sogar das bunte Nachtlicht ein. Das half wirklich ein bisschen.

In einer Nacht wachte ich auf, weil Maddie am Bettrand saß. Ich schaute auf die Uhr, es war vier Uhr morgens.

»Vielleicht ist es an der Zeit, ihn loszulassen«, sagte sie. »Vielleicht sollten wir den Kampf aufgeben. Wir könnten nach Australien gehen, ein weiteres Kind bekommen. Noch mal von vorn anfangen.«

Ich sagte nichts. Kurz darauf stand sie auf und ging hinaus. Am nächsten Morgen war ich mir nicht sicher, ob ich die Szene nicht geträumt hatte.

94

MADDIE

Pete hält bewundernswert durch. Unsere Lage ist nicht unähnlich der Situation auf der NICU damals – eine massive Krise, die man nur mit eiserner Entschlossenheit und mit Resilienz bewältigen kann, nicht mit schnellem Denken und Handeln. Wäre ich allein, würde ich vermutlich irgendetwas Impulsives machen: Lyn anschreien oder flüchten. Aber Pete beißt einfach die Zähne zusammen und macht weiter. Recherchiert zu Davids Zustand, schreibt Berichte, beschäftigt sich mit der Beweislage.

Wir befürchten beide, dass alles vergebens sein wird. Aber wir wollen uns später nicht vorwerfen müssen, nicht alle Möglichkeiten ausgeschöpft zu haben.

In dieser Phase denke ich auch zurück an unsere Anfänge in Australien, als ich mich nach und nach in Pete verliebte. Obwohl wir Sex hatten, betrachtete ich Pete immer noch hauptsächlich als Freund und erwartete nicht, dass sich das ändern würde. Dann wurden wir zu meinen Großeltern in Tasmanien eingeladen. Pete war noch nie dort gewesen und kam mit. Nach dem Besuch wollten wir ein paar Tage wandern gehen. Erst als wir ankamen, wurde mir klar, warum man mich angerufen hatte: Mein Opa lag im Sterben. Seit einer Reihe kleinerer Schlaganfälle, von denen ich nichts wusste, war er quasi bewegungsunfähig. An dem Tag, als wir eintrafen, hatte er noch einen stärkeren Anfall und war danach linksseitig gelähmt und inkontinent. Anstatt ein paar entspannte Tage bei einem aktiven älteren Paar zu verbringen, landete Pete mit mir in einem Familiendrama. Aus ganz

Australien flogen Verwandte ein, und ich war psychisch völlig am Ende. Ohne ein Wort darüber zu verlieren, übernahm Pete damals alle möglichen Aufgaben. Er holte Leute vom Flughafen ab, erledigte Einkäufe, kochte, wusch sogar die verschmutzte Bettwäsche. Kein einziges Mal erwähnte er den versäumten Wanderurlaub. Und als ich dann irgendwann sagte, *Tut mir leid, ich weiß, das hast du dir anders vorgestellt*, schaute er mich an, als hätte ich den Verstand verloren. »Danke, dass ich das alles mit dir erleben darf«, erwiderte er nur.

Als ich nach dem Tod meines Opas mit meiner Oma zusammensaß und wir über ihn sprachen, tätschelte sie mir das Knie und sagte: »Ich hoffe, ihr beiden werdet so glücklich, wie wir es waren, dein Großvater und ich.«

»Ach, das ist nichts Ernsthaftes zwischen uns«, begann ich. Aber dann sah ich die Miene meiner Großmutter und verstand, dass es sehr wohl etwas Ernsthaftes war. Mit einem Mann wie Pete nicht zusammenzubleiben wäre unsäglich dumm gewesen.

Ich rufe bei der *Daily Mail* an, um zu sagen, dass ich das Interview doch nicht geben kann. Aber als ich in die Redaktion durchgestellt werde und nach Kieran Keenan verlange, entsteht ein kurzes Schweigen.

»Sind Sie mit ihm verwandt?«, fragt der Mann am anderen Ende.

»Nein. Es geht um eine Story, an der er arbeitet.«

»Ich fürchte, Kieran wird nicht wiederkommen.«

»Warum nicht?«

»Er hatte einen schweren Verkehrsunfall und wird noch lange im Krankenhaus bleiben müssen. Aber wenn Sie eine Story für uns haben, sprechen Sie ruhig mit mir, ich sage Ihnen dann, ob wir interessiert sind.«

»Was für ein Unfall war das genau?«

»Er wurde von einem Auto angefahren. Hat eine Verletzung an der Wirbelsäule, der arme Kerl. Es heißt, es kann ein halbes Jahr dauern, bis er wieder auf den Beinen ist.«

Mir kommt ein furchtbarer Verdacht. »Wurde der Fahrer gefasst?«

»Normalerweise stellen wir ja die Fragen«, erwidert der Redakteur amüsiert. »Aber jemand von uns hat darüber berichtet, falls es Sie interessiert. Sie finden den Artikel auf unserer Website. Jetzt erzählen Sie doch mal von Ihrer …«

Ich lege auf.

Den Artikel finde ich zwischen zwei Clickbaits über Schönheits-OPs bei irgendwelchen Promis, von denen ich noch nie gehört habe. *REPORTER BEI UNFALL MIT FAHRERFLUCHT SCHWER VERLETZT.* Der Text ist nur zwölf Zeilen lang. Kieran wurde von einer Passantin spätabends in der Nähe seines Hauses gefunden. Keine Spur vom Unfallfahrer, keine Zeugen.

Hatte Kieran wegen meiner Andeutung, dass eine größere Geschichte dahinterstecke, auf eigene Faust Miles befragt? Hatte der Volontär gehofft, sich mit einer Sensationsgeschichte eine Stelle beschaffen zu können? Und hatte Miles beschlossen, auf seine Art dafür zu sorgen, dass bestimmte Dinge nicht nach außen drangen?

Mir ist schon klar, dass ich jetzt nicht überall Gespenster sehen sollte. Aber meine Intuition sagt mir ganz deutlich, dass wir in Gefahr schweben.

95

MADDIE

Drei Tage vor der Anhörung fahren wir zu einem Kinderkontaktzentrum in Camden, um Theo zu treffen. Auf Plakaten im Eingangsbereich des kleinen gesichtslosen Gebäudes steht *DIE WICHTIGSTE PERSON HIER IST DAS KIND!* und *KONFLIKTE BITTE DRAUSSEN LASSEN. KINDER SOLLEN SICH HIER WOHLFÜHLEN.* Daneben hängen Werbeplakate für Frauenhäuser und Beratungsdienste.

Wir werden einen endlosen Flur entlanggeführt, vorbei an Räumen, in denen Väter mit ihren Kindern spielen. Trotz der Kinderzeichnungen an den Wänden und den bunten Möbeln kommt es mir vor, als seien wir in die nächste Bürokratenhölle geraten, eine surreale Mischung aus Gefängnis und Kindergarten. *Hier landet der Schutt zerstörter Familien*, denke ich unwillkürlich. Und wer an Scheidung denkt, sollte vielleicht lieber einen Nachmittag hier verbringen als in der Paartherapie. Bestimmt wäre es weniger schlimm, eine schlechte Ehe zu ertragen, als sein Kind in diesem Ambiente zu erleben.

Schließlich kommen wir zu einer Glastür mit der Aufschrift *PINGUINRAUM, Alter 2–4*. Drinnen sehen wir Theo mit einer Murmelbahn spielen. Eine Frau mittleren Alters mit einem Notizbuch sitzt an der Seite. Das muss Janine sein, unsere Aufsicht. Per E-Mail wurden wir darüber informiert, dass es ihre Aufgabe ist, »die Qualität unserer Interaktion« mit Theo zu beurteilen und den Bericht dann vor der Anhörung an CAFCASS zu übermitteln.

Ich bin seltsam nervös, als wir den Raum betreten. Was albern ist, sage ich mir streng. Das ist unser Sohn, und wir werden einfach mit ihm spielen, wie schon x-mal vorher.

»Hi, Theo«, sagt Pete fröhlich.

Theo schaut kurz auf, wendet sich dann wieder der Murmelbahn zu. »Hi«, murmelt er mürrisch.

Pete setzt sich neben ihn auf den Boden. »Das sieht lustig aus. Darf ich auch mal eine Murmel rollen lassen?«

Theo schüttelt den Kopf.

»Na, komm, Theo. Weißt du noch, wie wir übers Abwechseln gesprochen haben?« Pete greift nach dem Plastiktopf mit den Murmeln, aber Theo reißt ihn weg.

»Meiner!«

Ich will lieber gar nicht wissen, was Janine sich jetzt notiert. »Theo«, sage ich beschwichtigend und setze mich zu den beiden. »Daddy möchte auch gern mal mit den Murmeln spielen …«

Jetzt schaut Theo auf und sieht Pete trotzig an. »Du bis gar nich mein Daddy.«

Mir läuft es eiskalt den Rücken runter. Pete ist einen Moment lang wie gelähmt. Schließlich fragt er: »Warum sagst du das, Theo?«

»Daddy Moles is mein richtiger Daddy.« Theo schaut mich an. »Und du bis auch nich meine Mummy. Ich bin in Mummys Lucys Bauch dewachsen. Hat Daddy Moles mir desagt.« Dann nimmt Theo eine Handvoll Murmeln und füllt sie ein. Sie sausen die Bahnen hinunter, klack-klack-klack, eine rollt am Ende unter Janines Stuhl.

Pete fährt zu ihr herum. »Schreiben Sie das auf!«, fordert er wütend. »Schreiben Sie, dass diese … dass die *Antragsteller* mit

Theo über den Fall gesprochen haben. Wir hatten uns alle darauf geeinigt, das nicht zu tun.«

Aber noch während er das sagt, wird mir klar, dass er sich irrt. Pete und ich waren einfach davon ausgegangen, es gab keine offizielle Absprache. Denn Theo die Wahrheit zu sagen ist so unwiderruflich, dass wir überhaupt nie auf diese Idee gekommen wären. Stattdessen hatten wir den Kopf in den Sand gesteckt und gehofft, dass alles vorüber sein würde, bevor man über so was nachdenken müsste. Und wir hatten zwar CAFCASS gegenüber geäußert, dass wir mit Theo nicht darüber sprechen würden. Aber Lyn hatte nie bestätigt, dass sie mit unserer Entscheidung einverstanden war.

Janine sagt ruhig: »Die Antragsteller hatten die CAFCASS-Beraterin um Erlaubnis für Biografiearbeit mit Theo gebeten. Er hat schließlich ein Recht darauf, über seine Herkunft Bescheid zu wissen. Die CAFCASS-Beraterin fand die Idee gut, das jetzt zu machen, bevor …« Sie zögert, und ich denke, dass sie wahrscheinlich sagen wollte, *bevor er Sie verlässt.* »Vor der Verhandlung«, beendet sie den Satz.

»Er ist *zwei*«, erwidert Pete fassungslos. »Theo ist *zwei Jahre alt.* Was für ein Monster erlaubt denn …«

Er unterbricht sich, aber der Schaden ist angerichtet. »Ich beende das Kontaktreffen jetzt sofort«, sagt Janine scharf, steckt energisch den Kugelschreiber ans Notizbuch und steht auf. Sie legt die Hand über einen großen roten Knopf an der Wand. »Bitte gehen Sie unauffällig, sonst rufe ich die Security.«

96

MADDIE

Von allem, was wir ertragen mussten, trifft diese Szene im Kinderkontaktzentrum uns am allerhärtesten. Dass es Miles gelungen ist, Theo selbst zur Waffe im Kampf gegen uns zu machen, scheint Pete die letzte Hoffnung und Kraft zu rauben.

Und mir wird plötzlich bewusst, warum Miles uns körperlich gar nichts antun muss. Das System ist auf seiner Seite, er muss nur abwarten, während die diversen Prozesse ihren Lauf nehmen.

Am Tag vor der Verhandlung holt Pete seinen Anzug aus der Reinigung, und ich bügle mir einen schwarzen Leinenblazer. *Als gingen wir zu einer Beerdigung*, denke ich.

Pete, der sein Hemd gleich noch bügeln will, sieht mir zu. »Weißt du, ich muss immer wieder an diese Geschichte mit König Salomo denken, der das Kind zerteilen lassen wollte«, sagt er düster. »Hätte es CAFCASS damals schon gegeben, hätten die ihm wahrscheinlich seine eigenen Kinder weggenommen, mit der Begründung, er habe einem Kind Gewalt angedroht. Und der Frau, die ihr Kind der anderen überlässt, um es zu schützen, hätten sie wahrscheinlich vorgeworfen, ihre mütterlichen Pflichten zu vernachlässigen, weil sie kein Interesse mehr an ihrem Kind habe.«

»Wir sollten nicht CAFCASS die Schuld geben«, gebe ich sanft zu bedenken. »Die können nichts dafür, dass sie es mit Miles Lambert zu tun bekommen haben. Denk doch nur daran, wie lange *wir* gebraucht haben, um zu erkennen, wie er wirklich ist.«

»Stimmt.«

Als ich weiterbügle, sagt Pete plötzlich: »Warte mal. Ich hab eine Idee. Warum teilen *wir* die Kinder nicht?«

Ich sehe ihn fragend an. »Was meinst du damit?«

»Wir haben zwei Familien und zwei Kinder. Wir könnten die Kinder doch *teilen.* Theo könnte zwei Wochen bei den Lamberts sein, David zwei Wochen bei uns, dann tauschen wir wieder. So hätte jede Familie ständig einen der beiden Jungs. Wir würden uns *abwechseln*, so wie wir das Theo versuchen beizubringen.«

Er ist ganz aufgeregt bei der Vorstellung, dass ein Kompromiss doch noch möglich sein könnte. Deshalb bringe ich es nicht übers Herz, ihm zu sagen, dass Miles sich niemals darauf einlassen wird. Er hat bislang nicht das geringste Interesse an Kompromissen gezeigt. Und selbst wenn – wer sollte dann die Entscheidungen über künftige Schulen, den Urlaub oder sogar Kleinigkeiten wie den Haarschnitt treffen? Vielleicht hätten wir ganz zu Anfang noch so eine Lösung aushandeln können. Aber jetzt, wo Miles vermutlich bald beide Kinder in seinem Besitz hat, ist das völlig sinnlos.

Doch diese Gedanken behalte ich für mich. Stattdessen sage ich: »Ja, einen Versuch wäre das sicher wert.«

97

MADDIE

»Guten Morgen, bitte nehmen Sie alle Platz«, fordert uns Marion Wakefield freundlich auf.

Ich kann immer noch nicht recht glauben, wie entspannt es beim Familiengericht zugeht. Deshalb finde ich es kaum vorstellbar, dass in diesem Raum tagtäglich Kinder für immer von ihren Eltern getrennt werden.

»Zuerst werde ich beide Parteien erneut fragen, ob Sie eine außergerichtliche Einigung in Betracht ziehen«, verkündet die Richterin. »Mr. Kelly?«

»Meine Mandanten waren offen für alle Vorschläge«, antwortet der Anwalt der Lamberts. »Wir halten eine gerichtliche Entscheidung für die einzig mögliche Lösung.«

Die Richterin nickt, scheint mit nichts anderem gerechnet zu haben. »Ms. Chowdry?«

Anita sagt: »Meine Mandanten möchten einen Vorschlag vorbringen.«

Richterin Wakefield sieht sie über den Rand ihrer Brille an. »Würden Sie ihn dann bitte darlegen?«

»Kurz gefasst: beide Kinder halbe-halbe zu teilen. Theo wird ebenso viel Zeit bei den Antragstellern wie bei den Beklagten verbringen. Gleichfalls David, in der anderen Rotationsrichtung. Da beide Kinder sehr unterschiedliche Bedürfnisse haben, kann auf diese Weise für beide am besten gesorgt werden.«

»Gut, ich danke Ihnen. Das Gericht legt eine kurze Pause ein, damit die beiden Parteien diesen Vorschlag besprechen können.«

Wir verlassen den Gerichtssaal. Es gibt keine separaten Räume, Pete, Anita und ich setzen uns auf eine Bank im Flur. Die Lamberts besprechen sich mit ihrem Rechtsanwalt und ihrem Notar. Nach ein paar Minuten tritt Miles lächelnd zu uns.

»Hübscher Versuch«, sagt er anerkennend. »Ihr wisst, dass ihr verlieren werdet, und versucht aus den Trümmern des Wracks zu retten, was geht. Aber da ich eben weiß, dass wir gewinnen werden, dürfte auch klar sein, dass wir nicht einwilligen werden. Unter gar keinen Umständen.« Er geht zu den anderen zurück.

»Ich verstehe jetzt, was ihr meint«, sagt Anita zu uns, während sie ihm nachsieht.

»Und glaub mir, das eben war Miles von seiner besten Seite«, bemerkt Pete und stützt den Kopf in die Hände.

Als wir in den Gerichtssaal zurückgehen, achte ich darauf, dass Pete und nicht Miles hinter mir ist.

»Zu welcher Entscheidung sind Sie gelangt?«, fragt die Richterin.

»Meine Mandanten sind der Meinung, dass dieser Vorschlag für keines der Kinder von Vorteil wäre, Madam«, antwortet der Anwalt der Lamberts. »Die Erziehungsstile der beiden Paare sind zu unterschiedlich.«

»Dann fahren wir jetzt fort«, erklärt Richterin Wakefield knapp.

Anita hat uns das Prozedere vorher erklärt. Zunächst werden die Anwälte beider Parteien den Sachverhalt darstellen, danach werden die Zeugen und CAFCASS zu Wort kommen. Dann werden Miles und Lucy zu ihren schriftlichen Aussagen befragt werden, anschließend wir, bevor beide Seiten zum

Schlussplädoyer kommen. Es ist möglich, dass die Richterin das Urteil vertagt, aber Anita hält es für wahrscheinlicher, dass es heute erfolgt. Jetzt gibt es kein Zurück mehr.

Als erster Zeuge wird Harvey Taylor, der Psychologe, aufgerufen. Er nimmt Platz im Zeugenstand, der nur aus Tisch und Stuhl besteht, seitlich ausgerichtet zwischen uns und dem Richterpult. Mit ruhigem sachlichem Tonfall trägt er seine Einschätzung von Theo vor. Als er die CU-Traits erwähnt, unterbricht ihn die Richterin.

»Bedeutet das in anderen Worten, dass Theo eine sonderpädagogische Förderung benötigt?«

Harvey Taylor nickt. »Ja. In anderer Weise als David, aber die Herausforderungen der Beeinträchtigung sind nicht minder massiv.«

»Ach, du meine Güte«, murmelt Miles hörbar vor sich hin. Die Richterin wirft ihm einen scharfen Blick zu, reagiert aber nicht weiter auf die Unterbrechung, sondern wendet sich wieder Harvey Taylor zu.

»Würden Sie uns bitte beschreiben, was das für Theos Entwicklung bedeutet?«

»In erster Linie, dass er einen ganz bestimmten Erziehungsstil braucht, den wir als ›beziehungs- und bindungsorientierte Pädagogik‹ bezeichnen.« Der Psychologe erklärt das Konzept.

»Kann man diesen Erziehungsstil erlernen?«, fragt die Richterin.

»Ja, das ist schon möglich«, antwortet Taylor vorsichtig. »Aber weil CU-Traits erblich sein können, fällt der eben erwähnte Erziehungsstil gerade den Eltern von CU-Kindern besonders schwer.« Er zögert. »Ich bin im Übrigen der Ansicht, dass Mr. Riley diese Erziehungsmethode sehr gut beherrscht.«

Der Anwalt der Lamberts meldet sich sofort zu Wort. »Madam, Mr. Taylor wurde vom Gericht zu einem Gutachten über Theo aufgefordert, um festzustellen, ob sich der dauerhafte Aufenthalt bei der Familie der Antragsteller potenziell negativ auf die Entwicklung des Kindes auswirken könne. Mr. Taylor kam zu dem Schluss, dass Theo hervorragend damit zurechtkommen würde. Er wurde nicht gebeten, seine Ansichten über die Erziehungsstile beider Paare darzustellen.«

»Mr. Taylor hat meine Frage beantwortet«, entgegnet Richterin Wakefield gelassen. »Und seine berufliche Expertise ist relevant für die Thematik des Erziehungsstils, die Sie selbst zur Sprache gebracht haben.«

Oh danke, danke, danke, denke ich.

»Die Antragsteller sind selbstverständlich willens und bereit, ihren Erziehungsstil komplett auf Theos Bedürfnisse einzustellen«, sagt Kelly.

»Das nehme ich an«, erwidert die Richterin. »Danke.« Sie nickt Harvey Taylor zu.

Diese Szene ist ein winziges Plus für uns in einer langen Minusliste. Und leider nicht einmal ein besonders Wirksames, wird mir bewusst. Pete und ich wissen, dass Miles außerstande ist, diesen Erziehungsstil zu praktizieren, aber woran soll Richterin Wakefield das merken? Unwillkürlich wandert mein Blick zu Miles.

Er wirkt entspannt und selbstsicher, wohingegen Pete neben mir den Kopf hängen lässt und genau wie das Nervenbündel aussieht, das er gegenwärtig auch ist. Wenn ich Eltern für Theo aussuchen sollte – für wen würde ich mich entscheiden? Die elegant gekleideten, attraktiven, vermögenden oder die mit polizeilichen Ermittlungen am Hals, einer Vorgeschichte psychischer Krankheit und Vorwürfen von Alkoholmissbrauch?

Miles bemerkt meinen Blick und wirft mir ein Lächeln zu.

Es ist nicht einmal ein ungleicher, sondern gar kein Wettbewerb, denke ich erschöpft. Sogar ich selbst würde vom äußeren Schein her unsicher sein, ob wir geeignet wären. Ich werfe einen Seitenblick auf Pete und überlege, was ich tun kann, um ihm zu helfen, wenn es zum Schlimmsten kommt.

Nach dem Psychologen wird Lyn Edwards in den Zeugenstand gerufen. Sie wirkt nervös, als sie sich setzt. Das wundert mich, denn sie müsste Auftritte vor Gericht doch gewöhnt sein.

»Ms. Edwards«, sagt Richterin Wakefield, nachdem Lyn die eidesstattliche Erklärung vorgelesen hat, »gibt es irgendetwas, das Sie Ihrem schriftlichen Bericht hinzufügen wollen, bevor ich Sie befrage?«

Lyn antwortet unsicher: »Ja, Madam, es gibt etwas. Ich bin mir aber nicht sicher, ob die Verwendung vor Gericht gesetzlich zulässig ist.«

Die Richterin zieht die Augenbrauen hoch. »Steht dieser Punkt in direktem Zusammenhang mit den Interessen des Kindes?«

Lyn nickt. »Ich denke, ja, Madam. Es handelt sich um eine Videoaufzeichnung, die mir gestern Abend zugeschickt wurde.«

»Dann bitte ich beide Parteien, den Raum zu verlassen, während deren Rechtsbeistände erörtern, ob dieses Material zulässig ist.« Die Richterin nickt erst uns, dann den Lamberts zu. »Wenn Sie bitte so lange draußen warten würden. Der Gerichtsdiener wird Sie wieder hereinholen.«

Zum zweiten Mal traben wir nach draußen. Ich vermute, dass es sich um einen letzten Trick von Miles handelt, irgendein Drama, das er vor dem Ende noch abziehen will. Ich schaue kurz zu ihm hinüber, als er sich auf einer Bank weiter hinten niederlässt. Sein Gesicht ist ausdruckslos, was mich wundert. Wenn er das geplant hat, würde er die Situation dann jetzt nicht auskosten? Doch er scheint angespannt darauf zu warten, dass wir zurückgehen können.

Lucy neben ihm spielt nervös mit ihrer Perlenkette.

»Hast du irgendeine Idee, was das sein könnte?«, frage ich Pete.

»Nicht die geringste Ahnung.« Er wirkt auch verwundert. »Aber Miles hat Lyn ja ständig Informationen zugespielt, eigentlich kann nur er dahinterstecken.«

Schließlich ruft uns der Gerichtsdiener herein, und wir nehmen wieder unsere Plätze ein. »Danke für Ihre Geduld«, sagt Richterin Wakefield freundlich. Dann sieht sie Lucy an. »Mrs. Lambert, ich gestatte Ms. Edwards das Video zu beschreiben, von dem sie vorhin sprach. Falls Sie zu irgendeinem Zeitpunkt eine Pause wünschen, um diese Angelegenheiten mit Ihrem Rechtsanwalt zu besprechen oder um das Video selbst zu sehen, sagen Sie bitte Bescheid. Sollten Sie das Video zu sehen wünschen, würde man es aber auch der Gegenpartei und meiner Person zeigen müssen.« Sie nickt Lyn zu. »Bitte.«

»Das Video wurde offenbar mit einer Kamera aufgenommen, die in einem Regal im Spielzimmer bei den Lamberts zu Hause stand«, beginnt Lyn. »Man sieht darin Mrs. Lambert, wie sie mit Theo an einem Tisch sitzt. Mit Theo gemeinsam zeichnet sie etwas, das sie ihm gegenüber ›sicheren Ort‹ nennt. Sie sagt ihm, das Haus von Miles und ihr sei der sicherste Ort der Welt, weil es so dicke Wände habe. Dann sagt sie zu Theo, wenn jemand von ihm verlangt, dass er ein Bild von einem sicheren Ort zeichnen soll, dann soll er dieses Haus und sie alle drei darin zeichnen. Und am Ende sagt sie noch, dass sein Daddy Moles sehr stolz auf ihn sein wird, wenn er das alles richtig macht.«

Eine kurze Stille tritt ein. »Und was schließen Sie daraus, Ms. Edwards?«, fragt die Richterin dann.

»Ich habe den Eindruck gewonnen, dass Mrs. Lambert Theo auf meinen Besuch vorbereitet hat«, antwortet Lyn betreten. »Es ist so: Man kann ältere Berichte von CAFCASS im Internet finden, wenn man sehr intensiv danach sucht. Sie sollen natürlich vertraulich sein, aber manchmal ignorieren Eltern das und posten sie in Foren. Und natürlich gibt es auch nur eine begrenzte Anzahl an Möglichkeiten, die Gefühle von Kleinkindern zu ermitteln. Es ist also nicht schwierig, sich zu überlegen, welche Methoden dafür angewendet werden.« Sie schaut von der Richterin zu Pete. »Mr. Riley hatte mir einmal gesagt, dass die Antragsteller Theo gezielt beeinflussen. Als Mr. Riley mir das damals erzählte, hielt ich seine Einschätzung für übertrieben.«

»Danke, Ms. Edwards.« Die Richterin sieht wieder Lucy an. »Mrs. Lambert, üblicherweise würden Sie Ihre Aussage gegen Ende der Verhandlung machen. Aber aufgrund der soeben von Ms. Edwards gemachten Aussage rufe ich Sie jetzt in den Zeugenstand.«

Lucys Hände zittern so heftig, dass sie kaum die Karte mit dem Vereidigungstext halten kann, und sie spricht so leise, dass man sie nur mit Mühe versteht.

»Würden Sie sich bitte zu den von Ms. Edwards beschriebenen Vorgängen äußern?«, fordert die Richterin, nachdem Lucy den Text vorgelesen hat.

»Ja, also …« Lucy sieht völlig verängstigt aus. »Ich habe Theo nicht wirklich *beeinflussen* wollen. Ich wollte nur, dass er das gut hinbekommt. Bei CAFCASS hat man ja nur eine Chance, und es wäre so furchtbar gewesen, wenn es ihm nicht gelungen wäre zu sagen, was er sich wirklich wünscht. Deshalb habe ich versucht, ihm zu helfen, so gut es ging.« Sie wirft ihrem Mann einen Hilfe suchenden Blick zu, aber Miles' Gesicht ist ausdruckslos. »Denn wir wollen ja wirklich, dass sein Daddy stolz auf ihn sein kann, nicht wahr? Ich habe nichts anderes getan, als Theo vorzubereiten, so wie vor einer Aufnahmeprüfung.«

Die Stille, die jetzt eintritt, scheint sich eine Ewigkeit hinzuziehen. Marion Wakefield sagt nicht, dass Lucy sehr wohl etwas anderes getan hat, weshalb man sie wegen Fälschung von Beweisen, Missachtung des Gerichts und vermutlich noch etlichen anderen Vergehen belangen kann. Die Richterin stellt auch keine weitere Frage, sondern macht sich ausführlich Notizen und lässt Lucy schmoren.

Irgendwann blickt Richterin Wakefield auf und sieht Anita an. »Wenn Sie keine Fragen an Mrs. Lambert zu diesem Thema haben, Ms. Chowdry, würde ich vorschlagen fortzufahren.«

Eines der Kindermädchen hat Lyn das Material zugespielt, denke ich mir. Tania wahrscheinlich. Nachdem Michaela sie vor den versteckten Kameras gewarnt hatte, hatte sich Tania irgendwie Zugang zu den Aufzeichnungen verschafft. Vielleicht wollte sie anfänglich nur sichergehen, dass sie nicht beim Kaffeetrinken oder bei der Beschäftigung mit ihrem Handy beobachtet wurde. Aber als sie dann gefeuert wurde, hat sie vermutlich überlegt, wie sie sich rächen könnte.

Ich hoffe für sie nur, dass sie schon wieder weit weg in Frankreich ist.

Die nächste Phase der Anhörung verläuft sonderbar verhalten, als wolle niemand auftrumpfen, solange Lucy den Tränen nahe ist. Der Anwalt der Lamberts hat wohl beschlossen, dass es am besten ist weiterzumachen, als sei nichts gewesen. Und nach einer Weile scheint seine Taktik aufzugehen. Sogar ich frage mich irgendwann, ob diese Aktion von Lucy überhaupt etwas ändert. Theos Wünsche aus einer Kritzelei ermitteln zu wollen ist letztlich ohnehin Unsinn. Und all die anderen Faktoren – meine Trinkgewohnheiten, die Ermittlungen gegen Pete, Theos Ausschluss aus dem Kindergarten – sind auch immer noch da.

Dennoch habe ich das Gefühl, dass die Lage nicht mehr ganz so aussichtslos erscheint wie vor der Verhandlung. Sondern dass wir vielleicht wirklich eine Chance haben.

98

MADDIE

Als Nächstes wird Miles von Anita befragt. Sie ist gut, erreicht aber wenig. Miles ist formvollendet und lässt sich nicht aus der Ruhe bringen, ein vorbildlicher Zeuge. Und sein Hauptargument ist schwer zu widerlegen – dass Lucy und er Theo lieben und sich als seine biologischen Eltern für die richtigen Menschen halten, Entscheidungen für seine Zukunft zu treffen. Welche liebevollen Eltern wollen das schließlich nicht?

Dann ist Pete dran, und der Anwalt der Lamberts legt los. »Können Sie uns bitte erklären, warum Sie Theos Hauptbetreuungsperson sind?«

»Weil es mir Freude macht und weil ich glaube, dass ich gut dafür geeignet bin«, antwortet Pete ruhig.

»Der Grund war also nicht, dass Sie Ihre Stelle bei der Zeitung verloren haben?«

Pete blinzelt, bleibt aber gelassen. »Nein.«

»Aber Sie wurden doch kurz nach Theos Geburt entlassen, nicht wahr? Und haben dann keine neue Stelle gefunden?«

Pete zögert nur den Bruchteil einer Sekunde. »Ich habe als freier Journalist weitergearbeitet.«

»Und wie viele Aufträge haben Sie ungefähr pro Jahr?«

»Circa sechs vielleicht?«

»Laut Datenbank des Journalistenverbandes waren es im letzten Jahr drei.« Der Anwalt legt eine bedeutungsvolle Pause ein. »Könnten Sie beide es sich überhaupt leisten, dass Ms. Wilson ihre Arbeit aufgibt?«

»Eher nicht«, räumt Pete ein.

»Also wurde die Entscheidung, dass Sie Theos Hauptbetreuungsperson sind, hauptsächlich aus finanziellen Gründen getroffen?«

Pete holt tief Luft. »Ich wollte die Entscheidung so treffen, und sie erwies sich zusätzlich als wirtschaftlich sinnvoll. Ich bin mir vollkommen bewusst, dass ich in einer privilegierten Lage bin, weil ich etwas tun darf, was mir sehr viel Freude macht.«

»Und dennoch«, entgegnet der Anwalt, »wird für dieses Privileg ein Preis bezahlt – dass Theo nämlich ohne Vollzeitmutter aufwachsen muss.«

»Ihre Frage scheint zu implizieren, dass ein Vollzeitvater weniger kompetent ist als eine Vollzeitmutter«, erwidert Pete geduldig. »Das halte ich in der Verallgemeinerung nicht für zutreffend. Ich denke, es kommt dabei ganz auf den einzelnen Menschen an.«

Gute Antwort, denke ich.

Der Anwalt lächelt herablassend. »Auf welchem Rang der Spielerliste bei dem Videospiel *Call of Duty* stehen Sie derzeit?«

Pete blinzelt. »Das weiß ich nicht.«

»Ich kann Ihr Gedächtnis auffrischen. Sie rangieren derzeit auf Platz 24 247 sämtlicher Spieler in Großbritannien. So eine hohe Position würden Sie wohl kaum erreichen, wenn Sie nicht häufig spielen, nicht wahr?«

Pete seufzt. »Ich spiele nicht oft. Den Rang habe ich vor Theos Geburt erreicht. Als ich eine Vollzeitstelle hatte übrigens.«

Der Anwalt fährt das nächste Geschütz auf. »Ich möchte Ihnen eine Frage vorlesen, die Sie im Internetforum DadStuff gepostet haben, zur richtigen Temperatur für die Sterilisierung einer Babyflasche.« Er liest den Post und legt erneut eine Pause ein. »Sollte ein Vollzeit-Elternteil so etwas nicht wissen?«

»Ich wusste es nicht, deshalb habe ich mir die notwendige Information besorgt«, antwortet Pete mit einem Schulterzucken. »Schauen Sie, kein Mensch kann von Anfang an alles wissen. Babys kommen nicht mit einer Gebrauchsanweisung zur Welt. Aber heutzutage haben wir das Internet. Und statt mir einzubilden, ich wüsste alles, gehe ich lieber auf Nummer sicher, indem ich mich informiere.«

Ich denke, dass Pete aus diesem Dialog als Sieger hervorgehen wird, und bin stolz auf ihn. Er hält sich hervorragend unter dem Fragenbeschuss des erfahrenen Anwalts.

Der sagt jetzt: »Apropos Internet: Sehen Sie sich Pornos an?«

Pete schluckt. Aber er weiß, dass es schädlich wäre, etwas abzuleugnen, was schon aktenkundig ist. »Das habe ich getan, ja«, antwortet er förmlich.

»Ist das etwas, was ein Vollzeitvater tun sollte?«

»Ich bin nicht stolz darauf. Und ich habe es niemals gemacht, wenn Theo im Haus war.«

»Aber dass Sie eine Neigung dazu haben, widerlegt doch Ihr eigenes Argument, dass es keine Rolle spielt, ob Mutter oder Vater ein Kind betreuen, nicht wahr?«

Pete öffnet den Mund, um etwas zu erwidern, zögert jedoch. Schließlich sagt er: »Deshalb bin ich aber noch lange kein schlechter Vater.«

»Und wie ist das mit Kinderpornografie? Wären Sie ein schlechter Vater, wenn Sie sich so etwas ansehen?«

Pete erwidert in eisigem Tonfall: »Dann wäre ich ein Monster. Aber ich sehe mir keine Kinderpornografie an.«

»Sie haben jedoch nachweislich Websites besucht, auf denen sexualisierte Bilder von Minderjährigen zu sehen waren. Und infolgedessen wurden Sie von der Polizei dazu vernommen, trifft das zu?«

Pete erklärt, dieses Bild sei lediglich eine Werbeanzeige auf einer legalen Pornoseite gewesen. Die Polizei habe ihn damit zu einer Aussage veranlassen wollen und habe die Ermittlungen danach eingestellt. Aber Petes Äußerung klingt sogar in meinen Ohren bemüht und zwiespältig. Ich werfe einen Blick auf die Richterin, um ihre Reaktion einzuschätzen. Doch Marion Wakefields Miene ist ausdruckslos.

»Danke«, sagt der Anwalt, und damit ist Petes Befragung schlagartig beendet.

Danach bin ich dran. Ich rechne damit, dass Kelly noch einmal auf unserer Rollenverteilung als Eltern herumhacken wird. Aber vielleicht will er das Thema auch nicht überstrapazieren. Oder aber, er ist schlau genug, vor einer Richterin nicht darauf zu bestehen, dass Frauen lieber Kinder betreuen als ihren Beruf ausüben sollten.

»Wie lange kennen Sie Mr. Riley?«, fragt er als Erstes.

»Seit vier Jahren.«

»Würden Sie Ihre Beziehung als stabil bezeichnen?«

Einen Moment lange starre ich Kelly nur wortlos an, empört über die mitschwingende Unterstellung. Dann reiße ich mich zusammen. »Wir besitzen gemeinsam ein Haus. Wir haben ein Kind zusammen bekommen. Ich habe Australien verlassen, um mit Pete in seiner Heimat zu leben. Selbstverständlich haben wir eine stabile Beziehung.«

»Aber Sie sind nicht verheiratet, oder?«

»Was spielt das für eine Rolle?«

»Haben Sie diese Entscheidung getroffen, weil Sie sich nicht langfristig binden wollen?«, fragt der Anwalt.

Ich schaue aufgebracht die Richterin an. Das kann doch nicht erlaubt sein, dass der mir solche Fragen stellt? Doch sie erwidert meinen Blick nur ruhig und wartet meine Antwort ab. Ich hole tief Luft. »Nein, sondern weil ich das Konzept der Ehe als antiquiert und patriarchalisch empfinde.« Meine Motive sind wesentlich komplexer, aber die werde ich jetzt hier ganz sicher nicht darlegen.

»Hat Mr. Riley Ihnen jemals einen Heiratsantrag gemacht?«, fragt der Anwalt.

»Nein, aber …« Ich halte einen Moment inne. »Das liegt daran, dass Pete meine Meinung zu diesem Thema kennt.«

»Oder liegt es vielleicht daran, dass *er* sich nicht an *Sie* binden will?«

Ich blinzle. Diese Frage habe ich mir seltsamerweise selbst nie gestellt. Ich habe Pete und seine Verbundenheit mit mir immer als selbstverständlich betrachtet. »Unser Familienstand hat nichts mit unserer Qualifikation als Eltern zu tun«, antworte ich schließlich. »Und ebenso wenig mit der Stabilität unserer Beziehung.«

»Waren Pete und Sie innerhalb der letzten zwei Jahre bei einer Paartherapeutin?«, fragt Kelly jetzt mit scheinheiliger Freundlichkeit.

Mir verschlägt es die Sprache. Woher weiß der das? Dann wird es mir schlagartig klar. Garantiert hat Miles seinen Privatdetektiv zum Herumschnüffeln losgeschickt. »Ja, das waren wir«, antworte ich ergeben.

»Was war der Grund dafür?«

»Die vorzeitige Geburt von Theo hatte uns beide als Paar sehr strapaziert. Es bestand aber nie die Gefahr einer Trennung, falls Sie darauf hinauswollen.«

»Tatsache ist aber, dass im Falle einer Trennung Pete es sich finanziell nicht erlauben könnte, weiterhin Theos Hauptbetreuungsperson zu sein, nicht wahr?«

»Das haben wir uns nie ausgerechnet, weil es nicht passieren wird.«

Der Anwalt schaut auf seine Notizen. »Sie sind häufig auf Reisen, ist das richtig?«

»Ich bin in einer Werbeagentur für die Dreharbeiten von Werbespots zuständig. Die meisten entstehen in Großbritannien, vier- bis fünfmal im Jahr wird im Ausland gedreht. Aber ich bin dann nie länger als ein paar Tage verreist.«

»Hatten Sie Affären, seit Sie mit Mr. Riley zusammen sind?«

Ich habe plötzlich einen schrillen Pfeifton in den Ohren, und die Wände scheinen näher zu rücken. »Nein.«

»Sie hatten während dieser Reisen also nie Sex mit Männern aus Ihrem Filmteam?«

Ich erstarre. Was soll ich sagen? Weiß der bereits Bescheid? Will er mich in eine Falle locken, damit ich lüge? In meinem Kopf herrscht Chaos, und ich kann mich nicht entscheiden, welche Antwort die weniger belastende wäre.

Anita schaltet sich ein und sagt zur Richterin: »Madam, meine Mandantin hat die Frage, ob sie Affären hatte, bereits verneint, diese weitere Frage ist also überflüssig. Und selbst wenn sie welche gehabt hätte, könnte Ms. Wilson dennoch eine gute Mutter für Theo sein.«

»Ich möchte damit verdeutlichen, Madam, dass die Paarbeziehung der Antragsteller erheblich stabiler ist als die der Beklagten«, erklärt Kelly unterwürfig.

»Das haben Sie bereits getan«, erwidert Richterin Wakefield trocken. »Fahren Sie fort.«

Nach diesem Tiefschlag erscheint das erwartete Herumreiten auf meinen Trinkgewohnheiten vergleichsweise läppisch. Als ich zu meinem Platz zurückgehe, brennen meine Wangen. Pete schiebt mir einen Zettel zu. *Das war furchtbar. Gut gehalten.*

Darauf folgt eine ausgedehnte Debatte zwischen den Anwälten über den Human Rights Act und die Frage, ob die UN-Kinderrechtskonvention – ein Kind darf nicht gegen den Willen seiner Eltern von diesen getrennt werden – hier zum Tragen kommt. Das kann entscheidend sein, aber ich kann kaum zuhören, weil mir die Frage des Anwalts nach Affären keine Ruhe lässt. Was wissen die?

Und noch schlimmer: Soll ich Pete von meinen Seitensprüngen erzählen, bevor Miles es tut?

Danach wird die Beweislage besprochen, und zuletzt hält Pete die Schlussrede für unseren Antrag. Normalerweise hätte Anita das getan, aber wir haben gemeinsam beschlossen, dass es besser ist, wenn Pete das übernimmt, weil er die Hauptbetreuungsperson ist. Er ist derjenige, der die Richterin beeindrucken muss.

Er beginnt mit der Schilderung seiner Gefühle an dem Tag, als Miles vor der Tür stand und unsere Welt mit der Erklärung zertrümmerte, dass Theo nicht unser biologischer Sohn sei. Dann berichtet Pete von den Bemühungen um eine gute Lösung für alle und dem Erkenntnisprozess, dass Miles Lambert vor nichts zurückschrecken würde, um Theo in seine Familie zu holen. Ruhig und in wohlgewählten Worten beschreibt Pete unser Leid, als Theo uns weggenommen wurde, muss dabei unterbrechen, weil ihm die Tränen kommen. Er erklärt, wie viel er als Vater durch den Kindererziehungskurs und das Gespräch mit dem Psychologen Harvey Taylor lernen konnte. »Sollte das Gericht also beschließen, dass Theo weiter bei uns leben darf, wäre diese ganze schreckliche Auseinandersetzung dennoch zu irgendetwas gut gewesen, denn meine Erziehungsmethoden haben sich erweitert. Das wird Theo guttun, und das ist letztlich das Einzige, was zählt.« Zuletzt schaut Pete Lucy an und sagt: »Und von unserer Seite aus bleibt das Angebot übrigens bestehen. Trotz allem, was du vorher gesagt hast, trotz allem, was passiert ist. Wir würden uns beide Kinder sehr gerne teilen, und daran wird sich auch nichts ändern.«

»Danke«, sagt Richterin Wakefield. »Wenn es keine weiteren Punkte zu besprechen gibt, würde ich Sie bitten, wieder nach draußen zu gehen, während ich meine Entscheidung treffe.«

99

MADDIE

»Vielen Dank für Ihre Geduld. Ich werde jetzt das Urteil verkünden.«

Wir hatten zwei Stunden lang in dem überfüllten Flur gewartet – zwei qualvolle Stunden, die uns wie eine Ewigkeit erschienen. Um diese Zeit des Tages wurden auch in anderen Fällen die Urteile gefällt, und aus jedem Gerichtssaal strömten zweierlei Gruppierungen – die Glücklichen und die Unglücklichen. Weinende Eltern, von ihren Anwälten begleitet, strahlende Eltern, die vor Freude in die Luft boxten.

Schließlich rief uns der Gerichtsdiener herein, und wir nahmen wieder unsere Plätze ein. *Das ist es jetzt*, denke ich. *Das ist wirklich der Moment.* Er erscheint mir surreal und banal zugleich. Ich habe so viele dramatische Filme gesehen, in denen Richter auf den Tisch hämmern und Anwälte »Einspruch, Euer Ehren!« schreien, dass mir diese nüchterne geschäftsmäßige Atmosphäre, in der einfach nur ein Urteil verkündet wird, regelrecht absurd erscheint.

Richterin Wakefield schaut jeden von uns einzeln an. »Vielen Dank, dass Sie heute hergekommen und uns Ihre Wünsche und die Gründe dafür erklärt haben. Danke auch, dass Sie der Befragung durch die Rechtsvertreter der Gegenseite standgehalten haben. Die Fragen mögen Ihnen teilweise aufdringlich erschienen sein, haben es mir jedoch ermöglicht, zu einer vollständigeren Einschätzung der Optionen zu gelangen. Wie Sie hören konnten, tendiert das britische Recht dazu, Kinder bei ihren biologischen Eltern zu belassen. Dennoch besteht die gesetzliche Verpflichtung, das Wohl des Kindes über alles zu stellen. Deshalb müssen Aspekte wie Konstanz und die Folgen einer potenziellen Zerstörung von bereits bestehenden Bindungen sorgfältig erwogen werden.« Danach erläutert die Richterin eine gesetzlich festgelegte Sieben-Punkte-Liste zum Kindeswohl und setzt jeden Punkt in Bezug zur Beweislage. Es lässt sich aber noch keine Tendenz ihres Urteils erkennen.

Dann hält sie einen Moment inne. »Das Recht des Kindes, bei seinen biologischen Eltern aufzuwachsen«, fährt sie schließlich fort, »ist außerdem ein im Gesetz verankerter Punkt. Wir haben zu den heute hier verhandelten Anträgen unterschiedliche Darstellungen gehört. Nach sorgfältiger Erwägung werde ich Ms. Chowdrys Argumentation unterstützen dass das Wort *Eltern* in diesem Kontext nicht nur für die biologischen Eltern des Kindes gelten sollte, sondern auch für Personen, die das Kind als seine Eltern betrachtet und mit denen es täglich durch zahllose fürsorgliche Tätigkeiten verbunden ist – anders ausgedrückt: durch eine liebevolle Bindung. Wir haben von Mr. Taylor die Aussage gehört, dass es Theo leichter fallen würde als anderen Zweijährigen, diese Bindung aufzulösen. Doch wir haben ebenso gehört, dass es ihm auch schwerer fallen würde, in einer anderen Familie eine neue Bindung aufzubauen. Aus diesem Grund bin ich zu der Ansicht gelangt, dass beide Familien grundsätzlich dazu imstande wären, ihm die notwendige Sicherheit und Geborgenheit zu geben.«

Wieder legt die Richterin eine kleine Pause ein, fährt dann fort. »Wie Sie vielleicht wissen, verfahren Familiengerichte hierzulande nach dem sogenannten No-order-Prinzip, demzufolge eine Veränderung in den Lebensverhältnissen eines Kindes zu seinem Vorteil sein muss. Das heißt, das Gericht muss absolut überzeugt sein, dass eine gerichtlich verfügte Veränderung eine Verbesserung für das Kind darstellt. Obwohl der heute hier verhandelte Fall äußerst ungewöhnlich ist und zweifellos eine eindeutige Entscheidung des Gerichts verlangt, gilt dieses Prinzip auch hier. Sollte Theo die Familie wechseln, müsste ich hundertprozentig überzeugt davon sein, dass ein Wechsel der Familien zu Theos Bestem wäre. Und da die Beweislage sehr ausgewogen ist, habe ich entschieden, dass die bisherige Situation Bestand haben und Theo weiterhin bei den Menschen leben soll, die er seit Anbeginn seines Lebens als seine Eltern erlebt hat.«

Es dauert einen Moment, bis ich wirklich verstanden habe, was sie gesagt hat. Theo darf nach Hause kommen. Es ist absolut unglaublich – wir haben gewonnen. Pete ergreift meine Hand und drückt sie fest, ich drücke die seine. Doch die Richterin spricht noch weiter. »Da es jedoch eine rechtlich ungeklärte Situation wäre, wenn Theo bei den Beklagten lebt, die Antragsteller jedoch das Sorgerecht für ihn haben, wird das Sorgerecht für Theo Riley den Beklagten zugesprochen …«

Dann folgen Ergänzungen: Die Lamberts erhalten das Recht für Kontaktbesuche und zur Teilnahme an Theos künftigen Elternabenden. »Ich hoffe, dass Sie alle im Laufe der Zeit den ursprünglichen Geist der Kooperation wiederfinden werden, mit dem Sie sich dieser schwierigen Situation anfangs genähert haben.«

Miles' Gesicht, das ich nur im Profil sehe, ist steinern, eine Maske unterdrückter Wut. Er hatte sicher geglaubt, alles in trockenen Tüchern zu haben. Und es wäre wohl auch so gewesen, wäre dieses Video nicht bei Lyn aufgetaucht. »Diese Verhandlung betraf Theo Riley, aber ich möchte beide Elternpaare noch einmal an das No-order-Prinzip erinnern und hoffe, dass eine Verhandlung über David Lambert vermieden werden kann.« Damit deutet sie bereits an, merke ich, dass wir wenig Chancen hätten, das Sorgerecht für David zu bekommen, nachdem wir nun Theo behalten dürfen. Alles bleibt also wie gehabt, als hätte Richterin Wakefield per Zauberspruch diese leidvollen vier Monate verschwinden lassen. Ich schaue zu Lucy hinüber, die sich Tränen der Erleichterung aus den Augen wischt. Sie liebt David und muss wahrscheinlich ebenso gefürchtet haben, ihn zu verlieren, wie wir umgekehrt Theo. Vielleicht war es nicht richtig von uns, auch noch das Sorgerecht für David zu beantragen. Aber mein Impuls, mein leibliches Kind vor Miles zu retten, war so stark gewesen.

Und dann ist alles vorbei. Die Richterin klickt etwas auf ihrem Computer an und nickt. Die Anwälte stehen auf, dann alle anderen. Ich kann nur denken: *Wir haben gewonnen. Wir haben gewonnen.* Pete nimmt mich in die Arme und hält mich ganz fest. »Wir haben gewonnen«, murmelt er, und ich spüre sein Zittern, als er lautlos weint. »Oh Gott. *Theo.* Wir haben gewonnen.«

»Komm«, sage ich. »Holen wir uns unseren Jungen.«

100

MADDIE

Wir fahren zusammen zu den Lamberts, und als Jill uns öffnet, steht Theo schon reisefertig mit seinem Koffer neben ihr.

»Uff!«, macht er, als Pete ihn vom Boden hochreißt und im Kreis herumwirbelt. »Will runter!«

Theo hat natürlich keine Ahnung, warum wir lachen und weinen und ihn drücken wie verrückt.

»Komm, Theo«, sage ich schließlich. »Ich spüre, dass da irgendwo ein Eis wartet.«

Wir gehen die Treppe hinunter. Unten schaut Theo noch einmal zurück und winkt. »Tschüss, Moles! Bis morgen!«

Miles steht in der Tür und beobachtet uns. Sein Gesicht ist komplett ausdruckslos. »Darüber reden wir im Auto, Theo«, erkläre ich entschieden und nehme seine Hand.

Plötzlich sagt Pete: »Ich rede noch kurz mit ihm. Sie haben ja Besuchsrecht bekommen. Und wie die Richterin sagte: Wir sollten uns um einen freundlichen Umgang bemühen.«

»Mach das nicht, Pete«, rate ich, aber er ist schon weg.

Miles tritt vor die Tür, als er Pete kommen sieht. Pete streckt Miles die Hand hin und spricht. Ich bin zu weit weg, um alles zu verstehen, aber es ist wohl in etwa: »Ihr habt David, und wir haben Theo. Das ist ein ehrenhaftes Unentschieden, nicht wahr? Also, lass uns das doch alles vergessen. Zum Wohl unserer Kinder.« Ich sehe, wie Miles die dargebotene Hand ergreift und sich vorbeugt, wie er es immer macht, wenn er einem ins Ohr spricht. Dabei quetscht er eindeutig Petes Hand. Aber es sind wohl eher die Worte als der Schmerz, die Pete kreidebleich werden lassen.

»Was hat er gesagt?«, frage ich, als er zurückkommt. Pete weicht meinem Blick aus.

»Hat gratuliert.« Pete wirft mir ein rasches angespanntes Lächeln zu. »Hat gesagt, der beste Mann und die beste Frau haben gesiegt.«

101

Fall Nr. 12675/PU78B65, Anlage 53:
wiederhergestellte E-Mail von Harvey Taylor an
Peter Riley, aus Peter Rileys Handy

Lieber Mr. Riley,
danke für Ihre E-Mail und den Link zu der traurigen Nachricht über Richterin Wakefield. Mein Fahrrad ist zurzeit in der Reparatur, aber ich werde Ihren Rat auf jeden Fall beherzigen.

Herzlichen Glückwunsch zum gewonnenen Verfahren. Wenn ich Ihnen künftig irgendwie behilflich sein kann, melden Sie sich gerne jederzeit.

Mit besten Grüßen
Harvey Taylor
Diplompsychologe

https://www.rechtsjournal.com/Nachruf-für-Familienrichterin-Marion-Wakefield

102

PETE

Als Tage und Wochen verstrichen, ohne dass wir etwas von Miles hörten, gestatteten wir uns ein bisschen Entspannung. Was nicht hieß, dass wir nicht wachsam gewesen wären. Ich fuhr zum Beispiel nicht mehr mit dem Fahrrad. Radfahren in London ist ohnehin schon gefährlich, auch ohne vorsätzlich von einem Auto angefahren zu werden.

Für den neuen Kindergarten stand Theo immer noch auf der Warteliste, aber es gelang uns, ihn vorerst bei einer Tagesmutter in der Nähe unterzubringen. Das war keine Lösung auf Dauer – Rosie, die Tagesmutter, konnte nicht auf Theos CU-Anforderungen eingehen –, aber zumindest war er nicht bei den Lamberts.

Dennoch fühlte sich die ganze Phase an wie die Ruhe vor dem Sturm. Was Miles mir über Maddie ins Ohr geraunt hatte, als wir Theo abgeholt hatten, war kindisch und jämmerlich gewesen. Aber es machte auch deutlich, dass er die Entscheidung des Gerichts nicht akzeptieren würde. Ich glaubte allerdings kein Wort von dem, was er mir da gesagt hatte.

Einmal war ich mir recht sicher, Miles in seinem Auto gesehen zu haben, als ich Theo zu Rosie brachte. Da sie in der Nähe wohnte, fuhr Theo auf seinem Roller, aber er wusste, dass er auf dem Gehweg bleiben und vor Kreuzungen anhalten musste. An diesem Tag war er ein bisschen vorgefahren, blieb aber auf dem Weg, und kein Auto war in Sicht. Eine alte Frau zog sehr langsam einen Einkaufstrolley, und Theo fuhr um sie herum, ohne anzuhalten. Dabei kam er vom Gehweg ab und geriet auf die Fahrbahn. In dieser Sekunde stieß ein schwarzer BMW SUV aus einer Parklücke und raste die Straße entlang. *»Theo! Auf den Gehweg zurück!«*, schrie ich panisch. Theo bremste, und anstatt meine Anweisung zu befolgen, drehte er sich um und schaute zu mir. Er trug seinen Helm, aber der war natürlich nutzlos gegen einen BMW. Dann raste der Wagen an uns vorbei, und ich sah, dass er von einer dunkelhaarigen Frau mit großer Sonnenbrille gefahren wurde, einer dieser typischen Londoner Mütter, die hastig ihre Kinder absetzen und dann mit ihrem dicken Auto zum Fitnessstudio rasen.

Mir schlug das Herz bis zum Hals, als ich Theo erreichte. »Du musst *immer* auf dem Gehweg bleiben!«, fauchte ich. »Sonst darfst du nicht mehr Roller fahren!«

Theo verzog das Gesicht, als finde er, ich übertreibe maßlos. Was aus seiner Sicht natürlich auch so war.

Ich hatte gelesen, dass manche Eltern nach traumatischen Erlebnissen zum Katastrophisieren neigen – sie werden überängstlich und überbehütend und sehen auf Schritt und Tritt irgendein Unheil drohen. Kinder solcher Eltern übernehmen im Laufe der Zeit deren Ängste, werden unsicher und trauen sich nichts mehr zu. Das wollte ich Theo nicht antun, dessen fröhliche Unbekümmertheit einer seiner liebenswertesten Charakterzüge war. Das durfte ich nicht zulassen.

Ich beschloss, dass er von meinen Ängsten, die in dunklen Ecken meines Geistes lauerten, nichts mitbekommen sollte. Wir würden unter allen Umständen ein normales Leben führen.

103

PETE

Deshalb versuchte ich zunächst, die Ruhe zu bewahren, als ich ihn im Supermarkt verlor.

Die größeren Einkäufe ließen wir uns liefern, aber jede Woche planten Theo und ich zusammen die Mahlzeiten für die nächsten sieben Tage und gingen dann einkaufen. Das liebten wir beide. Es war unterhaltsame Abwechslung, und nebenbei konnte ich ihm noch die Vorzüge von gesundem Essen beibringen. Ich nutzte das auch für ein paar lehrreiche Spiele, wie ihn in den Regalen etwas Bestimmtes suchen zu lassen. Manchmal musste ich dann zwar etwas austauschen gegen eine zuckerfreiere Version, aber es machte Theo jedenfalls einen Riesenspaß.

»Danke, Theo, gut gemacht«, sagte ich, als er mir stolz die Vollmilch überreichte. »Als Nächstes brauchen wir eine Melone. So eine kleine gelbe, ja?«

Er nickte und flitzte los. Währenddessen legte ich ein paar Sachen aus der Gefriertruhe in den Wagen. Fischstäbchen, aber Seelachs, kein Kabeljau. Erbsen ohne künstliche Zusätze. Garnelen aus nachhaltiger Zucht. Das stand jedenfalls auf der Packung, konnte aber alles bedeuten. Als ich die Packung umdrehte, konnte ich nirgendwo das MSC-Siegel entdecken.

Plötzlich fiel mir auf, dass ich mich schon zu lange ungestört mit den Garnelen beschäftigte. Theo brauchte sonst nie so lange, um etwas zu finden. Ich schaute zum Obststand hinüber, etwas beunruhigt, aber nicht panisch. Vielleicht hatte er sich von irgendetwas ablenken lassen. Oder er schwatzte mit dem Personal.

Der Supermarkt war eher klein, nicht von der monumentalen Variante, in der man vom Kochtopf bis zum Jogginganzug alles kriegt. Und der Obststand war nur Sekunden entfernt, von mir aus sichtbar.

Doch da war Theo nicht.

Einen Moment lang starrte ich fassungslos auf den Stand und erinnerte mich schockartig daran, wie ich Theo schon mal im Supermarkt verloren hatte – diese entsetzliche Angst, nicht zu wissen, wo das Kind ist.

Hinter dem Obststand war die Automatiktür zum Parkplatz, ein lustiges Spiel, wenn man sie immer wieder auf- und zugehen ließ. Aber dann würde ich Theo auch sehen können.

Wenn er eine Melone hatte fallen lassen? Sie war zur Tür gerollt, Theo war ihr gefolgt …

Und dann? Auf den Parkplatz rausgelaufen? Aber wieso sollte Theo so was tun? Allerdings rasten Autos da teilweise idiotisch herum, und ein kleiner Junge, der einer Melone nachlief, achtete nicht auf Autos …

Bleib ruhig, befahl ich mir. Er hatte wahrscheinlich einfach beschlossen, einen Umweg zu den Kassen zu machen und sich nebenbei etwas Interessantes aus einem Regal zu schnappen. Noch vor einer Minute hatte ich ihn gesehen, doch ich merkte, wie mich jetzt die Panik packte. Schnell ging ich mit dem Wagen los, spähte in jede Reihe. Aber womöglich suchte Theo mich jetzt an der Stelle, wo ich zuletzt gestanden hatte? Ich kehrte um und fuhr wieder zurück. Jemand blockierte den Durchgang vorm Müsliregal. Fluchend ließ ich den Wagen stehen und rannte weiter.

»Theo!«, schrie ich jetzt laut, ohne mich um empörte Blicke zu kümmern. »Theo, wo bist du!«

Nichts. Ich rannte zum Informationstresen, von wo aus auch die Lautsprecheransagen gemacht wurden. Aber der war nicht besetzt.

Ich lief zur nächsten Kasse, drängelte mich an der Schlange vorbei und sagte zu dem jungen Kassierer: »Ich habe meinen Sohn verloren, machen Sie bitte sofort eine Ansage. Theo, zweieinhalb, trägt rotes Kapuzenshirt und Jeans.«

Der junge Mann zog weiter die Waren über den Scanner. »Ich kann das Ding nich bedienen.«

»Oh Gott, dann mach ich das selbst!«

Ich rannte hinter die Kasse und hielt Ausschau nach dem Mikro, als eine Frau in der Schlange plötzlich sagte: »Rotes Kapuzenshirt, haben Sie gesagt?«

»Ja. Haben Sie ihn gesehen?«

Sie deutete zum Ausgang. »Ein kleiner Junge mit so einem Shirt ist grade mit einem Mann im Anzug rausgegangen. Schienen sich zu kennen, der Mann hielt den Jungen an der Hand.«

Ich schaute zu der Tür. Im Zeitschriftenregal davor lag eine kleine gelbe Melone.

Ich raste nach draußen, immer noch Theos Namen schreiend. Obwohl ich wusste, dass es wahrscheinlich aussichtslos war, rannte ich über den Parkplatz und schaute zwischen alle Autoreihen.

Dann sah ich, wie in einer hinteren Ecke ein schwarzer BMW SUV ausparkte. Ich kehrte um und rannte aus Leibeskräften zur Ausfahrt. Vielleicht konnte ich mich in den Weg stellen. Vielleicht würde Miles anhalten. Vielleicht irgendwas.

Ich war noch etwa zwanzig Meter entfernt, als der Wagen die Ausfahrt erreichte. Als Miles an mir vorbeifuhr, sah er mich durchs Fenster an, vollkommen ausdruckslos. Vom Kindersitz auf der Rückbank, vorschriftsmäßig angeschnallt, winkte Theo mir fröhlich zu.

104

PETE

Ich war außer mir vor Angst. Aber ich dachte auch: *So, jetzt bist du endgültig zu weit gegangen.* Denn jetzt würde ich der Polizei mitteilen können, dass Miles die Anordnung des Gerichts missachtet und Theo entführt hatte. Das würde Miles dann sämtlichen zuständigen Behörden, Gerichten und der Polizei erklären dürfen.

Diesmal hatte er übertrieben. Das Recht war auf unserer Seite, und ich würde dafür sorgen, dass es ihn diesmal zermalmte.

Ich holte mein Handy heraus, zögerte aber dann. Wenn ich jetzt die Polizei anrief, würde man mir sagen, ich solle vor Ort bleiben, bis jemand da sein könne. Und wenn sie mitbekamen, dass es sich um einen Sorgerechtsfall handelte, würden sie sich vielleicht erst recht Zeit lassen, weil sie es nicht für so wichtig hielten.

Deshalb beschloss ich, von den Lamberts aus anzurufen. Dann würde die Polizei direkt vor Miles' Haustür stehen.

Ich rannte zum Auto und fuhr nach Highgate wie ein Irrer, sämtliche Geschwindigkeitsbeschränkungen missachtend.

Als ich zu den Lamberts kam, stand der BMW nicht vor dem Haus. Im ersten Moment dachte ich, vielleicht sei ich schneller gewesen. Aber dann wurde mir klar, dass das unwahrscheinlich war. Miles musste Theo anderswo hingebracht haben.

Ein eiskalter Schauer lief mir über den Rücken. Miles liebte und vergötterte seinen Sohn. Oder war Theo in Gefahr?

Ich drückte den Knopf an der Sprechanlage, rannte die Treppe zur Haustür hinauf. Es dauerte ewig, bis geöffnet wurde, und als die Tür endlich aufging, sah ich, warum: Lucy ging an Krücken, ein Fuß war bandagiert.

Mir war sofort klar, weshalb. Miles hatte ihr die Schuld an der verlorenen Verhandlung gegeben. Aber in diesem Moment empfand ich wenig Mitgefühl.

»Ach, Pete«, begann Lucy. »Wie schön …«

»Wo ist Miles?«, unterbrach ich sie.

»Miles?« Sie sah mich verwirrt an. »Bei der Arbeit.«

»Nein, er hat Theo entführt. Mit dem Auto.« Ich deutete auf die leere Zufahrt. »Er fährt doch sonst gar nicht mit dem Auto zur Arbeit, oder? Denk nach, Lucy. Wo könnte er sein?«

Sie sah immer noch verständnislos aus. »Ich weiß nicht.«

Ich muss vor Nervosität die Fäuste geballt haben, denn sie zuckte zusammen und sagte schnell: »Sie sind manchmal im Hampstead Heath. An dem Bootsteich. Theo liebt die Teiche dort. Und die Rugby-Plätze natürlich.«

»Danke.« Ich sprintete zum Wagen und ließ den Motor an. Als ich gerade losfahren wollte, piepte mein Handy. MILES LAMBERT. Und eine Nachricht.

Doch die andere rief: Es soll weder mir noch dir gehören. Zerteilt es!

105

PETE

Ich erkannte das Zitat natürlich sofort. Es war aus dem Alten Testament. Das hatte die Frau gesagt, die lieber den Tod ihres Kindes in Kauf nehmen wollte, als ihren Anspruch aufzugeben.

Die Polizei würde das niemals begreifen, ohne den gesamten Hintergrund zu kennen. Aber ich wusste, was es bedeutete. Es war eine Todesdrohung. Oder vielleicht nicht einmal eine Drohung, sondern die Verkündigung einer bereits begangenen Tat.

Mir gefror das Blut in den Adern bei der Vorstellung, dass dieses Monster Theo vielleicht gerade umbrachte.

Ich weiß nicht mehr, wie ich überhaupt zu dem Parkplatz neben dem Heath gelangte. Von dort aus hatte man Aussicht über ganz London, von Canary Wharf bis nach Paddington im Westen, mit St. Paul's Cathedral und The Shard in der Mitte. Dieses Panorama tauchte immer wieder in kitschigen Liebesfilmen auf, aber ich hielt nur verzweifelt Ausschau nach einer kleinen Person mit roter Kapuzenjacke. Und einem großen Mann im Anzug.

Vergeblich. Nicht bei den Rugby-Plätzen, nicht am Bootsteich. Nur ein paar Dogwalker und Jogger waren unterwegs, trotzten dem böigen Wind.

Dann entdeckte ich den schwarzen BMW auf dem Parkplatz. Leer, aber sie waren also hier.

Denk nach, Pete. Lucy hatte gesagt: *Theo liebt die Teiche.* Plural. Allein auf dieser Seite des Hampstead Heath gab es mehrere davon, entlang einem unterirdischen Fluss.

Lauf, Pete. Ich rannte, so schnell ich konnte, aber der Park war riesig, und ich war schon nach Kurzem furchtbar außer Atem. Der Schwimmteich für Männer erwies sich als Niete, dito der Ententeich und der Teich für Frauen. Dann kamen eine Reihe kleinerer Teiche, deren Namen ich nicht kannte, von Bäumen umgeben, die Oberfläche leuchtend grün von Entengrütze.

Und dann, zwischen den Bäumen im kleinsten Teich, sah ich direkt in der Mitte etwas Rotes leuchten.

Ein kleines Kapuzenshirt.

Ich rannte ins Wasser, watete durch Schlamm und Algen darauf zu.

Es war Theo. Er trieb auf dem Teich, mit dem Gesicht nach unten, den Kopf unter der Kapuze verborgen, die Beine irgendwo unter der dichten Algenschicht. Verzweifelt watete ich weiter, rutschte in dem glitschigen Schlamm beinahe aus. Ich beherrschte Reanimation von Kindern, das hatten wir auf der NICU gelernt. Wenn es auch nur die geringste Chance gab, würde ich es schaffen, das Wasser aus Theos Lungen zu pressen und ihn zu beatmen. Aber es kam auf jede Sekunde an.

Bitte lass ihn nicht tot sein. Bitte, bitte.

Aber ich wusste, dass es aussichtslos war. Er regte sich nicht, sein Kopf bewegte sich nur durch die Wellen, die er erzeugte, als ich wie ein Berserker durchs Wasser watete. Theo musste schon eine ganze Weile dort treiben.

Unter der leuchtend grünen Algenschicht schwappte schwarzes modriges Wasser nach oben, ich geriet mit jedem Meter tiefer in den Schlamm. Bekam kaum noch Luft, hatte einen schrillen Pfeifton in den Ohren. Meine Waden schmerzten, das Herz schlug mir bis zum Hals, und ich fürchtete, ohnmächtig zu werden. Das Wasser reichte mir bis zu den Oberschenkeln, bis zur Taille, dann endlich war ich nahe genug, drehte Theo um …

Ein Rugby-Ball. Ein Rugby-Ball war in die Kapuze gestopft worden, mitsamt einem dicken Ast, der die Jacke vom Sinken abhielt. Die Entengrütze hatte verdeckt, was gar nicht da war.

Keuchend rang ich um Atem, erleichtert, aber nicht weniger panisch. Erleichtert, dass es nicht Theo war. Aber voller Angst, weil er sich noch immer in Miles' Gewalt befand.

»Ich wollte, dass du es kapierst.«

Ich fuhr herum. Miles stand zwischen den Bäumen. Sein Gesicht war reglos, der Tonfall sachlich.

Theo war nirgendwo zu sehen.

Ich brachte keinen Ton hervor und konnte mich auch nicht rühren. Wie erstarrt stand ich da.

»Ich wollte, dass du kapierst, wie es sich anfühlt, seinen Sohn zu verlieren«, sprach Miles weiter. »Wie diese letzten Wochen für mich waren. Wie es für dich sein wird, wenn er stirbt.«

Theo lebt. Keuchend brachte ich hervor: »Wo ist er? Was hast du mit ihm gemacht?«

»Und sterben wird er«, fuhr Miles fort, als hätte ich nichts gesagt. »Beim nächsten Mal ist es so weit, Pete. Für immer verschwunden. Keine dritte Chance mehr. Das ist mein Angebot.«

»Was für ein Angebot? Wovon redest du?«

»Erinnerst du dich an die Bibelgeschichte? An den Teil vor dem Satz, den ich dir geschickt habe? Die wahre Mutter sagt zu Salomo: ›Gebt ihr das lebende Kind, und tötet es nicht.‹ Sie überlässt ihr Kind lieber ihrer Todfeindin, gegen die sie vor

Gericht gekämpft hat, als es sterben zu sehen. Das ist wahre Elternschaft, Pete. Auf die eigenen Wünsche zu verzichten. Alles zu opfern, damit das eigene Kind am Leben bleibt. Sogar dein eigenes Glück.«

Er betrachtete mich, als müsse er nachdenken. »Aber bist du tatsächlich so ein Mensch, Pete? Es hat ja den Anschein. Zumindest tust du gerne so, das steht fest. Hingebungsvoller Vater, grundanständiger Typ. Selbstlos, liebevoll, mit festen Prinzipien. Aber ich muss mich doch fragen, wie viel davon wahr ist. Ob du wohl wirklich so aufopferungsvoll sein könntest wie diese Mutter in der Bibel? Du solltest mir danken, Pete, denn ich gebe dir die Chance, das zu beweisen.«

»Du bist vollkommen verrückt«, sage ich fassungslos. »Du musst wahnsinnig sein, wenn du glaubst, dass ich dieses gestörte Angebot annehme.«

Miles verschränkt die Arme vor der Brust. »Gib ihn freiwillig her, oder er stirbt. Und zweifle nicht daran, dass ich das ernst meine, Pete.«

»Oh, ich weiß, wozu du fähig bist«, erwidere ich bitter. »Ich habe mit Murdo McAllister gesprochen.«

Einen Moment huschte eine Irritation über Miles' Gesicht, dann war es erneut ausdruckslos. »Gut, dann weißt du ja umso besser, dass ich meine, was ich sage. Versuch es mal aus meiner Perspektive zu sehen. Was habe ich schon zu verlieren?«

»Ich werde zur Polizei gehen.«

»Ach ja? Und was willst du denen erzählen? Dass du dein Kind so vernachlässigst, dass du es in einem Supermarkt verloren hast? Gut, dass ich da war, es hätte ja sonst was passieren können. Zum Glück sah Theo einen bekannten Menschen und konnte erzählen, dass er sich verlaufen hatte.«

Ich starrte Miles an. Und mir wurde klar, dass er es wirklich ernst meinte. Er glaubte, dass dieser wahnsinnige Plan funktionieren würde. »Und David? Was ist mit David?«

»David …« Miles überlegte. »Der Kümmerling wird auch sterben. Nicht am selben Tag natürlich und nicht auf die gleiche Weise. Aber wenn du mich zwingst, meinen Sohn zu töten, werde ich zum Ausgleich auch deinen töten. Ach, und damit du nicht herumtrödelst, werde ich ihn in der Zwischenzeit leiden lassen. Bis du dich entscheidest, Pete, wird David alle vierundzwanzig Stunden lang einen kleinen *Anfall* haben.« Miles fuhr herum und sagte mit veränderter Stimme: »Theo, mein Großer. Wofür hast du dich entschieden? War gar nicht einfach, oder? Magnum oder Solero?«

Hinter ihm kam Theo angeschlendert, in jeder Hand ein Eis am Stil. »Twister«, sagte er zufrieden. »Grün für dich und gelb für mich.« Er schaute neugierig zu mir herüber. »Warum is Daddy im Wasser?«

»Er holt deinen Rugby-Ball aus dem Teich«, antwortete Miles und nahm das Eis in Empfang. »Konnte ihn nicht fangen, und jetzt ist der dumme Pete so schlammig wie ein Teichmonster. Der wird ganz schön stinken, was?«

106

PETE

»Was sollen wir bloß tun?«, flüsterte Maddie.

Wir lagen in der Dunkelheit im Bett, Theo schlief. Vorher hatten wir keine Zeit gehabt, uns zu unterhalten, ich hatte Maddie nur zwischen Abendessen, Baden und Gute-Nacht-Geschichte zugeflüstert, was passiert war.

»Uns bleibt nur die Polizei«, antworte ich. »Die muss erfahren, womit er droht.«

»Ja, aber glaubst du, sie werden es ernst nehmen? Unsere Aussage gegen seine? Und noch dazu im Gefolge eines Sorgerechtsstreits?«

»Wir können ein Kontaktverbot verlangen.«

»Aber dazu muss erst mal Anklage gegen Miles erhoben werden. Und glaubst du wirklich, dass der sich an ein Kontaktverbot halten würde? Außerdem: Bis die Justiz reagiert, könnte es längst zu spät sein.«

»Aber was dann?«

Maddie sagte langsam: »Die erste Frage ist: Glauben wir, dass er blufft?«

Ich sah die Kälte in Miles' Augen, die Ausdruckslosigkeit in seinem Gesicht vor mir, und seufzte. »Nein, ich glaube, dass er es ernst meint. Ich glaube, dass er Theo umbringen wird, wenn er ihn nicht bekommt.« Dieser Gedanke raubte mir fast den Verstand. »Oh Gott. Was um Himmels willen können wir tun?«

»Pete …«, begann Maddie, und ich spürte ihre Entschlossenheit. »Vielleicht ist auch für uns die Zeit vorbei, in der nach den

Regeln gespielt wird. Vielleicht sollten wir ebenso foulen, wie Miles es schon die ganze Zeit tut.«

»Hätten wir nur irgendwelche Beweise«, sagte ich verbissen. »Irgendetwas, womit wir der Polizei beweisen könnten, dass er früher schon gemordet hat.«

»Das haben wir doch schon versucht«, erwiderte Maddie sanft. »Wir haben mit allen möglichen Leuten gesprochen. Niemand hatte einen eindeutigen Beweis. Alle haben erst gemerkt, wozu Miles fähig ist, als es schon zu spät war. Oder sie konnten es gar nicht mehr merken.«

»Ja, und aus irgendeinem Grund scheint nicht einmal seine Frau zu erkennen, wie er wirklich ist.« Ich schauderte. »Als ich sie heute gesehen habe, ging sie an Krücken. Und als ich vor Stress die Fäuste ballte, ist sie zusammengezuckt.«

»Aber das passt auch ins Bild. Annette hat gesagt, dass solche Frauen oft nicht mehr genug Selbstsicherheit haben, um ihren Misshandler zu verlassen.« Plötzlich sog Maddie scharf die Luft ein. »Oh mein Gott. Mir ist gerade etwas klar geworden.«

»Was denn?«

»Wir müssen unbedingt mit Lucy sprechen. Ich glaube, wir haben etwas Wichtiges übersehen.«

107

Fall Nr. 12 675/PU78B65, Anlage 54:
Austausch auf Facebook Messenger zwischen
a) Madelyn Wilson und Tania Lefebvre und
b) Tania Lefevbre und Madelyn Wilson

Tania, hier noch mal Maddie Wilson. Ich wollte Ihnen danken, dass Sie dieses Video an die CAFCASS-Beraterin geschickt haben – das hat sehr geholfen. Können wir telefonieren?

Tut mir leid, Maddie, aber was für ein Video? Und was ist CAFCASS? Wir können sprechen, wenn Sie wollen, aber ich glaube nicht, dass ich Ihnen helfen kann.

108

MADDIE

Es erweist sich als schwierig, Lucy alleine zu sprechen. Im Haus mit ihr zu reden kommt wegen der Videokameras natürlich nicht infrage.

Denn diese Kameras wurden nicht für die Kindermädchen installiert, ist mir klar geworden. Oder zumindest nicht nur.

Sie überprüfen *Lucy*.

Um sicherzugehen, dass sie Miles' Anweisungen befolgt. Theo vor Lyns Besuch zu briefen zum Beispiel – das war garantiert ein Auftrag von Miles. Aber selbst wenn es nicht um eine konkrete Aufgabe geht – zu wissen, dass man den ganzen Tag beobachtet und abends dann kritisiert wird, kann jedes Selbstvertrauen rauben.

Er überwacht und beherrscht sie seit ihrer Hochzeit, dessen bin ich mir sicher. Und jetzt will ich meine Annahme überprüfen. Deshalb warten wir, bis sie irgendwann das Haus verlässt. Sie geht immer noch an Krücken, schafft es aber zum Kiosk um die Ecke, und da tippe ich ihr auf die Schulter.

Trotz der Krücken zuckt sie erschrocken zusammen.

»Ach, Maddie!«, sagt sie dann, um Fassung bemüht. »Und Pete. Wie schön, euch zu sehen. Ist Theo auch da?«

Ich schüttle den Kopf. »Ist bei einer Freundin. Können wir einen Kaffee zusammen trinken?«

»Kaffee?«, wiederholt sie nervös. »Ich glaube, das ist keine gute Idee. Zurzeit jedenfalls nicht. Miles …« Sie verstummt.

»Miles wird es nicht erfahren. Und wir müssen reden«, sage

ich fest. »Gleich nebenan ist ein Café.« Ich schaue sie an. »Es ist nämlich so: Wir wissen, dass *du* das Video an die CAFCASS-Beraterin geschickt hast.«

Sie gibt es nicht zu, willigt aber ein, mit in das Café zu kommen. Wir finden einen freien Tisch zwischen vielen jungen Müttern, die sich dort mit Kindern und Buggys versammeln und Milchkaffee trinken.

»Ich habe Tania kontaktiert«, beginne ich. »Weil ich zuerst dachte, sie hätte das Video geschickt. Sie schrieb mir heute Morgen zurück, damit hätte sie nichts zu tun. Ich hatte schon eine Vermutung, und die hat Tania nun bestätigt.«

»Aber warum denn ich?« Lucy spielt wie üblich mit ihrer Perlenkette. »So etwas würde ich doch nie tun. Dieser Tag war so entsetzlich für mich. Miles meint, ich könne von Glück sagen, dass ich keine Strafe wegen Missachtung des Gerichts bekommen hätte.«

»Aber das hättest du alles in Kauf genommen, nicht wahr?« Ich greife nach ihrer freien Hand, aber Lucy zieht sie weg. »Der Grund ist nämlich ganz offensichtlich: Du wolltest Theo schützen. Du wolltest, dass ihr verliert.«

Ein langes Schweigen entsteht. Lucy sitzt reglos da, die Augen weit aufgerissen. »Das könnt ihr nicht beweisen«, flüstert sie.

»Das ist auch nicht nötig«, erwidere ich ruhig. »Versteh doch bitte: Ich werfe dir gar nichts vor. Du liebst deinen Sohn und wolltest, dass er so behütet wie möglich aufwachsen kann. Mit einem wunderbaren Vater.« Ich zeige auf Pete, der still neben uns sitzt. »Nicht mit Miles. Jeder an diesem Tisch weiß, was

Miles ist, Lucy. Du wolltest, dass Theo weiterhin von Pete und mir großgezogen wird. Damit dein Sohn in Sicherheit ist.«

Ihr Schweigen bestätigt mir, dass ich recht habe.

»Und außerdem«, füge ich hinzu, »hast du dafür auch nicht zum ersten Mal gesorgt, nicht wahr? Sondern schon vor zwei Jahren, als du die beiden Babys in der Klinik vertauscht hast.«

109

MADDIE

Lucy beginnt zu weinen. Mir kommt es vor, als weine sie vor Erleichterung, zumindest zum Teil. Erleichterung, weil sie ihr Geheimnis endlich mit jemandem teilen kann.

»Ihr müsst mich für so dumm halten«, sagt sie schließlich und wischt sich mit einer Papierserviette das Gesicht. »Weil ich nicht schon vor der Hochzeit gemerkt habe, dass er ein … dass er sehr bestimmend sein kann. Aber es ging alles so schnell, wisst ihr, und ich war so verliebt in ihn.«

Sie schildert uns die Anfangszeit der Beziehung, und alles klingt fast genauso, wie Annette es mir beschrieben hat. Lucy wurde mit Charme, Zuwendung, Komplimenten überschüttet. Der Heiratsantrag kam schon nach mehreren Wochen, kurz darauf wurde Lucy schwanger. Die Privatklinik, für ihr Kind konnte gar nichts gut genug sein. Doch dann der Schock der Frühgeburt – Wehen in der neunundzwanzigsten Woche, als Lucy eines Morgens ihre Pilates-Übungen machte.

»Man erklärte uns im Krankenhaus, mein Gebärmutterhals sei kürzer und der Muttermund weiter geöffnet, als es in dieser Phase der Schwangerschaft der Fall sein sollte. Das hörte sich leider an, als sei ich irgendwie defekt und habe Schuld an der Frühgeburt. Weil mein Körper versagt habe. Und man konnte absolut nichts mehr dagegen tun … das Baby war auf dem Weg nach draußen. Und Miles …« Sie zögert, dann sagt sie leise: »Diesen Moment werde ich nie vergessen können. Er nahm meine Hand und beugte sich zu mir herunter, sodass er mir ins

Ohr flüstern konnte. Die Schwestern dachten wahrscheinlich, er sage mir etwas Tröstliches. Aber seine Stimme … na ja, er war wieder so *still.* So nenne ich das immer: Miles' Stillheiten. Inzwischen bin ich natürlich daran gewöhnt – soweit man sich an so etwas überhaupt gewöhnen kann. Aber damals erlebte ich das zum ersten Mal. Er sagte …« Sie blinzelt, um die Tränen zurückzuhalten, und schluckt. »Er sagte: ›Wenn du meinen Sohn getötet hast, werde ich dich auch töten, das schwöre ich dir.‹«

Jetzt lässt sie zu, dass ich meine Hand auf ihre lege. Ich sage nichts, warte ab, bis Lucy weiterspricht.

»Damals wurde mir einiges klar. Miles war schon während der gesamten Schwangerschaft so seltsam distanziert gewesen. Als bräuchte er sich nicht mehr um mich zu bemühen. Als sei alles vorher eine massive Anstrengung für ihn gewesen, jetzt sei alles erledigt, und er müsse mir nichts mehr vormachen. Ich meine, er hat bestimmt versucht, mich zu lieben, aber als ich seinen Erwartungen nicht gerecht werden konnte, fing er an, mich zu ignorieren.«

Lucy verstummt, versinkt in ihren Erinnerungen.

»Und dann wurde das Baby auf die NICU des St. Alexander's geschickt«, sage ich, damit sie weiterspricht.

»Ja.« Lucy sieht Pete an. »Und das Erste, was ich dort erlebte, war Pete, der um *sein* Baby weinte. Ich dachte: Das ist so verständlich. Genau das würde ein normaler Vater tun. In diesem Moment beneidete ich das andere Kind, das mit diesem Vater aufwachsen durfte. Und ein paar Minuten später kam diese unfreundliche Schwester anmarschiert, diese Paula, und fragte an den mobilen Inkubatoren: ›Welcher ist David Lambert? Der da?‹ Und ich … ich nickte, obwohl sie auf den falschen Inkubator zeigte. Dann schob sie ihn weg, und ich folgte ihr. Es war ein Moment des Irrsinns, und ich habe zu Anfang auch gedacht, es würde bald aufgedeckt werden, und dann wäre es vorbei mit meinem Wunsch. Aber dann ging Paula weg, um etwas zu holen, und ich entdeckte das Papierband, das lose im Inkubator lag. Das habe ich dann schnell eingesteckt.«

»Und so wurde David zu Theo«, sagte ich sanft. »Geborgen in einer anderen Familie.«

Lucy nickt. »Wie seid ihr dahintergekommen?«

Ich sehe sie eindringlich an. Es ist mir sehr wichtig, dass sie mich versteht, sich nicht allein fühlt. »Weil ich diese Gefühle auch hatte. Noch nicht auf der NICU damals. Aber als Miles mit der Sorgerechtsklage für Theo ankam und ich beschlossen habe, dass wir auch um David kämpfen mussten. Das war in vielerlei Hinsicht auch der reinste Irrsinn, aber es war eben keine Verstandesentscheidung. Ich habe das einfach *gespürt.*«

Da ich so selten mütterliche Gefühle habe, war mir zunächst nicht ganz klar gewesen, was in mir vorging. Aber das war dann in dem Augenblick passiert, als Richterin Wakefield angedeutet hatte, dass wir den Kampf um David wohl verlieren würden, weil wir Theo bekommen hatten. Als ich zu Lucy geschaut und ihre Tränen der Erleichterung gesehen hatte, war mir der Gedanke durch den Kopf geschossen: *Zumindest wird er geliebt.* Und ich hatte verstanden, dass mein Entschluss, um David zu kämpfen, eine reine Instinktentscheidung gewesen war – der überwältigend starke Drang, David vor Miles zu beschützen.

Erst gestern Abend, als ich im Dunkeln mit Pete gesprochen hatte, war mir die Querverbindung aufgefallen: Wenn ich solche Gefühle hatte – warum dann nicht auch Theos Mutter?

Lucy spricht weiter. »Natürlich wusste ich zu Anfang nicht, dass das Kind, das ich jetzt bekommen hatte, hirngeschädigt war.

Das stellte sich erst nach einigen Tagen heraus. Als die Ärzte es uns sagten, habe ich das als meine Aufgabe akzeptiert. Ich dachte: Ich habe zwar etwas Unverzeihliches getan, aber das andere Paar hat jetzt jedenfalls ein gesundes Kind. Und ich wusste, dass ich imstande sein würde, David zu lieben, mehr vielleicht sogar, als es euch möglich gewesen wäre. Weil ich ja sonst niemanden hatte, versteht ihr. Miles zeigte nicht das geringste Interesse an uns beiden. Ich taugte nichts, das Kind taugte nichts, damit war für ihn das Thema beendet. Ich meine, er konnte gut den fürsorglichen Vater spielen, wenn es aus irgendwelchen Gründen notwendig war. Aber sobald wir alleine waren …« Sie hält inne. »Er kann sehr gefühlskalt sein«, fügt sie hinzu.

»Aber du bist dennoch bei ihm geblieben«, sage ich.

Lucy verzieht das Gesicht. »Ihr haltet mich bestimmt für schwach. Du hättest das sicher nicht gemacht, Maddie. Aber irgendwie haben wir uns durchgewurstelt. Und ich hatte David. Er braucht so vieles … ich glaube nicht, dass ich das alleine geschafft hätte. Und man kann schon mit Miles zurechtkommen, wenn man es vermeidet, ihn wütend zu machen.«

Ich spüre Petes Unruhe neben mir. Ganz sicher will er sagen, dass Miles nicht das Recht hat, Lucy so zu behandeln. Und dass es nicht ihre Aufgabe ist, ihm alles recht zu machen. Aber es ist der falsche Moment für solche Äußerungen, und ich lege ihm rasch beschwichtigend die Hand aufs Knie.

Dann sage ich: »Lucy, es gibt vermutlich einiges, was du über Miles nicht weißt. Dass er heimlich Sex mit Michaela hatte, hast du vielleicht gemerkt?« Lucy zögert, nickt schließlich. »Was du wahrscheinlich nicht weißt, ist, dass er versucht hat, Menschen umzubringen. Und wir befürchten, dass es ihm in einem Fall auch gelungen ist.« Ich nicke Pete zu. »Erzähl es ihr bitte.«

Pete berichtet von den Unfällen mit Fahrerflucht, so sachlich und nüchtern, als stelle er das Thema in einer Redaktion vor. Als er endet, holt Lucy tief Luft.

»Miles besitzt Lagerräume. Ich glaube, dort gibt es auch einen alten VW Passat. Beim Zusammenlegen einer Hose habe ich die Schlüssel gefunden. Miles war furchtbar wütend darüber, deshalb war mir klar, dass irgendetwas daran wichtig sein muss. Aber ich glaube, der Wagen ist nicht angemeldet, ich habe nie Papiere dafür gesehen.«

»Weißt du, wo diese Lagerräume sind?«

Lucy schüttelt den Kopf. »Das will ich auch gar nicht. Damit will ich nichts zu tun haben.«

Pete beugt sich vor und sagt behutsam: »Ich fürchte, du hast bereits damit zu tun, Lucy. Was ich gerade berichtet habe, ist nämlich nicht alles. Ich muss dir noch sagen, womit Miles als Nächstes droht. Was er Theo antun will. Und was er David unter Umständen bereits antut.«

110

PETE

Es war ein ganz normaler Tag.

Es war ein ganz normaler Tag in Willesden Green im Norden von London. Der Sommer hatte begonnen, aber als ich Theo um halb neun mit seinem Roller zum Kindergarten in der Leyland Avenue brachte, war es noch angenehm kühl. Theo hatte sich dort schon gut eingelebt. Harvey Taylors Bericht, in dem der Psychologe Theos besondere Bedürfnisse präzise erläutert hatte, war eine große Hilfe gewesen. Und die speziellen Erziehungsmethoden machten sich bereits positiv bemerkbar.

Nachdem ich Theo abgesetzt hatte, ging ich nach Hause zurück, machte Laptop und Kaffeeautomat an und loggte mich bei DadStuff ein. Es gab dort einen Thread zu Kindern, bei denen CU-Traits diagnostiziert worden waren. Musikstunden erbrachten offenbar ebenso Fortschritte wie einfache Spiele mit Körpersprache. Es war jedenfalls hilfreich, sich mit anderen auszutauschen, vor allem mit Eltern älterer Kinder, die Theos Entwicklungsphase schon hinter sich hatten.

Dann klingelte es an der Tür. Ich stellte meinen Cappuccino ab und machte auf.

Sie waren zu fünft. Zwei Uniformierte, zwei in den weißen Anzügen der Spurensicherung, einer in Zivil. Der sagte: »Peter Riley, ich verhafte Sie wegen des Verdachts, Miles Lambert getötet zu haben. Sie müssen keine Aussage machen, aber wenn Sie jetzt etwas verschweigen, was Sie später aussagen, wird man Sie vor Gericht fragen, warum Sie es bei der Vernehmung verschwiegen haben. Ich habe hier einen Hausdurchsuchungsbefehl und eine gerichtliche Genehmigung, elektronische Geräte oder andere Beweisstücke zu beschlagnahmen.«

»Ich rufe am besten gleich mal meinen Anwalt an«, sagte ich und trat beiseite, um alle einzulassen. »Bevor Sie mein Handy beschlagnahmen.«

111

Fall Nr. 12675/PU78B65:
ZUSAMMENFASSUNG UND FAZIT,
von Catherine Jackson, Oberstaatsanwältin

1. Bei den Ermittlungen im Mordfall Miles Lambert (12675/PU78B65), im Gange seit über zehn Monaten, sind nach Einschätzung der Polizei keine weiterführenden Erkenntnisse mehr zu erwarten, die für die Staatsanwaltschaft bei der Entscheidung über eine Anklage relevant sein könnten.

2. Die Umstände von Mr. Lamberts Tod – offenbar ein Unfall mit Fahrerflucht, während Mr. Lambert um circa 6.50 morgens auf dem Heimweg vom Joggen war – weisen zweifellos auf eine Straftat hin. Jedoch konnte das betreffende Fahrzeug nicht identifiziert werden, und Vernehmungen mehrerer Personen erbrachten keinerlei Ergebnis.

3. Der Verdacht richtete sich anfänglich gegen Mr. Peter Riley und Ms. Madelyn Wilson, die vor Mr. Lamberts Tod gerichtlich versucht hatten, das Sorgerecht für dessen biologischen Sohn Theo einzuklagen. In dieser Akte gibt es hinlänglich Beweise, dass es zwischen den beiden Familien, die sich anfänglich freundschaftlich begegnet waren, zu einem erbitterten Zerwürfnis gekommen war. Mr. Riley und Ms. Wilson hatten jedoch ihr Ziel erreicht, weshalb sie – trotz des Austauschs mit Tania Lefebvre und Harvey Taylor – nach Ende des Gerichtsverfahrens keinerlei Motiv gehabt hätten, Mr. Lambert zu schädigen.

4. Beide konnten sich außerdem in der Zeitspanne, in der Mr. Lambert zu Tode kam, überprüfbare Alibis geben. Mr. Riley befand sich zwischen 7:02 Uhr und 7:38 Uhr in einer engagierten Debatte über den Umgang mit Kopfläusen und machte von seinem Heimnetzwerk aus elf Posts. Ms. Wilsons Angabe, dass sie Theos Frühstück zubereitete, stimmt mit Handydaten überein, denen zufolge ihr Handy im Haus war, bis sie wie üblich um 8:18 Uhr zur Arbeit aufbrach.

5. Die Polizei vernahm auch Mr. Lamberts Ehefrau, stieß jedoch auf keinerlei Motiv für eine Gewalttat gegenüber ihrem Mann. Auf den Aufzeichnungen der Videokameras im Haus sieht man Mrs. Lambert im Haus Kaffee trinken, bis um 7:14 Uhr der Krankenwagen eintraf. Mrs. Lambert sagte aus, sie habe keine Ahnung gehabt, dass ihr Mann sterbend auf der Straße lag, bis sie um 7:25 Uhr einen Anruf von der Polizei bekam.

6. Die forensische Untersuchung des BMW SUV der Lamberts und des VW Golf von Mr. Riley erbrachte keinerlei Spuren, die auf eine Beteiligung der beiden Fahrzeuge an dem Mord an Mr. Lambert hinwiesen. In den polizeilich beschlagnahmten elektronischen Geräten fanden sich ebenso keinerlei verdächtige Hinweise.

7. Da es demnach keine Begründung für eine Anklage in diesem Fall gibt, beschließe ich hiermit, dass die Ermittlungen endgültig eingestellt werden.

Catherine Jackson
Oberstaatsanwältin

112

MADDIE

Trevose Head ist tatsächlich so wunderschön, wie Miles gesagt hatte – ein riesiges Haus, und nur der Küstenpfad und die Dünen trennen es vom Strand. Miles hatte auch recht damit, dass Theo alles dort toll finden würde. Wir haben ihm einen kleinen Gummianzug gekauft, damit er ins Meer laufen kann, während Pete – der in seinem kurzen Neoprenanzug sehr schnucklig aussieht – Wache steht und Theo im Auge behält, wenn er sich in die Wellen hechtet. David dagegen genießt es, in den Felstümpeln zu plantschen, und so sitzen Lucy und ich oft morgens bei ihm, die Füße im kühlen Wasser, und plaudern.

Über Miles sprechen wir selten. Manchmal muss Lucy etwas loswerden, und dann höre ich geduldig zu, während irgendeine Erinnerung aus ihr herausbricht. Meist verstummt Lucy dann ebenso abrupt wieder, schüttelt den Kopf, als könne sie die Erinnerung damit vertreiben, und wechselt das Thema.

Dennoch merke ich, wie sie von Tag zu Tag an Selbstvertrauen gewinnt. Es wird Jahre dauern, bis sie sich erholt, vermute ich. Aber sie ist jetzt bereits ein ganz anderer Mensch als diese nervöse verschreckte Frau, der wir vor fast einem Jahr in dem Café gegenübersaßen.

Ich denke allerdings, sie hätte uns nicht geholfen, wenn Pete nicht erzählt hätte, was Miles den Kindern antun wollte. Lucy hatte damals einen Schrei ausgestoßen und die Hand vor den Mund geschlagen. Einige der Mütter hatten kurz zu uns herübergeschaut, sich dann aber weiter unterhalten.

Ab diesem Moment war Lucy eisern entschlossen. Sie fand die Adresse der Lagerräume heraus, stahl den Autoschlüssel aus Miles' Schreibtisch. Als wir hinfuhren, war es so, wie sie vermutet hatte: ein alter VV Kombi, seit Jahren abgemeldet. Der Kühler wies Dellen auf, die Windschutzscheibe hatte einen Riss, als sei ein Schädel dagegengeknallt.

Aber nicht Pete fuhr am nächsten Morgen nach Highgate, sondern ich. Das stand für mich von Anfang an fest. Pete war zuerst schockiert gewesen, als ich ihm meinen Plan offenbart hatte. Dann sagte er, wenn es schon sein müsse, solle er das übernehmen. Aber ich wusste, dass er sich eine solche Tat sein Leben lang nicht vergeben könnte. Das ist bei mir anders.

Während der Recherchen zu Miles' Persönlichkeit wurde mir etwas sehr Wichtiges über mich selbst bewusst. Annette hatte mir erklärt, dass es bei Psychopathie ein Spektrum gibt. Die meisten Menschen weisen keinerlei Züge davon auf, ein paar Menschen sehr viele, und einige Personen wenige – gerade genug, um sie furchtlos und unempfindlich zu machen, schnell entschlossen und skrupellos. Als ich im Internet den Psychopathietest entdeckte, füllte ich ihn aus Neugierde selbst aus. Doch schon bevor ich die Punktezahl errechnete, war mir klar, dass mein Ergebnis ganz anders ausfallen würde als das von Pete.

Ich fuhr hinter Miles her, als er nach Hause lief. Das Motorengeräusch oder vielleicht eine Vorahnung mussten ihn alarmiert haben, denn er schaute über die Schulter und sah mich. Einen Moment lief er schneller, als wolle er davonlaufen. Doch dann wurde langsamer, blieb stehen und drehte sich um, starrte mich an, als könne er mich mit seinem Blick aufhalten.

Als ich weiterfuhr und Miles merkte, dass ich nicht anhalten würde, grinste er. In seinen Augen lag keinerlei Angst, nur eine Art euphorische Aufregung.

Und er nickte. Ob das eine Geste der Akzeptanz war oder etwas anderes – Anerkennung, Billigung vielleicht sogar –, konnte ich nicht einschätzen.

Ich hätte Pete beinahe gar nicht erzählt, dass es erledigt war. Denn ich empfand keinerlei Schuldgefühle, hatte nicht den Drang, etwas zu gestehen. Und je weniger Pete wusste, desto besser für ihn. Aber ich musste ohnehin nach Hause fahren, um mein Handy zu holen, und beschloss dann doch, ihm zu sagen, dass unsere Kinder ab jetzt in Sicherheit waren.

Mit gesenktem Kopf saß Pete ganz still da. Ich wusste, dass er jetzt innerlich hin- und hergerissen war zwischen dem Grauen, dass ich diese Tat wirklich begangen hatte, und der Erleichterung, dass der Albtraum mit Miles ein Ende hatte.

»Ach, und übrigens«, sagte ich am Ende, »ich finde, du solltest mir jetzt erzählen, was zwischen dir und Bronagh gewesen ist.«

Er starrte mich an. »Woher weißt du davon?«

»Also zum einen haben eure Aussagen nicht übereingestimmt. Zum anderen hast du eine idiotische Lüge erzählt. Du hast behauptet, du seist am Freitagmorgen aus York zurückgekommen. Ich hatte natürlich damals wirklich keine Ahnung von Datum oder Wochentag mehr. Aber das steht alles in meiner Behandlungsakte – Datum und Uhrzeit meiner Aufnahme in der Psychiatrie. Du bist am Samstag zurückgekommen.«

»Oh Gott.« Pete holte tief Luft. »Es hat mich völlig fertiggemacht, dass ich es dir nicht gestanden habe. Ich *wollte* es dir sagen … hatte mir die ganze Zeit während der Zugfahrt überlegt, wie ich es anfangen sollte. Und dann … natürlich ging das nicht, als ich dich in diesem Zustand vorfand. Und auch nicht, als du entlassen wurdest. Dann habe ich es irgendwie verschleppt, und es wurde immer schwerer.«

Zögernd beginnt er zu erzählen. Wie Bronagh damals in der Vudu Lounge ein paar deutliche Bemerkungen gemacht hatte. »Ich geh seit einem halben Jahr zum ersten Mal wieder aus, Pete. Wenn ich heute niemanden fürs Bett finde, dreh ich durch, glaub ich.« Ein Tanz, bei dem er sie an sich gezogen hatte. Und dann hatte sie ihm in die Augen geschaut und leise gesagt: »Du weißt aber schon, dass Lecken nicht zählt, oder, Pete Riley? Und du bist ja nicht mal verheiratet.«

Er verstummte beschämt.

»Und?«

»Aber das war's eben. *Natürlich* zählte das trotzdem. Und nachdem sie das so ausgesprochen hatte … wurde mir klar, worauf das hinauslief. Und ich ließ … es einfach zu. Deshalb hab ich die Tour abgebrochen und mein Zeug gepackt und bin nach London zurückgefahren.«

Jetzt starrte ich *ihn* an. »Wie … du meinst, es ist gar nichts passiert?«

Er runzelte die Stirn. »*Das* ist passiert. Und das ist ja wohl kaum *nichts*. Mir ist klar geworden, dass ich beinahe alles aufs Spiel gesetzt hätte – dich, Theo, alles, was ich liebe –, nur damit mein Ego mal kurz gebauchpinselt wurde. Und als ich dich dann bei meiner Rückkehr in diesem furchtbaren Zustand vorfand, fühlte ich mich natürlich noch viel schlechter. Deshalb habe ich mich auch so auf die Betreuung von Theo gestürzt – um dich zu entschädigen. Und dabei gemerkt, wie gut es mir gefiel, Vollzeitvater zu sein. Ich meine, Theo habe ich sowieso geliebt, aber ich habe gemerkt, dass ich es auch liebte, für ihn zu sorgen. Sein

Dad zu sein. Weil ich endlich gemerkt hatte, was ich wirklich gut kann.« Er sah mich an. »Kannst du mir verzeihen? Ich verspreche dir, dass so was nicht noch mal vorkommen wird.«

»Natürlich verzeihe ich dir, du Dussel«, sagte ich. »Ich liebe dich doch.«

Können Menschen wie ich überhaupt lieben? So richtig von ganzem Herzen, so wie Pete mich und Theo liebt? Die Meinungen gehen auseinander. Aber ich bin auch nur am Rande des Spektrums, das beweist meine extreme Reaktion auf die Zeit auf der NICU. Und wenn ich mir Theo anschaue, der Petes Gefühlsbildung förmlich in sich aufsaugt, weiß ich, dass Veränderung möglich ist.

Pete wird mein Gewissen sein. Er hat mich schon überredet, die Klage gegen den NHS fallen zu lassen. Es sei richtig, dass Lucy eine große Summe für David bekomme, zumal Miles ihr nichts als Schulden hinterlassen hat. Aber wir bräuchten dieses Geld nicht, sagte Pete. Deshalb verlangten wir nur, dass unsere Kosten gedeckt wurden, um Justin Watts loszuwerden, und da die polizeilichen Ermittlungen auch abgeschlossen waren, willigte der NHS nur allzu gern in unseren Vorschlag ein.

Was meine eigenen Seitensprünge angeht, sehe ich keine Veranlassung, mit Pete darüber zu sprechen. Ich vermute, Miles hat ihm das gesagt, als wir Theo nach der Verhandlung bei ihnen abholten. Ich hatte darauf gewartet, dass Pete mich darauf ansprechen oder dass Miles irgendwelche Beweise vorlegen würde – ein Brief mit einer Zeugenaussage, eine eidesstattliche Erklärung oder etwas in der Art. Aber nichts dergleichen geschah.

Irgendwann wurde mir klar, dass Miles nichts in der Hand hatte. Vielleicht war es ohnehin nur eine vage Vermutung gewesen. Eventuell hatte Don Maguire irgendwelchen Klatsch aufgeschnappt, wie er nun mal in Firmen wie meiner kursiert. Hätte Miles mehr vorzuweisen gehabt, dann hätte der Anwalt der Lamberts das bei der Verhandlung genutzt. Man hätte mich des Meineids bezichtigen können, die Waage hätte sich wieder zugunsten der Lamberts geneigt, und wer weiß, wie die Richterin dann entschieden hätte. Deshalb gelangte ich im Lauf der Zeit zu der Ansicht, dass mein Geheimnis noch immer geheim war, und das bestärkte mich in dem Entschluss, Pete nichts zu sagen. Es würde ihn nur verletzen, und das in einer Phase, in der unsere Beziehung gestärkt werden musste.

Manchmal frage ich mich, worin tatsächlich der Unterschied besteht zwischen der aufgesetzten Freundlichkeit von Menschen wie Miles und – bis zu einem gewissen Grad – auch mir, und der echten Freundlichkeit von Menschen wie Pete und Lucy und vielen anderen. Ich denke mir, das hat vor allem mit ihren eigentlichen Beweggründen zu tun. Menschen wie Pete – die aufrichtigen, grundanständigen, treuen, die Miles als »Schwächlinge« verhöhnt hätte – leben in einer größeren, lebendigeren Dimension. Psychopathen sind wie unmusikalische Menschen in einem Konzert – sie können nicht begreifen, warum andere Zuhörer über die Schönheit der Musik zu Tränen gerührt sind.

Deshalb werde ich mich bemühen. Ich werde mitsummen und die Noten lesen, und eines Tages werde ich die Musik vielleicht hören und so intensiv erleben können wie mein Partner.

Und dennoch … Mir kommt es vor, als gäbe es immer noch eine kleine Lücke in Lucys Bericht von der Vertauschung der beiden Babys. Lucy hatte gesagt, dass sie intuitiv Paulas Fehler genutzt hatte. Aber weshalb hatte Paula überhaupt so einen gravierenden Fehler gemacht? Sie mag mürrisch sein, ist aber eine sehr kompetente Säuglingsschwester. Hatte vielleicht bereits jemand die mobilen Inkubatoren verschoben? Sie so angeordnet, dass die Schwester sie verwechseln musste?

Aber dann schaue ich auf Pete in seinem Neoprenanzug, diesen attraktiven sympathischen Mann, und sage mir, dass meine Gedanken absurd sind.

Jetzt geht er in die Hocke und zeigt Theo, wie er mit der Handfläche ganz sachte auf den Felstümpel klatschen kann, damit David lacht. Theo gelingt das tatsächlich – und er schafft es außerdem, sich nicht in den Tümpel zu hechten und David von Kopf bis Fuß nass zu spritzen. Es hat sogar den Anschein, als hätte Theo Spaß daran, David zum Lachen zu bringen.

Ich beschließe, dass man seinen Argwohn irgendwann aufgeben und den Menschen, die man liebt, vertrauen muss. Sonst ist man in Miles' Fußstapfen unterwegs, und wer will schon so leben?

Andererseits ist es gut für mich zu wissen, dass ich diese Fußstapfen im Zweifelsfall nutzen kann, sollte es notwendig sein. Um meine Familie zu schützen.

Ich schaue wieder auf Pete. Irgendwann in diesen Ferien, nehme ich mir vor, werde ich Lucy bitten, eine Weile auf Theo aufzupassen, damit Pete und ich einen Spaziergang an dieser wunderschönen Küste machen können. Vielleicht abends, wenn die Sonne orangerot im Meer versinkt. Und dort auf den Klippen, während der Wind unser Haar zerzaust und unsere Lippen salzig sind von der Gischt, werden wir übers Heiraten sprechen.

Danksagung

Als Schriftsteller werde ich oft gefragt, wie ich meine Ideen finde. Diese Frage ist enorm schwer zu beantworten. Ich weiß nicht, was mich zuerst dazu veranlasst hat, über vertauschte Babys zu schreiben – obwohl das ein Hauptthema des viktorianischen »Sensationsromans« war. Während des Schreibprozesses merkte ich, dass die Handlung stark beeinflusst war vom politischen Geschehen zu jener Zeit. Und mir wurde klar, dass ich über zwei Menschen schreiben wollte, die versuchten, eine extrem komplizierte Situation durch Dialog und Kompromiss zu lösen – und als sich das als nicht machbar erweist, mit den Konsequenzen dieses Scheiterns zurechtkommen müssen. Wenn Sie dieses Buch lesen, hat sich die Welt hoffentlich schon zum Guten entwickelt, und dieser Aspekt der Geschichte ist weniger wichtig geworden.

Viele Menschen waren mir bei der Recherche für dieses Buch behilflich. Mein ganz besonderer Dank gilt N, einer Neonatologin, deren Krankenhaus sie darum gebeten hat, anonym zu bleiben (sie steht in keinerlei Verbindung mit dem Krankenhaus an dem Ort, wo ungefähr die fiktionale Klinik St. Alexander's angesiedelt ist, und auch nicht mit den von mir erfundenen Privatkliniken); der Anwältin Monica Rei und dem Richter Peter Devlin für ihre Informationen über Familienrecht; der Psychiaterin Emma Fergusson, die mir gestattet hat, sie über alles von der postpartalen Psychose bis zur hochfunktionalen Psychopathie auszufragen. Für etwaige Irrtümer und schriftstellerische Freiheiten übernehme allein ich die Verantwortung.

Sehr herzlich bedanken möchte ich mich auch bei Tobias Jacob Hadi, der mein Gedächtnis über das Verhalten von Zweijährigen aufgefrischt hat, und bei seiner Mum, Carolina Walker, weil sie sich auf eines der sonderbarsten Anliegen eingelassen hat, das an eine Mutter wohl herangetragen werden kann. Ich sollte auch darauf hinweisen, dass nicht jede CAFCASS-Mitarbeiterin so problematisch ist wie die hier von mir beschriebene: Für jede Horrorgeschichte (und es existieren einige) gibt es bei CAFCASS viele Geschichten, die geprägt sind von Empathie und Engagement des Teams unter schwierigsten Umständen.

Großen Dank auch an meinen Verlag, Ballantine, vor allem an Kara Welsh, Denise Cronin und Rachel Kind, die sich in das Exposé verliebt haben; an Stef Bierwerth und das gesamte Team von Quercus, die an das Buch glaubten, sobald sie davon hörten; und an Caradoc King, Millie Hoskins und Kat Aitkin, meine fantastischen Erstleser. Anne Speyer, meine Lektorin, hat diesen Roman so viel besser gemacht, und nicht nur einmal, sondern immer wieder – vielen Dank dafür.

Und zuletzt ist es wohl angebracht, ein Buch, das Familie und Erziehung als Hauptthema hat, meinen Kindern zu widmen: Tom, Harry, Ollie, und Nicholas im Angedenken. Mit den machtvollen Worten des Alten Testaments: Mein Herz entbrennt für euch.

Lesen Sie weiter >>

Damals: Emma

Es sei eine reizende kleine Wohnung, verkündet der Makler in einem Tonfall, der beinahe als echte Begeisterung durchgehen könnte. Zentral gelegen. Und da sei auch noch das zur Wohnung gehörige Stückchen Dach. Man könne es in einen Dachgarten verwandeln, das Einverständnis des Vermieters natürlich vorausgesetzt.

Nett, stimmt Simon zu, wobei er meinem Blick ausweicht. Ich wusste, dass die Wohnung nichts taugt, sobald ich sie betreten und das zwei Meter lange Stück Dach unter einem der Fenster gesehen hatte. Si weiß es auch, möchte es aber dem Makler noch nicht sagen, zumindest nicht sofort, um nicht unhöflich zu wirken. Vielleicht hofft er sogar, dass ich beim Gequatsche des Mannes schwach werde. Der Makler ist Simon sympathisch: dynamisch und engagiert. Vermutlich liest er die Zeitschriften, für die Simon arbeitet. Die beiden haben schon über Sportereignisse gefachsimpelt, noch ehe wir die Treppe hinauf waren.

Und hier hätten wir ein recht geräumiges Schlafzimmer, sagt der Makler. Mit ausreichend …

Das bringt nichts, unterbreche ich das Theater. Die Wohnung ist nicht die richtige für uns.

Der Makler zieht die Augenbrauen hoch. Angesichts des momentanen Wohnungsmarkts darf man nicht zu wählerisch sein, sagt er. Bis heute Abend ist sie vermietet. Fünf Besichtigungen heute, und dabei haben wir sie noch nicht einmal auf unserer Website.

Sie ist nicht sicher genug, entgegne ich knapp. Gehen wir?

Alle Fenster haben Schlösser, erwidert er. Es ist ein Sicherheitsschloss an der Tür. Natürlich könnten Sie auch eine Alarmanlage einbauen, falls Sicherheit Ihnen ein Anliegen ist. Ich denke, der Vermieter würde nichts dagegen haben.

Er ignoriert mich und wendet sich nur noch an Simon. *Ihnen ein Anliegen ist.* Genauso gut hätte er: *Oh, Ihre Freundin dramatisiert wohl gern?*, sagen können.

Ich warte draußen, sage ich und gehe schon mal vor.

Offenbar hat der Makler bemerkt, dass er ins Fettnäpfchen getreten ist, denn er fügt hinzu: Falls das Viertel das Problem ist, sollten Sie sich vielleicht weiter im Westen umschauen.

Haben wir bereits, antwortet Simon. Doch das übersteigt unser Budget. Wenn man von den Buden absieht, die die Größe einer Schuhschachtel haben.

Er versucht, sich nicht anmerken zu lassen, dass er genervt ist. Aber allein die Tatsache, dass er das für nötig hält, macht mich noch wütender.

Wir hätten da noch eine Zweizimmerwohnung in Queens Park, sagt der Makler. Ein bisschen heruntergekommen, aber …

Die haben wir schon besichtigt, erwidert Simon. Allerdings fanden wir, dass sie zu nah an dieser Sozialbausiedlung liegt. Sein Tonfall verrät, dass *wir* eigentlich *sie* heißen soll.

Oder da gäbe es noch eine im dritten Stock in Kilburn, die gerade auf den Markt …

Die kennen wir auch schon. Neben einem der Fenster befindet sich ein Fallrohr.

Der Makler blickt ihn verdattert an. Jemand könnte daran hinaufklettern, erklärt Simon.

Tja, die Saison hat ja gerade erst angefangen. Wenn Sie vielleicht noch ein wenig warten.

Offenbar ist der Makler zu dem Schluss gekommen, dass wir seine Zeit vergeuden. Auch er nähert sich unauffällig der Tür. Ich kann mich ja draußen auf den Treppenabsatz stellen, damit er mir nicht zu nahe kommt.

Wir haben unsere alte Wohnung bereits gekündigt, höre ich Simon sagen. Er senkt die Stimme. Schauen Sie, mein Lieber, bei uns wurde eingebrochen. Vor fünf Wochen. Zwei Männer sind bei uns eingedrungen und haben Emma mit einem Messer bedroht. Sie können sich vorstellen, dass sie ein bisschen nervös ist.

Oh, sagt der Makler. Wenn jemand so etwas mit meiner Freundin machen würde, keine Ahnung, was ich täte. Wissen Sie, die Chancen stehen vielleicht nicht sehr hoch, aber … Er beendet den Satz nicht.

Ja?, erwidert Simon.

Hat jemand im Büro die Folgate Street Nummer 1 erwähnt?

Ich glaube nicht. Ist da gerade etwas frei geworden?

Nein, nicht direkt.

Der Makler wirkt unsicher, ob er das Thema weiterverfolgen soll.

Aber sie ist zu vermieten?, beharrt Simon.

Im Grunde ja, erwidert der Makler. Und es ist ein fantastisches Haus. Absolut fantastisch. Ein himmelweiter Unterschied zu diesem hier. Nur, dass der Vermieter … ihn als *eigen* zu bezeichnen, wäre noch milde ausgedrückt.

Welches Viertel?, erkundigt sich Simon.

Hampstead, antwortet der Makler. Nun, eher Hendon. Doch es ist eine sehr ruhige Gegend.

Em?, ruft Simon.

Ich gehe wieder hinein. Wir könnten sie doch mal anschauen, sage ich. Wir sind ja schon auf halbem Wege.

Der Makler nickt. Ich fahre rasch ins Büro, sagt er, und suche die Unterlagen heraus. Offen gestanden habe ich sie schon lange niemandem mehr gezeigt. Die Wohnung passt nicht unbedingt zu jedem. Aber ich glaube, für Sie könnte sie genau das Richtige sein. Verzeihung, ich wollte nichts Falsches gesagt haben.

Heute: Jane

»Das ist die letzte.« Die Maklerin, die Camilla heißt, klopft mit den Fingern auf das Lenkrad ihres Smart. »Also wäre es wirklich an der Zeit, dass Sie sich entscheiden.«

Ich seufze auf. Die Wohnung, die wir gerade besichtigt haben, befindet sich in einem heruntergekommenen Wohnblock in der West End Lane und ist die einzige, die ich mir leisten kann. Ich hatte mir schon fast eingeredet, dass sie in Ordnung ist. Die sich wellende Tapete habe ich ebenso ignoriert wie die Küchendünste aus der Wohnung darunter, das winzige Schlafzimmer und den Schimmel im nicht zu belüftenden Bad – bis ich hörte, dass es ganz in der Nähe läutete, eine altmodische Handglocke. Im nächsten Moment hallte Kinderlärm durch die Wohnung. Als ich ans Fenster trat, stellte ich fest, dass ich auf eine Schule hinunterschaute. Ich hatte Blick in einen Raum, der offenbar von einer Kindergartengruppe genutzt wurde. Die Fenster waren mit ausgeschnittenen Häschen und Gänsen dekoriert. Ein Schmerz durchfuhr mich.

»Ich glaube, die ist nicht das Richtige«, brachte ich gerade noch heraus.

»Wirklich?« Camilla wirkte überrascht. »Liegt es an der Schule? Die Vormieter meinten, ihnen habe es gefallen, spielende Kinder zu hören.«

»Allerdings nicht so gut, dass sie geblieben wären.« Ich drehe mich um. »Gehen wir?«

Auf der Rückfahrt in ihr Büro legt Camilla eine lange taktische Pause ein. »Da Ihnen nichts, was wir heute besichtigt haben, zugesagt hat, sollten wir uns vielleicht überlegen, Ihr Budget zu erhöhen«, sagt sie schließlich.

»Leider gibt es an meinem Budget nichts zu rütteln«, entgegne ich trocken und schaue aus dem Fenster.

»Dann müssen Sie möglicherweise weniger wählerisch sein«, erwidert sie spitz.

»Wegen der letzten Wohnung. Es gibt … persönliche Gründe, aus denen ich nicht neben einer Schule wohnen kann. Noch nicht.«

Ihr Blick geht zu meinem nach der Schwangerschaft noch ein wenig schlaffen Bauch, und ihre Augen weiten sich, als bei ihr der Groschen fällt. »Oh«, sagt sie. Camilla ist doch nicht so dumm, wie sie aussieht, wofür ich sehr dankbar bin. Ich brauche es nicht auszusprechen.

Und außerdem ist sie offenbar zu einer Entscheidung gelangt.

»Wissen Sie, da gäbe es noch eine Wohnung. Eigentlich dürfen wir sie ohne ausdrückliche Erlaubnis des Eigentümers nicht zeigen, aber hin und wieder tun wir es doch. Manche Leute sind erschrocken, ich persönlich finde, das Haus ist ein Traum.«

»Ein Traumhaus bei meinem Budget? Wir sprechen hier doch nicht etwa von einem Hausboot, oder?«

»Nein, ganz im Gegenteil. Ein modernes Gebäude in Hendon. Ein ganzes Haus – nur ein Schlafzimmer, allerdings jede Menge Platz. Der Eigentümer ist Architekt. Genau genommen ist er sogar sehr berühmt. Kaufen Sie manchmal bei Wanderer?«

»Wanderer …« In meinem früheren Leben, als ich noch Geld und einen ordentlichen, gut bezahlten Job hatte, habe ich ab und zu im Wanderer-Shop in der Bond Street vorbeigeschaut, einem beängstigend minimalistisch eingerichteten Laden, in dem einige wenige astronomisch teure Kleider auf Steinplatten ausgelegt waren wie Jungfrauen zur Opferung. Die Verkäuferinnen trugen alle schwarze Kimonos. »Hin und wieder. Warum?«

»Monkford gestaltet alle ihre Filialen aus. Er ist ein Techno-Minimalist, oder so ähnlich. Jede Menge versteckte Technik, aber sonst absolut roh.« Sie wirft mir einen Blick zu. »Ich sollte Sie warnen, einige Leute finden seinen Stil ein wenig … karg.«

»Damit kann ich leben.«

»Und …«

»Ja?«, hake ich nach, als sie nicht fortfährt.

»Es handelt sich um kein gewöhnliches Vermieter-Mieter-Verhältnis«, fügt sie zögernd hinzu.

»Und das heißt?«

»Ich denke«, erwidert sie, blinkt und wechselt auf die linke Fahrspur, »dass wir uns die Wohnung erst ansehen sollten, um festzustellen, ob Sie sich in sie verlieben. Danach erkläre ich Ihnen, wo der Haken ist.«